KB241371

순결과 숨결

순결과 숨결

김용희 평론집

문학동네

프롤로그

아내와 남편

어느 날 젊은 아내는 남편이 운전하는 차를 타고 가고 있었다. 그들은 자동차로 여행중이었다. 차가 어느 지방도로로 진입하자 아내는 잠시 후 부드러운 목소리로 남편에게 말했다.

—여보, 혹시 콜라 먹고 싶지 않아요?

남편은 운전대 앞의 시야를 놓치지 않으면서 평소처럼 대답했다.

—응, 별로.

대답은 간단명료했다. 그런데 갑자기 아내의 얼굴이 일그러졌다. 남편은 아내가 왜 갑자기 속이 상했는지 알 수가 없었다. 그는 다만 자신의 의사를 표현했을 뿐이었는데. 남편은 시간이 지나고 나서 비로소 아내가 뾰루퉁해져 있는 이유를 알아냈다. 그리고 아내를 이해할 수 없다고 생각했다.

—왜 콜라를 먹고 싶으면 그냥 콜라 먹고 싶다고 말하지 않는 거야? 정말 이해할 수가 없어!

그리고 이렇게 속으로 중얼거렸다.

— 왜 여자들은 그렇지? 정말 알 수 없는 것이 여자야.

여자의 마음은 알 수가 없다는 말이 유행가 가사처럼 흔하던 시절이 있었다. 사실 여성은 스스로도 자신이 무엇을 원하는지 알 수가 없었으니 당연지사가 아닌가. 일테면 여성은 자신이 무엇을 원하는가보다는 다른 누군가와의 관계성 속에서 자신의 욕망을 규정하고 자신의 정체성을 찾고자 한다. 아내는 남편의 욕망에 자신의 욕망을 겹쳐놓고 싶었던 것이다. 여성은 자신이 무엇을 원한다고 직접적으로 말하는 것을 몹시 꺼린다. 여성의 욕망은 매개되지 않고는 표현될 수 없는, 억제되고 지연된 어떤 것이다. 목이 마르다는 아내의 요구는 남편의 요구와 일치되면서 정당성을 찾으려 한다. 관계성 속에서 자기 욕망의 합당성을 찾으려는 것은 근대 주체의 독단성을 넘어 후기근대에서의 타자성 복귀와 연관될 수도 있다. 그러나 여성의 관계성 추구는 나/너의 평등한 주체와 나/너 각 개체의 '차이'에 대한 인정과 연관되기보다는 남성에 대한 종속과 남성 동질화에 대한 추구와 연관되어 있다.

몸을 둘러싼 풍문들

여성의 글쓰기를 '몸으로 글쓰기'라 명명하는 것은 여성 정체성에 대한 고민이 '몸'에 대한 정직한 성찰에서부터 출발하기 때문이다. 이를테면 "콜라 먹고 싶지 않아?"에서 "콜라 먹고 싶어"로 옮아가는, 몸의 요구에 대한 발견의 문제. 여성 몸이 시각화되고 상품화되는 대상으로 논의되어왔던 것과는 상대적으로 남성 몸이 '일반적인 몸'으로 받아들여져온 전통이 존재한다는 것도 유념해볼 수 있다. 남성 몸은 행동의 주체이고 여성 몸은 대상인 셈이다. 전족과 코르셋, 강간과 폭행이 모두 희생당하는 여성 몸과 연관된다. 90년대 여성시학에서 여성 몸에 대한 지독한 까발림은 남성 독자뿐만 아니라 심지어 여성 독자들에게도 불편함을 주었다. 한국에서 초기 페미니즘 운동은 마치 남성을 여성의 적인 양 치부하였다. 남성들은 페미니스트들의 주장에 몹시도 불쾌하고 거북해 있던 참이었다. 어떤 남성은 근년에 급속히 확대되고 있는 한국가정의 파괴현상이 여성해방을 주장하는 페미니스트들의 부추김 때문이라고까지 말할 정도였다.

사실 남성을 여성의 적으로 생각하는 적대적 이분법은 그야말로 의미 없는 것이다. 여성과 남성의 젠더적 차원은 훨씬 복잡하고 복합적인 문제를 내포하기 때문이다. 남성을 낳고 키운 것은 어머니지만 또다른 여성(며느리)이 집으로 들어오면 어머니는 남근적 여성으로 변모할 뿐만 아니라 같은 여성과 경쟁하는 것으로 자신의 아들을 힘들게 만들 수도 있다. 아버지에게 딸은 자신에게 가장 소중한 존재이지만 다른 집안에 시집을 가서는 열등한 계급이 되고 만다. 남성들이 언제나 그리워하는 '어머니'는 사실 집안에서 가장 자기 희생적인 삶을 사는 것으로 비로소 그 존재 의의를 인정받는다. 마조히즘적 희생은 여성에게 생래적이면서 가장 큰 기쁨인 양 여겨져야 한다. 여성과 남성, 젠더의 문제는 흑백 문제와 또 달리 상충되고 뒤엉키는 복합적 구조를 지닌다.

또한 가부장제적 강압적 이성애는 인종, 계급, 성적인 관습과 상황에 따라 무수한 권력적 의미를 발생시킨다. 젊은 층의 문신이나 피어싱은 몸을 통해 권력체계에 저항하고자 하는 일종의 기표이다. 초기 게이들이 서로를 신체적으로 확인하는 방식으로 한쪽 귀에 이어링을 하던 것이 이제 일반화된 문화적 기호 내지는 취향의 의미를 지니게 된 점도 특이하다. 저항으로서의 문화적 실천은 인종주의, 군국주의, 소비문화, 정치적 이슈 등과 관련되어 지극히 복합적인 방식으로, 결코 환원적으로 분석되지 않는 방식으로 전개되고 있는 것도 현재의 상황이다. 마돈나는 뇌쇄적 옷차림으로 춤을 추고 노래를 하면서도 가운뎃손가락을 세우며 "퍽큐"라고 관음증적 남성 시각을 조롱한다. 스킨헤드 족은 체제에 대한 극단적 저항을 담보하는 자유주의를 상징하면서도 동시에 독일에서 나치즘 숭배자의 신체적 징표가 되기도 한다. 여성성의 상징인 긴 머리와 스커트와 하이힐은 남성 욕망과 매스컴에 대한 여성들의 수동적 종속을 의미하는 것이기도 하지만 여성적 허영과 사치를 비난하는 남성들의 고정관념에 대한 전복적인 의미를 지닌다고 말할 수도 있다.

만약 여성이 화장기 하나 없이 작업복을 입은 채 자신만만한 포즈를 취하고 있다면 '남성적' '중성적'이라 여겨질 것이다. 나는 80년대 여자대학을 다녔다. 민중을 외치던 시절, 시국이 시국인지라 치마를 입는다는 것은 민중에 대한 배신행위로 느껴지던 시절이었다. 언제든지 거리로 뛰어나갈 준비를 하고 있어야 하기도 했지만, 나는 그것과 무관하게 일 년 내내 바지를 입고 다녔다. 소위 '여성적'으로 보인다는 것 자체가 무거운 피의 현실을 외면하는 철없는 대학생처럼 보이게 할 수도 있다는 두려움이 컸다. 무엇보다 역사적 부채감이 욕망을 자유롭지 못하게 했다. 심지어 그 당시 연세대에서는 이화여대 국문학과 학생들과는 절대로 미팅을 하지 말라는 소문이 무성하게 나돌 정도였다. 모두 허름한 청바지에 낡은 운동화를 질질 끌고 다녔으니.

그렇다면 지금 페미니즘에 대한 글을 쓰면서 내가 민소매의 얇은 상의와 미니스커트에 그물스타킹을 신고 모임에 나간다면 동료들은 나를 위선적이라고 비난할 것인가. 1986년 부천경찰서 성고문사건의 피해자 권인숙씨가 최근 어느 모임에서 깊게 파인 옷을 입고 나왔다면 성고문학대를 받은 자가 어떻게 그런 옷을 입을 수가 있느냐고 비난받아야 할 일인가? 영화 〈의뢰인〉에서 조디 포스터는 술집에서 절대로 관능적인 춤을 추어서는 안 되는 것이었나? 성폭행을 조장하는 주범이 되기 때문에 여성은 관능적인 춤을 추어서도 안 되며 미니스커트를 입어서도 안 되는 것인가? 페미니스트들은 미모를 위해 다이어트를 시도해서도 안

되는 것인가?

화장을 할 것인가 말 것인가, 성형수술을 할 것인가 말 것인가. 페미니즘은 이와 같은 질문에 대답을 주지 않는다. 여성이 몸을 가꾸는 것이 가부장제를 재생산한다고 단순하게 말할 수 없는 지점이 있다고 나는 생각한다. 여성이 몸을 가꾸는 것이 매스컴과 남성적 소유욕을 만족시키기 위한 것이므로 종속적 행위라고 말할 수도 없거니와 여성이 스스로의 몸을 자족적으로 남겨두었다고 해서 가부장적 남성 시각에 저항하는 것이라고 말할 수도 없다. 다이어트하는 여성을 억압적인 체제에 봉사한다고 말하는 것 또한 자기 기만이라 생각한다. 페미니스트는 섹시한 옷을 입어서는 안 된다는 것, 여성이 중성화하거나 남성화할 때 '일반직 규범'이 될 수 있다고 생각하는 것 또한 다른 방식에서 남성주의 시각을 실현시키는 일이다. 시선은 여러 가지로 얽히면서 겹쳐지고 상충된다. 문화적 실천과 저항에는 무엇보다 개인적 선택과 태도의 문제가 있다고 생각한다. 맥락이 중요하고 경험과 인식에 대한 주체적 관점이 중요하다.

체제는 훨씬 복잡하게 실현되고 있다. 이제 여성/남성의 문제를 넘어서 몸은 자본주의적 생리구조 속에서 푸코 식으로 말하면 사회적으로 훈육된 '유순한 몸'으로 생산되고 있다. 연예인 권상우와 비가 보여주는 적당한 근육질의 몸은 상품화를 위해 준비된 몸이다. 몸 담론, 몸으로서의 문화실천의 문제는 훨씬 더 복합적인 맥락을 담고 있다는 사실을 페미니스트들은 유념해야 한다. 무엇보다 중요한 것은 남녀의 복잡한 경험을 구성하고 있는 자본체제와 가부장적 구조를 성찰하고 조망하는 비판적 시각일 것이다.

이제 몸은 노동하는 몸, 일하는 몸, 아기를 잉태하고 출산하는 몸이라는 물질적 영역에서 문화의 영역으로 옮겨가고 있다. 몸은 물질적(physical)이지만 오히려 문화직 구성물, 언상과 이미시로 구성되고 있다. 몸은 문화적 이미지의 축적체이면서 새겨진 개념들에 저항하는 문화 실천의 격전장이기도 하다. "내 몸은 누구의 것인가?" 진정한 몸을 찾기 위한 투쟁은 그런 점에서 진정한 정신을 찾기 위한 투쟁처럼 보인다.

그러나 현대사회에서 우리 몸은 이미 사이보그가 되어가고 있다. 구 강보철물(임플란트), 보청기, 인공심장 그리고 성형수술 등 몸의 변화 는 우리 경험과 개념을 점차 변화시키고 있다. 사이버 공간에서의 몸의 변화는 우리의 상상의 가능성을 확장시키고 몸 담론에 대한 인식을 새 롭게 열어놓는다. 투명인간처럼 현실과의 경계에서 차츰차츰 희미하게 사라져가는 몸의 현장에서, 해체되고 분해되는 몸의 현실에서 오히려 몸은 개인의 주체를 구성하는 가장 핵심적인 물질적, 정신적, 문화적 토대가 되고 있다.

순결과 숨결

한국 현대시는 몸을 관통하는 호흡이면서 동시에 몸을 초월하려는 그 경계지점에 놓여 있다. 한겨울 아침 입김처럼 내뱉는 하얀 숨결은 나의 몸인가 나의 몸이 아닌가. 내 몸의 일부였다가 내 몸 밖으로 나와 버린 것. 내 몸 속에서 살고 있다가 어느 사이 새어나와 대기 속으로 사 라지는 것. 저 덧없이 사라지는 소멸과 현존의 그 경계에 내 몸이 숨쉬 고 있는 것은 아닌가. 그러니까 나는 더 큰 숨을 쉬기 위해 저 덧없는 숨 들을 세상 밖으로 내놓아야 하리라. 숨들이 결을 이루고 이 우주의 길 을 따라갈 수 있도록.

나는 시인의 언어가 숨이 결을 이루어가는 방식이라고 오랫동안 생 각해왔다. 서정시야말로 저 지독한 계몽의 서사에서 우리를 마음의 고 요와 각성으로 이끌 의식의 극점(極點)이다. 세계가 내 안에 들어오고 내가 세상과 만난다는 서정의 오래된 관습의 추상성을 넘어서 나는 서정시의 '생동하는 현실적 운동성'을 찾고 싶었다. 생동하는 생과 만나는 지점은 무엇인가. 몸과 의식을 맑은 명경처럼 닦아 하늘 밑에 남겨두는 것. 스스로 세계가 제 몸을 비추도록 내버려두는 것. 가을 장독 항아리처럼 새근거리며 숨을 쉬고 겨울 하얀 입김처럼 숨의 결을 놓아두는 것. 하여 나는 시를 읽는다는 것은 시가 내쉬는 숨결을 따라 쉬면서 언어의 호흡운동을 하는 것이라 생각한다. 시인은, 그러니까 우리에게 어떻게 숨을 쉬어야 하는가를 가르쳐주는 비단물고기의 아가미 같은 것이다.

언어의 복식호흡. 나는 김지하의 단형시편이나 운율이 강한 시에서 시의 숨결을 찾고자 했다. 이완과 긴장, 여백과 가득 참의 호흡운동. 그렇다고 산문시형에서 시의 숨결을 찾을 수 없는 것은 아니나. 서정주의 『질마재신화』와 백석의 『사슴』에서도 말과 소리의 결을 충분히 느낄 수 있다. 그러니까 시인은 숨을 몸 밖으로 탁 토해내고는 숨이 스스로 결을 이루어가도록 내버려두는 것이다. 말을 움켜쥐려는 것이 아니라 말 그 자체가 말로 스스로 결을 찾게 하는 것. 김지하의 시는 역설적이게도 시어 그 자체를 놓아버리는 찰나에 완성된다. 모든 언어를 담아내기 위해 언어를 내려놓는 행위, 축적하려는 것이 아니라 버리는 행위. 이것은 시인의 윤리적인 태도를 말한다. 이러한 시인의 호흡운동을 '순결'이란 말로 이야기해볼 수 있지 않을까. 어떤 것을 주장하고 드러내는 것이 아니라 언어운동 끝에 자연스러운 결과처럼 '순결'이 남게 되는 것은 아닐까. 시인은 무언가를 이야기하려는 자가 아니다. 무언가를 지향하려는 자도 아니다. 시는 어떤 것에 대한 지향이 아니라 하나의 '효과'로서, 하나의 '암시'로서 나타날 뿐이다. 말을 버림으로써 시는 비로소 환생의 몸을 얻게 된다.

나는 이번 책에서 이 시대 담론이 가지고 있는 몇 가지의 쟁점들을 다루고자 했다. 젠더, 몸, 섹슈얼리티, 생태주의적 상응력. 이와 같은 화두는 결국 너의 몸과 나의 몸, 남자와 여자, 자연과 문명, 자아와 세계가 만나면서 발생하는 교섭과 충돌의 접점지대다. 음식 한 접시를 놓고도 먹는 남성과 만드는 여성이 있다. 일상성의 내부에서도 이데올로기는 강렬하게 충돌하면서 언어와 운명적 투쟁을 벌이고 있다. 그리하여,

시인의 말은 이데올로기의 충돌 속에서 궁극적으로 어디로 가고 있는 것인가. 나는 여성성과 남성성의 몸을 벗는 곳, 자연과 문명의 경계를 넘어서는 곳, 호와 흡으로서의 말의 본성과 말의 숨결에 가 닿고 싶었다.

어머니

진정한 페미니스트는 백면서생처럼 이론을 가지고 갑론을박하는 것이 아니라 지금 이 시간에도 달동네 맞벌이 부부의 남아 있는 아이들을 씻기고 밥 먹이면서 돌보는 봉사자들이 아닌가 생각한다. 그런 점에서 나는 지극히 자기 본위적으로 편리하게 어떤 이즘이나 주장만을 하는 창백한 지식인에 불과하다.

내가 어렸을 적 어머니는 늘 앉은뱅이 나무책상에 앉아 주판을 튕기고 있었다. 어머니는 섬유공장을 하는 아버지를 도와 경리일을 도맡아야 했다. 나는 장부책에 열심히 숫자를 적고 있는 어머니를 경멸스런 눈빛으로 지켜보곤 했다. 그 시절 나는 그야말로 세속적인 것을 멀리하며 순수한 저 정신세계를 추구하며 살아야 한다고 믿고 있던 정신적 순결주의자였다. 어머니는 오직 악착같이 돈을 벌고 계산을 하고 돈의 논리로 세상을 살아가는 세속논리의 화신처럼 느껴졌다. 내가 대학생이 되고 대구에 내려갔을 때 일이다. 어머니께 생신 선물로 무엇을 받고 싶으냐고 물어보았다.

—소월 시집을 한 권 사주었으면 좋겠구나.

오, 맙소사.

어머니는 나무덩굴 같은 손으로 너덜너덜해진 장부책을 쓸어내렸다. 어머니 몸에 새겨진 무수한 숫자들만큼 시의 열정이 숨겨져 있었단 말인가.

내가 여성적 글쓰기를 통해 찾으려 한 것은 결국 은폐된 내 몸의 진실, 마음의 진실이었다. 나는 「우리 시대의 음식남녀」를 쓰면서 어머니를 생각했다. 그러나 어머니는 음식을 만들고 음식을 먹이는 사랑의 배려자일 뿐만 아니라 시를 꿈꾸고 시를 읽고 싶어하는 독자이며 시인이기도 했다.

책이 나오기까지

고마운 분들이 많다. 부족한 글을 연재하도록 해주고 책으로 묶을 수 있도록 허락한 문학동네 사장님과 식구들에게 참 고마움을 표한다. 책 출간을 도와주고 배려해준 황종연 선생님, 서영채 선생님 등 문학동네 편집위원들께 감사를 꼭 전하고 싶다. 원고 일을 맡아 꼼꼼하게 정리해준 편집부에도 고마움을 전한다. 이런 고마움의 헌사는 다른 이들이 보기에 자칫 상투적이고 관례적인 후설에 지나지 않는 것 같지만, 책을 내는 사람으로서는 진정으로 고마움을 표하지 않고는 견딜 수 없는 마음의 진정이 있다는 것을 알아주기 바란다. 그러니까 결국, 육체는 끝없이 섞이면서 새로운 육체를 만들어가고 책은 무수하게 누군가의 혈흔과 숨결이 얽히면서 섞인다. 세상의 모든 책은 누군가의 숨결과 내음이 얽히고 섞이면서 형성되는 숨결과 몸의 텍스트인 것이다.

2006년 3월

심은희

차례

제4부 오늘의 한국시

제1부 젠더와 검은 에로스

한국에서 여성/시인으로 살아간다는 것

프리다 칼로, 〈다친 사슴〉

여자들은, 말하자면, 훼손된 남성이다. 그리고 월경의 피는 더럽혀진 정액이다.
여자들이 소유하지 않은 유일한 것이 있다면, 그것은 영혼이다.
—아리스토텔레스

"너무 아파요." 인어공주가 말했다.
"당연하단다. 예쁘게 보이기 위해서는 고통을 참아야만 해!" 하고 마녀는 말했다.
—『인어공주』에서

1. 근대가 불러온 여성

근대 신화의 대개가 남성성에 기초하고 있다는 것은 이제 공공연한 사실이다. 펠스키의 말대로 19세기 보들레르가 말하는 산책자, 댄디의 표상으로 거리를 배회하며 다니는 산책자를 여성으로 생각할 사람은 아무도 없다. 근대 도시의 거리를 하릴없이 돌아다닐 여성은 '창녀' 밖에 없다. 도시의 산책자는 남성이며 근대문명의 형성자는 남성을 모델로 한다. 근대적 자율성의 개념에 기초한 주체적 인식을 가진 근대적 자아는 모험과 진보의 확신을 간직한 남성이다. 근대 부르주아 개인은 이성(理性)의 이상을 믿는, 버먼의 용어를 빌리자면 '근대적 프로메테우스'의 화신이다. 여성은 근대의 이념과 가치관 형성에서 철저하게 배제되고 소외된 타자인 것이다.

근대는 여성을 본질적으로 전근대적인 것으로 터부시해왔다. 흔히 근대성을 남성성과, 전통을 여성성과 동일시한다. 여성은 근대 이전의 '자연적' '비이성'의 공간으로 간주된다. 근대 초엽 조선 유학생들은 근대화된 일본에서 유학하고 돌아와 관습에 의해 조혼한 어린 처를 만나야 했는데, 모국 땅에 남아 있는 그의 아내는 그야말로 전근대의 화신이었다. 정지용의 시 「향수」에서 아내는 "아무러치도 않고 여쁠것도 없는/사철 발벗은 안해"로 나타나고 있다. "傳說바다에 춤추는 밤물결 같은/검은 귀밑머리 날리는 어린 누이"의 신비함과 대조되는 국면이다. 아내는 전통농경사회를 대변하고 봉건가부장제에 의해 속박되어 있는 근대 이전의 인물인 셈이다. 근대적 개인(남성)은 이와 같은 가족공동체적 유대로부터 벗어나 자율적 개인이고자 한다.

그러나 한편 여성은 근대의 주체형성과정에서 필연적으로 역사적 성격을 지니는 존재라는 논의도 가능하다. 근대의 극단적 경쟁과 문명의 죄의식은 필연적으로 근대의 조건에 대해 저항하고 반항하게 한다. 이

때 해방적 지점을 제공해주는 거점이 '여성'이 될 수 있다. 정신분석학의 언급대로 여성의 히스테리는 근대 이성에 대한 교란과 전복의 의미를 충분히 지닐 수 있다. 히스테리 환자는 언뜻 개인적이고 지극히 주관적인 비이성적 행동을 보이지만 궁극적으로 규범과 질서로 존재를 규약하려는 근대 이성에 철저하게 저항하고 있는 것이다.

18세기 비엔나에서 안나 O는 유대인 집안에서 여성이란 이유로 철저하게 교육에서 배제된다. 안나 O는 다섯 개 국어를 할 만큼 총명한 여성이었다. 그녀는 자신의 지성이 현실에서 받아들여지지 않자 발작과 히스테리 증세를 보이게 되고 몸의 경련과 경직으로 정신분석치료를 받게 된다. 사실 그 당시 정신분석치료를 받는 여성들은 지나치게 똑똑한 수재형이거나 지나치게 자의식석 과민함을 지닌 예술가형이라 할 수 있었다. 안나 O는 그녀를 정신치료하는 의사를 오히려 희롱한다. 의사는 자신의 지식으로 환자의 모든 것을 관리하며 치료할 수 있다고 믿고 있지만, 사실 의사는 히스테리 환자의 말과 반응에 따라 반응하고 판단할 수밖에 없다. 안나 O는 상상임신을 하여 의사의 판단을 전적으로 뒤집으며 비엔나를 탈출한다. 상징담론으로 해석하려는 남성 분석가에게 여성은 상징계로 개념화할 수 없는 '실재(the real)'를 드러냄으로써 여성 히스테리에 대한 남성 분석에 저항한다.

프로이트가 히스테리 환자를 통해 『꿈의 해석』을 썼고 무의식의 발견을 통해 정신분석학의 발전을 이룩했다면 그것은 예민하고 영민한 여성 히스테리 환자 덕분이다. 프로이트가 예술가의 창조력을 히스테리적 광기와 연결시키는 것도 이와 연관되어 있는 국면이다. 프로이트 정신분석에서 히스테리적 광기가 예술적 창작과 연결되는 것을 환기한다면 히스테리야말로 근대가 만들어낸 정신착란이면서 동시에 근대를 위협하는 비이성적 감정표출을 드러내는 위험한 상징이다.

근대성은 역농석인 발전과 성상에 대한 욕방을 간식하면서노 날주와 리비도적 욕망에 시달리는 두 가지 대립되는 양면성 앞에 놓여 있다. 근대 이성은 야만이라고 지칭되는 거대한 '자연'의 힘과 대결하면서 신화적 운명을 거부해왔다. 그러나 최근 스크린은 위대한 자연의 신비한 정령을 새롭게 불러들이고 있다. 판타지에 대한 이야기, 신화와 얽힌 영웅들의 전설을 전한다. 〈반지의 제왕〉이나 〈해리포터〉 〈매트릭스〉 시리즈와 같은 판타지물은 결국 근대 이성 안에 이미 신화적 운명이 내장되어 있음을 암시한다. 요정과 마법, 혼종에서 배태된 이종족의 변형 등은 교접과 혼성모방, 무질서와 비이성을 상징하는 포스트모더니즘 질료들이다. 근대문명에 내재된 쾌락적이고 탈중심을 향한 열망이야말로 '여성성'이라 할 수 있는 '리비도화'다. 근대 대중소비사회의 유혹적인 소비성이야말로 '여성성'과 연관된 '물신화' '상품화'라 할 수 있다. 근대 이성이 끝없이 거세하고자 한 '미분화된 자연'으로서의 여성성은 근대사회에서 가장 감각적인 욕망으로, 표현 불가능한 억압된 타자로 회귀하고 있다. '여성성'은 오히려 근대 이성을 '숙주'로 하여 성장한 불온한 해방적 변화, 권력체계 탈출의 상징, 남성적 합리성을 뒤집는 쾌락적 전복인 셈이다.

그런 점에서 사실 남성들은 상품미학의 논리로 구현되는 여성 이미지에서 끔찍한 모더니티(?)를 경험하게 되기도 한다. 근대는 퇴폐와 향락의 여성 이미지 그 자체일 수도 있기 때문이다. 일테면 근대 초엽 지식인들의 눈에 비친 근대는 종로 네거리를 걸어다니는 미니스커트의 신여성, 모던 걸로 대변되는 여성의 놀라운 변화로 나타난다. 신여성은 억압과 미몽에서 벗어난 현대화의 가장 상징적인 이미지라 할 수 있다. 근대화 초기 신교육을 통해 인텔리 계층 여성이 생겨났고, 신교육을 받은 여성은 봉건적인 가치관과 충돌하는 '흔들리는 주체'의 불안감을 가중시켰다. 현대적 문화형성에서 기생, 카페 여급, 마담은 살롱문화의 담당자로서 현대적인 새로운 삶의 본질에 근접하는 적극적 동참자였다. 이때 남성은 구식 아내와 신여성인 첩을 둔 상황에서 봉건적인 가치관과 완전히 결별하지 못하면서 새로운 가치관과 결합해야 하는 이중적 입지에 놓이게 된다. 정지용의 시 「슬픈 汽車」에서 일본에 유학 간 정지용은 일본 열도에서 기차여행을 하며 마담 R과의 연애를 노래한다. "청만틀 깃자락에 마담 R의 고달픈 뺨이 붉으레 피었다 (……) 누나다운 입술을 오늘이야 싫것 절하며 갑노라". 김수영 시에서 아내는 물신주의의 화신으로 등장한다. "돈에 치를 떠는 여편네" "여편네는 담을 고치지 않는다 / (……) / 돈이 아까울지도 모른다"(「도적」). 김수영에게서 아내는 신문물의 적극적 수용자, 소비자인 동시에 신문물의 두려움을 상징한다. "어제는 카시미롱이 들은 새 이불이 / 어젯밤에는 새 책이 / 오늘 오후에는 새 라니오가 승석해 들어왔나 // 아내는 이런 어려운 일들을 어렵지 않게 해치운다 / 결단은 이제 여자의 것이다 / 나를 죽이는 여자의 유희다"(「金星라디오」). 김수영 시에서 아내는 "카시미롱" 이불을 사오고 "金星라디오"를 일수로 사들여온다. 그것도 "五百원"을 깎아서 사들인다. 이상의 소설 「날개」에서 '나' 는 아내가 매춘을 하여 번 돈에서 용돈을 받고 외출을 하기도 하지만 종국에는 침을 뱉으며 재래식 화장실 구멍으로 돈을 던져버린다. 화폐와 여성 성욕에 대한 근대 남성의 혐오는 경제력과 성욕으로 대변되는 근대 도시의 오염과 질병에 대한 불안을 암시한다. 여성의 소비와 성욕, 물신화는 여성의 공적 영역에 대한 침투를 의미하는 것이며 동시에 여성의 공적 쾌락(성욕 및 소비욕)으로 인한 근대 감시 형식의 균열을 의미하는 것이기도 하다.

산업화와 근대화가 본격화된 70년대 민중문학에서 여성에 대한 인식은 노동의 성적 분업에서 첨예하게 드러나기도 한다. 신경림의 대표작 「농무」에서 시인은 "이까짓 / 산구석에 처박혀 발버둥친들 무엇하랴 / 비료값도 안 나오는 농사 따위야 / 아예 여편네에게나 맡겨두고 / 쇠전을 서겨 노수상 앞에 와 볼 때 / 우리는 섬섬 신녕이 난다"라고 말한다.

"비료값도 안 나오는 농사 따위" "여편네에게나 맡겨두고"에는 전근대
(봉건) 농촌사회에서 남성 서열이 중심되는 농민의식이 감돈다. 그러나
도시빈민층을 중심으로 한 민중문학은 여성에 대한 근대 남성 의식을
새로운 국면으로 밀어넣기도 한다.

> 이불호청을 꿰매면서
> 속옷 빨래를 하면서
> 나는 부끄러움의 가슴을 친다
>
> 똑같이 공장에서 돌아와 자정이 넘도록
> 설거지에 방청소에 고추장단지 뚜껑까지
> 마무리하는 아내에게
> 나는 그저 밥 달라 물 달라 옷 달라 시켰었다
>
> (……)
>
> 편리한 이론과 절대적 권위와 상식으로 포장된
> 몸서리쳐지는 이윤추구처럼
> 나 역시 아내를 착취하고
> 가정의 독재자가 되었었다
>
> 투쟁이 깊어갈수록 실천 속에서
> 나는 저들의 찌꺼기를 배설해낸다
> 노동자는 이윤 낳는 기계가 아닌 것처럼
> 아내는 나의 몸종이 아니고
> 평등하게 사랑하는 친구이며 부부라는 것을

> 우리의 모든 관계는 신뢰와 존중과
>
> 민주주의적이어야 한다는 것을
>
> 잔업 끝내고 돌아올 아내를 기다리며
>
> 이불호청을 꿰매면서
>
> 아픈 각성의 바늘을 찌른다.
>
> ──박노해, 「이불을 꿰매면서」 중에서

박노해는 공장 야간근무를 하고 집으로 돌아와 아랫목에 저녁 찬을 보아놓고 이불 호청을 꿰매다 밤일을 나간 아내를 생각한다. 그러면서 시인은 "아픈 각성의 바늘"을 찌른다. 시인은 아내가 꿰매다 간 이불을 꿰매며 '내가 먼저 변화하지 않고서 어떻게 세상을 변화시킬 수 있겠는가?'라고 묻는다. 박노해는 이불을 꿰매며 '여자'가 된다.

여성은 근대화 속에서 소외되면서도 반대로 도시화 가운데 공적 영역에 진출하기도 하는 양면성을 동시적으로 띤다.

2. 한국 여성시학의 발견

한국 현대시사를 기술해나가는 과정에서 남성 경험을 모범으로 택하지 않고 여성을 혹은 여성이 쓴 텍스트를 중심으로 살핀다면 근대에 대한 인식은 어떻게 달라질까? 김승희의 시 「내가 빠진 한국문학사」는 김수영의 시 「이 韓國文學史」와 어떻게 갈라지는가. 실제 한국문학사에서 여성 시인이 통시적 공시적으로 꼼꼼하게 검토되기 시작한 것은 80년대 말 거대이념의 해체 이후 민중문학의 위상 변화와 때를 같이한다. 여성시학은 역사주의적 시각에 의해 상대적으로 경시되었던 일상성의 문제, 여성 '몸'에 대한 재발견, 감성과 감각의 발견으로서의 90년대 조감과 연결된다. 거대이념이 사라진 이후 현실적 삶에서 불거져나온 것은 미세억압과 차별에 대한 근원적 발견이었다. 90년대, 권리를 박탈당한 집단은 저항을 공식화하며 타자들로서 귀환한다. '성'에 대한 공론화에 이어 동성애, 가족, 육체, 여성, 일상성의 문제는 자율성과 평등을 근간으로 하는 근대에 대한 본격적인 저항이라 할 수 있다. 근대의 진행에 따라 제도에서 이탈했던 다양한 집단들의 도전이 시작된 것이다. 이들은 비판적이고 다양한 정체성에 대한 정립을 요구하게 된다(온라인상에서 만들어지는 무수한 정체성과 동호회, 아이디는 무수한 리비도의 갈래를 표상한다. 프로이트의 이드(id)는 사이버상에서 아이디(ID)이다).

타자로서의 여성에 대한 발견은 70년대 초 저메인 그리어의 『거세당한 여성』, 케이트 밀레트의 『성의 정치학』, 슐라미스 파이어스톤의 『성의 변증법』이, 80년대엔 에이드리엔 리치의 『강압적 이성애와 레즈비언의 존재』가 출간되면서 성차별에 대한 여성들의 자각을 일깨웠다.

한국에서 페미니즘 이론이 활성화된 것은 계몽 담론, 이데올로기 담론에 대한 공허감을 느끼는 과정에서 일상성에 대한 관심, 후기자본주의 급진행에 따른 소비와 욕망, 여성 작가들의 대거 출현 등과 관련된다. 무엇보다 90년대부터 페미니즘 이론가들에 의해 여성시에 대한 본격적인 연구와 논의가 있었으며, 여성시 이론의 생산자가 여성시 창작자(김혜순, 김정란, 김승희, 노혜경)가 됨으로써 여성시 담론의 장이 활발해진다.

90년대 여성시 연구, 여성시 담론에 대한 논의의 시작에서 페미니즘 이론가들이 우선적으로 한 것은 문학작품 속에서 여성들이 어떤 방식으로 잘못 재현되고 있는지를 밝혀내는 것이었다. 정전에 대한 새로운 시각은 고전 새로 읽기에서 시작될 수 있다. 고전으로 알려져 있는 대부분의 작품은 남성 작가에 의해서 씌어졌을 뿐만 아니라 남성 시각에 의해 재현된 여성성이 그려지고 있다. 남성 비평가들은 여성 작가들을 문학사에서 배제한 채 정전을 구성해왔다. 김승희의 시 「내가 빠진 한국문학사」는 남성 중심의 정전으로 문학사를 구성하고 교과작품 선집을 구성하는 남성 이데올로기에 대한 풍자다. 고전의 탈신비화 혹은 여성의 정전 만들기라는 개입이 필요한 것은 이와 같은 이유 때문이다. 또한 고전에 대한 가치 평가도 달라져야 한다. 정철의 「사모곡」 유의 가사에서 화자는 한결같이 여성이다. 연정과 사랑의 진정성을 전달하기에 여성의 목소리나 여성의 진실이 필요하기 때문이었을까. 그러나 엄밀하게 생각해본다면 여성의 목소리(여성 화자)로 임금에게 말하는 고전시가는 군신관계가 이미 차등의 관계로 전제되어 있는 계급적 배경을 상정하고 있다. 신하는 여성의 순종적 목소리로 여성성을 재생산해내는 방식을 취하고 있다. 여성 목소리를 통해 복속되는 권력이라는 문제는 만해의 시 「님의 침묵」에서도 반복된다. 한 사람의 여성으로 텍스트를 읽는다는 것(여성적 독해)은 텍스트의 이러한 의도에 저항하며 읽는 방법을 배우는 것이다.

3. 여성의 상투화와 이분화

헬레나 미키는 여성에 대한 묘사가 얼마나 구조화된 비유로 이루어져왔는가에 주목하면서 여성 신체에 대한 예리한 언급을 시도한다. 이를테면 여성은 매우 유혹적이고 관능적인 의상, 교묘하게 치장된 은유로 통해왔다는 사실이다. 장미, 나비, 귀여운 천사, 임신한 암코양이 등. 그러나 이와 같은 은유는 은유의 남용과 각인으로 말미암아 사은유가 되고 만다. 여성은 지독한 '상투어' 안에 갇히게 된다. 여성에 대한 상투화된 묘사, 상투화된 은유(사은유)는 결국 여성에 대해 끊이지 않고 반복되는 관념, 즉 모든 여성들은 비슷하며 모두 대체 가능한 존재라는 관념을 정의하고 영속화한다. 이것은 여성성의 풍요로운 가능성을 지워버림으로써 상투어의 반복에 놓이게 한다. 포르노그래피에서 반복되는 여성의 신체 노출은 상투화된 여성 신체, 여성성에 대한 재현이다. 롤랑 바르트는 포르노그래피야말로 외설스러운 것이 아니라 가장 지겨운 것이라고 말한다(반복되는 운동과 신체를 상상해보라!).

여성이 전통적인 비유로 구축된 존재라는 사실은 여성을 양극단의 이분화로 상투화하는 남성 관념으로 나타난다. 성녀와 악녀, 천사와 창녀와 같은 극단적 대조가 그것이다. 가장 숭배받는 문학 텍스트들 속에서도 여성들은 괴물이나 매춘부의 이미지로 그려지거나 천사처럼 순종만 하는 이상화된 인물로 묘사된다.

영화 〈블레이드 러너〉에서 스네이크 댄서로 일하는 조라는 그녀를 해치러 온 데커드를 역습하면서 양다리로 데커드의 목을 조른다. 이것은 흡사 성적 교섭을 묘사한 것 같다. 연이어 데커드의 총격에 무참하게 죽는 조라의 거친 마지막 신음 소리는 절정에 이른 여성의 오르가슴을 연상시킨다. 이와 같은 '이빨 달린 질'(팜므 파탈)은 남성들의 공포를 나타내는 아주 고전적인 상징이라 할 수 있다. 여성이 성교중에 파트너를 먹어버리거나 거세할지도 모른다는 무의식적인 공포를 드러내는 것이다. 중국의 근엄한 가부장적 남성들은, 여성의 성기는 단지 불멸(영원한 생명)로 가는 입구일 뿐만 아니라, '남성의 사형집행인'이기도 하다고 이야기한다. 회교의 금언에는 이런 것이 있다. "만족할 줄 모르는 세 가지가 있다. 그것은 사막, 무덤, 그리고 여성의 외음부이다." 폴리네시아에서 전해내려오는 이야기에 따르면 구세주인 마우이(Maui)는 영원한 삶을 찾기 위해 그의 어머니인 힌나(Hina)의 입(혹은 질)으로 기어들어가려 했지만 힌나는 마우이를 물어뜯어 두 조각 내어 죽였다. 기독교에서는 동정녀 마리아가 영원한 처녀여서 베일을 쓴 처녀막에 의해 그녀의 문(입)도 영원히 닫혀 있다는 안심을 보여준다. 가부장적인 사회일수록 이러한 상상이 많은 공포를 불러일으키는데, 말레쿨라(Malecula)의 남자들은 끊임없이 따라다니는 요니의 영혼(힌두교에서 성력을 상징하는 여음상) 때문에 괴로워했다. '그것'은 우리를 게걸스럽게 먹어치우기 위해 '그것'으로 우리를 유혹한다고 생각했다. 남자들의 마음속에는 종종 섹스에 대한 공포와 혼동되는 죽음에 대한 공포가 도사리고 있다. 옛 글에서는 남성의 성적 기능이 여성을 '취하거나' '소유하는' 것이 아니라 오히려 '취함을 당하거나' '조심스럽게 제안을 당하는' 것으로 묘사되곤 한다. 사정은 남성 정력이 소멸되는 것으로 간주되었고 남성의 생기가 여성에게 먹혀버리는 것으로 생각되었다. 팜므 파탈에 대한 두려움은 정신분석학에서 어머니에 대한 남성의 상징적 살해와 연결되는 부분이다.

한국 현대시에서 팜므 파탈적 여성 시인은 김언희다.

나는야 고양이를
겁탈하는
쥐

랄랄랄

내 인생은
피를 보고서야 멈추는 농담

쥐는 고양이에게
사정(射精)을 한다네

사정한다네

—김언희, 「랄랄랄 2」 전문

　김언희의 「랄랄랄 2」는 계급적 관계를 완벽하게 전복하는 엽기적이면서 끔찍한 성적 조롱이다. 쥐는 고양이를 잡아 자신의 성적 희생물로 삼는다. 쥐는 고양이를 겁탈하고 고양이에게 사정을 한다. 성이 대개 은폐되어왔던 관습을 생각할 때 이와 같은 성의 노출과 뒤집음은 금기에 대한 극단적인 침범이라 할 수 있다.

　게걸스럽게 먹어대는 여성은 과다한 성욕을 지닌 여성으로 여겨져 혐오의 대상이 되기도 하는데, 이런 이유로 실제 빅토리아 시대 미인은 허약하고 창백한 낯빛과 가녀린 허리를 가지고 있어야 했다. 김혜순의 시에서 화자는 끝없이 먹어대는 여성으로 등장한다.

　이를테면 길은
　스파게티처럼 포크에 감아 먹을 수도 있지.
　(……)
　모래가 바다를 마셔버리고 드디어
　붉은 소스가 칠해진 모래접시만 남듯
　그렇게 용암처럼 붉은 소스를 끼얹어 꿀꺽 삼키는 거야

—김혜순, 「길을 주제로 한 식사 1」 중에서

　저녁 무렵 길 위의 자동차 헤드라이트 불빛은 스파게티 다발로 변한다. 시인은 포크에 감아 길을 쓰윽 하고 먹어치운다. 김혜순 시는 여성이 '먹음직한 과일'로 비유되는 상투화를 전적으로 넘어선다. 여성은 왕성한 식욕으로 오히려 '먹는 주체'가 된다. 그녀는 구강기의 힘을 회복한다. 구강기야말로 언어와 이성에 의해 거세되기 전의 유년, 순수한 몸 기억, 몸 반응을 환기시킨다.

악녀, 요녀(팜므 파탈)와 대조되는 남성 재현의 여성상에 순종적이며 희생적인 여성이 자리한다. 영원한 구원으로서의 여성(성모 마리아), 돌아가야 할 회귀로서의 여성이다. 영화 〈실미도〉에서 강인찬이 가지고 있는 어머니의 낡은 사진, 영화 〈태극기 휘날리며〉에서 진석, 진태 형제의 어머니. 남성은 어머니를 사랑의 진원지로 본다.

영화 〈반지의 제왕〉에서 근대 남성이 바라는 두 명의 여성 전형이 등장한다. 엘프(요정) 아르웬과 공주 에오윈이다. 아름답고 강한 여성인 에오윈은 세오덴 왕의 조카딸이다. 고귀한 혈통임에도 불구하고 그녀는 전투에 나서는 것을 주저하지 않는다. 숙련된 칼 솜씨와 방패 솜씨로 사신을 잘 방어할 수 있다. 로한인들이 사신의 왕국을 지키기 위한 전투에 나설 때, 에오윈은 자신을 못 가게 하는데도 그들과 합류하여 전쟁에 나간다. 에오윈은 자신이 무엇이든지 할 수 있다는 자신감이 있으며 남자와 동등한 가치를 가지고 있다고 굳게 믿는다. 공주는 남복을 하고 전쟁에 참여하여 아버지가 위험에 처했을 때 최후까지 아버지를 구하려 한다. 에오윈 공주는 아버지가 선택한 딸, 즉 변종된 아들이다.

엘프 아르웬은 불멸을 보장받고 태어난 요정이지만 타고난 불멸의 삶을 살 것인가 아라곤과의 사랑을 택하여 인간으로서의 삶을 살 것인가 하는 기로에 서게 된다. 아르웬은 불멸의 세계를 버리고 사랑을 찾아 필멸할 수밖에 없는 인간세계로 들어온다. 결국 그녀는 사랑을 위해 자신의 최후를 바친다.

여성이 현실계에 발을 들여놓는 방식은 근대화된 남성을 표본으로 남성화(불완전한 남성)되거나 남성의 조력자 내지 예속자로서 자신의 세계를 버리고 남성세계에 귀속되는 것이다. 여성은 전통적으로 남성적인 것으로 분류되었던 속성들을 지니거나 낭만적 사랑의 복무자가 됨으로써 남성 현실세에 신입한다.

4. 여성과 여성적 글쓰기

그렇다면 여성적 글쓰기는 무엇인가? 여성의 글은 근본적으로 남성의 글과 다른 것인가? 여성 작품에 대하여 우리는 어떻게 반응해야 하는가?

페미니즘 이론에서 여성적 글쓰기는 후기구조주의나 정신분석학의 개념들을 전유한다. 페미니즘 이론가들은 라캉의 논의를 전유하여 상징계 언어에 대한 공격을 감행한다. 즉 상징체계가 언어에 사로잡혀 있기 때문에 여성의 글쓰기는 바로 몸으로 나올 수밖에 없다는 것. 여성은 자신의 소망을 발화하려 할 때 말을 할 수가 없다는 것. 언어는 남성이며 아버지의 규범이기 때문이다. 사실 사회를 지배하는 규칙체계가 언어이며 주체는 언어와 더불어 형성된다. 모든 것은 언어로 코드화되고 그 코드에 복속되어야 사회인이 되는 것이다. 이 언어를 쥐고 있는 자가 남성이다. 언어가 본래적으로 남성적인 것이라고 했을 때 여성은 언어기호를 해체함으로써 남성 주체를 해체한다. 엘렌 식수는 여성적 글쓰기는 정의할 수 없다고 말한다. 왜냐하면 여성의 글쓰기는 정착된 의미(문자)가 아니라 목소리이기 때문이다. 의사소통할 때 진실치를 가장 잘 담고 있는 것은 목소리다. 질감 때문에 현전성을 드러낼 수 있기 때문이다. 주체는 끝없이 기의에서 빠져나가는 주체이므로, 어제의 너가 내일의 너가 아니므로 지금 여기, 현장성이 중요하다는 것. 식수는 문자와 활자가 의미를 고착시키며 남성 주체의 나르시시즘을 나타내는 데 반해 여성의 목소리는 시간의 추동력에 지배됨으로써 뒤로 돌아가지 않고 앞으로 나간다고 말한다. 목소리는 리듬을 가지며 지그재그로 걷거나 반복성과 넘침과 관계한다. 기호계 이전의 세계에서 여성의 목소리는 대화체(독백체)와 구어체를 구사한다. 이것은 무의식의 리비도화라 할 수 있다.

나쁜 놈, 난 널 죽여버리고 말 거야

(……)

오 개새끼

못 잊어!

—최승자, 「Y를 위하여」 중에서

당신…… 당신이라는 말 참 좋지요. 그래서 불러봅니다 킥킥거리며 한때 적요로움의 울음이었던 때, 한 슬픔이 문을 닫으면 또 한 슬픔이 문을 여는 것을 이만큼 살아옴의 상처에 기대, 나 킥킥……, 당신을 부릅니다……

—허수경, 「혼자 가는 민 집」 중에서

최승자의 시 「Y를 위하여」에서 시인은 "난 널 죽여버리고" 말겠다고 말하다 다시 "오 개새끼/못 잊어!"라고 절규한다. 허수경의 시에서 "당신"을 불러보다 "킥킥"대고 다시 "울음" 울기도 한다. 여성적 글쓰기는 의미 고착을 거부하면서 끝없이 번복되는 글쓰기다. 떠도는 자궁의 히스테리한 정서이다. 목소리의 목젖 울림은 그 울림의 음감과 움직임으로 논리정연한 의미를 거부하며 지금 이곳에서의 현전성, 불규칙적인 정서의 분출을 드러낸다. 의미의 개연성과 계기성을 일시에 파괴하는 무의식의 극단적 노출이다.

뤼스 이리가라이는 여성은 본질적으로 다르다는 '차이성'을 강조함으로써 여성의 영성을 강조한다. 여성의 성이 복수성이라는 사실, 이를테면 여성의 양 음순에서 두 입술은 하나의 돌출된 성기(남근, 페니스)와 달리 복수형을 가짐으로써 대화적이고 관계지향적인 것을 상징한다고 말한다. 이리가라이는 어머니를 기존의 여성에서 해방시켜 모계의 계보학을 만들자고 주장한다. 딸이 진짜 어머니의 후계자가 되기 위해서 어머니를 타자의 여러 얼굴 중 하나로 인식해야 한다는 점, '너'가 '너'여야 '우리'가 될 수 있다는 차이를 인정하는 윤리학, 차이의 정치학을 언급한다.

> 몸져누운 어머니의 예순여섯 생신날
> 고향에 가 소변을 받아드리다 보았네
> 한때 무성한 숲이었을 음부
> 더운 이슬 고인 밤 풀여치들의
> 사랑이 농익어 달 부풀어 그곳에
> 황토먼지 날리는 된비알이 있었네
> (⋯⋯)
> 부끄러워 무릎을 끙, 세우는
> 어머니의 비알밭은 어린 여자아이의
> 밋밋하고 앳된 잠지를 닮아 있었네
> 돌아갈 채비를 끝내고 있었네
>
> ─김선우, 「내력」 중에서

딸은 고향에 내려가 어머니 소변을 받아드린다. 늙어 몸져누운 어머니의 음부를 들여다보는 딸은 그 안에서 여성 삶의 내력을 지켜본다. 한때 사랑이 농익던 그곳이 이제는 황토 먼지가 날리는 "된비알"이 되었다고 노래한다. 산간 마을 여인의 성기, 어머니의 속살은 다시 "어린 여자아이의/밋밋하고 앳된 잠지"가 되고 다시 딸의 어린아이로 돌아가 소변을 보고 있다. 딸은 어머니 몸을 닦아드리며 어머니에게서 딸로, 다시 어머니에게로 이어지는 여성 삶의 복수성을 느낀다. 어머니와 딸은 서로 맞닿아 있는 '복수적인 교호' 속에 놓여 있다. 몸은 중복되거나 중첩되는 것이다. '딸'이면서 다른 타자로서의 '어머니', 김선우의

시는 여성 삶의 복수성과 혈연적 유대로서의 여성 간의 대화, 남성 혈
연 중심 계보를 뒤집어 모계를 통한 여성 계보학을 보여준다.

　다음의 시는 주체와 대상이 분리되지 않는 몸과 몸의 혼재를 드러낸다.

> 알 것 같네 어머니는 물로 빚어진 사람
> 가뭄이 심한 해가 오면 흰 무명에 붉은,
> 월경 자국 선명한 개짐으로 깃발을 만들어
> 기우제를 올렸다는 옛이야기를 알 것 같네
> 저의 몸에서 퍼올린 즙으로 비를 만든
> 어머니의 어머니의 어머니들의 이야기
>
> 　　　　　　　　　　　—김선우, 「물로 빚어진 사람」 중에서

> 수련의 하루를 당신의 십년이라고 할까
> 엄마는 쉰살부터 더는 꽃이 비치지 않았다 했다
> (……)
> 나는 꽃을 거둔 수련에게 속삭인다
> 폐경이라니, 엄마,
> 완경이야, 완경!
>
> 　　　　　　　　　　　—김선우, 「완경」 중에서

　몸은 시간을 역행하며 경계를 넘는다. 어머니의 몸은 순수함과 불순
함의 구분경계가 무화되는 몸이다. 그러나 여성시에 나타나는 일반적
모성성은 남성 신화에서 극단적으로 물리성이 배제된 관념적 판타지의
구성물이라는 점에서 의문이 제기될 수 있다. 앤젤라 카터는 『사드적
여성』에서 "모성의 우월성을 강조하는 이론은 여성들이 스스로를 위안
하기 위해 만들어낸 허구들 중 가장 위험한 것이다"라고 말한다. 모성

성의 초월적 근원성은 역사적 세계로부터 완벽한 도피를 가능하게 한다. 여성시는 모성적 상상력의 위무로 말미암아 매너리즘과 손쉬운 자기 위안에 빠질 수 있다. 여성시는 자연과 동질성을 느끼면서 위안을 찾는 자기 퇴행을 경계해야 한다.

결국 여성적 글쓰기는 가부장적 지배질서 안에서 받는 억압에 대해 인식하고 그에 저항하는 전략들과 관계한다. 그것은 다양한 자기 진술의 방식들을 찾아가는 것으로 나타난다. 여성의 분노는 예술적 분노와 연결되어 침묵으로 혹은 여성적 방언으로, 망설임으로, 반복하거나 강조하면서 때로는 사실을 은폐하는 전략으로 나타난다.

5. 한국 현대 여성시사의 계보와 여성시학의 딜레마

한국 현대 여성시는 20년대 나혜석, 김명순, 김원주 등에서 힘겹게 시작하여 노천명, 홍윤숙 시에서 여성적 자의식에 대한 문제가 제기되고 60년대 김남조, 허영자 시에서 서정적 감수성이 첨예화된다. 여성 시인들이 대사회적 전언과 함께 독특한 자기 세계를 펼쳐 보이는 것은 70년대부터다. 70년대 강은교, 문정희, 천양희 등에 주목해볼 수 있다. 김정란은 70년대 한국 여성시가 언어적 금기에 도전하면서 시적 기교에서의 높은 성취와 첨예한 문학적 자의식을 보여주고 있다고 설명한다. 80년대는 민중적 상상력을 보여준 고정희, 격렬한 자기 해체와 세계의 불모성을 고발한 최승자, 검은 유희로서 언어적 교란과 속도와 실험을 보여준 김혜순, 초기 원시적 신화적 상상력에서 불꽃의 열정으로 타자화된 여성 삶을 폭로하며 세상을 비웃는 김승희에 주목해볼 수 있다.

90년대 여성시는 훨씬 다양한 어법과 문체, 인식 접근을 보여준다. 언술의 방법적 해체로서 무의식 욕망을 기표로 드러내는 전복적 방식

(김정란, 박서원), 여성 육체에 새겨진 경험을 폭력적으로 전유하여 섹슈얼리티를 통해 젠더를 교란하는 방식(조말선, 김언희), 날카로운 비유적 상상력(이향지, 최정례, 이사라), 존재론적 상처와 영혼의 깊이를 들여다보는 예감의 시선(조용미, 이진명, 천양희), 알레고리적 서사를 통한 새로운 여성 동화의 탄생(성미정)과 도나 해러웨이가 말하는 테크놀로지 사이보그로서의 기계여성(이원), 존재와 사물의 상징화(이수명)와 사물과 존재의 비밀을 드러내는 활달하고 경쾌한 상상력(이상희, 황인숙), 모성성의 깊이(허수경, 김선우)와 생에 대한 계시적이며 나지막한 깨달음(나희덕), 진솔한 성고백과 서정적 까발림(최영미, 신현림), 열정적인 삶의 한 방식(이경림) 등을 생각해볼 수 있다.

이와 같은 여성 시인들을 유형화하는 방식은 때로 양극단의 두 개 항과 그 사이 통합으로서의 매개항이라는 통상적인 세 가지 분류(극단적 실험과 전복/모성성/매개항)를 생각해볼 수 있다. 하지만 여성시 유형은 어떤 분류의 방식으로 포괄하기보다는 여러 가지 '다른 목소리', 즉 '과정중의 시학'으로 설명해야 하지 않을까. 여성은 아버지-남성-언어를 해체하면서 동시에 아버지-남성-언어를 전유할 수밖에 없는 이 이중적 혼돈 속에 놓여 있다. 다시 말해 자기 진술의 혼돈이라는 현재진행의 과정중에 있다. 진실과 위장 속에서, 침묵과 발설 속에서, 두 가지 상반된 충동 속에서 개인적이면서도 친밀한 '분열된' 자아를 드러내는 방식. 여성시학은 어떤 유형화 속에서 찾기보다 다양하고 개별화된 목소리의 파편화된 방식으로 이해되어야 한다.

본질적으로 '여성적인 것'이란 없으며 역사와 문화를 가로질러 여성들을 하나로 묶는 공동의 정체성이라는 견고한 토대란 없기 때문이다. 여성적 글쓰기에 대한 시각은 특유의 어떤 특수성이 텍스트에 내재해 있다는 본질론에서 출발해서는 안 된다. 오히려 여성적 글쓰기는 근본적으로 여성의 텍스트 속에 생기는 특수한 언어적 형식, 언술 전략과 그로 인한 시적 효과와 의미에 의해 만들어진다. 리타 펠스키의 말대로 여성의 글쓰기를 회복하려는 페미니즘적 욕망은 여성의 목소리가 필연적으로 진리를 말한다는 인식론적 주장이 아니라 그 잃어버린 여성의 목소리를 되찾으려는 정치적 실천 속에서 실현될 수 있다.

그럼에도 여성시학이 가지는 몇 가지 딜레마가 있다. 우선 '모성성 신화'에 대한 부분이다. '모성성'은 여성시학에서 남성성과 구분하여 여성성을 대표적으로 드러내는 대항신화라 할 만하다. 사실 모성성은 근대의 출발과 연관되어 더욱 신비화되는(근대적 주체는 '어머니'로부터 철저하게 분리되면서 형성된다. '소외'를 통한 배타적 동일성이 도리어 '어머니'에 대한 모성성 신화를 구체화한다) 측면이 있지만, 동시에 산업과 과학기술은 여성을 자연에서 마지막 남은 구원의 장소로 보는 여성성의 신화를 탈신비화하는 데 기여하기도 한다. 인공수정과 대리모 출산 등 근대성은 본질적으로 천부적인 여성다움이라는 개념을 탈자연화하며 해체한다. 그러나 한편 과학과 문명이 급진전될수록 '모성성'으로서의 여성 신화가 남성 환상적 재현 속에서 강화되고 있는 것 또한 사실이다. '모성성' 신화는 소외되지 않은 향수 자체로서 여성을 상정함으로써 사회적 역사적 질서 너머에 존재하는 여성, 상징계 너머 타자로서의 여성이라는 근대적 이원론의 도식을 답습하는 함정이 있다. 여성이 근본적으로 자율적인 주체라는 환상을 좇기보다 사회와 역사 속에서, 타자성의 관계성 속에서 스스로의 위치를 검열하며 성취해나가야 하는 이유가 여기에 있다.

둘째, 여성적 글쓰기는 저항담론을 방법적으로 전략화하기 위해 상징적 언어체계를 넘어 기의와 분리된 기표들을 나열한다. 그것은 말에 의한 분별과 인식이 일어나기 전의 세계, 즉 의미화 이전의 어머니 몸말을 찾으려는 노력이라 할 수 있다. 이것은 남성-아버지-언어에 대한 저항적 의미를 지니지만 때로 해체적 언어가 독자와의 소통 불능을 초래하기도 한다. 여성시학의 미학을 분석하고 읽어낼 수 있는 여성시에 대한 독법과 방법적 고민이 필요하다.

다음으로 여성시가 여성 특유의 신체적 경험과 기억을 환기하는 방식들, 이를테면 월경, 임신, 질병, 강간, 낙태, 출산 등의 주제들이, 여성 고유의 미학을 구성하는 일면도 있지만, 지나친 고통의 시학을 일관되게 드러내고 있다는 점이다. 또한 여성 특유의 신체적 기억이 소재주의로 반복될 때 매너리즘화, 상투화될 위험이 있다.

한국 여성시학은 '대항시학'을 넘어 진화를 거듭하고 있다. 여성시학은 근대 삶의 가장 실험적이면서도 근원적인 서정을 지니고 있다. 이질적인 것들의 갈등을 상정하는 숨가쁜 우리 문명사의 과제 속에 놓여 있는 것이다. 자기 갱신의 반성적 지점을 통과하며 진화를 거듭하고 있는 한국 여성시학은 좀더 치열하게 근대를 사는 한국시의 현대적 좌표라 할 수 있다.

보유 — '창녀적 여성'이라는 말

여성시와 여성시 비평, 여성 담론의 형성과정은 여성 몸의 히스테릭한 현상처럼, 몸 안에 떠도는 자궁의 비명처럼, 체계적인 어떤 질서를 구축할 수가 없다. 끝없는 모색과 모색의 무수한 지점들만을 제공한다. 젠더에 대한 투쟁의 과정이 마지노선을 형성하면서도 끝없이 자신의 정립을 부정하는 이중적 저항의 의미를 지니기 때문이다. 그것은 결국 아버지-남성-언어와의 대결이면서 동시에 그 언어 밖에서 언어를 가지고 소통할 수밖에 없는 여성적 딜레마를 내포한다.

여성시에 대한 분류와 유형화는 위험한 변수가 있지만 나는 나름대로 여성 글쓰기의 새로운 유형들을 정리해보고 싶었다. 내가 나름대로 새롭게 이미지화한 유형은 '아마존적 여성'과 '창녀적 여성'이다. 아마존적 여성은 흔히 스스로 활을 들고 수렵을 한다는 점, 남아를 낳으면 버리고 여아를 키운다는 점, 여성 무인들로만 이루어진 집단이라는 점에서 여성 전투사를 연상시킨다. 한편 아마존적 여성은 수유보다 활시위 당기기를 위해 유방을 자른다는 점에서 성욕과 수유보다 생활을 선택한 여성이다. 아마존적 여성은 전투적 여성으로 비칠 수도 있지만,

여성 스스로 독립적 성이 된다는 점에서 성 구분을 해체하는 중성적 여성에 가깝다.

나는 한때 '창녀적 여성'이라는 명명으로 혹독한 통과제의를 치른 적이 있다. '창녀적 여성'이란 명명은 매우 복합적 의미를 내포한다. '창녀'의 이미지는 경제적 이유로 성거래를 한다는 단순하고 저급한 논리를 넘어선다. 여기서 '창녀'라는 말은 훨씬 전복적이고 정치적인 함의를 지닌다. 즉 관습적인 남성적 시각에 의해 고착된 부정적 함의를 여성적 시각에서 전유함으로써 오히려 남성 질서를 조롱하고 풍자하는 역설적 의미를 상정한다. 사실 '창녀'는 남성을 통해 경제적 필요를 채우는 동시에 남성 가부장적 지배논리에 대한 전면적 저항을 상징하기노 한다.

무대 위에서 가수 마돈나가 의도적으로 '창녀적 여성'을 연기하며 "퍽큐"라고 말하고 가운뎃손가락을 들어올리는 것은 관능적 여성에 대한 남성 시선을 역반사적으로 조롱하기 위함이다. 마돈나는 남성의 위선을 오히려 농락한다. 사실 창녀적 여성은 남성 상징계를 가장 위협하는 위험하고 불안정한 경계를 표상한다. '이빨 달린 질'은 여성 관능이 가지는 극치의 쾌감과 거세공포를 동시적으로 드러낸다. 이와 같은 '창녀적 이미지'가 가지는 전복적 성격은 남성적 관습을 전유하여 남성 시각을 공격하는, 이를테면 자신의 상처를 거리낌 없이 내보임으로써 오히려 남성 시각의 폭력성을 고발하는 의미를 지닌다.

한편 '창녀'의 여성성에 대해 돈으로 얼마든지 거래할 수 있는 천박한 몸이라고 통념적으로 생각하기보다, 우리의 누이같이 정신적으로 순결하면서 박애주의적 사랑을 하는 여인이라고 생각할 수도 있다. 황석영의 「삼포 가는 길」에서 술집 작부 '백화'는 빚 때문에 술집에서 도망치는 몸이면서 자신을 지나쳐간 남자들의 옥바라지 군대바라지를 한다. 고통과 수모 속에서도 사람에 대한 깊은 사랑을 간직하는 큰 사랑의 모습을 상기해볼 수 있다. 그러나 '창녀와의 사랑'은 가장 섬뜩한 환각과 환멸을 동시에 내포한다. '창녀'는 경제적 거래에도 불구하고 전적으로 배타적으로 소유되지 않는 여성이기 때문이다.

요컨대 내가 사용하는 '창녀적'이란 말은 대상의 어떤 도덕적 파탄이나 윤리적 상황을 가리키는 것이 아니라 오히려 그러한 전통적 기의들을 전복시키기 위한 것이다. 다시 말해 '창녀적 여성'은 남성 시각에서 본 적대와 천대의 의미라기보다 오히려 남성 위선을 고발할 수 있는 위대한 삿대질로서의 용어다.

그러나 여성시 담론형성은 이미 익숙한 남성 언어로 남성 규범언어를 깨뜨려야 하는, 자기 파괴적이며 지난하고도 고독한 작업이다. '창녀'라는 말의 부정적 함의에서 자유로워지는 것은 끝없이 말을 끌어안고 아버지-언어와 겨루는 시적 대결이 없이는 불가능하다. 여성 안에 깊숙이 들어와 이식되어 있는 언어상징체계를 벗어나기는 어려운 것이다. 해방적 여성시는 언어를 분열하고 해체하는 과정에서 무수히 많은 언어적 교란을 보여줌으로써 성 정체성의 자기 분열을 감행해야 한다. 김혜순은 자기 혈투의 전범을 보여주는 시인이다.

결국 여성시, 여성시 담론은 언어를 통해 언어와 싸워나가는 복합적 딜레마를 간직한다. '창녀적 여성'이란 명명이 불러일으킨 언론에서의 일련의 논란들은 여성이 문신화되어 있는 기존 언어의 관습에서 벗어나기가 얼마나 지난한 싸움인가를 보여주는 역설적 반증이다. 여성은 정체성의 갈라짐과 찢어짐 없이 고통스러운 실존을 만날 수 없다.

피의 서사, 야수의 몸, 그 저주를 넘어
─한국 현대문학에서의 남성성에 대하여

마네, 〈풀밭 위의 점심식사〉

남성에게 여성은 먹기 좋은 점심식사거나
남성 시선 속의 관음증적인 대상이다.

1. 더럽혀진 피

영화 〈바람난 가족〉은 가족 서사가 아니다. 가족 구성원 개개가 불륜
을 꿈꾼다는 동성이몽에 대한 영화가 아니다. 〈바람난 가족〉은 한국 근

대사가 가지고 있는 뻑뻑한 내출혈이 분출한 영화다. 주영작의 아버지가 병원 하얀 시트 위에 내뿜는 피, 주영작의 얼굴 위로 뿜어대는 피의 분출, 〈바람난 가족〉은 '더러운 피'의 영화이며 '더럽혀진 피'에 관한 영화다.

식민지와 전쟁을 겪으면서 아버지는 부재하는 존재이거나 불구자, 혹은 경제적 무능력자였다. "애비는 종이었다" "아버지는 남로당이었다" "아버지는 월북했다"는 한국 근대사에서 아버지에 대한 무의식적 상징이 되어왔다. 아버지는 오욕된 역사와 과거의 열패감을 확인시키는 묻어두고 싶은 '두려운 진실'이었다.

영화 시작에서 인권변호사인 주영작이 한국전쟁 때 몰살당한 양민 시체구덩이, 해골들이 묻혀 있던 구덩이 속으로 떠밀려 떨어지는 장면은 묻혀 있던 위장된 역사, 모욕당한 역사 속으로 떨어지는 남성 현실을 비유한다. 진실은 잘 매장되어야 하며 파헤쳐져서는 안 되는 광기의 무덤인 것이다. 발설해서는 안 되는 비밀, 언급해서는 안 되는 야만의 역사, 그것이 바로 한국의 아버지이며 아버지의 역사다.

아버지의 역사가 피의 역사이며 피의 분출이며 피의 더럽혀짐이라는 사실은 영화 곳곳에 나타난다. 주영작의 아버지는 북한에 자신의 어머니와 여동생을 두고 아버지와 단둘이서만 월남한다. 그는 평생 자신의 아버지에 대한 이야기와 어머니, 여동생에 대한 이야기를 아들 주영작에게 할 수 없다. 자신과 자신의 아버지만 살아남았다는 지독한 죄의식, 주영작의 아버지는 '상처받은 아버지'다. 정상적인 동일화의 모델을 찾지 못한 아들은 아버지의 상처를 물려받는다.

주영작의 아버지가 자신의 아버지와 단둘이서 월남한 것은, 역사란 남성의 핏줄에 의해 이어져야 한다는 엄격한 혈통주의 때문이다. 그러나 주영작 부부는 불임이었고 그들은 결국 입양을 한다. 입양아가 불의의 사고로 살해되고 이후 주영작의 부인은 옆집 고등학생의 아이를 임신한다. 피는 더럽혀지고 모욕당한다. 자신의 핏줄로 가계를 계승하고자 하는 남성의 피는 철저하게 배반당한다. 어이없는 가족 악몽이다.

입양아 : 엄마, 왜 내가 입양되었다고 말해주었어요?
엄마(주영작의 부인) : 그건 너도 진실을 알 권리가 있으니까.
입양아 : 그렇지만 나는 입양되었다는 사실을 몰랐을 때보다 알게 된 후로 더 기분이 나빠요.(강조는 필자)

결국 한국의 역사란 몇십 년 동안 매장된 해골이 파헤쳐지는 '두려운 진실의 역사' 라는 사실을, 아버지가 부재하는 사생아/입양아의 역사라는 사실을, 그럼에도 그토록 시키고자 한 순수혈통이 불량기 넘치고 철없는 '고딩' (고등학생)의 핏줄로 이어져야 한다는 어처구니없는 비극이라는 것을, 영화는 드러내고자 한 것인가.

한국의 근대사는 부권 실추의 과정으로 점철되어왔다. 식민지 체험과 전쟁과 분단. 이상은 가부장적 권위로 끝없이 자신을 지배하려는 아버지라는 전통에 대하여 "아버지의 아버지의 아버지의 아버지 옆에서 졸고 있"는 자신을 노래한다. 김수영은 벽에 걸려 있는 아버지의 사진을 똑바로 쳐다볼 수 없어서 숨어서 몰래 쳐다본다고 말한다. 이성복은 "아버지, 아버지…… 씹새끼, 너는 입이 열이라도 말 못 해"라고 욕설을 퍼붓는다. 최승자는 "아버지, 내 몸에서 당신을 낳을 거야"라고 노래한다.

근대는 남성적 이성주의를 완성시키고 성취하고자 하는 문명의 역사였다. 근대의 길은 강력하고 분명한 목적의식으로 문명을 탈취하면서 강하게 살아가야 한다는 '남성적 이상' 을 향한다. 그러나 동시에 근대는 남성성의 철저한 찢김과 파열을 경험하게 한다. 근대적 이성은 결국 육체적 욕망을 거세하고 철저하게 훈육된 남성 부르주아적 개인을 만들어낼 뿐이다.

영화 〈박하사탕〉에서 영호는 사진을 찍고 싶어하던 순수한 청년에서 5·18 때 투입된 국군, 고문형사, 타락한 가구점 주인, 주식 폭락 때문에 이혼당한 가장으로 서서히 몰락해간다. 해방 이후 냉전체제와 그 논리를 구축한 고전적 이항대립 속에서 남성은 이념의 희생양이 되거나 병든 문명의 정복과 투쟁의 원리 속에서 타락해가는 패배자가 된다. 좌익과 우익의 충돌 속의 월북자, 베트남 전쟁의 용병, 중동으로 수출된 노동자, 80년대 지명수배자, IMF 실직과 노숙자…… 그리하여,

그들이 이른 곳은 어디인가. 아침이면 구부러진 못 같은 시든 남성을 내려다보며 잃어버린 자신의 꿈을 찾기 위해 몸부림치는 불쌍한 한 짐승이 아닌가. 끝없이 내면의 욕망을 억압해야 하는 무의식적 강요 속에서 억압된 욕망은 때로 일탈적 분출을 감행하기도 한다. 영화 〈거짓말〉에서 서른여덟 살의 화가와 여고생의 끈질긴 성 행각은 남성의 굴절된 욕망에 대한 정확한 알레고리적 증좌다.

그렇다면 남성이란 무엇인가. 남성성이란 무엇인가.

2. 근대 남성의 탄생

오랫동안 여성이 '여성스러움'이란 상징적 기호에 갇혀 있었던 만큼 남성도 '남성다움'이라는 기호의 지배 아래에 놓여 있었다. 우리가 익히 아는 바대로 성을 생물학적 법칙에 종속되는 성(sex)과 사회문화적 요인에 의해 설명되는 후천적 성(gender)으로 구분할 때, 문제는 우리 사회가 사회문화적 성별 정체성에 따라 성별 전형화, 고착화를 만들어내고 있다는 사실이다. 이를테면 두 성을 이원적으로 단순화시켜 각 개인의 성과 성별, 성적 정체성이 항상 일치하는 것이 아님에도 불구하고 사회제도, 관습, 관념에 성과 성별, 성별 정체성을 일치시키려 하였다

는 것이다. 그렇게 하여 그런 규범에 일치하지 않는 이들을 처벌하고 비난한다.

다음으로 성별 특징을 생물학적 성의 차이에 의해 결정되는 보편적인 것으로 오해한다는 점이다. 성별이 사회문화적 개념이라면 그것은 구체적인 사회문화적 맥락 속에서 파악되어야 한다. 남성다움이란 사회문화에 따라 다르며 심지어 문화에 따라 규정되는 남성성의 특징들이 상호모순될 수도 있다. 그런 점에서 보편적으로 정의되는 '남성성'이 아니라, 구체적 맥락 속에서 남성성을 이해하는 시각을 가질 필요가 있다. 그런 연유로 '남성성'이라는 술어는 적절치 못하다. 마치 남성성 그 자체가 실재하는 것 같은 환상을 심어준다. 우리는 '남성성'이 아니라 '남성성의 여러 맥락들'에 관한 이야기를 할 수 있을 뿐이다.

그러나 남성성에 대한 숱한 담론과 변이 양상에도 불구하고 남성성에 대한 항목들은 생물학적 환유적인 상상에 의해 유추되고 윤색되어 왔다. 남성성은 하나의 본질이라기보다는 남성의 지배를 정당화하려는 경향을 가진 일종의 이데올로기로 변질되어왔기 때문이다. 남성성이란 이성 중심의 남성적 진리체계를 뜻하며 남성의 가치규범에 의해 지배되는 성적 문화적 사회적 특징을 포괄하는 용어다. 이것은 남성을 사회적인 삶의 양식에 선행하는 본질로 보는 것이다. '남성성'은 가부장적 이데올로기를 전파시키는 근본적인 규범을 이룬다. 다시 말해 성인 남성의 성적 정체성을 절대화하며 성차별적인 사회구조와 이데올로기를 수치하기 위한 반동적 의도를 담고 있다.

R. W. 코넬은 우리가 갖고 있는 남성성에 대한 관념들이 근대라는 역사적 시기에 형성된 최근의 것임을 주장한다. 남성/여성의 특징을 양극적으로 범주화한 것은 근대문화의 산물이라는 것, 즉 신분 대신 성이 새로운 사회조직원리가 되어 근대 부르주아 사회를 형성하는 기초가 되었다는 수상이다. 현재의 남성성/여성성이, 공적 영역과 사적 영역

의 활동공간 배당을 근거로 형성된 근대사회에서 출발하고 있다는 말은 상당한 근거를 가진다.

조혜정에 따르면 전통사회에서 내세운 문사적 인간상은 명분주의적이고 이상주의적이지만 현실생활에서는 상당히 나약하고 의존적인 인간이었다. 이에 반해 현대적 남성다움은 '책임, 결단, 독립심, 성취주의, 힘, 합리성을 갖춘 인간상'이라는 것이다.

산업자본주의 사회에서 남성에게 강조되는 것은 '부양자의 윤리'이다. 이때 '남성다움'은 책임감, 합리성, 자제력, 결단력, 여성보호적 태도라 할 수 있다. 남성들은 감정을 초월하여 일을 완수하고 남성들끼리의 '동맹의식'을 가지면서 남성간의 감정적 친밀성을 농담이나 몸싸움의 형태 등으로 표현한다. 그리하여 근대 초기에 형성된 남성상은 모든 여성적인 것에 대한 거부, 사회적 성공, 자신감과 강함, 무모할 만큼의 용기와 공격성 등이라 할 수 있다.

김수영의 시에는 강한 정신과 행동을 촉구하는 속도와 설움이 깃들어 있다.

　

　瀑布는 곧은 絶壁을 무서운 기색도 없이 떨어진다

　

　規定할 수 없는 물결이
　무엇을 向하여 떨어진다는 意味도 없이
　季節과 晝夜를 가리지 않고
　高邁한 精神처럼 쉴사이없이 떨어진다

—김수영, 「瀑布」중에서

곧은 정신과 곧은 소리에 대한 열망이 드러난다. 적극적 자기 성취와 목적의식으로 가득 차 있다. 그것은 강력하고 분명한 목적의식을 가지고 강하게 살아가야 한다는 '사내대장부 콤플렉스'를 내포하고 있다. 김수영이 가지고 있었던 세계에 대한 명분과 무거운 책임의식은 사실 근대에 속해 있던 남성성의 한 표징이다.

3. 거대한 뿌리, 분열된 남성의식

김수영의 시 「거대한 뿌리」는 전통과 역사에 대한 애착과 사랑, 거기에 뿌리내린 남근적 의식을 표현한다. '뿌리'라는 어의적 상징은 가부장적 역사 속에서 구성된 남성 상징을 의미하는바, 전통적 근거라는 것은 이념과 명분과 역사의 남성 전일적 세계인 것이다. 근대문명은 개인을 노동의 도구로 머물게 하고 개인에게

일본의 할복작가 미시마 유키오.
『금각사』 미조구치의 슬픈 위악에 건배를!

노고와 자제를 강요하면서 지배 이데올로기를 강화해간다. 김수영은 근대를 받아들일 수밖에 없는 역사적 현실성 속에서 의무와 희생, 책임과 자의식 사이에서 근본적인 분열을 드러낸다. 「거대한 뿌리」에서 시인은 역사에 투철하고 남성적인 확신에 차서 "나는 ~할 수 있다" "나는 ~한다"고 자신만만한 진술을 하고 있으나, 표면의 맥락과는 조화되지 않는 이미지, 구절 속에서는 "나는 ~할 수 없다" "나는 ~가 되지 못한다"고 중얼거린다. 그것은 남성적 확신과 소심하고 불안한 또다른 자아 사이의 중얼거림이다.

이윤 추구와 도구적 합리성을 토내로 하는 자본주의 체제하에서 남

성은 사회에서 요구하는 기능적 목적성을 내면화해가고 그 과정에서 일정한 괴리를 느낀다. 왜냐하면 일터에 나간 아버지와 관계를 맺지 못하는 상황에서, 언제나 자기와 함께 있는 어머니에게서 역모방의 전형을 찾아야 하기 때문이다. 남성들은 수천 년 동안 오로지 여성들에 의해 양육되었기 때문에 그 경계선에서 자신의 내부에 깃들어 있는 여성성을 추방하는 데 많은 에너지를 소비하게 된다. 여성을 자신에게서 추방함으로써 그들의 남성성이 구제된다고 생각하기 때문이다. '반여성다움'에 대한 집착, 그로 인해 남성은 어머니로부터 스스로를 과도하게 분리하거나 여성을 비하함으로써 자신의 남성성이 확립된다고 믿게 된다.

사나이다운 남성은 행동력으로 자신을 드러내려 한다. 그러나 이러한 행동력은 어머니에게 보호받고 싶다는 욕망에 대한 과도한 억제의 반작용이라 할 수 있다. 여성성과 수동성에 대한 지독한 공포가 드러난 것이다.

그러나 우산대로
여편네를 때려눕혔을 때
우리들의 옆에서는
어린놈이 울었고
비 오는 거리에는
四十명가량의 醉客들이
모여들었고

— 김수영, 「罪와 罰」 중에서

그것하고 하고 와서 첫번째로 여편네와
하던 날은 바로 그 이튿날 밤은
아니 바로 그 첫날 밤은 반시간도 넘어 했는데도

여편네가 만족하지 않는다

그년하고 하듯이 헛바닥이 떨어져나가게

물어제끼지는 않았지만 그래도

—김수영, 「性」 중에서

김수영 시에서 남성의 딜레마는 '가위눌림'으로 나타난다. 과도한 피로감, 무력감, 장전된 긴장과 대결의식, 공범의식, 죄의식 등이다. 김수영이 공범의식을 유표화하는 특정한 기표들은 자학, 욕설, 반성, 가학 등으로 얼룩져 있다. 부정한 세계와 공모관계임을 전경화한다. 자신이 스스로 범인임을 과장되게 공포하는 것, 이 강렬한 양심적 도전은 어떤 짐에서 어떤 강박을 내포하고 있다. 김수영이 시로써 보여주고자 했던 '시적 혁명'이란 자의식의 자학적 고백과 위악적 목소리를 통하여 자신을 살해하는 '또하나의 무대'였다.

김수영의 과도한 자기 폭로와 위악성은 여성, 성 일반에 대한 남성 혐오와 자기 부정을 동시적으로 환기한다. 김수영은 아내를 위악적으로 표현함으로써 자기 안에 내재한 여성성, 비겁한 소심함을 물리칠 수 있다고 생각한다.

여성은 남성에게 반사된 타자인 것이다. 남성은 여성을 증오함으로써 자기 안의 어머니를 살해할 수 있고 자신의 남성성을 유지할 수 있다. 어머니의 자궁에 대한 향수 어린 욕망에 대항할 수 있다고 생각한다. 즉 어머니를 배반하지 않고는, 어린 시절의 사랑의 끈을 잘라버리지 않고서는 남성이 될 수 없다. 어머니에 대한 부정은 종국에는 자기 부정과 연관되고 그러한 죄의식은 공격성과 증오심으로 발전해간다. 남성은 자신의 성장을 방해하는 어머니의 전능에 대항하여 격렬하게 발버둥친다.

장정일 소설 『너에게 나를 보낸다』에서 '운동권'은 장 밖의 격밀한 시위현장을 보면서 격분한 나머지 방 안에서 자기를 따르는 여자의 등을 돌린 채 후삽입 섹스를 한다. 피스톤운동을 할 때마다 그는 "파쇼 타도! 파쇼 타도!"를 외친다. 그가 데모를 하는지 섹스를 하는지 알 수가 없다. 전통적인 역할 수행에 따라 지배적 위치를 점했던 남성이 자신의 지배적 위치를 확고히 해줄 실제적 토대를 잃자 불안하고 초조해져서 급기야 정복적인 성행위나 폭력행위를 통해 자신의 남성다움을 확인하고자 한다. 동시에 여성 지배에 대한 두려움이 패권주의적 남성성으로 드러난다. 남성은 여성을 경멸하고 공격하는 폭력적 성행위를 통해 정체성 혼란에 빠진 자신을 구해낼 수 있다 생각한다. 정복적인 성행위를 통해 자신의 불안을 해소하고 나약한 남성의 불안증을 잠식하려 하는 것이다.

4. 창녀 어머니

어머니/여성에 대한 부정은 한국 근대사에서 하나의 무의식적 상징으로 고착화되어왔다. 불구인 아버지에 대응하여 어머니는 모독당하는 모습으로 등장한다. "애비는 빨갱이였다"라는 명제는 "에미는 창녀였다"라는 말과 등가를 이룬다. 김승옥의 소설 「염소는 힘이 세다」의 '누이', 오정희 소설 「유년의 뜰」의 '어머니', 영화 〈아름다운 시절〉(이광모)의 '창희 어머니' 등 불우한 한국사에서 여성은 왜곡되고 불구화된 남성과 똑같은 방식으로 더럽혀지고 순결을 잃는다. 「염소는 힘이 세다」에서 누이는 도회에 나가 몸을 더럽히고, 「유년의 뜰」에서 '어머니'는 전쟁에 나간 아버지 대신에 밤마다 화장을 하고 술집에 나간다. 〈아름다운 시절〉에서 '창희 어머니'는 방앗간에서 미군 흑인 병사에게 몸을 내주고 강변에서 미군 군복을 빨며 생계를 이어간다. 아버지의 무능력과 부재는 어머니, 누이의 매음과 위태로운 육신(기형도, 「위험한 家系·

1969」)으로 이어진다. 무능한 남편, 아버지와 매춘으로 가계를 이어가는 아내, 어머니라는 기형적 가족구성 속에서 아들은 폭력적 아버지의 계승자가 된다(「유년의 뜰」의 오빠). 또는 자신이 남근의 전능성을 가진 존재가 아니라 실제로 초라한 성기를 가진 존재임을 발견하는 상징적 거세를 겪게 된다.

장정일의 소설 『너에게 나를 보낸다』는 남근을 하나의 추상적 기호표현으로 등장시키면서 남성성의 획득과 남성성의 거세를 서로 엇갈리며 겪게 되는 두 명의 남성을 보여준다. 도색소설을 써서 생활을 꾸려가는 '나'에게 성(性)의 화신처럼 보이는 '바지 입은 여자'가 찾아온다. '바지'는 '당신의 글과 같은 꿈을 꾸었다'라는 말로 접근해온다. 그것은 언어를 통한 하나의 구원, 상상적 노피로서의 언어적 동료의식을 드러낸다. 그러나 '나'는 '바지'의 '성'의 노예가 되고 '가방모찌'와 운전기사가 된다. 한편 '나'의 친구였던 발기불능자 '은행원'은 '내'가 버린 타자기로 소설을 써서 베스트셀러 작가가 되고 그와 동시에 성기능 장애를 극복하게 된다. '바지'는 '나'에게 글을 다시 써보라고 권하지만 '나'는 '더이상 꿈꾸고 싶지 않다'고 말한다. 언어와 예술을 통한 진정한 의사소통은 완벽한 발기불능에 빠지고 만다.

『너에게 나를 보낸다』는 언어와 성이라는 두 가지 범주, 즉 '아버지의 질서와 어머니의 무의식' 사이에서 길항하는 남성의 존재방식을 교묘하게 드러낸다. 언어의 세계를 버리고 철저하게 성의 환각, 여성의 자궁 속에 귀착한 도색소설가 '나'는 여성(관능의 상징)에 의해 남성성을 거세당한 인물이다. 이에 반해 은행원은 언어를 되찾으면서 남성성을 회복하는 인물로 등장한다. 우리가 익히 아는 라캉의 말대로 어린아이가 언어를 배워가면서 아버지의 질서와 법을 받아들이게 된다면 은행원은 '펜/페니스'(남근형상)를 회복하면서 남성적 질서, 즉 베스트셀러라는 산업자본의 상품세계로 이식된다.

　여기서 남성성(남근)의 '퇴행과 성장(발기)'이라는 이중 서사는 성에 대한 남성성의 이중성을 묘파해낸다. 즉 남성에게 성행위란 '여성성 / 자궁(거대한 어머니)'에 함몰되어 남성 자아를 잃어버릴지도 모른다는 공포와 두려움이면서 동시에 성 권력적 우월성, 남성 권위를 획득하는 강렬한 남성성의 발휘라는 이중적 경계다.

어디에 갔을까 충남 당진 여자

나를 범하고 나를 버린 여자

스물 세 해째 방어한 동정을 빼앗고 매독을 선사한

충남 당진 여자 나는 너를 미워해야겠네

발전소 같은 정열로 나를 남자로 만들어 준

그녀를 나는 미워하지 못하겠네

충남 당진 여자 나의 소원은 처음 잔 여자와 결혼하는 것

(……)

그러나 너는 달아나 버렸지 나는 질 나쁜 여자예요

택시를 타고 달아나 버렸지 나를 찾지 마세요

(……)

어디에 숨었니 충남 당진 여자 내가 나누어 준 타액 한 점을

작은 입술에 묻힌 채 어디에 즐거워 웃음짓니

(……)

사실 내가 바랐던 것 그녀가 달아나 주길 내심으로 원했던 것

(……)

그러면 네가 버린 게 아니고 내가 버린 것인가

아니면 내심으로 서로를 버린 것인가 경우는 왜 그렇고

1960년 産 우리 세대의 인연은 어찌 이 모양일까

—장정일, 「충남 당진 여자」 중에서

(일반적일지는 모르겠지만) 남성의 동정은 대개 매음녀에게 바쳐진다. 시적 화자는 자신을 남성으로 만들어준 충남 당진 여자에 대한 양가적 감정에 시달린다. "너를 미워해야겠네/미워하지 못하겠네" "네가 버린 것/내가 버린 것". 여자는 시적 화자에게 첫 경험이라는 잊지 못할 사랑을 준 사람이지만 동시에 매독이라는 맹독을 끼친 질 나쁜 여자다(가장 강렬한 경험이 육체의 병균으로 되돌아오다니!).

남성에게 창녀의 이미지는 이와 같이 두 가지 대립적 의미를 지닌다. 영원한 안식으로서의 유년의 어머니와 관능적 탐닉으로서 살해되어야 할 거대한 자궁인 어머니가 그것이다. 남성은 이 두 가지 이미지 사이에서 늘 고민하고 갈등한다. 남성은 창녀를 통해서 섹슈얼리티의 환상과 남성적 권력(절대적 지배의 느낌)을 맘껏 만족시킬 수 있지만 그녀를 통해서 자신의 혈통을 이을 수는 없기 때문이다. 창녀에게는 버리고 온 어머니에 대한 환상이 궁극적으로 묻어 있다(오이디푸스적 회귀).

장정일은 충남 당진 여자를 빨개진 눈으로 찾으려 하지만 "내가 바랐던 것 그녀가 달아나 주길 내심으로 원했던 것"이라고 노래한다. 누가 누구를 버린 것인가. 창녀에 대한 환상과 환멸에는 남성성의 이중성, 즉 혈통주의와 섹슈얼리티의 복합적 갈등이 내포되어 있다.

5. 투쟁과 도망중의 사내

한국 현대시사에서 '아버지'의 상징은 80년대 극단적 모독을 감수하게 된다. 80년대는 지배 이데올로기에 대한 전면적인 부정이 언어적 자폭행위(실험시, 해체시)나 민중주의(민중시, 노동자 시)로 드러나던 시기였다.

그는 아버지의 다리를 잡고 개새끼 건방진 자식 하며
비틀거리며 아버지의 샤쓰를 찢어발기고 아버지는 주먹을
휘둘러 그의 얼굴을 내리쳤지만 나는 보고만 있었다
그는 또 눈알을 부라리며 이 씨발놈아 비겁한 놈아 하며
아버지의 팔을 꺾었고 아버지는 겨우 그의 모가지를
문 밖으로 밀쳐냈다 나는 보고만 있었다

—이성복,「어떤 싸움의 記錄」중에서

 80년대 야만과 폭력의 한국 역사는 한국시에서 알레고리적 일상성으로 드러난다. 아버지는 아들에게 얻어맞고 폭행당하는 아버지다. "개새끼 건방진 자식"이라는 욕설을 듣고 "샤쓰"가 찢기고 "팔"이 꺾이는 아버지다. 그러나 '나'는 보고만 있다. 아버지에 대한 모독은 환멸스러운 폭력 역사에 대한 모독이면서 동시에 지배 이데올로기가 강요해온 억압구조에 희생당하는 한 가족의 붕괴이기도 하다.
 아버지는 철저하게 굴절된 역사의 생산자이거나 역사의 희생자라는 사실. 80년대 시대현실은 아들의 전범을 찾아줄 수 없는 막막한 현실과 강박증을 유포한다. 그렇게 하여 "소년들의 性器에는 까닭없이 고름이 흐르고" "不姙의 살구나무는 시들어"(이성복,「1959년」)간다. 남성은 매독에 걸려 어떤 생명도 생산할 수 없는 불임의 육신이다. "어느 날 갑자기 재벌의 아들과 高官의 딸이 결혼하고" "어느 날 갑자기 새는 갓 낳은 제 새끼를 쪼아먹고／캬바레에서 춤추던 有夫女들 얼굴 가린 채 줄줄이 끌려나오고" 어느 날 아버지는 예고 없이 해고(이성복,「그러나 어느 날 우연히」)당한다. 현실은 착종된 현실이고 부정의 현실이다. 아버지는 낙오되고 아들이 닮아갈 수 없는 부끄러운 아버지다.

 1932년 단밀 보통학교 졸업식

며칠 전 장날 아버지 떡 좀 사먹어요

그냥 가자 가서 저녁 먹자

아버지이…… 또! 이젠 너 안 데리고 다닌다

네 월사금도 내야 하고 교복도 사야 하고……

아버지, 아버지는 굶었다 그해 모심기하던

날 저녁 아버지는 어지러워 밥도 못 잡숫고

그 다음날 새벽 돌아가셨습니다

아버지, 藥 한 첩 못 써보고

아무도 일찍 잠들지 못했다 아버지는 꽃 모종

하고 싶었지만 꽃밭이 없었나 엄마, 어니에

아버지를 옮겨 심어야 할까요

— 이성복, 「꽃 피는 아버지」 중에서

이성복 시에서 경제적 무능력자, 현실적 패배자, 가족 부양의 책임감 속에서 몰락해간 아버지는 사실 관념적 상징이라 할 수 있다. 남성성이 강철 같은 군기와 절대적이고 극단적인 복종, 엄한 훈련과 무시무시한 시련을 통해 얻어지는 인위적인 제조물이라고 보았을 때, 80년대 군부 독재는 그러한 가공할 현실의 막강한 아버지였다. 이성복의 아버지는 그 현실에 뿌리를 둘 수 없는 역반사로서의 아버지, 좌절된 팔루스로서의 아버지에 대한 알레고리다. 시인은 "아버지를 옮겨 심"을 꽃밭이 없다고 말한다. 아버지를 이식할 또다른 영토가 없는 아들의 고뇌다.

아니, 어쩌면 이성복 시에서 불구와 불임, 매 맞고 모독당하는 아버지는 아버지의 전제성을 붕괴하려는 아들의 전략인지도 모른다. 전제적 가부장에 대한 조롱과 욕설을 통해 지배의 사슬을 분쇄하고 억압적 가부상이 부여하는 현실원칙에 선번석 부성을 감행하는 것이나. 아버지 암살(부친 살해)은 공동체 질서에 대한 가장 큰 반란적 파괴력이다. 반항적인 아들은 반란자로서 죄의식을 품은 채 혼란에 빠지거나 새로운 아버지가 되어야 한다.

이성복이 그의 시에서 '아버지'를 화두로 삼는 것은 가부장적 역사 속에서 이데올로기화된 남성성에 여전히 관념적 전제를 두고 있다는 것을 암시한다. 이성복의 시에서 '아버지'는 이데올로기를 상징하며 역사적 전범으로서 관념화된 아버지다.

현대시에서 남성성이 보편적인 어떤 실재가 아니라 삶의 여러 조건들과의 관계 속에서 구체적이고 개별적인 개체로 등장하게 된 것은 장정일에 와서다. 80년대 말 남성은 자본주의의 철저한 속죄양으로, 강박관념의 구체적 포로로 등장한다.

당신은 여수에서 죽은 사내에 대하여
들은 적이 있는가. 새파란 분말의 쥐약을
삼키고 개처럼 죽어간 ─40년을 개처럼 살았던
삶이다─세일즈맨에 대하여 들은 적이
있는가?─모른다면, 당신은 신문을 읽지
않은 얼마되지 않는 정의로운 시민 가운데
한 사람일 것이다─

신문 사회란에 실린 사내의 약간 심약해 보이는
얼굴을 보고 당신은 그가 누구인지 알 수
있을지도 모른다─아, 하고서─왜냐하면
그 역시 당신과 똑같이, 흰수건을 가슴에
달고 다닌 코흘리개 국민학생이었고, 중학생,
고등학생이었으니 말이다. 또 꿈 많은

대학노트를 옆에 끼고—가끔은 노트 대신

새침한 여학생의 팔짱을 끼고—4년간의 대학

생활을 했고, 풀기먹은 육군 병장으로 제대를 했다.

그 사이, 당신은 그 옆 자리에 앉았던 동료였거나,

같은 학교를 다닌 동문이었거나, 한 축구팀의 선수였을지도 모른다.

—장정일, 「세일즈맨의 죽음—속, 안동에서 울다」 중에서

"파란 쥐약을 먹고 여관방 쓰레기통을 안은 채 새우처럼 등이 굽어 버린 사내". 사내는 월부책 외판원이었다. 사내는 가족을 지척에 두고도 집으로 돌아갈 수가 없었다. 하여 사내는 끝장을 내리라 마음을 먹는다. 사내는 "여관의 꿉꿉한 이불 위에서" "끝? 끝?"이라고 외치며 스스로 목구멍을 막았다. 사내의 검은 수첩에 적힌 말은 이러하다. "여보, 용서하구료. 회한 속에 몸부림쳤고 매일매일 더 잘해보자고 자신을 격려했었소. 박과장, 더러운 새끼! 휴식과 알콜에 넘친 어둠. 숙아 아빠가 불쌍하지? 전화 52, 2158……"

근면과 합리, 가족에 대한 부양 책임은 억압적 가부장이 남성에게 부여한 명제다. 산업자본주의 사회에서 가정은 사회로부터 분리되고 여성은 혼자 핵가족 내에서 자녀를 기르게 된다. 모성적 기능이 더욱 여성만의 것이 되어갈 때 남성은 더욱 도구적 인간이 되어간다. 업적과 능력 위주로 대우받고 강한 느티나무처럼 자신감이 넘쳐야 한다는 남성적 당위는 산업사회에서 남성을 철저하게 절망하게 한다. '남성다움'이란 사회가 부여하는 제2의 할례. 그것은 책임감, 경쟁, 성공으로 엄격하게 자신을 몰아가며 욕망을 억압해야 하는 문명의 억압기제인 것이다. 월부책 장사는 우리와 함께 학교를 다니고 연애를 하고 군대를 갔으며 직장의 한 동료였는지도 모른다. 사내의 자살은 타살이다.

장정일의 시에서 사내는 "넙딩이보다 무거운 땀방울"을 흘리는 철강

노동자(「철강노동자」)이거나 도무지 "휴식이라고는 없는" 화물운송노동자(「화물」), 땅 밑에 발목 꽂히며 사는 지하생활자(「지하인간」)이거나 불필요한 사색과 지혜를 마구 잘리고 쥐를 찍어내는 주형 속에 들어가 쥐가 된 인간(「쥐가 된 인간」)이다. 즉 사내들은 굵은 몽둥이에 언제 내리침을 당할지 모르는 쥐와 같이, 구멍을 찾아 도망가는 도망중의 사내인 것이다. 한 사내는 도망중이고 그가 사랑한 그녀도 도망중이고 그들의 살림도 도망중, 그가 사온 메리라는 개도 도망중, 그들이 낳은 갓난아이도 저 혼자 도망하고 있다(「도망중」). 과거 남성의 영웅적인 삶에서의 도주는 자기됨을 향한 도주다. 여행은 자아 확인과 자유를 향한 도주다. 신화적인 영웅과의 동일시를 통해 이색적인 삶을 과시하는 '도주' 이야기는 자아의 긍지를 얻기 위한 투쟁의 서사다. 그러나 장정일에게 와서 남성은 생활세계와 자기 정체성의 이중성 속에서 도망가는 도망자다.

　노먼 메일러에 의하면 남성이 된다는 것은 "평생에 걸친 끝없는 전투"를 의미한다. 극자본주의 사회에서 남성이 겪는 현실적 책임감은 그들에게 너무 힘들고 억압적인 의무다. 감정의 절제, 절대적 힘에 대한 열망과 두려움, 권력과 힘의 신화 앞에서 남성들은, 싸구려 여관에서 쥐약을 먹으며 사지를 떨며 죽어가거나 막노동을 하며 납 같은 땀을 흘린다. 사내는 지하생활자거나 도망중의 사내다. 80년대 말 이후 90년대 남성들은 급진화된 산업사회 속에서 자본주의의 도구적 삶, 결코 실현할 수 없는 남성적 유형과 싸우며 근대문명과 은밀하게 공모한 가부장적 권위의 역설적 희생자가 되었던 것이다.

6. 야수의 몸, 그 저주를 넘어

김종수 80년 5월 이후 가출

소식 두절 11월 3일 입대 영장 나왔음

귀가 요 아는 분 연락 바람 누나

829-1551

— 황지우, 「심인」 중에서

황지우는 화장실에 가 똥을 누며 신문을 본다. 80년대 신문 한쪽 '심
인'란에서 찾던 인물들은 다 어디로 간 것일까. 80년대 남자들은 다 어
디에 있었단 말인가. 그리고 90년대는…… 야만과 폭력 속에서, 성과
화폐의 공간 속에서, 도시공간의 일상 속에서 남자들은 어디에 있었나.
　80년대 한국시에 나타난 남성성이 일제 강점하에 나타난 남성의 무
기력과 놀라울 만큼 일치한다는 사실은 우연이 아니다. 역사적 질곡 속
에서 좌절이 철저하게 가족 붕괴로 알레고리화된다는 것이다. 아내에
게 매음을 시키는 남편(김유정, 「소나기」)과 매음으로 살림을 꾸려나가
는 남편(이상, 「날개」). 현실적 폭력성 속에서 왜소화되고 위축된 남성
은 불구화된 현실을 아이러니하게 폭로하는 한 방법이다. 영화 〈나쁜
남자〉(김기덕)는 창녀 마누라한테 얹혀살고 있는 남자가 자기 위안을
위해 자신의 과거를 허구적으로 상상하는 남성 판타지다.
　아버지는 끌려갔고(황지우, 「연혁」) 남성들은 행방불명이거나 수배
중이다. 영화 〈수취인불명〉(김기덕)에서 양공주였던 창국의 어머니는
미국으로 편지를 쓰지만 편지는 주인을 찾지 못한 채 매번 되돌아온다
(1979년 한국). '행방불명' '수취인불명' '수배중'인 한국의 남성들은 그
왜곡된 부재의 자리에 놓여 있고, 아들은 창국이처럼 보신탕용 개를 싣
는 오토바이 뒤칸에 개처럼 갇혀 매를 얻어맞는 흑인 혼혈아다.

한국사에서 한국 남성은 한국전쟁 때 신원을 확인할 수 없이 매장된 한국전쟁에서의 군인, 5·18 때 가출하고 소식이 없는 청년, 아비 없이 이민족 피가 섞인 채 소외당하는 혼혈아였으니, 한국 근대 역사의 급속한 전개 속에서 한국 남성은 사실 자신 스스로를 파괴하고 있었던 것이다. 목표지향성, 이성중심적 진보의식으로 가득 찬 근대의 성장과 몰락의 과정은 남성성의 성립과 몰락 과정과 완벽하게 상응한다. 가장으로서의 의무와 책임에 대한 강조, 절제된 지성과 금욕적 이성, 데카당적 허무와 정신성에 대한 추구, 근대 남성이 당면한 근대 주체로서의 성립 과정은 결국 주체 분열을 만끽하는 과정인 것이다.

90년대 이성중심적 이데올로기 담론이 무너지면서 다원성이 부상하게 되고 남성성에 대한 시각도 새로운 국면을 맞게 된다. 80년대 감시 현실 속에서 행방불명이던 남성은 현실 어느 곳에도 집을 짓지 않는 도망중의 사내(장정일)가 되다가 급기야 새로운 아버지 되기를 거부하고 떠도는 폭주족이 되거나(배용제) 컴퓨터 사이버 영토 안에 성을 쌓는 사이버 영주(서정학)가 된다.

때로 남성성 안에 깊숙이 숨겨져 있는 여성적 진실을 드러내기도 한다. 이를테면 90년대 한국영화사에서 젠더의 변이는 새로운 남성 캐릭터를 탄생시킨다. 〈결혼 이야기〉(1992)에서 최민수는 지금까지의 터프한 남성적 매력을 접어두고 갑작스럽게 코믹한 남성으로 변신하고, 〈약속〉에서 박신양은 냉정하고 폭력적인 조폭 두목 이미지를 벗고 순정으로 가득 찬 낭만적 남성으로 등장한다. 영화 〈편지〉와 〈8월의 크리스마스〉에서 남성 주인공은 불치의 병에 걸려 죽는다. 6, 70년대 영화에서 여성 주인공이 특이한 병에 걸려 죽는 것과는 상당히 대조적인 변화다. 남성 멜로의 등장인 것이다.

90년대 말 IMF 이후 남성은 더욱 많은 눈물을 요구하게 되는데, 소설이면서 영화화된 『가시고기』(조창인)와 『아버지』(김정현)가 그것이다.

이것은 80년대와 달리 남성이 그들이 내뿜는 폭력 뒤에 내면의 상처와 감정을 가지고 있다는 것을 드러내는 놀라운 변화다. 남성이 감정을 드러내는 것은 철저하게 금기시되어왔기 때문이다. 소설 『가시고기』와 『아버지』는 언제나 침묵하고 감정을 표현하지 않고, 엄격하지만 사회적 책임과 이념 때문에 집안에서 늘 부재하는 지금까지의 아버지의 모습에서 가족을 위해 자기를 희생하는 남성으로 전이되는 새로운 남성상을 보여준다. 어떤 점에서 80년대 남성의 폭력과 고독, 감정의 결핍은 사회 정치적 체제와 배신 속에서 강요된 것이지 자신의 선택에 의한 것이 아니라는 사실을 보여준다.

관념적 이념적 남성상에서 감정적 개인 주체로 내려온 남성은 마치 디즈니의 야수를 연상시킨다. 디즈니의 애니메이션 〈미녀와 야수〉에서 야수는 끔찍한 저주로 인해 그 몸 속에 진정한 인간이 숨어 있음을 누군가 발견할 때까지 사랑받지 못하고 혼자서 살아야 할 운명에 처한다. 야수가 사랑받을 때 비로소 내적 선함에 걸맞은 몸으로 변신한다. 90년대 남성 몸은 야수의 몸, 저주와 폭력, 경직된 근육질의 위압적인 몸에서 비로소 풀려나 자유로운 몸이 된다. 초남성성의 짐을 지고 있는 강한 그의 몸 속에 사랑스러운 내부가 있다는 것을 배워야 하는 것은 남성들의 몫이다.

사실 근대국가의 성립은 중세유럽 봉건성주를 무너뜨리고 각각의 가치와 풍습을 가진 성(城)을 통일국가로 통합하는 과정이었다. 근대국가의 성립은 획일성과 전체주의를 낳았다. 전체주의 파시즘, 즉 거대한 대터지로서의 남성성을 발휘하게 된 것이다. 군국주의와 내셔널리즘, 제국적 침탈을 합리화하는 서구 문명진화론은 모두 남성적 담론이라 할 수 있다

야만적 양차 세계대전, 아우슈비츠와 체르노빌 사건, 종교분쟁과 인종분쟁, 전체주의국가가 보여주는 문명과 야만 속에서 늘뫼스는 선제

주의 근대국가에 대한 저항은 또다른 국가를 세우는 것이 아니라 '내부자적 비판의식', 즉 고안된 시스템의 정교한 구조를 교란시키는 일탈이어야 한다고 말한다. 이것이 로고스적 이성을 넘어서는 노마드적 단자이며 그 탈주의 실천이다. 푸코가 결정적으로 말하는 병원과 감옥에 의해 감시되고 규제되는 근대국가의 세계, 즉 매트릭스의 세계에서 벗어날 수 있는 무단이탈의 탈주자들이 되는 것이다. 이것은 또한 군사부일체로 남성적 계급화와 위계화를 강조하는 가족주의에 대한 탈주(들뢰즈의 '앙티오이디푸스')이기도 하다. 서구 중심의 근대화를 동양적 가치를 근간으로 극복하자는 근대초극론(동아시아 담론)도 사실은 또다른 의미에서 거대한 민족주의(남성주의) 담론이라고 할 수 있다. 결국 우리에게 필요한 것은 여러 가지 다면적 근대성의 병존, 다면적 남성성의 병립을 허용하는 것이다. 고정된 남성성을 붕괴하여 다중적 자아로서 남성성, 여성성의 공존을 승인하는 것이다.

영화 〈살인의 추억〉은 7, 80년대 경찰의 고문을 우스꽝스럽게 재현한다. 영화는 침투 불가능했던 기억 혹은 억압된 기억을 들추어내어 과거 남성 역사 스스로를 희화화한다. 남성들은 이제 자기의 내부 안에서 기억을 환기하며 새로운 내적 투쟁을 시작했다. 남성은 그들의 내부를 비로소 들여다보기 시작했다. 남성성의 미래는 다시 씌어지고, 반복되고, 다시 말하여질 것이다.

검은 에로스
―창부(娼婦)에 대한 남성 시각에 관하여

1. 시와 섹슈얼리티

섹슈얼리티가 가지는 성적 이미지의 탐닉은 시적 상상력과 유사하다. 에로틱한 무드는 직접적 접촉을 전제하기보다 대상과의 사이에 시각적 거리를 두고 발생하는 상상적 관능에서 출발한다. 즉 대상을 관능적으로 상상할 수 있는 일정한 거리, 시각적 촉감, 눈으로 만지고 집중하는 시선의 욕망이 필요하다. 이 시선의 욕망에서 상상력은 적극적으로 작용하는 것이다. 시를 읽으면서 느끼는 상상력의 물질성, 상상이 형성해내는 세계의 구체화과정은 어쩌면 대상에 대해 성적 욕망을 느끼면서 대상을 형상화해내는 이미지의 구현과정과 닮아 있다. 시와 섹슈얼리티는 대상에 대한 물신화에 가까운 만한 관능적 시선, 그 시선의 어루만짐이란 점에서 일치한다.

롤랑 바르트는 독서과정을 '쾌락' 과 연결지음으로써 책읽기의 관능성을 성취해낸다. 성행위의 절정에서 희생제의에 의한 카타르시스를 느끼다거나 예술적 법열에 도달할 수 있는 것도 이와 연관된다. 암사마

귀가 교미를 하면서 수사마귀의 머리를 부수는 것은 수사마귀의 뇌가 사정을 억제하여 그를 괴롭히고 있다고 암사마귀가 생각하기 때문이다. 머리를 부숴뜨림으로써 수사마귀의 사정을 돕고자 하는 것이다. 성행위가 죽음에 이를 만큼의 극단적 쾌감을 지향하듯 섹슈얼리티는 열락과 열광, 착란과 광기, 제사와 향연, 예술과 종교성을 지향한다.

그렇다면 성기(性器)의 은폐와 강조를 상기해보자. 섹슈얼리티에서 '보이는 것'과 '보이지 않는 것'의 변증법, 시에서 '말하는 것'과 '말하지 않는 것'의 변증법을 환기해보자. 애욕의 행위 그 자체는 별로 에로틱하지 않다. 오히려 그에 관한 이미지를 떠올리거나 이끌어낼 때, 그것을 암시할 때 더 에로틱하다. 시의 절정은 에로티시즘의 절정이며 에로티시즘의 극치는 시의 극치이다. 성적인 과정과 감정은 시적인 암시를 통해서 나타난다. 시의 호(呼)와 흡(吸)의 들썩거림은 섹스 행위에서의 들썩거림과 닮아 있다. 말과 여백의 넘나듦은 성행위에서 채우고 비우는 운동과 닮아 있다. 시와 성행위는 신체 리듬을 공유한다.

해방 후 80년대까지 한국 현대시에서 섹슈얼리티는 서정주, 오장환, 송욱, 전봉건의 시 등에서 드러난다. 시에서 섹슈얼리티(성적 욕망과 성적 행위, 성적 가치관, 환상 등)는 에로티시즘(문화적인 의미에서의 성)의 이미지로 구현되기도 하면서 관능성과 생명성의 결합, 원시성과 원초성의 회복으로 나타난다. 섹슈얼리티 과정에서 여성 이미지는 필연적으로 표면화된다. 한국시에서 섹슈얼리티와 연관된 여성은 도시문명의 타락을 상징하는 여성(오장환)이거나 재생과 희생을 위한 제의로서의 몸(송욱, 전봉건)이다. 해방 후 한국사회에서 여성은 급격한 산업화와 근대화의 굴절 속에서 훼손된 욕망과 좌절(희생자), 아니면 강력한 생명의 상징으로서의 꽃, 제의적 죽음 후의 강렬한 생(구원자)의 의미를 지닌다.

이와 같은 여성에 대한 이분화는 성애의 문제와 연관해 여성을 남성

시각적 권력장 속에 두는 답습을 되풀이하는 것이다. 섹슈얼리티는 실제 성적 행위가 아니라 남성 시각 중심주의에서 재현된 형태로 담론화되어왔다. 로라 멀비의 언급처럼 통제력이 있는 응시(gaze)를 통해 '보이는 대상'을 굴복시키는 즐거움, 즉 관음증적 쾌락과 긴밀하게 연결되어 있다. 이때 보이는 대상은 여성화되고 철저하게 객체화, 물화된다(여기서 여성화란 것은 수동성, 종속성, 피식민지성의 의미를 내포한다. 그런 점에서 여성화되는 대상은 동성애관계에서 호모 남성도 될 수 있고 레즈비언 여성도 될 수 있다). 남성 시각에 의해 재현된 여성상은 성녀/창녀, 천사/악녀, 어머니/유혹녀로 철저하게 이분화된다. 양분화된 분리는 가부장제하에서 여성을 억압하는 유효한 시스템이다. 이를테면 어머니는 성녀적인 자세를 통해 가부장제를 수호하는 데 반해 창녀적 이미지는 가부장적 사회가 만든 상품으로서의 여성, 소비 대상으로서의 여성 이미지를 스스로 내면화하여 가부장제의 파괴적 질서를 합법화한다.

타락의 관능성과 에로스로서의 생에 대한 구원성으로 이분화된 여성 이미지는 여성 삶의 구체성을 거세하고 남성 시각주의 속에서 여성을 추상화한다. 이분화된 여성 이미지는 해방 이후 한국 근대사에서 계속된다. 특히 여성은 군부독재 시절, 제국주의에 대(對)한 민족문학적 관점에서 민족이라는 '초월적 기의'로 대체되어왔다. 정치적 사회적 억압은 무의식적 억압을 길러내 근원으로서의 여성성에 대한 갈망, 즉 모성성을 촉발하는 계기를 맞기도 한다. 억압당하는 민족의 상징으로서든 민족 구원의 상징으로서든 여성은 집단적 기의 속에서 젠더화된다. 구체적 실체, 개별적 자아로서의 여성에 대한 인식은 80년대 말부터 가능해진다.

70년대 말에서 80년대, 90년대로 넘어가는 과정 속에서 성애화된 여성을 바라보는 남성 관점과 그 변이들을 살펴보려 한다. 민족적으로든 남성 시각주의적으로든 젠더화된 여성 인식은 80년대 말 분기점을 맞게 된다. 특히 남성 재현 인식 속에서 '창녀' 이미지는 실존적 주체로서 한 국면을 드러낸다. 대개 창녀는 그들의 상술과 기술이 남자들한테 쾌락을 제공하기 위한 것이기 때문에 객체로서의 여성의 역할을 가장 완벽하게 수행하려 노력한다. 모든 창녀는 남자들한테 선택당해 팔려가기만을 기다린다. 남자에 대한 의존성이 창녀의 본질이다. 그러나 창녀, 창부는 대단히 복합적으로 구성된다. 창녀는 악녀이면서도 천사의 이미지, 요부이면서도 모성의 이미지를 간직한다. 창녀는 남성에게 쉬고 싶은 안식처이면서 동시에 관능의 늪으로 몰아갈 템프트리스(유혹녀)다. 그렇다면 여성 이미지는 좀더 세분화될 수 있다. 희생자(모성적 여성), 창녀, 악녀(팜므 파탈적 여성) 세 가지 유형을 제기해볼 수 있다.

이 글에서 나는 70년대, 80년대, 90년대 한국 현대시의 섹슈얼리티에서 나타나는 창녀, 창부 이미지의 변이와 이미지의 복합성을 말해보고 싶다. 창녀 이미지는 섹슈얼리티의 한 지점에서 여성 이미지에 대한 착종이 일어나는 극적인 지점이다.

2. 누이의 연애와 피식민지 남성 주체—이성복

1
누이가 듣는 音樂 속으로 늦게 들어오는
男子가 보였다 나는 그게 싫었다 내 音樂은
죽음 이상으로 침침해서 발이 빠져나가지
못하도록 雜草 돋아나는데, 그 男子는
누구일까 누이의 戀愛는 아름다워도 될까
의심하는 가운데 잠이 들었다

　牧丹이 시드는 가운데 地下의 잠, 韓半島가
소심한 물살에 시달리다가 흘러들었다 伐木
당한 女子의 반복되는 臨終, 病을 돌보던
靑春이 그때마다 나를 흔들어 깨워도 가난한
몸은 고결하였고 그래서 죽은 체했다
잠자는 동안 내 祖國의 신체를 지키는 者는 누구인가
日本인가 日蝕인가 나의 헤픈 입에서
욕이 나왔다 누이의 戀愛는 아름다와도 될까
파리가 잉잉거리는 하숙집의 아침에

2
엘리, 엘리 죽지 말고 내 목마른 裸身에 못박혀요
얼마든지 죽을 수 있어요 몸은 하나지만
참한 죽음 하나 당신이 가꾸어 꽃을
보여주세요 엘리, 엘리 당신이 昇天하면
나는 죽음으로 越境할 뿐 더럽힌 몸으로 죽어서도
시집 가는 당신의 딸, 당신의 어머니
　　　　　　　　　　　—이성복, 「정든 유곽에서」 중에서

　역사적으로 사회적 상상력에 길들여진 이 땅의 풍토 속에서 문학에
나타난 여성은 오랫동안 '민족 본질의 알레고리'로 상징화되었다. 국
가를 '어머니 나라'로 상징화하고 여성으로 체화한다. 상상된 여성의
몸은 민족 현실이 각인되는 전장(戰場)이 된다(김승옥 소설 「염소는 힘
이 세다」에서의 누이가 도회에 나가 몸을 더럽힌 여성, 조국의 상징이라면
정지용 시 「향수」에서 살찔 밑빗은 고향의 아내는 오염되지 않은 순수 영토

를 상징한다).

이성복은 1977년 「정든 유곽에서」를 발표하면서 시단에 데뷔한다. 이 시에서 ‘유곽’은 매춘, 강간당하는 조국 현실에 대한 상징물이다. 누이는 밤늦게 찾아오는 남자를 맞는다. 화자가 싫어하든 말든 누이의 아름다운 연애는 계속된다. 누이와 자는 자가 누구인지 알 수 없이 “韓半島”의 소심한 물살이 흘러들어올 뿐이다. 어린 화자는 죽은 척 잠자는 척하였지만 “잠자는 동안 내 祖國의 신체를 지키는 者는 누구인가”라고 외친다. ‘누이’의 몸과 ‘한반도’의 국토가 겹쳐지고 “伐木당한 女子”와 “病을 돌보던 靑春”이 중첩된다. 누이의 몸은 “伐木당한” 육체로서 더럽혀진다. 시인은 끝없이 누이를 의심하면서 잠이 들거나 죽은 체한다. 한국문학사에서 남성성의 거세와 부재를 암시해준다.

한반도는 역설적으로 “정든 유곽”이 된다. 시인은 2연에 가서 스스로 죽음을 통해 구원의 꽃을 피우려 한다. 목마른 나신(裸身)에 못박히는 것으로 죽음을 월경(越境)하려 한다. 그러나 누이는 “더럽힌 몸으로 죽어서도 시집”간다. 누이는 오욕되고 더럽혀진 여성 신체로서의 민족이며 창녀 어머니다. 누이/여성은 통합된 주체로서의 자아를 지니지 못하고 민족이라는 초월적 기의 속에서 희생되는 민족의 ‘이름’, 조국 현실의 현현이다.

여성의 모성성은 민족 신화라는 선험적 틀로 설정되기도 하지만 더럽혀진 여성 육체는 피식민의 모욕감, 자괴적인 경멸감을 함축한다. 누이/여성은 ‘공동체로서의 어머니’와 ‘사악한 창부’라는 이분법적 도식을 재구성한다. 강간당한 어머니, 더럽혀진 몸으로 죽어서도 시집 가는 누이 이미지는 피해의식과 수치심을 함축하고 있는 신식민지 한국 사회를 투영한다. 이때 누이와 어머니의 신체는 제국주의적 남성 주체(日本, 日蝕)와 이에 무력한 피식민지 남성 주체 사이에 교환 가능한 대상으로 물신화한다.

결국 여성은 '민족'으로 환유되고 창녀로서 타자화된다. 여성을 민족으로 재현하는 기호로 동원하는 것은 신식민지적 상황에 대한 알레고리를 제공하지만 가부장적 성적 고정관념에 의존함으로써 피식민지 남성 주체의 가부장적 관념을 각인시킨다.

3. 늙은 창녀와 슬픈 도착 — 장정일

입을 맞춰 줘… 음… 됐어… 이젠… 내… 보X를… 핥아… 아… 기분이 좋아… 이리와… 너의 성기를 빨고 싶어… 냄새가 좋아… 이젠 너의 것을 내 항문으로… 집어넣어… 그렇세… 아… 이번엔… 가죽혁띠를 가져와… 나의 등을 때려… 더… 세게… 세게… 세게… 넌… 네… 어머니의… 젖을 빨고 자랐을 테지… 오늘은… 내 젖무덤에… 오줌을 갈겨… 아… 따뜻해… 아… 됐어… 네가 더럽혔으니… 깨끗하게… 네 입술로 닦아 줘… 그래… 그래… 젖처럼… 달지… 꼭… 어린시절로… 돌아가는 것… 같지?… 나도… 엄마나 된… 듯… 기분이 좋아… (……) … 멍청이… 미안한 부분마저 나를 사랑해 줄 수는 없어?… 사랑은 너의 나 사이에 가로놓인… 미안함을… 미안하다는 뜻의 추악함을… 하나씩 없애가는 거야… 자… 해봐… 해… 난… 사랑을 확인하고 싶은 거야… 얼마만큼 네가… 나를… 사랑하는지… 아마… 네가… 나를… 끔찍히도 사랑하고 있다면… 내가 말한… 모든 것을… 너는… 맛볼려고… 들 거야… (……) 그런데… 너… 못하는구나… 진정으로… 날… 사랑하지… 않는구나… 넌… 바지 지퍼만 내리고… 간단히… 하고 싶은 거지… 벽에서 세운 채… 나의 치마를 들쳐 놓고… 빨리… 한 번만 하고 나서… 집으로 돌아가고 싶은 거지… 그렇지?… 그렇지?… 개새끼… 너는 개새끼야… 그래… 난… 너 같은 놈들을… 알아… 살 만나구… 흐흐… 좋아… 빨리

해… 그리고… 꺼져… 꺼져… (여자, 개처럼 짖는다.) 멍멍… 꺼져… 멍멍… 가… 멍멍… 멍멍… (하늘에는 달, 어둔 골목에는 개. 그 막막한 사이를 바라보며, 여자 혼자 운다.)

—장정일, 「늙은 창녀」 중에서

80년대까지 한국 현대시에 나타난 여성은 '누이' '어머니'로서 '민족' 혈통을 알레고리화한다. 여성은 희생적이고 순종적이거나 아니면 성욕을 가진 천박한 성적 쾌락의 상징이다. 민족문학 담론은 여성을 가부장적 민족주의에 묶어둠으로써 철저하게 타자화해왔다. 전근대적인 가부장제와 결합함으로써 성적, 경제적 주체로서 여성의 잠재적인 위치를 봉쇄해왔다.

'창녀-누이' '창녀-어머니'의 도식은 80년대 말 장정일에 와서 새로운 국면을 맞는다. 장정일은 민족의 강간과 구출이라는 피식민지 남성 지식인들의 판타지를 벗어나 창녀 여성의 구체적 인간 존재, 섹슈얼리티에서 심리적 도착을 드러낸다. 에로틱한 쾌락은 단순히 상대의 육체를 물리적으로 지배하려는 것이 아니라 상상적 관능을 통해 그 영혼을 지배하려는 권력적 도모와 관계한다. 육욕을 꺼리는 수동적 영혼을 성애의 단계로 이끌어오는 것, 순결한 영혼을 유혹하는 것은 정신적 쾌락을 준다. 남성이 처녀와의 성행위를 공포스러워하면서도 하고자 애쓰는 것은 첫 경험의 기억을 선사함으로써 지배욕을 만족시킬 수 있다는 점, 처녀를 성의 무지에서 인지로 인도하는 교사로서의 역할을 함으로써 인생에서 꽤 중요한 잊지 못할 스승이 된다는 쾌감과 관계한다. 에로티시즘의 교육적 측면은 이런 데서 나온다.

창녀는 에로틱한 정신적 욕망을 전혀 만족시켜주지 못한다. 섹슈얼리티의 기술과 쾌락을 완숙하게 익힌 여성은 성적으로 매력적이지 못하다. 아이러니하게도 남성들은 창녀 마을에 가서 가장 처녀와 같은 앳된 창녀를 찾는다. 창녀 같지 않은 창녀, 남성은 정신적 욕망으로 처녀의 이미지를 탐하고 취한다.

그렇다면 늙은 창녀는? 그녀의 운명은 무엇인가? 장정일의 시 「늙은 창녀」는 섹슈얼리티의 슬픈 도착을 보여준다. 늙어버린 창녀는 어떤 성적 판타지도 구성할 수 없다. 팜므 파탈과 같은 요부도 될 수 없고 처녀성을 파괴하는 권력적 지배욕을 만족시키지도 못한다. 에로티시즘의 욕망은 금기를 어기면 어길수록 강렬해진다. 금기와 금기의 파괴, 이 문명의 변증법 속에서 에로티시즘은 발전해왔다. 늙은 창녀는 어떤 금기도 지니고 있지 않다. 섹슈얼리티는 비정상을 향함으로써 도착을 만들어내고 도착을 통해 에로티시즘을 활기 있게 한다. 이때 늙은 창녀는 정상과 비정상의 구분에서 성적 아나키즘이리 할 수 있는 성적 실험을 시도함으로써 에로티시슴 '적' 상황을 연출한다(성행위에서 정상과 비정상은 시대의 규범에 따라 얼마든지 변하면서 서로를 넘나드는 하나의 제도적 규정일 뿐이다. 오럴을 변태로 규정한 천주교는 최근에 오럴을 정상으로 간주한다고 밝혔다). 성적 역할과 성적 상상의 재구성을 통해 에로티시즘의 현실을 이미지로 구성한다. 성이야말로 상상의 에너지로 이루어지는 절대적 현실인 것이다. 늙은 창녀는 남자에게 오럴, 애널, 젖무덤에 오줌 갈기는 것, 가죽혁대로 때리기 등을 요구한다. 에로티시즘은 '사랑'이라는 강렬한 감정으로 전화하면서 에로티시즘의 극단적 체험으로 몰아간다. 사랑과 분노, 친밀감과 반감, 친숙함과 어색함, 쾌락과 고통, 낭만과 강탈이라는 감정의 격렬함은 전신을 전율케 할 수 있다.

그러나 남자는 늙은 창녀에게 어떤 성적 흥미도 느끼지 않는다. 남자에세는 늙은 창녀에 대한 상상적 교섭이나 관능의 이미지도 없다. 남자에게는 생물학적 육체적 배설만이 있을 뿐. "바지 지퍼만 내리고… 간단히… 하고 싶은" 마음만 있을 뿐, "빨리… 한 번만 하고 나서… 집으로 들어가고 싶은" 마음민 있을 뿐. 늙은 창녀는 욕을 해댄다. 늙은 창

녀는 개처럼 "멍멍" 하면서 "혼자 운다". 장정일의 시는 '늙은 창녀'를
시적 화자로 발언하게 하면서 섹슈얼리티의 시적 도착을 시도한다. 시
인은 늙은 창녀의 발화를 통해 여성 신체가 극단적으로 물화되는 과정,
창녀의 섹슈얼리티의 복합성, 사랑과 분노, 금기와 금기의 위반을 보여
준다. 늙은 창녀의 몸은 경제적 잉여가치를 상실한 여성 육체의 슬픔
을, 섹슈얼리티를 에로티시즘의 친밀함으로 바꾸려는 여성의 주체화
노력의 실패를, 물리적인 것과 정신적인 것의 상호관계성이 될 수 없는
여성 육체의 철저한 물화(物化)과정을 구체화한다.

4. 몸을 먹이다—송기원

　　나이가 마흔이 넘응께
　　이런 징헌 디도 정이 들어라우.
　　열여덟살짜리 처녀가
　　남자가 뭔지도 몰르고 들어와
　　오매, 이십 년이 넘었구만이라우.
　　꼭 돈 땜시 그란달 것도 없이
　　손님들이 모다 남 같지 않어서
　　안즉까장 여기를 못 떠나라우.
　　썩은 몸뚱아리도 좋다고
　　탐허는 손님들이
　　인자는 참말로 살붙이 같어라우.

—송기원, 「살붙이」 중에서

김종철은 송기원의 시 「살붙이」를 평하면서 "충격적인 느낌" "지극

히 슬프면서도 아름다운 느낌"이 든다고 말한다. 열여덟 살 처녀로 사창가에 들어와 마흔을 넘긴 지금, 여자는 이곳을 떠나지 못한다. 여자는 오히려 찾아오는 손님들이 남 같지 않고 살붙이 같다고 말한다. 송기원의 늙은 창녀는 장정일의 도착적이고 물화되는 창녀와 구분된다. 송기원은 시집 후기에 늙은 창녀와의 만남에서 고리타분한 분비물의 흔적과 냄새 속에서 욕지기를 느꼈다고 쓰고 있다. 욕지기의 감정은 그녀가 더러운 싸구려 사창가의 늙은 창녀였기 때문이 결코 아니라고 말한다. 그것은 오히려 근친상간과 같은 '도덕적 감정'이었다고 말한다.

시인이 느낀 것이 도덕적 동정심과는 조금 다른 '근원적 우애(일치)' '근원적 교감'이었는지 아니면 '고통의 경험을 통해 가장 큰 사랑으로 삶을 포옹하는 모습'인지는 좀더 섬밀한 천착이 요구된다. 분명한 것은 늙은 창녀는 자신의 몸을 먹도록 내어주는 임신한 모체의 상징이 된다는 점이다. 희생자로서의 여성, 육체를 다 내어줌으로써 인간이 필연적으로 진 세상의 빚을 인정하는(불교에서 말하는 보시의 개념) 종교적 법열, 무위의 상태를 보여준다. 동시에 모체의 관용과 풍성함, 충만함을 드러낸다.

송기원 시에서 늙은 창녀는 강간에 의해 희생당하는 어머니, 누이도 아니며 철저하게 용도폐기되는 물화된 여성 신체도 아니다. 송기원 시에서 늙은 창녀가 지니는 모체는 태아와 생체 교환을 하면서 생명력을 나누고 저장하고 재분배하는 신체 생성의 출구다. 어머니, 누이는 살붙이로서 태아의 타자, 남성을 먹이고 교섭하고 수용한다. 임신한 여성만이 자기 몸을 먹도록 내어준다. 섹슈얼리티는 성권력적 패권, 권력적 쾌락을 넘어선다. "남 같지 않"은 "참말로 살붙이 같"은 나/너의 경계 구분을 없애는 상호관계성을 회복한다. 송기원 시에서 늙은 창녀는 세속적인 도덕 윤리개념을 넘어서 '여성의 성스러움' '여성의 구원성' '모태와 태아 간 손재분리 이전 상태에 대한 기억'을 환기한다.

　　그러나 어떤 점에서 한 처녀가 처음 매춘을 시작하면서 겪게 되는 공포도 배제한 채, 성매매와 관련된 사회모순에 대한 일단의 비판도 없이 매춘을 종교적 법열로 올려놓는 것은 아닌가 하는, 늙은 창녀의 서정 또한 남성중심적 시각에서 재구성된 창녀 이미지는 아닌가 하는 의문이 제기될 수도 있다.

5. 처녀, 마녀, 창녀, 잔다르크, 마리아

　　여성은 남성중심주의 속에서 천사/악녀, 어머니/창녀 등으로 이분화되어왔다. 나는 한국 현대시에서 섹슈얼리티의 가장 첨예한 국면이 '창녀' 이미지에 있다고 생각한다. 창녀 이미지는 천사/악녀의 이분법에 균열을 가할 수 있는 제3의 지대다. '창녀' '창부'의 이미지는 희생자이면서도 악녀이고 어머니(모성성)면서도 요부인 복합적 구성을 보여준다. 사실 아름다운 처녀의 환영에 이끌리는 남성들의 근원에는 '신성한 창부'에 대한 판타지가 있다. 처녀와 창부는 결코 일치할 수 없는 이미지이고 심지어 대립적인 개념으로 볼 수도 있다. 그러나 처녀이기 때문에 정신적 욕망을 불러일으키고 성적 관능을 암시하기 때문에 가장 매력적인 창녀가 될 수 있다. 처녀와 창녀는 자식을 낳지 않는다는 점에서, 생식 문제에 얽매이지 않는다는 점에서 일치한다. 잔다르크는 처녀의 몸으로 전쟁에 나가 용감하게 싸웠다. 끝내 영국군에게 붙잡히고 종교재판 끝에 화형당한다. 잔다르트는 영웅이자 마녀다. 처녀로서 신성한 존재이면서도 영묘한 힘을 가진 위험한 존재라는 점에서 성적 매력을 지닌다. 잔다르크는 모순적이면서 복합적 여성이다. 막달라 마리아에게는 창녀와 간음한 여인, 예수의 아내, 사도, 성녀의 이미지가 복합적으로 구성되어 있다. 남성은 '창녀'에게서 여성의 복합적 모순성을 느낀다. '모성'의 안온함을 찾기도 하고 여성적 파괴와 도발적 에로스를 찾기도 한다. '누이'와 같은 근친상간의 살붙이를 느끼기도 한다.

한국 근대문학사에서 가부장적 민족 담론은 '여성'을 민족 현실로 알레고리화하고 여성 몸을 타자화해왔다. 성애와 관련된 여성의 섹슈얼리티가 7, 80년대를 넘어서면서 어떤 변이로 나타난다. 80년대 말 이후 젠더화에 대한 인식이 생겨났고 여성성에 대한 복합적 인식이 구체화되었다. 장정일과 송기원의 '늙은 창녀' 이미지는 '창녀'의 개체성에 주목하게 하면서 섹슈얼리티의 분열과 신경증을 보여준다.

'창녀' 이미지는 여성성의 모순적 구성, 복합적이면서도 다양한 개별성을 드러낸다. 여성성을 고착된 이미지로 전형화하려는 가부장적 남성 시각에 반항한다. 재현뇌는 여성 정체성 구성을 교란시키면서 끝없이 정체성 해체를 감행한다. '창녀' '창부'의 이미지 속에 남성이 가지는 여성에 대한 정신적 욕망이 뒤엉키기 때문이다. 여성 정체성이 끝없이 분화 형성, 소멸되고 있는 지점이라 할 수 있다. 창녀 이미지는 성 정체성의 이슈를 넘어 탈가족, 탈이성애 등 성권력적 갈등을 넘어설 수 있는 어떤 분기점이 될 수도 있다.

양성성과 거세, 예술적 불멸에 대하여

1. 각혈의 시대

예술가의 재능은 천재의 상징으로 여겨져왔다. 천재를 의미하는 영어 단어 'genius'는 '타고난' '선천적인'의 의미를 어원적으로 가지고 있다. 창조적 조숙성을 연상하면서 우리는 단박에 모차르트를 떠올린다. 모차르트의 재능은 극성이었던 그의 아버지에 의해 발견되고 키워졌다. 의자에 앉으면 발이 땅에 닿지 않을 정도로 작았던 그가 피아노를 연주하던 장면을 상상해보자. 예술적 재능이야말로 신의 특별한 선물이라는 경이로움에 몸을 떨 수밖에 없다. 예술적 격앙과 충동이 우리의 전신을 휘감싸며 떨게 하는 것은 그것이 불멸에 대한 영원한 꿈을 꾸게 하기 때문이다. 역사 속 어느 위정자보다 예술가는 오랜 시간의 시련을 견뎌내며 영속의 시간을 살아가니, 범인들은 신의 특별한 은총을 입은 천재들을 질투할 수밖에 없다. 그것은 곧 불멸의 삶에 대한 질투인 셈이다. 그러나 그 질투가 천재의 명성을 조롱하기는커녕 오히려 더 극단적 광기로 치닫고 천재의 완벽을 완성해가게 한다. 살리에르는 모

차르트를 죽음으로 몰고 갔지만 결국 모차르트의 천재성을 완성시킨
장본인이었다.

사실 예술가에게 수식처럼 따라붙는 것은 '고독한' '광기 어린' '가
난한' '낭만적인' '비현실적인', 심하게는 '병적인' 같은 이미지다. 백
부의 재산으로 부유했던 이상(김해경)은 직업을 가질 필요도 없었다.
막대한 유산을 물려받은 그는 그 돈으로 카페를 차리고 그가 좋아하던
금홍이를 카페 마담으로 앉혀놓는다. 금홍이는 이상의 소설 「날개」에
서처럼 여러 손님(?)을 받았고 그 돈에서 조금씩을 이상에게 용돈으로
주곤 했다. 금홍이는 이상을 때릴 정도로 기가 센 여자였다. 그러나 어
느 날 집에 돌아와보니 금홍이는 집 안의 모든 돈을 가지고 도망가고 없
었다. 알거지가 된 이상은 결국 스물일곱이라는 젊은 나이에 폐결핵이
라는 20세기 초엽 가장 낭만적이고 예술적인 병으로 죽고 만다.

김유정의 고향은 충청도였지만 그의 부모는 서울에 올라와 아흔아홉
칸짜리 집을 살 정도의 갑부였다. 그러나 김유정이 갓 열 살을 넘기기
무섭게 부모가 돌아가자, 그의 형 김유근은 부모의 재산을 남김없이 탕
진하고 만다. 부잣집 아들이 으레 그렇듯 김유근은 지독한 난봉꾼이었
던 것이다. 김유근이 김유정의 몫으로 돌아갈 재산까지 모두 써버리자
착한 김유정을 걱정하던 그의 매부가 어느 날 김유정을 부른다. 이유인
즉 형을 상대로 재산분할 소송을 하라는 것. 김유정은 어쩔 수 없이 소
송을 제기한다. 그러자 이번에 김유근이 김유정을 부른다. 김유근의 말
이 어떠했는지 우리는 알 수가 없지만 김유정은 다시 소송을 취하할 수
밖에 없었는데, 결국 김유정은 돈 한푼 없는 거지나 다름없는 신세가
되어 누나 집에 얹혀사는 실직자, 딱 그 신세가 되고 만다.

김유정도 그 당시에 가장 낭만적인 병, 폐결핵을 앓고 있었다. 문인
들은 서로 만나면 인사가 "요즘 피 토하는 것은 좀 어떻소?"였다니 그
들은 그야말로 붉은 피를 토하면서 글쓰기를 완성해가는, 문학과 목숨

을 바꾸는 들끓는 피의 삶을 사는 상징 그 자체였던 것이다. 김유정은 누나의 집 문간방에서 앓아누워 그의 가장 친한 친구였던 안함광에게 편지를 쓴다. 편지의 내용인즉 이렇다.

"나에게 잘 팔릴 만한 영문추리소설 하나를 보내주게. 그러면 그것을 번역해서 보내줄 테니. 내가 그 인세를 받아 닭 삼십 마리를 삶아 먹고 땅꾼을 사서 뱀 열 마리를 잡아오게 해 고아 먹으면 내 병이 나을 것 같으이."

그러나 안타깝게도 김유정은 편지의 답장도 받지 못하고 열흘 만에 폐결핵으로 죽고 만다. 온몸의 피를 토하면서 죽게 되는 폐결핵은 분명 작가의 글쓰기가 요구하는 핏값이었다. 김유정은 기껏 사 년 동안 소설을 쓰고 스물아홉 살의 나이로 죽었지만 그의 작품은 한국문학사에서 없어서는 안 될 위대한 문학적 힘을 발휘하고 있다.

몸이 죽어가면서 써내려간다는 것은 얼마나 낭만적인 전율을 내포하는 것인가. 뜨거워진 피는 식을 줄을 모르고 몸을 화염에 휩싸이게 하여 서서히 향기도 형체도 없이 덧없이 천재의 영혼을 마감하게 한다. 천재들은 죽음의 각혈이 그들을 데려가는 순간까지 그들의 펜을 놓지 않는다. 그들은 몸 안에서 그르렁거리는 갈망을 채우기 위해 몸을 헌신하며 바친다.

그렇다. 천재들은 스스로의 육체를 잘라 그 파괴의 흔적을 남기고서 비로소 저 숭고한 천재의 운명을 쟁취한다.

2. 양성성과 신으로의 입적

영화 〈파리넬리〉는 17, 18세기 이탈리아에 널리 퍼져 인기를 누렸던 카스트라토에 대한 이야기다. 카스트라토는 어린 시절 거세하여 변성기를 겪지 않아 성인이 되어서도 높고 맑은 소리를 낼 수 있는 남자 가수다. 이들의 목소리는 순(脣)이 자라지 않아서 소년 목소리를 그대로 유지하는 반면 가슴과 허파는 성장하여 어른의 힘을 지니기 때문에 맑고 힘있는 목소리를 낸다. 카스트라토는 고대부터 이탈리아 지역에 퍼져 있었다.

영화 〈파리넬리〉에서 파리넬리는 관중의 영혼을 뒤흔드는 목소리로 여성들의 사랑을 한 몸에 받는다. 파리넬리는 모든 여자들에게 사랑을 받지만 어떤 여자에게도 진정한 사랑을 줄 수가 없다. 그는 거세당한 남성이기 때문이다.

파리넬리가 인간으로서는 오를 수 없는 음역을 넘나들며 내는 목소리는 신에게 가 닿을 것 같은 영혼의 충만을 느끼게 한다.

Armida dispietata!

Colla forza d'abisso

Rapimmi al caro ciel di miei contenti.

E qui con duolo eterno

Viva mi tiene

In tormento d'inferno.

Signor! Ah! per pieta,

Lasciami piangere.

Lascia ch'io pianga

La durasorte

E che sospiri

La liberta.

Il duol infranga

Queste ritorte

De' miei martiri

Sol per pieta

저주받아 마땅할 아르미다!
그대, 심연의 거대한 힘으로 나를 계율의 천국에서
끌어내려
영원한 고통의 지옥으로
떨어뜨렸네.
주여, 불쌍히 여기소서
나를 울게 하소서.

비참한 나의 운명!
나를 울게 하소서.
나에게
자유를 주소서.

이 슬픔으로
고통의 사슬을
끊게 하소서,
주여, 불쌍히 여기소서.

—헨델, 〈울게 하소서〉

　　재미있는 점은 남성이 거세되면서 '신'의 영역으로 전이되는 상징적
입적이다. 이를테면 그리스 때 조각을 보면 여성의 유방과 남성의 팔루

스를 동시에 가지고 있는 조각상이 있다. 그리스인들은 '신'의 형상이 여성과 남성 양성구유라고 생각했다. 그리스 신화에 나오는 헤르마프로디토스는 양성신으로서 남자와 여자가 복합된 형태다. 융의 이론에서 보면 남성과 여성은 기본적으로 같다. 여성은 남성을 갖고 있고 남성은 여성을 갖고 있기 때문에 기본적으로 남성, 여성은 중성적이라는 것. 이와 같은 논리는 융의 아니마(남성 안에 있는 여성성), 아니무스(여성 안에 있는 남성성)의 개념을 떠올리게 한다. 실제 여성은 남자를 받아들여서 그 안에 태아를 키워낸다. 그런 점에서 임신한 여성은 그 자체가 중성성을 갖는다. 남성, 여성의 두 에너지가 여성의 몸 안에서 태아로 결합되어 있는 셈이다.

오이디푸스석 의미에서 남아는 거세에 내한 공포 때문에 자기 인에 있는 어머니, 여성성을 파괴하며 남성의 세계, 아버지의 세계로 진입할 수 있다고 여겨졌다. 완벽한 남성이 되기 위한 통과제의적 과정인 셈이다. 남성은 여성성을 억압한 채 남성적 공격성향을 정면으로 드러낸다. 서구적 무의식 속에서 남아에게는 아버지와 대결해야 한다는 오이디푸스적 공포가 깔려 있다.

판타지 영화는 무의식의 공포와 공상과 상상이 총체적으로 구현되는 환상의 영사막이다. 영화 〈스타워즈 6—제다이의 귀환〉은 으레 판타지물이 그렇듯 제국을 건설하여 은하계를 지배하려는 악과 선의 싸움을 내용으로 한다. 루크는 황제의 충복이 된 베이더와 결투하고 마침내 베이더(아버지)를 이긴다. 루크는 최고 강한 힘의 상징인 아버지를 이김으로써 비로소 완전한 제다이가 된다.

완전한 그(he)가 되기 위해 남성은 그들의 아버지를 극복하지 않을 수 없다. 남성은 그들 내부에 있는 여성성(어머니, 연약함)을 거세하고 남성적 야성을 획득해야만 한다.

그러나 신의 영역에 가 닿으려는 천재들은 오히려 남성을 거세하는

것으로 경이로운 천재의 영혼을 전수받는다. 영화 〈스타트렉〉에서 '신'
은 양성구유의 모습으로 등장한다.

　영화 〈동방불패〉는 젠더적 갈등을 보여준다. '동방불패'는 남성성을
거세함으로써 완벽한 무공을 얻는다. 동방불패는 황궁에서 내시들 사
이에 전해내려온 무림 3대 기서의 하나인 규화보전을 손에 넣은 후 신
의 경지에 가까운 무공을 익히게 된다. 그런데 규화보전을 익힌 그는
급격히 여성화한다. 규화보전이 내시들 사이에만 전해내려온 것은 그
때문이었다. 동방불패는 야망을 위해 스스로 거세하고 규화보전을 익
혀 절대적 힘을 얻는다. 힘을 얻기 위해 자기를 거세한다는 것은 매우
흥미로운 점을 시사한다. 남성성의 상실이 한편으로 힘을 얻게 되는 비
결이라는 이중적 구조다. 여성이 된 동방불패는 그에게 복수를 하려는
영호충과 사랑에 빠진다. 영호충은 동방불패가 그가 사랑하는 여인인
줄도 모른 채 그녀/그를 필살의 혈투 끝에 죽음으로 이끈다. 동방불패
가 죽음의 직전에 영호충에게 영원히 사랑의 모습으로 남고 싶다고 말
하는 것이나 그가 사용하는 무기가 바늘과 실이라는 점, 그 무공의 날
렵한 움직임이 마치 춤처럼 예술적인 여성적 곡선을 그린다는 점을 상
기해볼 수 있다. 동방불패는 남성적
인 야망으로 거세하지만 절대무공
을 얻자마자 사랑하는 연인을 위해
야망을 포기하는 여성적 희생의 이
중적 모습을 보여준다. 젠더의 갈등
과 모순이 흥미롭게 전개되는 지점
이다.

　그러나 이같은 젠더의 아이러니
는 오히려 신성혼을 불러일으키기
도 한다. 동방불패는 사랑하는 연인

남성과 여성이 결합된 인물,
'동방불패'.

의 손에 죽는 것으로 영원불멸의 사랑을 성취한 것인지도 모른다. 〈동방불패〉는 남성과 여성 몸 안에서 절대무공과 사랑을 동시에 완성하는 남녀 융합의 단서를 제공한다.

신체적 경계를 넘어서는 여성/남성의 몸의 결합, 몸의 전이는 신적인 재능과 예술적 영혼을 지닐 수 있다.

3. 에로스와 영감의 전이

존재의 전이와 범람, 영감의 전염과 경계 해체는 오페라이자 소설이며 뮤지컬 영화인 〈오페라의 유령〉에서 살필 수 있다. 에릭은 천사의 목소리를 타고났지만 날 때부터 얼굴이 흉해 가면으로 얼굴을 가린 채 오페라 극장 지하에 숨어 산다. 아름답고 순수한 신예 성악가인 크리스틴은 유령(에릭)의 레슨을 받으며 마약에 빠지듯 그의 매력에 빠져든다. 그러나 크리스틴이 극장주인 라울과 사랑에 빠지자 유령은 그녀를 납치해 지하 미궁으로 끌고 간다.

〈오페라의 유령〉은 우리에게 많은 생각할 거리를 던져준다. 우선 남성-아버지의 재능 전수 속에서 여성-딸이 성장기를 거치고 마침내 성숙해진다는 엘렉트라 콤플렉스를 연상할 수 있다.

Father once spoke of an angel

I used to dream he'd appear

Now as I sing, I can sense him

And I know he's here

Here in this room

he calls me softly

somewhere inside

hiding

Somehow I know he's always with me

he the unseen genius

(⋯⋯)

Angel of Music!

Guide and guardian!

Grant to me your glory!

Angel of Music!

Hide no longer!

Secret and strange angel!

아버지가 한번은 천사에 대해 말씀하셨지

난 그가 나타나는 꿈을 꾸곤했어

이제 내가 노래 부르니, 나는 그를 느낄 수 있어

그리고 나는 그가 여기 있는지 알고 있어

바로 이 방에서

그는 나를 부드럽게 불렀지

안쪽 어디에선가

숨어서

어쩐지 나는 그가 항상 나와 함께 있다는 걸 알고 있지

그는 보이지 않는 천재

(⋯⋯)

음악의 천사!

보호하고 수호하는 자!

당신의 영광을 내게 주세요!

음악의 천사!

더이상 숨지 마요!

비밀스럽고 놀라운 천사여!

크리스틴은 어릴 때 아버지를 잃고 어둠 속에서 들려오는 누군가(에릭)의 목소리를 아버지가 보낸 천사의 목소리로 여기면서 노래를 배운다. 여성은 남성-아버지, 천사에 의해 보호받고 수호되면서 재능을 전수받는 존재라는 사실("음악의 천사! 보호하고 수호하는 자! (……) 더이상 숨지 마요! 비밀스럽고 놀라운 천사여!"). 그러나 '유령'은 눈에 보이지 않고 언제나 부재한 채 '목소리'로만 존재하는 '교사'다. 성경에서 '하나님'은 언제나 '음성'으로 임재한다. 하나님은 어느 날 모세에게 '목소리'로 나타난다.

— 모세야, 모세야.

— 누구시나이까?

— 나는 네 하나님이니라.

목소리는 결국 신의 영역인 셈인가. 그 목소리의 주인공을 찾기 위해 말씀은 육신이 되며 그 육신은 어떤 신체적 좌절을 겪을 수밖에 없는 것인가(예수처럼).

사실 〈오페라의 유령〉은 〈노트르담의 꼽추〉〈미녀와 야수〉 등과 함께 서양 문화권에서 아름다운 여인과 추한 남자 사이의 이루어질 수 없는 비극적 사랑을 담고 있다. 〈오페라의 유령〉은 미와 추, 광기와 낭만, 죽음과 삶의 얽힘 속에서 예술적 천재성이 발현되는 방식들을 매우 민감하게 다루고 있다. 흉한 얼굴 안에 깃든 예술적 천재성, 유령(영혼)이 광기적 사랑으로 아름다운 한 여성에게 집무할 때 비로소 완성되는 완벽한 예(藝)의 경지. 〈오페라의 유령〉에서 기막힌 천재의 목소리는 결국 '유령'처럼 죽음과 삶의 경계에 놓여 있다는 점, 예술적 광기는 신체적 파손을 전제한다는 점, 젠더와 에로스의 측면에서 천재적 재능 전수가 이루어진다는 점 등을 첨예하게 건드리고 있다.

예술적 재능 전수의 차원에서 젠더의 차원이 발생한다는 것은 흥미로운 지점이다. 엘렉트라 콤플렉스를 언급했지만 전혜린과 줄리아 크리스테바와 같은 경우도 이에 해당한다. 프랑스의 페미니즘 이론가이자 문인인 크리스테바는 역설적이게도 아버지로서의 남성 스승에게 그녀의 이론과 사상을 빚지고 있다. 그녀를 키워낸 것은 남성-아버지-스승이었다.

어떤 점에서 남자-스승, 여자-제자 사이의 예술적 전승에는 이미 어떤 연인적 관계라는 전제가 깔려 있다. 예인들이 에로스를 통해 예술적 영감을 찾고 윤리적 파탄과 일탈에서 예술정신을 찾고자 하는 것을 상기해보자. 이를테면 『북회귀선』의 헨리 밀러 같은 이들은 미국에서 부모에게 막대한 유산을 물려받고 파리로 건너와 글을 쓴답시고 파리의 화류계를 돌아다니며 방탕한 생활로 시간을 보낸다. 헨리 밀러는 수많은 여성들과 문란한 생활을 하며 돈을 탕진한다. 그러나 그 수많은 여자들과 보낸 방탕한 삶은 곧 그의 소설로 남게 되었으니, 윤리적 파탄이라는 현실적 제도적 재단을 오히려 우스꽝스러운 난센스로 만든 셈이다. 극단까지 치닫고 싶은 파멸의 근원에는 에로스로 밀고 나가는 삶의 불가항력적 열정이 자리한다.

4. 비어 있는 몸과 예술혼

영화 〈서편제〉에서도 엘렉트라 콤플렉스의 의미가 반복되고 있다.

유봉은 수양딸 송화에게 판소리를 전수한다. 예술의 광기적 힘이 젠더적 전이를 넘어 신체를 파기하는 경지로까지 나아간다. 떠돌이 소리꾼 유봉은 수양딸 송화를 진정한 소리꾼으로 만들기 위해 송화의 눈을 멀게 한다. 유봉은 '소리의 완성'에 집착하게 되고 광기는 결국 송화를 장님으로 만든 것. 송화는 눈을 잃고 삶의 한을 소리로 풀며 살아간다. 결국 예의 경지를 위해서는 한국적 정서로 알려진 '한'을 마음에 심는 것이 아니라 '몸'에 심어야 하는 것. 판소리의 가락 자체가 결국 어떤 음악적 기교나 단지 '목'에서 나오는 소리로 하는 것이 아니라 몸 전체의 떨림과 울림 속에서 나와야 한다는 것. 몸 전체가 우주적 울림판이 되어 터져나오는 소리의 빛이어야 한다는 것. 몸에 의한 체현을 위해 '몸' 자체에 상흔을 내고 그 상처의 힘으로 소리를 해야 한다는 것, 그것이다.

　　아리아리랑 쓰리쓰리랑 / 아라리가 났네 / 아리랑 응응응응 / 아라리가 났네(후렴)

　　왜 왔던고 왜 왔던고 / 울리고 갈 길을 / 왜 왔던고
　　청천 하늘에 / 잔별도 많고 / 요내 가슴속에 / 수심도 많다
　　간다간다 내 돌아가요 / 정든 님 따라서 / 내 돌아간다
　　문경세재는 웬 고갠가 / 굽이야 굽이굽이 / 눈물이로구나
　　만남이 반가우나 / 이별을 하네 / 이별을 할라면 / 왜 이리 왔나
　　　　　　　　　　　　　　　　　　　　　　　　　―〈진도아리랑〉

　　〈서편제〉는 한을 몸 속에 심는 과정에서 신체적 파손을 겪는데 이는 〈파리넬리〉나 〈오페라의 유령〉에서의 신체적 파손과 비슷하면서도 조금은 다른 양상이다. 〈파리넬리〉와 〈오페라의 유령〉이 서구적 전통에서 '거세' '다른 성으로의 전이'의 의미를 강하게 드러낸다면, 〈서편제〉는

동양적 의미에서 '결여'의 뜻이 담겨 있다. '거세'가 자기 존재에 대한 단절이라면 '결여'는 '부재'하는 텅 빈 공간을 스스로 채워나가고 그 비어 있음으로써 오히려 완전해질 수 있는 '무(無)의 통로'를 만들어준다.

사실 서구의 숭고에서 강조하는 것은 고통, 좌절, 장애, 두려움, 거부지만 동양에서 강조하는 것은 '비어 있음(無)'이다. 마음을 깨끗이 하고 도를 맛보는 것. 서구의 숭고에서 두려움과 경외심을 불러일으키는 공(空), 무, 무한은 동양에서 두려운 것이 아니다. '공'은 단순히 비어 있음이 아니라 '유'를 포함하는 무(無)라 할 수 있다. 자연 법칙에 따라 운행하는 우주는 움직이면서도 고요하다고 여긴다. 정체 공능적 우주관에서 '공' '무' '허' '정'은 우주의 영기가 충만하다. "고요한 까닭에 무는 움직임이 명료하고, 비어 있기에 만물을 받아들일 수 있다(靜故了群動, 空故納萬景)."(소식)

〈서편제〉에서 눈이 먼 송화의 소리는 자신의 몸을 비워 우주에 내놓음으로써 몸을 저 우주의 울림판으로 만든다. 몸에서 비로소 만들어지는 공(空)의 소리. 명경처럼 비워둘 때 채워지는 고요다. 서편제에서 보여준 몸의 결여, 몸의 비어 있음은 '남녀 몸의 결합으로서의 양성성' 개념, 서구적 연금술적 개념과 연관된 몸을 뛰어넘는다. 〈서편제〉에서 송화의 몸은 음양의 합일을 뛰어넘어 진공 속에 놓이는 바람의 통풍창이 된다.

문학을 삶의 밥으로 먹고 마시려는 자들에게는 언제나 예술적 재능에 대한 자학적 질문이 빈혈처럼 찾아온다(내출혈의 밤이여!).

천재의 재능에 대한 감탄과 찬사는 사실 신에 대한 경이이지 인간에 대한 그것이 아니다. 인간은 예술을 통해 '신'의 경지를 흠모하며 끝없이 초월적 이마주를 찾아가려 한다. 그 이마주는 자신의 성(性)과 다른 성별(젠더) 속에 숨어 있는 또다른 자기의 발견에서 완성되는지도 모른다. 자신의 성 정체성을 파괴하고 신체적 파손을 감수하는 그 상처와 죽음의 자리가 신적인 영역, 천재적 예인의 자리인지도 모른다.

그러나 영화 〈트로이〉에서 영웅 아킬레스의 말,

　　내가 비밀을 네게 말해주지.

　　신들은 사실 인간을 부러워해.

　　왜냐면 인간은 죽는다는 사실 때문이야.

　　극단을 산다는 것은 아름다운 일이지.

　　너는 아름다워. 너는 이 순간 죽음 직전을 살고 있기 때문이야.

극한적 죽음이 있기에 인간은 아름답다. 그 이유로 인간은 '불멸'의 삶을 찾는다. 불멸에의 욕망이 인간을 서 아름나운 칼닐, 위태로운 벼랑 끝의 삶을 살게 하는 것이다.

제2부 **젠더와 몸**

<h1 style="text-align:center">우리 시대의 음식남녀</h1>

1. Too fat!

한 여자가 있었다. 한 남자를 깊게 사귀고 있었다. 어느 순간부터 영문도 알 수 없이 남자와 연락이 끊어졌다. 나중에 소문을 듣자하니 남자는 갑작스럽게 교통사고를 당해 죽었다는 것이었다. 여자는 남자의 장례식에 가서 슬피 울었다. 장례식이 끝나고 남자를 화장하자 여자는 그 재를 조금 얻어왔다. 집으로 돌아온 여자는 정성스럽게 여러 가지 요리를 하기 시작했다. 각각의 요리에 남자의 재를 조미료마냥 조금씩 섞어가며. 비로소 요리가 완성되자 여자는 자신이 가진 가장 아름다운 옷을 입고 잘 차려진 식탁 위에 앉았다. 여자는 남자의 재가 조금씩 들어간 요리를 하나하나 맛보기 시작했다.

음식과 사랑이 섞여 있다는 것은 익숙하고 관습적인 상징이다. 특히 19세기 빅토리아 여왕 시절에는 '먹는 것'이 성욕의 상징으로 여겨졌다. 그러나 남성의 식욕과 달리 여성의 식욕은 엄격하게 도덕적으로 제한되었다. 남성은 먹는 존재였고 여성은 요리하는 존재였던 것이나. 니성의 배고픔은 억제된 성욕에 비유된다. 배고픈 여자는 사랑스럽거나 찬양받아야 할 대상이 아니라 공포스럽고 혐오스러운 이미지로 자주 등장하곤 한다. 배고픈 여자는 남자를 잡아먹는 여자로 비치기 때문이다. 여성의 성욕은 남성의 육체와 정신을 고갈시키고 소모해버리기 때문에 박탈되고 통제되어야 한다고 받아들여지곤 했다.

여성의 식탐을 금지한 것은 여성을 정신적 대상으로 신화화하는 것과 연관 있다. 연약한 체구와 식욕 상실은 육체적 욕망을 초월하는 것, 현실적 물질적 세계를 초월하는 정신적 존재를 의미하는 것이었다. 초기 서양 관광객들이 동양의 사찰을 관광하며 사찰의 중앙에 앉아 있는 거대한 부처를 보면서 한 첫마디는 "Too fat!!"이었다. 신적인 존재는 예수처럼 말라비틀어진 갈비뼈를 드러내야 한다는 것. 정신과 육체의 이분법이라는 서구 형이상학적 전통에서 육체는 정신의 반대급부로서 철저하게 멸시되고 폄하되는 대상이었다. 남성은 관능과 정욕의 대상으로 여성을 대하면서 동시에 가장 정신적인 구원자로서 여성을 상정하기도 했다. 여성은 신성시되고 신비화됨으로써 다시 한번 공적인 영역에서 소외되고 배타시되었다. 모성 신화는 합리적이고 진보적인 공적 영역에서 여성이 배제되는 근거가 되기도 한 셈이다.

산업화가 급속화되기 전에는 여성 식욕이 그토록 제한적이지 않았다. 유태계 러시아인의 전통을 반영하듯 풍만한 여자를 선호하는 앵글로색슨 문화는 지금도 조금씩 남아 있고, 6, 70년대까지도 관능적이고 풍만한 여성을 선호한 일면이 있었다. 그러나 8, 90년대 와서 날씬한 몸매는 성공과 계급적 우월함의 상징이 되었다. 텔레비전 광고와 잡지 광고는 깡마르고 매력적인 서구적인 체형의 모델로 완벽하게 배치되었다. 여성의 몸은 경제적, 사회적, 계급적 구분을 드러내는 명백한 증거가 되었다(최근 인기를 구가한 드라마 〈내 이름은 김삼순〉은 뚱녀와 깡마른 미녀의 대립적 구조 속에서 뚱녀는 음식을 만들고 깡마른 미녀는 음식을 먹는 여성 계급적 구별을 전형적으로 보여준다).

광적인 다이어트의 강박증 속에서 여성은 더욱 음식을 거절하게 된다. 여성은 여아 때부터 자기의 욕구를 부인하고 타인을 먹이는 것에 자신의 열망이 섞여 있다고 교육받는다(프로이트는 여성의 진정한 쾌감은 희생적인 데(마조히즘) 있음을 설파한 적이 있지 않은가). 그러나 최근 들어 성, 음식, 여행, 요가, 걷기 등 몸의 정직한 욕망에 대한 발견과 더불어 음식에 대한 관심이 뚜렷이 증가하는 것도 사실이다. 음식과 미각에 대한 관심은 90년대 이후 포스트모더니즘에서 복원된 일상의 감각에서 비롯된다. 이념에 의해 지배되어온 일상의 문제를 일상 그 자체의 쾌감과 육체의 감각으로 복원하는 작업이다. 텔레비전에 '음식 만들기' 프로가 늘어나고 서점에서 '맛난 요리'가 베스트셀러와 함께 진열된다. 만화 〈미스터 초밥왕〉과 드라마 〈대장금〉이 큰 인기를 누린다. 2000년대 벽두 권지예의 「뱀장어 스튜」와 「스토커」, 정이현의 「낭만적 사랑과 사회」는 요리와 여성 식욕에 대한 화두를 본격적으로 조명한다. 「뱀장어 스튜」에서 두 남자는 여인을 위해 손수 음식을 장만하고 요리가 완성되기 전이나 요리가 다 되어 함께 음식을 먹은 직후 그녀와 성관계를 갖는다. 「낭만적 사랑과 사회」에서 여자는 남성의 거대해진 성기를 바게트 빵에 비유하며 오럴 섹스를 마다하지 않는다. 몸의 자본주의와 공모하며 음식을 나누어 먹으려는 음식 여성들. 탐나는 여성을 맛있는 요리로 치환하며 식탁을 성관계의 장소로 이용하는 것은 모두 전통적인 가부장제 사고에서 '여성=음식'의 등식을 보여주는 대응방식이다. 그러나 이제 여성은 요리를 해 스스로 먹고 또 요리를 나누어 먹임으로써 젠더 이데올로기를 자연스럽게 전복하고 있다.

음식을 요리하고 음식을 먹는 것은 분명 날것으로의 몸 감각을 재생한다. 프루스트의 『잃어버린 시간을 찾아서』에서 마들렌 과자를 통해 유녀의 기억을 과거 속에서 끄집어내는 방식은 몸 기억이 어떤 매개 없이 전신감각적인 체험을 동반한다는 것을 입증한다. 급진전하는 근대의 속도 속에서 체험은 자주 매개화되고 간접화된다. 근대적 장(場)에서 시각과 청각은 철저하게 간접화, 대상화된다. 영상과 오디오, 전화기와 사진기, 감각은 매개되고 도구화된다. 물건을 만져보지 않고 사이버상에서 상품을 고르고 상거래가 이루어진다.

음식을 둘러싼 관심이 더욱 불거지게 된 것은 우리의 몸 감각을 점점 간접화하고 매개화하려는 테크놀로지 자본주의에 대한 하나의 대응이다. 디지털 문명의 급진전 속에서 오히려 사이버 원시주의, 마술적 심령주의(영화 〈반지의 제왕〉 〈매트릭스〉)가 호명되는 것도 이와 연관된다.

무엇보다 여성 몸은 생태주의의 순환성, 여성적 생식과 모성성, 양육이라는 생명 시원의 공간을 담보한다. 자연의 파괴가 곧 인간 생명의 파괴라는 것은 사실 여성 몸의 파괴라는 근원 파괴와 직접적으로 연결된다. 최승호의 시 「공장지대」는 공장지대 근처에 살던 산모가 무뇌아를 낳는 끔찍한 괴기성을 폭로한다. 실제 우리가 살고 있는 이 물질적 기반으로서의 지구는 독성 산업폐기물의 매립과 위험 산업, 시설에 노출되어 있음을 넘어서 경제적, 사회적, 정치적 약자를 중심으로 위험을 감수하게 하는 구조 속에 놓여 있다. 즉 환경계급주의의 문제를 함축하고 있다. 자연은 이미 인간 사회의 시스템에 들어와 있는 전제조건이 되어버렸다. 인간이 자연에 대한 지배를 위해 자연과 문명을 이분법적인 가치체계로 묶는 것은 인간에 대한 인간의 지배를 영속화하는 것과 연결된다. 여기서 인간의 권리와 행위의 윤리를 재고하자는 생태정치학의 고전적 윤리학을 이야기하려는 것이 아니다. 전인적 인간 신체를 포함한 음식문화 속에도 인간의 인간에 대한 지배와 종속의 문제가 여전히 남아 있다는 사실, 음식을 둘러싼 생태주의 속에 사실 음식의 의미를 둘러싼 젠더적 계급의 문제가 존재하고 있다는 사실을 말하려는 것이다. 음식이야말로 신체적 기억을 재생하는 근원적인 것이지만 기실 음식 기호는 가치중립적 매개에 그치는 것이 아니라 가치지향적인 목적론을 담고 있다. 음식을 둘러싼 일련의 소통과정은 젠더의 미시권력의 통로를 제공한다는 사실, 음식을 통한 기억방식, 유통방식이 자연스럽게 젠더화되어 있다는 사실을 이야기해볼 수 있다.

이 글에서는 음식문화가 환기하는 신체적 근원적 기억의 재생과 사회적 관계의 의미, 젠더/권력에 대한 질문들을 제기해보고자 한다.

2. 몸의 기억과 입맛의 그리움 ― 백석과 송수권

백석 시에서는 익히 알려진 바대로 먹는 행위, 음식물에 대한 이야기가 많이 나온다. 한국인에게 인간의 몸과 마음은 심장을 매개로 하나로 통합되어 있다. 마음이 통한다, 마음을 전한다고 할 때 마음은 몸과 구체적 관계맺기를 한 연후에 소통이 가능하다. '먹는 행위'는 한국인에게 있어 몸과 마음이 통합되어 있다는 것을 자연스럽게 드러낸다. 음식은 단순히 본능을 위한 물리적 실체가 아니라 관계를 드러내거나 소통을 위한 의미작용을 담당한다.

낡은질동이에는 갈줄모르는늙은집난이같이 송구떡이 오래도록 남아 있었다

오지항아리에는 삼촌이밥보다좋아하는찹쌀탁주가있어서
삼촌의임내를내어가며 나와사춘은 시큼털털한 술을 잘도채어먹었다

제사ㅅ날이면 귀먹어리 할아버지 가에서 왕밤을밝고 싸리꼬치에 두부산적을 께었다

손자아이들이 파리떼같이모이면 곰의발같은손을 언제나 내어둘렀다

　구석의나무말쿠지에　할아버지가삼는소신같은 짚신이 둑둑이걸리어
도 있었다

　넷말이사는컴컴한고방의쌀독뒤에서나는 저녁끼때에불으는소리를 듣
고도못들은척하였다

—「고방」전문

　"송구떡" "찹쌀탁주" "두부산적" 등 음식물은 따사로운 가족과 몸의
상상력을 유발한다. 따뜻한 훈기는 몸과 유년의 몽상과 연결되어 있다.
백석 시에서 음식에 대한 유별한 체험, 음식물 종류에 대한 직접적 구
사는 무엇보다 구체적 일상성의 힘을 획득한다. 백석 시에서 음식물은
단순한 물질이 아니라 의미생산과정, 구체적 삶의 근원적 의미들을 복
원한다. 일상성은 타자화된 몸을 정상적으로 복원한다. 몸 감각은 본능
적인 것처럼 보여도 실은 거기에는 과거의 조상들이 행한 숱한 실험과
판단과 결단이 스며 있다. 몸 의식은 정신 의식보다 훨씬 풍부한 정보
와 유전이 보관되어 있다. 몸은 풍토와 풍속 속에서 형성되어온 몸의
역사적인 느낌과 과정이 누적되어 있는 집합체이다.

　토끼도 살이 오른다는 때 아르대즘퍼리에서 제비꼬리 마타리 쇠조지
가지취 고비 고사리 두릅순 회순 산나물을 하는 가즈랑집 할머니를 따르
며 나는 벌써 달디단물구지우림 둥굴레우림을 생각하고 아직 멀은 도토
리묵 도토리범벅까지도 그리워한다

—「가즈랑집」중에서

　내일같이 명절날인 밤은 부엌에 째듯하니 불이 밝고 솥뚜껑이 놀으며

구수한 내음새 곰국이 무르끓고 방 안에서는 일가집 할머니가 와서 마을의 소문을 펴며 조개송편에 달송편에 쥔두기송편에 떡을 빚는 곁에서 나는 밤소 팥소 설탕 든 콩가루소를 먹으며 설탕 든 콩가루소가 가장 맛있다고 생각한다 나는 얼마나 반죽을 주무르며 흰가루 손이 되어 떡을 빚고 싶은지 모른다

—「古夜」 중에서

백석은 어린 시절 먹은 "도토리묵 도토리범벅"을 그리워한다. 명절날 부엌 솥뚜껑에서 구수한 냄새를 맡고 조개송편 달송편을 빚던 일, 설탕 든 콩가루소를 먹던 일을 생각한다. 장지문 틈으로 무국을 끓이는 맛있는 냄새가 올라오먼 어느덧 잠이 든다. 백석 시에서는 음식을 끓이는 아궁이 불이 등장하고 음식이 끓으며 나는 훈기("컴컴한부엌에서는 늙은홀아버의시아부지가 미억국을끄린다 / 그마음의 외딴은집에서도 산국을끄린다"(「寂境」), "시래기를 삶는 훈훈한 방안에는 양염내음새가 싱싱도 하다"(「秋夜一景」))가 오른다. 백석은 혈족의 삶에 대한 기억을 몸의 기억으로 환기시킨다. 근대 이성주의가 각종 배타적 문화권력을 통해 권력화현상을 드러내려 하였다면 백석 시에서 음식의 풍취는 혈족적 관계성, 마음과 몸의 소통을 동시적으로 보여주며 육체와 정신의 이분법적 사유체제를 허문다. 일테면 음식은 제도화, 질서화와 관계된 사회윤리를 넘어선 몸의 요청이며 다른 윤리를 위한 매개 역할을 한다. 다른 윤리란 곧 '배려의 윤리'를 의미한다, 배려의 윤리는 음식의 기호로 구체적 힘을 얻는다. 그것은 배타적인 관계를 넘어서는 통합적 세계의 형식이다.

최근 송수권의 신작 민담시편은 새로운 민속적 음식 이야기를 이끌어내고 있다.

한겨울에는 나도 전어 밤젓이 먹고 싶다.

선비골 안동에 가면 얼간재비가
밥 도둑이라지만
남도에 오면 전어 밤젓이 밥 도둑이다

햇반을 내어 고슬고슬 고봉밥 지어
전어 밤젓 한 숟갈 듬뿍 떠 얹으면
그것이 밥 도둑인 거라
고솜하고 쌉쓰름한 그 맛
알싸하니 목이 잠겨 감질나는 거라

영혼이나 기질은 냄새로 오는 게 아니라
맛으로 길러지는 것
(레몬 향이 맡고 싶다고?)

한겨울에는 나도 전어 밤젓이 먹고 싶다

—「밤젓」 전문

전라도 음식에서 젓갈류는 진한 향과 깊은 맛을 지닌단다. 시인은 한 겨울에 몸이 원하는 식욕을 느낀다. 무언가 먹고 싶다는 느낌은 삶에 대한 따뜻한 몽상과 연결된다. '먹을 것'을 상상하는 것만으로 존재와 몸이 따뜻해온다. 시인은 "햇반을 내어 고슬고슬 고봉밥 지어 / 전어 밤젓 한 숟갈 듬뿍 떠 얹"어 먹고 싶다 말한다. "고솜하고 쌉쓰름한 그 맛 / 알싸하니 목이 잠겨 감질나는 거". 시인은 미감을 묘사함으로써 시의 공간을 육체적 텍스트로 만든다. 즉 시를 읽는 동안 독자의 입 안 가득

침이 고인다. 신체적 생리적 변화가 일어난다. 시인은 텍스트로 따뜻한 고봉밥 한 그릇 지어놓은 셈이다. 한겨울 불현듯 솟아나는 식욕, 그것은 의식적으로 기억되고 학습된 기호가 아니다. 몸에 인식된 것들은 무의식적 감각으로 기억된 것들이다. 나이가 들어도 어릴 적 입맛을 잊지 못하는 것은 육체적 감각의 기억이 의식적 조작 이전에 개입하기 때문이다. 맛은 어떤 선험적 체험으로 남아 있는 전의식적 감각이다. 하여 시인은 "영혼이나 기질은 냄새로 오는 게 아니라/맛으로 길러지는 것"이라 노래한다.

지금도 목포 삼합을 남도 삼합이라 부른다

두엄 속에 삭힌 홍어와 해묵은 배추 김치
그리고 돼지고기 편육

여기에 탁배기 한 잔을 곁들면
홍탁

이른 봄 무논에 물넘듯
어, 칼칼한 황새 목에 술 들어가네

—「홍탁」 중에서

송수권 시인이 민담시편에서 주목하는 것은 남도의 음식들과 그 맛의 텍스트화라 할 수 있다. 시인은 전라도의 특징적 음식인 "삭힌 홍어"와 "해묵은 배추 김치" 그리고 "돼지고기 편육"을 시의 밥상 위에 진열한다. 거기다 "탁배기 한 잔"을 곁들인다. 송수권 시가 보여주는 민속적 음식시편들은 또다른 '봄시'의 가능성을 보여준다. 즉 시인은 단순하게 음식을 나열하는 것이 아니라 시인과 독자가 시의 공간 안에서 음식에 대한 몽상을 하게 한다. 먹는 것에 대한 몽상이 몸의 욕망을 만들어내게 하기 때문이다. 시 안에서 그려지는 음식의 맛과 향은 시 텍스트와 독자를 전신적 감각의 몸으로 변화시킨다.

전어 굽는 냄새에 집 나간 며늘아기
돌아온다는 말
전어회를 못 먹으면 한겨울에도
가슴 시리다는 말

남도의 밤 식탁에 둘러앉아 식담도 푸지게
전어회를 먹는다

그 누구도 이 허기虛飢를
궁상이라 웃지 말라

아버지는 췌장암으로 마지막 숨 놓으면서도
마른 복국이 먹고 싶다고 했다

—「전어회」중에서

위의 시에서 시인은 "전어 굽는 냄새에 집 나간 며늘아기/돌아온다는 말"을 전한다. 음식과 이야기가 결합되어 있는 풍성한 밥상이다. 죽음을 앞둔 아버지는 마지막 숨을 놓으면서도 "마른 복국"을 먹고 싶어 하셨다. 송수권은 옛적 풍습을 찾으면서 음식의 유래와 민담을 전하는 구비전승자가 된다. 강렬한 식욕은 공동체의식이 만들어낸 유대감의 표징이 된다.

백석의 시나 송수권의 시에 등장하는 음식에 대한 기억은 결국 '너와 나' '몸과 의식'의 상호수평적 관계를 지향하는 '허여의 관계성'을 드러낸다. 그러나 면밀하게 살펴보면 그들은 결국 음식을 먹는 주체들이며 음식을 기다리고 그리워하고 맛보고 싶어하는 음식의 수혜자인 셈이다. 백석은 "시큼털털한 술을 잘도 채어먹"고 "도토리묵 도토리범벅"을 그리워하기도 한다. 송수권은 "남도의 밤 식탁에 둘러앉아 식담도 푸지게" 전어회를 먹는다고 노래한다. 백석과 송수권은 음식을 통해 소통하는 관계를 지향하지만 결국은 음식을 먹은 기억, 먹고 싶은 욕망이 각인된 대접받는 몸이라 할 수 있다.

3. 먹이는 몸과 광적인 몸—나희덕과 김혜순

깃인가 꽃인가 밥인가
저 희디흰 눈은
누구의 허기를 채우려고
내리고 또 내리나

뱃속에 들기도 전에 스러져버릴
양식을, 그러나 손을 펴서
오늘은 받으라 한다
(……)
목튤립 마른 열매들도
꽃봉오리 같은 제 속을 다 비워서
송이송이 고봉밥을 받고 있다

박새들이 사흘은 쪼아먹고 가겠다

— 나희덕, 「朝餐」중에서

눈은 내려 존재의 가벼운 착지와 포만과 소멸을 보여준다. 눈의 흰색은 탈속적인 순결을 의미한다. 생 너머의 환상이나 신의 출현과도 연결된다. 현실 저 너머의 세계에서 떨어지는 가벼운 분광이기도 하고 환하면서 허무한 향내 같기도 하다. 시인은 "깃"처럼 "꽃"처럼 "밥"처럼 눈이 내린다고 말한다. 눈은 스러져버리며 금방 존재의 그림자를 지우려 하면서도 조찬 같은 밥상으로 꽃봉오리 위에 내린다. 목튤립의 마른 열매들이 제 속을 꽃봉오리같이 비워서 송이송이 고봉밥을 받고 있다. 곧 스러지고 사라질 것은 이 세상에서 소박한 허기를 채우는 가난한 양식이 된다. 서늘한 것은 따듯한 밥의 온기를 만들어내고 비워진 것은 채워지고 다시 비워지는 것으로 삶의 허기를 안온함으로 이끈다. 몸집이 작은 박새는 사흘이나 소복한 고봉밥을 쪼아먹고 가겠다고 노래한다.

시인은 생명 있는 것들의 허기와 그들을 먹이는 것에 대하여 생각하고 있다. 시인은 곧 스러진 '눈'을 보며 하얀 '고봉밥'을 생각한다. 시인은 눈을 보며 먹을 양식을 생각하고 어린것들을 먹일 것을 생각한다.

나희덕의 시에 '밥'이 자주 등장하는 것도 밥이야말로 음식을 먹이려는 어머니 이미지의 근간이기 때문이다("백 년쯤 지나 다시 오면/그가 지은 연밥 한 그릇 얻어먹을 수 있으려나"(「사라진 손바닥」)). 고봉밥은 모락모락 김이 올라와 살아 있는 것들에 대한 연민을 불러일으키는 정다움이다. 둥긋하게 쌓아올려진 고봉밥은 제삿밥처럼 곧 사라질 것들의 그림자를 담고 있는 무덤 같기도 하다. 약하고 가녀린 것들에게 생의 연민과 안쓰러움을 보여주는 나희덕의 다음 시를 읽어보자.

어치 울음에 깨는 날이 잦아졌다

눈 부비며 쌀을 씻는 동안
어치는 새끼들에게 나는 법을 가르친다

어미새가 소나무에서 단풍나무로 내려앉자
허공 속의 길을 따라
여남은 새끼들이 푸르르 단풍나무로 내려온다
어미새가 다시 소나무로 날아오르자
새끼들이 푸르르 날아올라 소나무 가지가 꽉 찬다
큰 날개가 한 획 그으면
模畵하듯 날아오르는 작은 날개들,
그러나 그 길을 필요로 하지 않을 때기 곧 오리리

(……)
소나무와 단풍나무 사이에서 한 생애가 가리라

—「겨울 아침」 중에서

  어치는 새끼에게 나는 법을 가르치며 소나무에서 단풍나무로 내려앉는다. 새끼들이 따라 내려앉자 어미새는 다시 소나무로 날아오른다. 삶이란 이렇게 허공중에 길을 내며 모화(模畵)하듯 작은 날갯짓을 하는 것이라고 시인은 노래한다. 저 텃새처럼 살 수 있기를, 이렇게 새끼를 키우며 살 것을 생각하면서 시인은 겨울 아침쌀을 씻다 우두커니 서서 창 밖을 바라본다. 시간은 흘러가도 다시 한 생애가 온다. 소나무와 단풍나무를 왔다갔다하는 그 사이처럼 세대는 바뀌고 시간은 흘리가도 시간은 보이지 않는 허공의 길을 놓고 있다. 나희덕은 삶에서 감추어져 있는 보이지 않는 깊이를 계속해서 우리에게 환기시키려 한다. 그것은 어떤 평자의 말대로 '소리'를 통해서 더디니기도 히지만 대부분은 시인

사유의 투시력이 건져올리는 심연이다.

시인은 아침 일찍 눈 비비며 일어나 어린것들을 먹일 쌀을 씻으며 창문 밖 어치 소리를 듣는다. 쌀을 씻으며 음식을 마련하는 어미의 마음은 어치가 새끼에게 나는 법을 가르치는 것과 같이 삶을 나누는 것이다. 어미는 자식에게 먹을 것을 해서 먹이고 살아가는 것을 가르치면서 생을 함께 공유하는 그 공속(共屬)의 운명을 산다.

하여 시인은 시간이 가르쳐주는 생의 법칙을 생각한다. 사는 것이란 이렇게 다들 흡사하면서 단조로운 선율을 닮아가는 것이라고 생각한다. 시인은 쌀을 씻으면서 서로를 먹이고 먹으면서 삶을 나누고 생명의 시간을 통과하고 있다는 것, 이쪽 나뭇가지에서 저쪽 나뭇가지로 나는 연습을 하면서 존재를 나누어가진다는 것을 생각한다. 이른 아침, 쌀을 씻으며, 먹을 것을 준비하며 여성은 생명을 나누어갖고자 하는 것이다.

성난 바람이 닫고 가는 문에
어머니의 손가락이 잘리고 말았다

그보다는 손가락을 넣어
들이치는 바람을 막으셨다고 말해야겠다

애야, 떨지 마라
이 피와 살점을 가져다 저 굶주린 바람에게 먹여라

—「斷指」 중에서

여성의 몸은 자신의 몸 안에 타자를 키워내며 복수적(複數的) 삶을 살게 된다. 생명과 성장을 나누는 새로운 생명의 질서다. 태아를 키워내는 어머니는 자신의 몸을 먹도록 내어주는 카니발리즘으로서의 몸이다. 이 세상의 어머니는 세상의 몸을 먹이기 위해 자신의 몸을 내어놓지만 자신의 몸을 먹도록 내어주는 남성은 예수밖에 없다.

카니발리즘으로서의 어머니, 어머니는 피와 살점을 가져다 저 굶주린 바람을 먹인다. 어머니는 "성난 바람이 닫고 가는 문에" 손가락이 잘리고 만다. 아니, 어머니는 손가락을 애써 들이치는 바람 속으로 집어넣어 바람의 살의적 허기를 채워준 것이다.

어머니는 몸으로 자연의 위협을 막아내고 스스로 몸을 잘라 나누어줌으로써 승냥이와 같은 바람의 휘갈김을 다스린다. 바람이 살점을 뜯어먹고 가게 손가락을 잘라준다. 인간사에서 손가락을 자르는 것은 강고한 의지의 표지(標識)다. 그래서인지 어머니가 잘라준 손가락의 피, "피에 점화된 물촛을 보고/분 밖의 승냥이늘"이 "날아나기 시작했다". 극단적 신체의 허여(許與)가 분노를 다스리고 탐식을 멈추게 한 것인가. 어머니는 잘린 손가락의 불꽃을 밝혀 "촛불처럼" 들고 걸어가신다. 어머니는 성화(聖化)된 성자처럼 손가락 촛불을 들고 세상의 불을 밝힌다.

김혜순의 시에는 먹도록 나누어주는 육체가 아니라 식욕에 굶주린 신들린 육체가 등장한다. 억압을 벗어나려는 욕망의 발산이라 할 수 있다.

밤참을 준비를 할 시간
달을 팬 위에 깨뜨리자
달 위에 손톱만한 구멍이 파이더니
날개가 튀겨진 새떼가 기어나왔다
새떼는 밤이 깊어갈수록
검은 날개를 하늘 가득 펼쳤다
밤새도록 그것을 구웠다

침 흘리고, 씹고, 핥고, 트림하고, 질겅질겅하고, 빨고, 맛보고, 마시
고, 한시도 쉬지 않고 받아먹고, 삼키고, 건배! 하고 외치고, 더 먹어! 하
고, 이봐요! 하고. 여기 한 병 더! 소리치고, 쩝쩝하고, 큭하고, 끄르륵하
고, 컄! 하고

―「장엄 부엌」 중에서

사실 식욕은 남성에게 속한 욕구다. 성적인 매력이 있는 여성은 거의
음식을 안 먹거나 먹어도 조금 먹는 모습으로 나타난다. 남성에게 처녀
성을 간직한 여성은 권력적 지배욕을 강화시키는데, 고상한 여성은 성
적인 것을 탐하지 않기 때문에 오히려 남성 유혹의 대상이 될 수 있다.
식욕이 왕성한 것은 성욕이 왕성한 것과 일치되면서 여성의 음란함을
드러내는 상징이 된다. 여성은 '먹는 것'으로 죄를 짓게 되었다는 것.
하여 에덴동산의 타락 신화는 줄기차게 여성의 원죄의식을 부추긴다.
먹는 여성의 죄는 다른 육체의 죄와 동일시되면서 여성의 식욕감퇴를
불러일으킨다. 여성 억압이 강했던 빅토리아 시절 음식은 도덕적이면
서 계급적인 문제여서 식탁에서의 관습은 도덕적 선을 규정하고 계급
구조를 지탱하는 진지한 근거였다.

김혜순 시에서 지속적으로 등장하는 식욕과 음식의 문제는 여성 식
욕을 도덕적 규준으로 문제삼는 공식적 관습을 뒤엎는다. 김혜순은 오
히려 게걸스럽게 먹고 있는 여성, 카니발리즘으로 정강이뼈와 살을 파
먹고 있는 기괴한 모습을 남김 없이 드러낸다. 구워 먹고 삶아 먹고 끓
고 있는 냄비에서 두개골을 꺼내 골을 파 먹는, '먹는 것'에 대한 극단
적 식욕을 드러낸다. 먹는 행위와 결부된 여성적 부끄러움을 의도적으
로 과잉 전복한다.

김혜순은 의도적으로 '장엄한 부엌'을 만들고 "침 흘리고, 씹고, 핥
고, 트림하고, 질겅질겅하고, 빨고, 맛보고, 마시고, 한시도 쉬지 않고

받아먹고, 삼키고" 한다. 심지어 "쩝쩝하고, 큭하고, 끄르륵하고, 캭!"
하면서 숙녀에게 요구되는 세련된 식사 예절을 의도적으로 거부한다.
김혜순 시에서 과도한 식욕은 코르셋처럼 여성을 압박하는 내부기관을
부수는 광란의 욕망이다.

4. 음식을 둘러싼 의미 투쟁과 젠더

　백석과 송수권의 시에서 음식은 어린 시절의 기억과 연결되어 공동
체의 강렬한 감각을 환기시킨다. 냄새 맡고 그리워하고 만져보고 하는
것으로 신체공동체적 관계가 맺어진다. 이와 같은 몸과 마음의 직동은
우주의 모든 유기체를 거대한 순환 속에서 감각하고 느끼려는 '생명운
동'이다. 시인들은 음식을 통해 몸의 유기성을 느끼고 근원적 모성성으
로서의 원형(原形) 심상을 복원하고자 한다. 궁극적으로 남성에게 음식
은 먹고 맛본 것의 체험과 사랑받은 기억으로서의 징후다. 어떤 점에서
남성은 먹는 것과 사랑받는 것을 동시적으로 할 수 있다. 그들이 사랑
받는 주된 형태는 여성이 주는 음식을 통해서이다.
　이와 대조적으로 여성에게 먹는 행위는 절대적인 순수와 고도의 지
성과 몸뚱이의 초월을 위해서 금기시되어야 했던 여성적 절제를 연상
시킨다. 여성이 뚱뚱해진다는 것은 물질과 육체의 오염, '음탕함' 내지
정신이 아둔함을 의미한다. 오랫동안 식욕과 섹슈얼리티는 심리적으로
연결되어 있다고 여겨져왔기 때문이다. 여성 거식증 환자들이 성적 관
계를 회피하고 갈대처럼 마른 상태를 유지하려는 것은 결국 음식문화
가 내포하는 육체/정신, 여성/남성 사이에서의 오랜 강박증을 드러낸
다. 거식증 환자에게 오는 수많은 신체적 합병증은 고통스러운 것이 아
니며, 무시할 수만 있다면 그것은 몸을 정복했다는 또하나의 증거가 된

다고 간주되었다(한편 현대 부르주아의 불안을 통제할 수 있는 핵심적인 방법은 육체를 정복하는 것이라고 생각하는 일련의 운동 중독이 우리 사회에 존재하고 있다. 하루라도 운동을 거르면 불안해하고 조깅과 마라톤을 밥 먹듯 하는 사람들, 철인 3종 경기에 나가는 사람들을 상기해보자).

하여 여성에게 음식문화는 타인을 먹이거나 스스로 직접 차려먹는 형식으로 이루어진다. 여성이 음식을 먹는 것은 받지 못한 사랑에 대한 대체물로 상징화된다. 여성이 스스로 차려먹는 것은 편안한 느낌으로 전화되기보다는 절망과 공허와 외로움을 잊기 위한 것으로 전화되곤 한다. 여성은 음식이 나를 돌봐줄 유일한 것이라 생각한다(왜 드라마에 나오는 실연당한 여자들은 언제나 양재기에 밥을 잔뜩 비벼, 울면서 우적우적 밥을 마구 먹어대야만 할까?).

사실 음식, 음식 먹기는 상대와 관계를 이루어가는 대화와 소통의 한 방식이다. 음식에는 특정한 순간과 경험이 녹아 있다. 역사적 기억이, 전신감각적 느낌이, 존재를 허여하는 몸의 제의(祭儀)가 숨겨져 있다. 그럼에도 음식을 둘러싼 일련의 소통과정은 문화권력을 드러내는 한 국면을 제공한다. 백석과 송수권의 시에서 음식의 기억은 '먹는 행위' '냄새 맡는 행위'로 드러나며 남성은 여성(모성, 아내)의 노동에 의해 차려진 배려의 수혜자가 된다. 그에 반해 여성에게 음식문화는 나희덕에게는 '먹이는' 모성적 행위(어미의 마음)로, 김혜순에게는 신경증적인 폭식증으로 나타난다. 세상의 생명들에게 자신의 몸을 잘라 먹임으로써 여성적 정체성을 확인하는 것이 모성 신화라면, '폭식증의 여성'은 '식욕부진(거식증)의 여성'과 마찬가지로 젠더/권력이 만들어낸 또 하나의 신경증이다.

결국 인간은 단순하게 음식을 먹는 것이 아니라 '사회적 음식'을 먹고 살아가는 것이다. 음식 먹기는 일종의 사회적, 계급적 기호로서 젠더 이데올로기가 발생하는 지점이라는 사실, '젠더를 둘러싼 의미 투쟁'이 시작되는 곳이라는 사실을 상기할 필요가 있다. 남성에게는 편안함과 안식을 주는 음식, 모성 기억으로서의 음식이 여성에게는 몸의 한계와 가능성을 알게 하는 실질적인 훈육의 장이 되고 있다. 여성은 음식을 실제로 차리는 노동력이자 자신의 몸을 먹도록 내어주어야 하는 희생적 제물(祭物)이다. 여성은 음식을 통해 육체 욕망을 자제하고 충동을 억제하는 몸의 통제를 실천한다.

한국문학은 음식을 둘러싼 젠더 권력의 투쟁 속에 놓여 있다. 최근 한국 여성문학에서 여성은 음식을 해서 먹이면서 대화와 배려의 주체가 되거나 스스로 음식을 거침없이 먹어치움으로써 억제된 욕망의 훈육을 교란하는 광기의 몸이 되기도 한다. 여성 주인공, 여성 화자는 성적 욕망을 노골적으로 드러내기도 하고 서슴없이 음식을 먹는 것으로 자신의 몸과 즐겁게 무의식적인 관계를 맺는다. 그것은 여성 몸에 새겨진 젠더/권력 통제에서 자연스럽게 벗어나고자 하는 일련의 저항이기도 하다. 최근 여성문학에서 몸-음식-성은 '몸'을 통해 '몸'을 넘어서려는 지점을 제공한다. 이제 '몸'은 여성의 텍스트가 되고 있다(그러나 여기서 한 가지, 최근 유행하는 웰빙문화나 취향의 문제에서 음식은 사회적 계급의 기호가 되고 있다는 사실을 지적할 수 있다. 그런 점에서 여성 사이에서도 사회적 계급적 차원으로 다양하게 몸의 문제가 갈라지고 있다는 점을 주목해야 한다. 이와 같은 여성 안에서의 계급적 차원은 여성문학의 다음 과제가 될 것이다).

남성 가부장적 전통에서 남성들은 남성끼리의 의리와 형제애(brother-hood)를 우선적 가치로 두어왔다. 그들에게 있어 의리는 자신의 여자를 상납하거나(영화 〈질투는 나의 힘〉) 하사하는 것(영화 〈친구〉)으로 증명되는 것이다. 남성끼리의 의리문화는 '우리가 남이가'를 외치며 폭탄주를 돌리고 여성을 철저하게 배제하거나 의리를 위한 희생물로 삼으며 지켜져왔다는 사실을 상기해볼 필요가 있다. 그런데 최근 영화들에서 여성들은 한 남성을 여성들끼리 공유하면서 자매애(sisterhood)를 보여주거나 성을 객관적 관찰의 대상으로 살피기 시작했다. 영화 〈노랑머리〉에서 두 여성은 협력하여 한 남성을 성적으로 공유하는 것을 마다하지 않는다. 영화 〈처녀들의 저녁식사〉에서 여성들은 저녁식사를 하면서 동시에 성적인 대화를 거침없이 까발린다. 여성들은 이제 먹는 주체이면서 동시에 성적인 욕망의 주체로 나아가려 한다. 〈처녀들의 저녁식사〉에서 순이가 가졌던 아이 아버지가 연이의 남자친구 영작이었다는 사실이 밝혀지면서 영작은 두 여성이 공유하는 하나의 기표가 된다. 이로 인해 연이는 오히려 자신의 성적 환상을 억압하던 영작의 특권적 위치를 깨닫게 되면서 성적 주체로 재구성된다.

음식 여성들은 스스로 음식을 해서 먹고 먹이면서 성 욕망과 체험을 여성들끼리 공유하는 데로 나아간다. 여성간의 관계에서 욕망은 활성화된다. 음식은 섹슈얼리티와 함께 여성에게 있어 개인적이고 심리적인 것과 사회적이고 공적인 것이 어떻게 교차되고 있는가를 탐구하게 한다. 여성은 몸의 욕망과 사회관습적 질서에 대한 큰 물음을 다시 묻기 시작한 것이다.

젠더와 몸 담론, 몸 의식으로서의 시를 위하여

1. 근대문명과 시각주의

근대문명이 육체를 억압하면서 만들어져왔다는 것은 익숙한 사실이다. 마르쿠제의 저작 『에로스와 문명』은 성적 욕망의 억압 속에서 현대문명이 탄생하였음을 설파한다. 프로이트는 성기를 만지는 것에 대한 금지, 즉 촉감에 대한 억압이 시각을 촉발시켰음을 말한다. 손으로 성기를 만지는 행위에 대한 금지가 자신 혹은 다른 사람의 성기를 보는 것에 대한 과도한 정신집중을 유발하였다는 것이다. 즉 근대문명에서 가족제도와 가부장적 권위는 이와 같이 무절제한 성행위를 거세하고 시각-바라봄만을 허용함으로써 인간문명을 이룩하여왔다는 사실. 그런 점에서 시각은 근대문명에서 철저하게 우위에 선 감각이 되었다. 이를테면 근대 투시화법의 기하학적 원근법과 근대 물리학의 기계론적 자연관, 그리고 근대 인쇄술은 이러한 시각의 방향을 강력하게 주동해온 것들이라 할 수 있다.

근대 이성 지각체계에서 '본다'는 것은 '안다'는 인식과정을 드러내는 방식이다. 즉 주체와 대상 사이의 객관적 거리 속에서 대상은 인지 가능한 재현물이 된다. 이때 보는 것과 보이는 것 사이에는 대상을 물화시키고 지배하려는 시각의 권력적 욕망이 작동한다. 본다는 것은 대상을 마음대로 할 수 있다는 권력장 형성을 의미한다. 푸코가 말한 바 '원형감옥'은 '보는 것'의 감시체계에 의해 권력이 철저하게 형성되는 공간적 건축물이다. 간수의 감시창 맞은편 감방 창에는 햇빛이 들어온다. 죄수는 감방 어느 곳에 있든 뒤편에서 들어오는 햇빛 때문에 자신의 그림자를 감출 수 없다. 죄수는 간수의 시각 범주 안에서 철저하게 관리된다. 전방위 감시체계는 푸코가 말하는 규율적 기술이 시각주의와 분리할 수 없는 관계에 있음을 압축적으로 보여준다. 감시는 감시자의 시각에서 결코 벗어날 수 없는 주시와 경계라는 이중적 의미를 지닌다. 이때 감시란 보이지는 않지만 무소불위의 경계에 의한 통제를 뜻하는데, 여기서 보는 것과 보여지는 것의 상호성은 사라진다.

전방위 감시체제는 모든 것을 완전히 포위하는 시각주의의 감옥을 의미한다. 그러한 감시 메커니즘 혹은 그것이 강제하는 규율은 명증성과 확실성이라는 데카르트적 원칙을 적용한 것이다. 데카르트주의는 범시각주의를 의미한다. 절대적인 지식이나 명증성을 가진 지식은 시각에 의한 사유물이다.

시각의 독주는 포르노그래피에서 스크린과 관객의 관계 속에서도 드러난다. 관객은 거대화된 성기와 규칙적이고 권태로운 몸동작의 반복을 지켜보면서 스크린 위 대상을 물화시킨다. 관객이 스크린의 육체를 조정, 관리하는 지배자가 된다. 이때 관객의 시선은 권력화되고 남성화된다.

텔레비전의 시각적 장악력은 매체의 권력화로 이어진다. 시청자들은 카메라의 사각 프레임 안에 잡힌 피사체만을 보게 된다. 카메라의 전횡 속에서 시청자들은 보는 주체가 아니라 카메라에 의해 보여지는 대상으로 물화된다. 텔레비전이 시청자들을 보고 있다. 카메라가 시청자를 조정한다. 시청자들은 카메라에 의해 조종된다.

보는 것과 보이는 것 사이의 권력적 관계는 근대 이성체제의 형성과정에서 자아 인식의 중요한 과정이기도 하다. 한 남자가 복도를 지나다 문구멍을 들여다본다. 방 안에는 한 여인이 목욕을 하고 있다. 문구멍을 몰래 훔쳐보던 남자는 자신의 뒤쪽에서 인기척을 느낀다. 인기척에 놀라 남자가 뒤를 돌아보니 그를 바라보고 있는 어떤 시선이 있다. 자기 자신이 보는 자이자 동시에 철저하게 보여지는 자라는 사실. 사르트르의 '타인은 지옥이다'라는 말은 이와 같은 에피소드와 연결되어 있다. 근대적 주체는 스스로의 반성적 인식체계에 의해 형성되는 것이 아니라 자신을 보고 있는 타자의 시신에 의해 결징된다. 되고 싶은 자신이 아니라 타자에게 보여지기를 위하는 방식이 존재형성을 결정짓는다.

이와 같이 보는 것과 보이는 것 사이의 간극은 프로이트의 '거울단계'를 연상시킨다. 보고 있는 주체는 보여지는 자신에 대하여 지독한 나르시시즘의 유혹에 빠지거나 참을 수 없는 분리의 자기 괴리감을 느낀다. 자아 동일성을 근거로 이룩된 근대가 균열과 분리감을 느끼게 되는 지점이 바로 여기다. 거울을 통해 자신의 동일성을 획득해가는 과정은 실은 허위적인 상상적 동일시에 불과하다. 근대문명은 보이는 것을 보는 것으로부터, 알려진 것을 아는 것으로부터, 대상을 주체로부터 갈라놓는다. 인간과 자연, 인간과 인간 사이에서 생겨난 분열과 대립은 결국 시각적 독주와 권력관계 속에서 형성된 것이다.

2. 몸 담론의 출발과 담론의 복합성

최근 근내세계의 시각중심주의가 가저온 분열과 내립에 내한 만싱이 일고 있다. 근대 이전 감각을 다시 조직하려는 노력이라 할 수 있다. 그것은 감각의 마비와 일방향성을 넘어 오감의 재구성을 시도하는 일이다. 사실 근대문명의 산물이라 할 수 있는 매체의 변화가 그 큰 이유가 되기도 했다. 일테면 시뮬레이션 게임이나 여러 영상물은 신체감각들의 상호작용을 요구하는 듯하다. 시각적 이성을 넘어서 공감각의 영역에 대한 관심이 증대했다. 이성적 시각주의에서 몸 감각에 대한 회복이 일어났다. 신체적 행위와 몸의 정치, 몸의 욕망과 신체해석학에 대한 관심이 증폭되었다. 시각중심주의, 남근중심주의, 자아중심주의로 일관해온 근대 이성의 유산에 대한 반론이 제기된 것이다.

몸은 인식론의 지배에 의해 백안시되어왔으나 근대 해체라는 탈근대의 과정에서 다시 주목받게 되었다. 육체를 중심으로 하지 않고서는 정신에 대한 이해가 불가능하기 때문이다. 피터 브룩스는 정신과 언어를 정의하기 위해서 타자의 개념으로서 육체의 개념이 필수적이라고 말한다. 육체는 "정신적 갈등이 각인되는 장소임과 동시에 인간 상징의 원천"(피터 브룩스, 『육체와 예술』, 이봉지·한애경 옮김, 문학과지성사, 2000)이기도 하다. 정신분석학은 우리의 실제 육체와 상상의 산물로서의 육체 사이를 오간다.

또한 몸은 모든 정치적 이데올로기가 상징화되는 공간이며 가장 구체적인 사적 공간이기도 하다. 중세 봉건시대 노비의 몸에 새긴 문신, 족쇄와 고문, 전족과 거세, 인종주의와 민족주의, 문둥병과 암에 이르기까지 신체는 가장 개인적이고 자연적인 것이면서 동시에 사회적이고 인공적인 세계에 속해 있다. 인간 행동과 사회적 관계가 축적되어 있는 동시에 존재의 참된 시원적 형태라 할 수 있다.

육체에 관한 논의가 흥미로운 것은 이와 같이 육체야말로 물질과 이념, 자연과 문화 사이에 놓여 있기 때문이다. 육체는 스스로 지독한 나르시시즘의 일차적 대상이면서 종교적 금욕주의자에게는 탐욕과 금기

의 대상이다. 육체는 제어할 수 없는 쾌락의 주체이면서 존재의 한계
(죽음)를 직감하게 해주는 근거가 된다. 육체는 인간의 정신력과 의지
력을 행사할 수 있는 물질적 근거인 동시에 그 물질성을 넘어 의미의 생
성작업이 일어나는 매개체가 된다는 점. 육체는 존재론적 질문을 던지
게 한다는 점. 이와 같이 육체는 '자연'과 '문화'가 중첩된 그 경계라는
점에서 매우 독특하고 복합적이다. 해서 통일되고 일관된 논의가 어렵
다. 앞에서도 언급한바 육체는 가장 사적인 친밀성의 영역이면서 가장
공적인 이념의 실현체이기 때문이다. 섹슈얼리티의 문제가 사적이고
은밀하면서도 가장 이데올로기적인 권력관계를 드러내는 지점이라는
사실과도 연관된다.

육체를 문화적 구성물로 볼 것인가, 실제 물질적 육체로 볼 것인가
하는 두 가지의 논점을 전제할 수 있다. 최근의 사상 동향 중에는 육체
를 사회적 언어적 구성물, 특정한 담론적 관습에 의해 창조된 것으로
보는 흐름이 있다. 중요한 예로 남녀 육체 차이의 문제를 들 수 있다. 사
회문화적 육체는 언어적 구성물이며 이데올로기적 산물이다.

현대사회에서 사회적 이념과 이데올로기로서의 육체는 사이버 공간
에서 사이보그적 육체(몸-기계의 결합)를 접하면서 탈육체의 디지털
몸이라는 신체변이를 맞게 되었다. 문학에서 몸 담론은 문학작품에 나
타난 몸의 사회적 시대적 의미들을 살피면서 변화된 기술매체 변이 속
에서 몸의 사회학적 변이를 살피고 있다.

그러나 문학에서 몸 담론은 의식과 이념의 매개체로서의 몸을 넘어
시 텍스트의 언어 호흡과 독자의 몸이 만나는 그 지점을 살피는 새로운
가능성을 열어주어야 한다. 문학작품 속에서 몸을 이념으로 재단하고
나면 다시 한번 '몸'을 '정신의 구현체' '이념의 실체'로 만들어버리기
때문이다. '몸 담론'은 '몸 의식' 그 자체의 호흡을 회복하고자 하는 물
리적 신체적 움직임을 동반해야 한다는 생각이다. 그런 점에서 독자의

몸과 시어의 숨결이 만나 함께 들썩이고 호흡을 서로 나누는 상호신체의 지점을 찾아볼 수 있다. 몸이 느끼는 통감각적 의식, 전신감각으로서의 몸 인식을 되찾는 것이야말로 '관념화된 몸' 논의에서 '실제적 몸'을 비로소 구해내는 것은 아닐까. 이 글은 한국의 현대문학에서 사회적 구성물로 재현된 몸에 대하여 성찰해보고 실제 '몸의 말'로서의 시, '몸 의식'으로서의 시에 대한 가설을 제시해보는 일종의 시도이다.

3. 민족주의와 젠더화 속에서의 여성 몸

　사회문화적 육체에 대한 담론은 페미니즘에서 가장 집중적으로 언급되었다. 여성은 육체의 역할을 담당하는 사람으로 간주되어왔다. 남성을 순수 이데아, 절대정신으로 상정하는 데 반하여 여성은 폄하된 육체, 식욕과 성욕, 성적 유혹과 연결되는 부정적인 육체로 간주되었다. 페미니스트들은 부정적으로 개념화된 육체의 감각을 새롭게 구성해내며 남성중심적 시각주의를 비판한다. 남성 중심의 논리가 '구경하는 시각'이라면 여성의 역할은 '배려와 참여'의 촉감임을 강조한다. 보는 거리감에서 벗어나 친밀감과 근접감을 통해 전신적 기쁨을 회복하고자 하는 것이다. 가까움의 공통적 감각은 접촉과 만짐, 얼굴 대하기와 부드러움 같은 것이다. 이것은 만짐과 친밀성의 감각에 기반한 배려의 윤리다. 배려의 윤리는 자신과 타자, 자신과 세계의 관계성에 중점을 두면서 자기중심적인 것에서 벗어나 타자지향적인 것으로 변형되는 이타성의 윤리라 할 수 있다. 이와 같은 횡적 연계성은 근대의 수직적 권력관계를 끊고 상호연결을 통한 연계화, 학제간의 통합, 종적 문화적 경계를 초월한 상호공동보조의 입장을 취한다. 대화적이며 집단적인 조화와 평화를 영속시키고자 하는 것이다.

그러나 사실 지금까지의 역사에서 여성은 육체의 치명적 한계를 지 닌 상징으로 재현되어왔다. 특히 한국 문화와 역사에서 여성 몸은 이데 올로기의 전장이 되곤 했다. 한국인 '군위안부'라는 역사적 사실과 그 것에 대한 한국의 태도, 6, 70년대 양공주와 민족주의적 국가주의 등을 떠올릴 수 있다. 군위안부 문제나 양공주 문제는 순혈주의를 표방하는 한민족 정체성이라는 관점에서 매우 복잡하고도 예민한 정치적 민족적 문제를 담보한다.

일테면 군위안부 문제에서 여성 몸에 대한 유린과 오염에 대해 여성 이 이민족의 핏줄을 잉태함으로써 민족순혈주의의 분열 거점이 된다고 보는 시각, 민족주의 담론에서 민족이 다시 한번 젠더화되어 군위안부 문제를 '민속적 수지'로서 '역사의 침묵' 속에 묻어두고 싶어히는 것 등을 떠올릴 수 있다. 민족주의에서 '민족'은 철저하게 '남성 수체'들 의 집단화로 범주화된다. 남성 주체 민족주의는 여성 희생에 대한 굴욕 감을 감추고 싶어하거나 민족주의에 대한 위협이 여성들에게서 나온다 고 생각함으로써 여성을 '창녀'의 신분으로 전락하게 한다.

국가 방위와 국가 경제를 위한 외국군 주둔과 기치촌 여성에 대해 생 각해보자. 60년대 박정희 정권은 외국에서 차관을 도입하여 적극적으 로 한국경제개발에 박차를 가하면서도 동시에 제국주의에 대항하여 민 족 정체성을 국가주의 이념으로 강화했다. 박정권은 외국군이 주둔하 고 기지촌이 형성되는 것을 적극적으로 허용하는 태도를 보였지만 기 심 이면에는 '양공주'를 저속하고 더럽고 수치스러운 사회적 대상으로 보았다. 오히려 순혈주의적 가부장적 입장을 각인시키고자 했다.

안정효의 소설 『은마는 오지 않는다』는 '고통당하는 민족' '희생자 가 된 민족'의 이야기를 '강간당한 어머니'라는 여성 육체의 유린과 모욕으로 묘사해낸다. 한국전쟁의 물리적 폭력사태 속에서 한국인들 은 철저하게 거세된 남성으로 묘사된다. 외국군에게 유린당한 이머니는 가부장적 유교 가치에서 볼 때 '더럽혀진' '훼손된' 여성이지만 그럼에도 자신의 아이들을 키우는 가부장적 모성 의무를 다해야만 한다. 다시 말해 '언례'는 양공주로 살면서 전시상황에서 여성 육체의 무력감을 드러낸다. 가부장제에서 지독한 멸시의 대상이 되고 말지만, 그러면서도 가부장적 관념 속에서 자식을 키워내야 하는 모성애를 발휘한다. 남성 가부장 질서 속에서 천대를 받으면서 동시에 가부장제에 철저하게 순종하며 가족을 지켜내는 역설을 보여준다. 동네 사람들은 언례가 흑인 미군 병사에게 강간당한 사실을 알고 마을의 수치로 여기면서도 동시에 자신이 피해자가 되지 않은 것에 안심하는 이기심을 보인다. 민족 집단은 이민족에게 '강간당한 여성'이라는 아이콘에 대하여 그 모욕감에 자신을 일치시키면서 동시에 그 더럽혀짐에서 자신을 분리시키는 배리를 보여주는 것이다(한국전쟁이나 민족의 수난사에서 강간당한 여성은 민족 자체에 대한 유린을 상징하는 매우 특징적인 징후다. 여기서 남성중심적 민족주의는 더럽혀진 여성을 민족과 일치시키면서 동시에 분리시키려 애쓴다. '양공주'는 한국전쟁 후 한국이 미국의 경제적 군사적 원조에 의존해야 했던 종속적 지위를 알레고리화하는 육체적 의미를 지닌다).

실제로 강간당한 여성은 몸에 일종의 신체적 표징(mark)을 지니게 된다. 그것은 신체적 파손과 파열, 찢김과 혈흔과 같은 물리적 상처뿐만 아니라 민족주의 가부장제에서 터부시되는 이민족 혼혈 혈통에 대한 공포를 함축한다. 김기덕 영화 〈수취인불명〉에서 창국의 어머니는 전쟁 후 미군 흑인 병사와 살림을 차리고 혼혈아 창국을 낳는다. 흑인 병사는 미국으로 떠나고 돌아오기로 한 약속은 지켜지지 않는다. 창국 어머니가 미국으로 보내는 편지는 언제나 수취인불명으로 되돌아온다. 혼혈아 창국은 마을 사람의 냉대와 멸시 속에서 아버지에 대한 증오와 그리움을 키워간다. 급기야 분노에 치달은 창국은 어머니의 한쪽 유방을 칼로 도려낸다. 어머니의 유방에 흑인 병사의 이름이 새겨져 있기 때문. 실제 남성은 성행위를 한 여성의 육체에 일종의 문신을 새겨넣음으로써 여성 육체를 영토화하고 텍스트화한다(이장호 감독의 영화 〈별들의 고향〉에서 경아의 다리에 새겨진 글씨는 남성들이 자신의 이름을 담뱃불로 지지면서 새긴 문신이다). 여성의 육체에 자신의 이름을 새겨넣음으로써 자신의 영토임을 표시한다. 결국 자국내기의 과정은 지배의 욕망과 관계한다. 육체를 소유하거나 육체를 권력적 의미의 영역으로 끌어들이려는 욕망이다. 하여 여성 육체는 소유의 대상으로서 권력의 전장이 된다. 이민족에게 강간당한 여성은 혈통의 서사에서 민족 정체성 파열의 장소가 되는 것이다.

실제 한국 문화와 역사 속에서 여성 육체는 단순히 희생자, 피착취자로 읽고 씌어지는 공적 재현의 권력장이었다. 무엇보다 한국이라는 민족 상징은 언제나 "남성화된 기억, 남성화된 수치심, 남성화된 기대"(김현숙, 「민족의 상징, 양공주」, 일레인 김·최정무 편저, 『위험한 여성—젠더와 한국의 민족주의』, 박은미 옮김, 삼인)에 근거하여 만들어져왔다.

이와 같이 여성 육체에 씌어지는 글씨는 권력적 지배를 암시한다. 문자는 지배자가 힘을 소유하고 행사하는 규정 수단이다.

소녀 시절
여러 번 같은 꿈을 꾸었다
누군가 붓에다 먹을 찍어
내 얼굴에다 자꾸 글씨를 썼다
눈을 떠보면(여전히 꿈속이었지만)
내 얼굴에 글씨를 쓰는 사람의
얼굴도 글씨로 가득했다
(그는 누구였을까)

(무슨 글자들이었을까)

— 김혜순, 「얼굴에 쓴 글씨」 중에서

얼굴 위의 글씨는 여성의 몸이야말로 글씨로 씌어진 텍스트라는 비유를 가능케 한다. 얼굴 위에 씌어진 글씨는 말이나 언어와 달리 육체성을 지니며 육체 위에 착색되어 살갗이 되고 피부가 되고 옷이 된다. 얼굴은 옷을 걸치지 않은 맨몸으로 드러난 육체의 극치다. 얼굴은 신체에서 가장 노출이 심한 곳이다. 여성의 얼굴 위에 씌어진 글씨는 여성 신체에 기록되는 남성 텍스트에 대한 의미 있는 환치라 할 만한다. 여성의 몸에 던지는 남성 시선에 의해 여성 몸 읽기는 이루어진다. 여성 몸에 새겨지는 글씨는 남성 소유욕을 베껴놓은 것이며 그들 욕망과 권력의 전이체라 할 만하다.

한국 민족주의 담론은 민족 정체성의 가부장적 집단화 속에서 여성의 구체성을 젠더화함으로써 추상화시켰다. 해체와 탈근대의 시대, 육체에 대한 관심 속에서 여성은 폄하된 자신의 육체를 공적 영역에서 공론화하려 한다. 은밀하게 숨겨져 있던 여성 신체에 대한 전면적 노출, 이를테면 생리, 임신, 낙태, 성기 등의 노출은 여성 육체를 공적 영역에서 재구성해보려는 전복행위다. 그럼으로써 이데올로기에 묶인 몸을 해방시키려는 것이다.

4. 근대 남성의 몸-기계

육체에 대한 담론의 시대에 남성 육체에 대한 언급은 여성 육체에 대한 언급에 비할 것이 못 된다. 남성은 육체로 주목된 적이 없다. 아니 남성은 스스로의 육체에 관심을 갖거나 보여지는 육체로서 장식이나 모양내기에 마음을 쓰는 것을 철저하게 금기시했다. 그것은 여성적 욕망에 해당하기 때문이다. 남성은 자신의 육체를 음미하며 미학화시킬 수 없었다. 여성의 육체 억압에 대한 또다른 역상으로서의 육체 억압이다. 남성 육체는 보이는 대상이 아니라 보는 주체로, 관음자의 시선 너머에 숨겨져 있었다. 그러나 자본주의 근대사회는 철저하게 남성 육체를 공장과 회사로 내몰면서 기계-신체를 만들어냈으니, 남성 육체는 시선과 응시의 주체이면서 동시에 감시와 통제의 대상이 된다.

실제 근대는 의과학의 발전과 근친상간의 금기를 통해 육체를 관리해왔다. 사적이고 내밀한 공간에서 이루어지는 신체적 행동을 통제하기 위해 성과 성욕을 의학의 대상으로 만들었다. 어린아이의 수음은 성장을 늦추게 한다고 말하거나 특정한 성체위를 변태로 간주하거나 병으로 분류해버린다. 근대의 건강한 신체를 생산하기 위해 스스로 그것을 억제하고 통제할 수 있는 것으로 여겨왔다. 푸코의 말대로 건강을 염려하는 의학적인 입장에서 배우자나 자신의 성욕이나 신체를 감시하고 통제하는 것이 가능하게 되었다. 내밀한 공간 안에서 행해지는 신체적 행동이 강력한 규범으로 통제 가능한 것이 되고 만다. 위생적이고 건강한 신체를 위해 욕망을 억압하는 기제를 작동시키는 것이 자본주의의 신체관이다.

근대 자본주의 속에서 여성의 육체가 성적 교환의 매개로 환산된다면 남성 육체는 상품 생산을 위한 실제적 공적 노동력으로 환산된다. 공장이나 공적 자본의 영역에서 경제적 작동을 하는 신체는 남성의 신체다. 그러나 노동자의 신체는 자본 급여를 얻기 위해 능동적으로 움직이는 것 같지만 공장 지배인에 의해 철저하게 관리되며 종속되어 있다. 공장주는 노동자의 동작 하나하나를 미세하게 나누고 가장 경제적인 동작 모델을 구성하려 한다. 즉 생산과정에 필요한 가장 적은 시간을 계산하여 노동자의 동작과 시간을 '관리' 한다. 브레이버먼의 분석에서 그것은 노동과정을 노동자의 기능에서 분리하고, 구상과 실행을 분리한다. 구상 기능을 자본가/관리자가 독점하여 노동과정의 각 단계와 행위양식을 통제하는 것이다. 노동자 개개인의 작업을 관리자의 의지대로 통제하려는 자본가의 오랜 꿈을 실현시킨다.

공장 노동자들의 개별적인 동작은 그 자체만으로는 아무 의미가 없으며, 개별적인 신체 역시 그 자체만으로는 아무런 의미가 없다. 그들의 동작은 결합하여 하나의 집합적 노동을 구성하고, 그들의 신체는 서로 결합하여 하나의 집합적 신체를 구성한다. 이러한 집합적 신체의 구성에 '기계'라고 불리는 신체가 포함되는 것은 두말할 나위도 없다. 노동자의 신체는 점차 능동성을 빼앗기고 생산적 변이능력을 통제받음으로써 수동적 기계가 되고 만다.

영화 〈모던 타임스〉에서 채플린은 컨베이어벨트를 따라 흘러가는 기계에 너트를 조인다. 단 한순간도 기계를 놓치면 안 되기에 동료와 이야기하는 것도 기계에 매여서 한다. 기계에 매여 있다는 것은 단순한 수사적 발언이 아니다. 글자 그대로 기계에 매여 컨베이어벨트 위에 얹혀 있는 기계의 나사를 조이는 기계적이고 정해진 동작을 반복한다. 노동자가 하는 반복적이고 기계적인 동작, 노동의 효율적이고 경제적인 관리는 컨베이어벨트를 통해 실현된다. 채플린은 컨베이어벨트가 멈춘 점심시간에도 너트를 조이는 동작을 그만둘 수가 없다. 의식의 통제를 벗어난 채 무의식적으로 작동하는 손.

공장-기계-신체는 자본의 욕망에 의해 관리되고 복종하는 신체가 된다. 생산성과 효율, 성실성을 갖추는 것, 신체는 자본주의 욕망의 배치 속에서 길들여진 신체가 된다. 자본의 요구를 자신의 욕망으로 간주하고 자본의 시선으로 자신의 신체를 보는 욕망이다. 신체는 다시 자본주의적으로 재구성된다. 근대적 몸은 자본 권력이 구체적으로 작용하고 표현되는 곳이다. 권력이 행사되는 방식은 권력에 의한 감시가 몸에 내재화되도록 하는 것이다.

> 기계 사이에 끼어 아직 팔딱거리는 손을
> 기름 먹은 장갑 속에서 꺼내어
> 36년 한 많은 노동자의 손을 보며 말을 잊는다
> 비닐봉지에 싼 손을 품에 넣고
> 봉천동 산동네 정형 집을 찾아
> 서글한 눈매의 그의 아내와 초롱한 아들놈을 보며
> 차마 손만은 꺼내주질 못하였다
> (……)
> 내 품속의 정형 손은
> 싸늘히 식어 푸르뎅뎅하고
> 우리는 손을 소주에 씻어들고
> 양지바른 공장 담벼락 밑에 묻는다
> 노동자의 피땀 위에서 번영의 조국을 향락하는 누런 착취의 손들을
> 일 안하고 놀고먹는 하얀 손들을
> 묻는다
> 프레스로 싹뚝싹둑 짓짤라
> 원한의 눈물로 묻는다
> 일하는 손들이
> 기쁨의 손짓으로 살아날 때까지
> 묻고 또 묻는다

—박노해, 「손 무덤」 중에서

자본주의시대 경제적 행위로서 노동이 생기고부터 '손'은 매우 중요한 노동 도구가 된다. 손은 노동이 결정직으로 이루어지는 신체의 첨단

이다. "기계 사이에 끼어 아직 팔딱거리는 손"은 기계-신체로서 기계의 일부분이 된 손, 육체를 담보로 자본 권력에 착취되는 희생의 손이다. 프레스 기계에 싹뚝 잘린 노동자의 손을 들고 시인은 동료 정형의 집을 찾지만 차마 가족들에게 전해주질 못한다. "양지바른 공장 담벼락 밑"에 잘린 손을 묻으며 시인은 번영 조국에서 놀고먹는 하얀 손을 저주한다. "부끄러운 이름"을 별이 내리는 언덕 위에 묻는 윤동주의 낭만적 행위를 떠올려본다면 공장 노동자의 손이 잘리고 땅에 묻히는 것은 실제적이고도 끔찍한 악몽의 체험이다. 노동자의 기름 묻은 손, 프레스 기계에서 꺼낸 잘린 손, 노동자의 손은 자본의 통제하에 있는 손이다. 근대 자본주의는 남성을 철저한 자본 생산의 기계로 만든다. 근대적 시스템하에 육체를 길들임으로써 통제하에 놓이게 한다. 푸코는 이를 '생체권력'이라 개념화한 바 있다. 푸코에 의하면 이러한 권력은 발견하기가 쉽지 않다. 권력은 지배를 겨냥하기보다 유용성과 효율성을 겨냥하기 때문이다. 그런데 역설적이게도 유용성과 효율성이 부합하면 할수록 강하게 권력에 포섭된다는 것이다.

80년대 노동현장에서 일어난 자본 착취에 대한 고발과 견주어 다음 시는 남성의 또다른 국면을 드러낸다.

아버지는 단 한번도 아들을 데리고 목욕탕엘 가지 않았다
여덟 살 무렵까지 나는 할 수 없이
누이들과 함께 어머니 손을 잡고 여탕엘 들어가야 했다
누가 물으면 어머니가 미리 일러준 대로
다섯 살이라고 거짓말을 하곤 했는데
(……)
돈이 무서워서 목욕탕도 가지 않는 걸 거라고
아무렇게나 함부로 비난했던 아버지

등짝에 살이 시커멓게 죽은 지게자국을 본 건

당신이 쓰러지고 난 뒤의 일이다

의식을 잃고 쓰러져 병원까지 실려 온 뒤의 일이다

그렇게 밀어드리고 싶었지만, 부끄러워서 차마

자식에게도 보여줄 수 없었던 등

해 지면 달 지고, 달 지면 해를 지고 걸어온 길 끝

적막하디적막한 등짝에 낙인처럼 찍혀 지워지지 않는

지게자국

아버지는 병원 욕실에 업혀 들어와서야 비로소

자식의 소원 하나를 들어주신 것이었다

—손백수, 「아버지의 등을 밀며」 중에서

한국 자본주의는 가부장제와의 독특한 결합 속에서 '부양자의 윤리' '가족에 대한 책임감'을 강화해왔다. 시인은 어릴 때부터 아버지와 목욕탕을 갈 수 없었다. 그것이 아버지가 목욕비를 아끼기 위해서라고 생각하며 아버지를 원망했다. 시간이 흐르고 아버지가 쓰러지고 나서야 비로소 아버지 등짝에 "낙인처럼 찍혀 지워지지 않는 지게자국"을 보게 된다. 아버지는 가족 부양에 대한 책임을 오랜 침묵과 인내로 견뎌왔다. 자본주의는 남성에게 욕망을 통제하고 한국적 가부장제는 아버지에게 침묵을 강요한다. 오랜 시간이 지나고 나서 몸이 말을 하게 하였으니 그것은 낙인같이 찍힌 "죽은 지게자국"에 의해서다. 몸은 무언의 의미를 뜻한다. 몸은 항상 소리없이 말하는 존재인 것이다. 근대 남성은 침묵 속에서 또다른 몸의 언어를 지닌 셈이었으니, 그것은 몸에 찍히는 기계 자국이나 숙련노동에 의해 문신처럼 찍히는 낙인 자국이다. 근대 남성은 기계나 도구가 신체와 함께 집합적으로 구성되는 집합적 신체를 구성하면서 능동성을 빼앗긴다. 기계 그 자체를 스스로의 신체로 받아들이는 기계-신체가 되고 만다. 남성 몸의 낙인은 근대 계급적 신분을 확인시키는 또다른 문신이다. 현대 남성의 신체는 소비와 생산이라는 근대 시스템하에서 철저하게 통제된다.

5. 사이버스페이스와 탈신체의 경계

근대 이성적 문법에 묶인 몸을 벗어나고자 하는 시도는 기술적 문화적 상황변화와 함께 이루어진다. 세계화와 신자유주의 이론은 우리 몸에 신의학과 새로운 통신기술을 작용하게 했다. 유전자 복제를 통한 장기이식, 몸 속에 접합되는 보철기구, 모바일에 의해 스스로의 몸을 실시간에 재현하는 영상사진, 컴퓨터 게임을 통한 온라인상의 무수한 정체성의 기표들 등, 인체와 관련된 과학기술의 발달과 인식의 변화가 이루어졌다. 몸은 규정되고 명명되는 것이 아니라 해체되고 분할되어 흐르고 유동하는 신체가 된다.

몸 속에 웹브라우저를 내장하게 되었어. 야금야금 제 속을 파먹어 들어가는 달. 신이 몸 속에 살게 되었어. 신은 이제 몸 속에서 키울 수 있는 존재야 (……) 더 이상 신전은 몸 밖에는 없어. 이제 낮과 밤은 몸 속에서 만나고, 낮과 밤은 몸 속에서 헤어지고. 신들은 내 몸을 로터스 꽃처럼 먹고 꾸역꾸역 자라. 몸은 구멍투성이야. 신들의 취미는 피어싱. 구멍들은 신들의 수유구. 아니면 주유구. 세상은 구멍이야. 만개하는 몸이야. 열리고 닫히는 몸.

—이원, 「몸이 열리고 닫힌다」 중에서

몸 속에 웹브라우저를 내장한 시인은 사이보그적 존재다. 사이보그는 생물학적 속성과 기계적 속성이 혼재되어 있다. 시인의 몸에는 웹브라우저가 내장되어 있다. 신은 이제 현실의 세계에 사는 것이 아니라 시인의 몸 속에 산다. 수많은 프로그램(로터스)과 웹브라우저 속에서 신은 끝없이 인터넷의 무수한 연결 구멍을 통해 통과하고 들어와, 열리고 닫히는 몸을 구성한다. 사이트는 세계와 연결되는 수많은 연결 구멍이다. 몸은 사이버 접속을 통해 수없이 열리고 닫힌다.

이원의 시는 이와 같이 사이버 공간에서 변화되는 신체와 새 공간 사이의 결합을 보여준다. 새로운 사이버스페이스는 인간 신체의 물질성과 상상력이 결합되어 있다. 인간과 물질, 문명과 자연, 남자와 여자, 모든 경계를 가로지르는 위험과 동시에 다양한 존재의 생산과 결합을 보여준다. 시인이 묘사하는 사이버 공간에는 "통로가 나침반처럼 뚫려" 있고 양쪽에 "예배소"가 있고 "미로"가 있고 "오아시스"가 있다. 시인은 그곳에서 "문자 메시지" "가스펠 송"을 만나기도 하고 "달마 선사"와 "신"을 만나기도 한다(「미로에서 달마를 만나다」). 사이버상의 세상에는 신들의 축복이 있고 유목을 위한 물품과 새파란 하늘과 달빛, 에스컬레이터와 대형 유리창이 준비되어 있다. 구원을 향한 불빛과 음악, 지친 유목을 잠시 쉬게 할 오아시스, 문득 달마가 지나가는 듯한 허공의 목탁 소리가 있다. 이원은 사이버 공간에서의 신적 구원과 허무, 새 공간에서의 인간 삶의 탐색과 구원을 보여준다. 사이버 공간은 사막과 같은 원초적 자연 공간이면서 대형 유리와 마네킹이 있는 첨단문명의 시스템이 동시적으로 구현되는 장소이다. 사막은 예수가 사십 일 금식을 하고 신을 만난 장소였듯 매우 고독한 공간이다. 그곳은 뱀의 유혹과 같은 유혹이 일어나는 공간이지만 동시에 성스러운 구원이 이루어지는 공간이기도 하다(예수는 광야에서 금식기도를 마치고 비로소 공사역을 시작한다). 이원은 가상세계 안에서 다른 삶으로 확장되면서 사막 같은 고독과 종교적 구원을 보여준다. 기계적인 물질성과 형이상학적 구원을 합쳐놓는 독특한 결합을 시도한다. 물질성(몸)과 정신성(영혼)을 결합하는 새로운 화신(化身)의 형태라 할 수 있다.

> 몸 속에 자동 응답기를 설치하고
> 버튼은 외출로 눌러놓고
>
> 나는 한낮의 햇빛 속으로
> 양을 치러 간다
>
> —이원, 「사막에서 1」

몸 속에 세계와 연결되는 기계(자동응답기)가 설치되고 몸 속에 버튼이 작동한다. 시인은 기계＝몸, 육중한 금속성을 내장한 사이보그로 살아가면서 가끔 몸의 작동을 자동으로 처리한 채 저 사막인 사이버스페이스로 떠난다. 사막으로 들어가는 초입에서 시인은 "부팅"을 한다(「사막을 위한 변주」). 그곳에는 "모래 위에 태양의 병이 창궐하고" "별의 뼈와 바람의 피가 쌓인다". 시인은 "이곳에서는 허공을 만질 수는 있어도/서로의 몸이 만져지지는 않습니다"고 말한다. 인간의 육체성은 사이버스페이스를 통과하면서 최종적으로 용도폐기되고 있음을 보여준다. 인터넷상의 여러 가지 의사교환과정에서 구현되는 탈육체화는 인간 몸을 식민화하던 근대 이데올로기의 몸을 해방할 수 있는 어떤 가능성을 예고(인종 문제, 몸과 신체에 대한 억압들)한다. 들뢰즈가 말하는 '기관 없는 신체', 끝없이 흐르고 변주하고 탈주하면서 고정되기를 거부하는 끝없는 변신의 신체를 환기시킨다.

실제 시인은 패스워드를 통해 자신의 몸 신경이 컴퓨터와 연결되어 저장되고 있다고 말한다. 시인은 "치수(호칭)/유목민/제품의 혼용률/뼈 불안 살 수분 공포 피 비명 자가 당착"(「사막을 위한 변주」)이라고 말한다. 신체는 부품과 이미지들로 자유자재로 대치될 수 있다. 기계와 신체는 '교감된 환각' 속에서 일정한 공간을 열고 확장하면서 육체의 경계를 넘어선다. 일종의 '탈체화된 의식'이랄까. 가상공동체의 접속 공간에서 시인은 기억과 거래하기도 한다. 과거 역사 속에서 죽은 친구들, 애인 등을 사이버 공간 속 기억에서 끄집어낸다. 이제 기억은 과거 속에서 조합, 축적되지 않는다. 현재 속에서 얼마든지 재구축할 수 있는 전체성이다. 사이버스페이스에서 이원은 새로운 몸과 현실을 구축한다.

그러나 과학기술적 매체변화에 따른 신체 인식의 변화가 실제 몸의 문제에 긍정적인지 어떤지에 관한 사회적 인식이 전제되어야 한다. 흔히 '디지딜 몸'이라 일컬어지는 인터넷 사이트에서, 국경과 인종을 초월한 세계적 시각에서 신체의 파편적이면서 조합적인 이미지는 문화적 하부구조의 정치 경제적 단층을 전혀 반영하지 않고 단지 유희적 차원에 머물러 있다는 점(조규형, 「탈식민론과 몸 : 식민에서 디지털까지의 몸 담론」, 『비평과 이론』 6권 1호, 2001년 봄·여름)을 주목할 수 있다. 문제는 현실세계와 전혀 상관없는 '다른' 정체성을 만들어낼 수 있느냐 하는 것이다. 앤 발사모에 의하면 "물질적 몸의 성별과 인종적 정체성은 몸이 문화적으로 재생산되고 기술적으로 길들여진 방식을 결정한다"는 것이다. 현단계에서 몸의 중립성과 투명성을 확신하는 것(사이버상의 육체)은 정치 문화 경제적 불평등이 기억된 몸을 간과하는 결과를 낳는다고 할 수 있다. 오히려 디지털 식민화에 의해 몸이 배제되거나 소외되는 것은 아닌지, 자본에 기반한 소프트웨어에 의해 인종적 신체적 차별이 심화되는 것은 아닌지 고려해볼 수 있다.

6. 몸 언어, 몸 의식으로서의 시를 위하여

문학작품 안에 나타난 육체에 의미를 부여하려는 노력, 혹은 육체를 글쓰기의 영역에 포함시키려는 노력은 육체를 서술적 기호로 재창조해내려는 텍스트의 갈망을 내포한다.

90년대 이후 페미니즘 문학은 이데올로기적 관행에 의해 왜곡되었던 여성 육체를 폭로하고 재의미화하려 하였다. 한국 근대사에서 민족주의 담론은 희생당하는 여성 몸을 '민족'이라는 초월적 기의 속에 종속시킴으로써 여성 젠더적 구체성을 간과해버린다. 문학작품에서 '강간당한 어머니'라는 상징은 민족적 수치이면서 동시에 순혈주의에 의해 거부의 대상이 되기도 했다. 더럽혀진 여성은 민족 혈통을 위협하는 혼혈의 문제를 야기한다. 또한 젠더적 편견이 깃들어 있는 남성 가부장적 인식은 여성 육체에 소유와 권력의 표지(標識)를 새겨두면서 그것을 영토화하려는 권력적 소유욕을 보여준다. 육체에 새겨지는 글자는 여성 몸을 대상으로 물화하려는 에로틱한 욕망이면서 동시에 여성 육체에 내재된 남성 이데올로기에 대한 상징적 기호다.

근대 남성 육체에 새겨진 자국은 사회적 통제의 보편적 체제로 편입하려는 기호라 할 수 있다. 사회적 육체는 자본주의 경제질서에 있어 제일차적 교환가치, 즉 돈과 욕망의 교환을 가능하게 해주는 연결고리가 된다. 남성 육체는 성매매를 위한 여성의 육체와 달리 또다른 방식으로 육체적 자국을 징표화함으로써(노동과 체벌) 문학작품의 의미를 드러낸다. 남성 몸에 드러나는 절단과 자국의 표시는 그의 육체가 사회적 통제와 감시 속에 놓여 있음을 암시한다. 남성 육체 이야기는 자본의 길들임과 경제 시스템에 의해 만들어진다.

사이보그는 탈육체를 향한 교감의 신체를 이룩한다. 사이버스페이스에 접속하는 순간 몸은 다기하게 분화되고 해체된다. 인간의 몸은 더이상 자기 내부만의 유기적 신체가 아니다. 신체는 사람과 사람 사이, 사람과 사물 사이, 사물과 사물 사이의 틈이 움직이는 공간, 무한하게 움직이며 연결되는 공간이다. 몸은 이미 다른 공간에 거주한다. 신체는 언제나 틈새와 함께하는 복수적 신체가 된다. 이원의 시에서 드러나는 몸은 다른 세계로 전송되고 패스워드를 통해 사이버 세계 안에서 구원을 찾는다. 시에서 비유되고 있듯 몸 안에 내장된 웹 브라우저, 몸 안의 자동 응답기 버튼은 이미 우리 몸이 새로운 사이버네틱이 되고 있음을 암시한다.

육체 담론은 지금까지 은폐되고 폄하된 것에 대한 부각이라는 측면에서 의미가 있지만, 대부분의 논의들은 욕망의 문제, 자본, 언어, 젠더, 시배 등의 주제들과 연관되어 있어 사회역사적 접근에서 자유롭지 못하다. 다시 말해 육체 담론은 몸 자체라기보다는 몸의 기능-욕망을 주제 삼는다. 소비와 쾌락, 억압과 통제, 권력기제에 대한 저항, 이탈 욕망 등, 물질로서의 육체라기보다는 저변에 위치하는 '의식'의 작용 주체로 해석된다. 그렇다면 몸 담론 속에는 여전히 정신 중심성이 남아 있는 것은 아닌가.

이를테면 김수영 시의 '몸'에 관한 기존의 한 연구는 그의 시에 실제 '육체' 혹은 '몸'이 드러나는 시를 살피고 있다. 시 테스트 안에 나타난 '몸'을 소재적으로 찾아내고 그것에서 근대적 세계관의 시인이라는 논의를 이끌어내고 있는데, 이와 같은 논의는 소재주의적 한계를 보여주는 부분이다. 김수영 시론에 나타난 '온몸 시학'이란 용어를 인용하면서 김수영 시의 육체, 현대성을 논의하는 것도 김수영 시론이 가지는 비유적 본질적 의미를 간과한 채 표면적 수사에 매달리는 우를 범하는 것이다.

詩作은 〈머리〉로 하는 것이 아니고, 〈심장〉으로 하는 것두 아니고, 〈몸〉

으로 하는 것이다. 〈온몸〉으로 밀고나가는 것이다. 정확하게 말하자면, 온몸으로 동시에 밀고 나가는 것이다 (……) 그런데 시의 사변에서 볼 때, 이러한 온몸에 의한 온몸의 이행이 사랑이라는 것을 알게 되고 그것이 바로 시의 형식이라는 것을 알게 된다.

김수영에게서 '온몸'은 육체 담론에서 말하는 '몸'과 달리 오히려 지극히 정신적인 힘을 의미하는 것임을 알 수 있다. 김수영은 "온몸의 이행"이 바로 "사랑"이라고 말한다.

이와 같이 현대문학 연구에서 몸 담론 연구는 여전히 '몸'을 어떤 방식으로 규정하고 담론화할 수 있는가에 어떤 혼돈을 지니고 있다. 몸은 정신과 육체의 결합체로서 '몸'으로 명명되기도 하다가 정신, 이성과 구분되는 감각이란 측면에서 '몸 의식'이라는 명명으로 구분되기도 한다. 사실 몸이 없다면 의식도 없다. 몸은 의식이 담겨 있는 그릇이기 때문이다. 상품자본주의에서 욕망이 '몸'의 감각을 깨운 것은 사실이지만 궁극적으로 몸과 의식을 구분짓는 경계는 모호하다. 어떤 점에서 지금까지 몸 담론은 결국 '몸에 대한 인간 관념의 투사', 혹은 '몸에 대한 의식'을 담론화한 것일 수 있다. 몸 담론은 결국 인간 의식으로 몸을 다시 한번 재단하는 꼴이 된 셈이다. 그것은 몸을 이데올로기화하고 권력화하는 몸에 대한 '관점' 혹은 '인식'의 문제로 돌아가 버린다.

문학 연구에서 몸을 담론화하는 것은 가능한가. 담론화하는 '언어화' 과정을 거치면서 몸은 의식 속에서 구조화되는 것은 아닌가. 그런 점에서 나는 문학작품에서 몸 담론에 대한 논의의 새로운 지점을 제기하고 싶다. 몸이 느끼고 몸이 작동하는 지점을 '몸 의식'이라는 용어로 전제할 수 있다. 몸 의식은 몸과 정신이 구분되지 않는 지점을 말한다. 몸 의식에 대한 연구는 작품을 통해 일어나는 주관적 대응, 곧 '감응'의 방식과 연결된다. 마음의 의식 작용은 나아가 몸을 구성하는 특수 부위, 즉 심장의 기능이기도 하다. 종이책 위에 씌어진 글자는 아무것도 아니다. 그 자체로는. 그런데 사람들이 그것을 접하면 눈물도 흘리고, 화도 내고, 심장 박동이 증가하고, 발기하고, 따라 움직이기도 한다. 문학작품은 몸을 변화시킨다. 그런 점에서 현대시는 목청에서 떨려 울려 나오는 청각적 낭송과 음독에 대한 몸의 변화와 목소리에 주목할 수 있다. 몸에서 나오는 목소리, 시적 리듬에 의한 음감과 운율은 자신의 몸이 세계와 교접하고 교감하는 작용점이 될 수 있다.

시월 난초에
꽃대 오를 때

푸른 하늘은 큰 물방울

눈물난다

물속에 우주 살아 있음
생각하니 눈물난다

가신 이
올 아이들
내 몸 물속에 살아

틈틈이 꽃
내 몸 우주꽃

— 김지하, 「물」 중에서

김지하 시는 2음절, 3음절의 반복 속에서 짧은 호흡과 긴 여운을 보여준다. 음독과정에서 시어들 하나하나에 리듬과 떨림을 야기하는 전반적인 교감과 떨림의 세계를 드러낸다. 1연 "시월 난초에/꽃대 오를 때"의 2음보는 "푸른 하늘은 큰 물방울"에서 두 행이어야 할 시행이 한 행으로 나란히 연결되는 2음보로 진행된다. 연갈이 후 긴 침묵 끝에 3연에서 짧은 호흡으로 "눈물난다"라고 갑작스럽게 문장을 맺는다. 3연에서 "눈물난다"는 4연에 와서 "생각하니 눈물난다"로 구체화되면서 반복된다. 5연에서 "가신 이" 3음절 "올 아이들" 4음절 "내 몸 물속에 살아" 7음절로 변이되면서 점점 호흡이 심화 확장되다 마지막 연에 가서 "틈틈이 꽃 내 몸 우주꽃" 9음절로 길어지면서 개화되는 '내 몸의 꽃'으로 완성되는 완결미를 보여준다.

김지하 시에서 음절의 반복과 짧은 호흡은 독자의 심리 공간에 시적 호흡을 전달한다. 시의 결은 숨결처럼 퍼져나가 몸 의식으로 전해진다. 언어가 신체적 호흡으로 전이되어 일종의 '가락'을 만들어낸다. 가락은 정형률적인 반복을 넘어서 성대 근육의 일정한 율동이 자아내는 청각적 심상과 관계한다.

이를테면 유년기에 반복해서 듣던 소리는 평생토록 거의 변하지 않는 청각심상으로 남아 있다. 뜻과 내용을 인식하는 것이 분석적 능력이라면 노랫말의 기억은 청각심상의 재생과 연결된다. 청각적 심상은 분석적 지적 인지 이전의 단계, 가락만으로 흥얼거려 몸으로 기억되는 율동(몸 의식)이다. 어렸을 때 불렀던 노래를 잊지 않고 어른이 되어서도 기억하는 것은 내용이 아니라 청각적 심상에 의한 발성기관의 움직임, 온몸 근육의 움직임과 연결된다. 한국인들이 시조를 외우고 동시를 외우고 천자문을 외울 수 있는 것은 유년기 몸 의식으로서의 기억 때문이다.

이것이 시의 '감응력', 일상적인 몸의 떨림과 구분되는 몸 의식으로서의 예술적 고양감을 전해준다. 심장의 고동과 호흡, 말과 침묵 사이의 간극, 이러한 것이 텍스트의 운율적 목소리와 예술적 순수한 떨림과 독자의 몸 반응을 유도한다.

뉴욕 근교에 스콧 니어링 부부가 살고 있었다. 이들은 안티 문명을 외치면서 통나무집을 짓고 우물을 파 스스로 농작물을 길러 캐먹는, 자연의 이치에 가장 근접한 삶을 살아가는 생태주의자였다. 스콧 니어링은 백 세(1983)에 죽음을 맞이했는데, 아내의 회고에 의하면 남편은 죽기 전에 자신에게 죽음이 다가왔음을 자연스럽게 알게 되었다는 것이다. 니어링은 죽기 한 달 전부터 곡기를 끊었고 죽기 보름 전부터는 단식을 했다고 한다. 니어링은 자살을 한 것이 아니라 스스로 죽을 날짜를 알고 죽음을 준비했다고 보는 것이 맞다. 그런데 니어링은 어떻게 자신이 죽을 날짜를 알 수 있었을까. 자연의 소리와 감각에 익숙한 이들은 자연의 이치를 몸으로 익히는 통찰력을 지니게 된다. 이를테면 2004년 말 동남아시아에서 해일로 수만 명의 사람들이 죽었지만 동물들은 거의 죽지 않았다는 사실은 놀라운 일이다. 동물들은 몸으로 자연의 위급한 변화를 직감하고 피해버렸던 것이다. 니어링은 자연의 이치를 몸으로 익히면서 죽음의 때를 스스로 체득하게 되었다. 기술문명은 인간에게서 자연과 전신감각적으로 소통하는 법을 거세해버렸다. 몸의 감각을 되찾는 것은 이성-근대-시각의 유령을 쫓아내고 친밀하고 부드러운 만짐과 배려의 감각을 익히는 것이다.

근원적인 이야기겠지만 시의 체험은 내면의 체험이다. 내면의 깊이에서 움직이는 크고 작은 물결 같은 것의 경험이다. 그것은 분화정저인 내적 움직임에 대한 체험의 시작이다. 한 편의 시를 체험한다는 것은 이와 같이 마음 깊은 곳에 있던 막연한 움직임의 맥동을 시를 통해 확인하는 것이다. 시를 통해 독자는 각 실존의 내면에 있던 우주적 리듬과 맥박을 발견하는 것이며 우주의 거대한 고독에 참여하는 것이다. 심결과 숨결과 시결이 하나가 되는 것은 이와 같은 봄 의식에 의해서 가능해진다.

이와 같은 몸의 리듬의 흔적을 찾아가는 그 여정의 통로에 '여성의 몸'이 있다. 세계와 소통하면서 에너지의 왕래가 이루어지는 곳, 생명이 탄생하고 죽는 입구, 세계와 조응하고 심장 고동의 원시성을 회복할 수 있는 곳. 달이 차고 기우는 것을 보면서, 한 달에 한 번씩 되풀이되는 여성 몸의 '생리'를 보면서 순환하고 운행하는 대우주의 거대한 사이클과 안정된 창조의 기운을 느낀다. 여성 몸은 '시간'이 시작되는 장소이자(달력, 월경이라는 단어의 어원을 상기해보자) 몸의 생명이 숨쉬는 곳이자 몸 의식으로서 '시'가 탄생하는 곳이다. 어린아이가 어머니의 심장 소리를 들으며 잠이 들듯 시의 몸 의식 언어는 몸 생태학을 일깨우는 가장 생명적인 것이 될 수 있다.

한국 현대문학에서 몸 담론은 몸에 대한 담론과 함께 '몸'의 주관적 반응과 '교응'의 지점을 찾아가는 또다른 한 지점을 탐색해볼 필요가 있다.

물신주의자의 꿈
― 모더니스트 독자와 젠더

1. 책 속의 유령

인간의 역사는 사라질 것 혹은 사라져갈 것에 대한 투쟁의 과정이었다. 사람들은 사라질 것들을 보존하기 위해 영원성을 믿으려 했다. 그들은 말로 보존할 수 없는 것을 보존하기 위해 책을 썼고, 사라질지 모르는 영혼과 신념에 대한 것들을 보존하기 위해 그림과 건축을 남겼다. 문학행위는 순간적 존재가 영원성에 기대고 싶어하는 정신적 투사라 할 수 있다. 사람들은 책을 읽고 책을 썼고 책을 남겼다. 책은 오랜 지식의 계승자이자 지식의 총합 그 자체였다. 책이란 완결된 진리체계이며 그것에 대한 우유이자 상징이다. 모더니즘 시대에 책은 이성적 합목적적 존재가 의식을 개진하고 사유를 확장하며 타인과 소통할 수 있는 가장 이상적인 공간이다.

김상환의 말을 빌리자면 성경이라는 거대한 책이 사라진 빈 공간에 모더니스트 작가들은 각자의 책들을 만들어내기 시작했다(김상환, 『해체론 시대의 철학』, 분학과지성사, 1999). 유일한 진리가 해체된 자리, 그 자리에서 사람들은 각자의 독창적 글을 쓰고 책의 저자들이 되었다. 근대의 주체들은 각자의 이름으로 비로소 진리를 말하게 된 것이다.

그러나 해체론 시대 저자의 의식이 머문 책들은 낱낱이 분해될 운명에 처하게 되었다. 그것은 새롭게 나타난 독자라는 낯선 타자 때문이다. 모더니즘의 시대에 책에 대한 유일한 권위자였던 작가는 더이상 절대적 의미를 주창할 수 없게 되었다. 수용미학에 의하면 텍스트의 의미는 독서행위에서 독자의 능동적 참여에 의해 비로소 완성된다. 텍스트는 독자에 의해 구체화 또는 현실화된다. 문학행위가 책읽기에 의해서 비로소 완성된다는 수용미학의 관점은 이미 익숙한 문학적 규범이 되었다. 텍스트는 독자가 관여해야 할 여백을 남겨둠으로써 텍스트 내부에 이미 독자의 이미지를 투영한다.

이와 같은 문학행위에서 독자의 대두는 무엇보다 근대를 지탱하고 있는 형이상학적 대립체계, 이를테면 허구와 실재, 기의와 기표, 문자와 음성중심주의의 대립이 분열하게 된 데서 한 원인을 찾을 수 있다. 모방의 토대라고 할 수 있는 현실 자체가 역사적 경험적 토대를 잃어버린 파생실재가 되어버렸다. 기억은 역사적으로 체험된 기억이 아니라 이미지화된 모의된 기억이다. 체험 대신 미디어와 정보에 의해 재구성된 현실만이 가득하다. 현실모방에 기초한 전통적인 문학관이 종말을 예감하자 작가의 개인적 사회적 체험을 전제로 하는 문학적 전통은 새로운 변화를 맞게 된다. 작품은 이제 허구가 능동적이며 무제한적으로 기표의 유희를 즐기는 장이 되었다. 사이버상에서 판타지물과 하이퍼텍스트에 나타난 저자군의 등장은 이 허구의 극대화에 따른 결과이다. 롤랑 바르트에 의하면 텍스트란 기존 텍스트를 이것저것 교합하고 접합한 것이며 저자는 수많은 텍스트들이 지나쳐간 그 통과지점에 불과하다.

독자가 부상하게 된 둘째 이유는 새롭게 바뀐 문학적 환경과 관계한다. 즉 작품은 생산과 소비라는 유통의 여러 지점 중의 하나라는 점, 대중소비사회에서 대중이 예술행위의 생산과 소비에 긴밀하게 관여하는 주체로 등장하게 되었다는 점이다. 수요와 공급의 법칙에 의해 가치가 상품으로 전환할 때 문학의 대중적 소통은 어느 때보다 가장 중요한 존립의 근거가 된다. 읽히지 않는 책은 이 세상에 존재하지 않는 책인 것이다.

이미 낯익은 이와 같은 논의는 지루하기 짝이 없다. 독자에 대한 장황한 관심, 대중에 대한 논의에도 불구하고 그러나 언제나 다시 의문으로 남는 것은 '독자란 누구인가' 하는 것이다. 마이클 리파테르가 말하는 일반적 문학감상의 수준을 넘어서 보다 비평적 독자인 전지적 '초독자(super-reader)' 인가. 스탠리 피시가 말하는 텍스트에 의해 야기된 반응을 점검하여 동일화를 이루는 '정통한 독자(informed)' 인가. 웨인 부스와 볼프강 이저가 말하는 텍스트 안에 이미 구조화되어 있는 '내포된 독자(implied reader)' 인가. 에르빈 볼프가 말하는 일정한 사회적 역사적 이념이나 심리 태도에 의해 설득되고 수용되는 '의도된 독자(intended reader)' 인가. 독자의 실재를 찾아가는 작업은 예술작품 속의 유령을 찾는 일처럼 모호하고 막연하다. 독자는 추상적 실재처럼 놓여 있어 구조주의자의 텍스트 구조에 대한 과학적 분석에서마저도 추상적 가정과 심정적 존위를 드러낼 뿐이다.

대중소비사회에서 베스트셀러의 독자들이 일반 독자를 대표한다고 할 수 있는가. 사이버 공간에서 하이퍼텍스트에 링크하는 이들이 독자이자 저자인가. 사이버 공간에서 텍스트는 수만 가지로 분해되며 재합성되지 않는가. 아니 죽음과 생성의 그 극점에서 문학은 히니의 흔적으로 현현하는 것은 아닌가. 글쓰기는 끝없이 소멸하고 다시 소멸하기 위해 탄생하는 순환의 극점에 놓여 있는 것은 아닌가. 그렇다면 블랑슈의 말대로 글쓰기는 소멸을 향해 나아가고 있는 것인가. 독자도 저자도 드러나지 않는, 오직 작품 그 자체만이 작품으로 남게 되는 백지의 상태,

작품 스스로가 작품을 드러내는 상태, 그것이 문학이 향해 나아가는 궁극적 지점인가.

이와 같은 무수한 의문에도 불구하고 독자는 분명 실재하며 텍스트가 연속하는 데에 관여하는 구성자라는 사실이다. 지금까지 독자에 대한 논의는 구조주의적 측면에서 독서과정에서 나타나는 내적 구조물로서 독자를 살피는 작업, 현상학적 측면에서 독서과정을 심미적 향수의 과정으로 파악하며 그 속에서 독자의 흔적을 찾아보는 작업, 문학사회학적 방법으로 실제 문학이 소비되고 유통되는 경로를 물색하는 실증적 접근으로 나누어 생각해볼 수 있다.

나는 여기서 책을 사이에 둔 독서공간에서 독자로서의 시인이 세계를 대하는 몇 가지 방식에 대하여 문제삼고자 한다. 독자로서 책에 대한 태도는 곧 세계에 대한 자기 인지과정과 대응하는 것이다. 그는 책을 통해 자기를 의식하고 세계를 질서화, 재구성해나간다. 작가의 글이란 책 안의 현실과 책 밖의 현실 사이에서 태동되는 상상이며 꿈의 형태인 것이다.

사실 작가의 상상이란 책을 읽으면서 텍스트와 텍스트 사이에서 생겨난다. 이 지점에서 푸코가 플로베르를 분석하면서 말한 '환상성'의 개념을 상기해볼 수 있다. 푸코는 펼쳐져 있는 책에서 몽상이 태어나고 타인이 써놓은 텍스트의 행간과 문장 사이에서 문학적 상상과 꿈이 성립한다고 말한다. 실제 상상이란 이렇게 책과 램프 사이에서 재구성되는 것이 아니고 무엇인가. 작가들은 상징적 도서관에서, 기호들 사이에서, 주석과 재언의 틈에서 탄생하는 것이다. 그것은 작가를 더욱 매혹시켜 하나의 책은 두꺼운 다른 책을 만들어내고 이미지는 한없이 증식되어 끝없는 독서의 마력을 만들어낸다. 그러니까 독서는 일종의 '유혹'이 되는 것이다.

모더니즘의 공간에서 거대한 책이 사라지고 난 자리에 각각의 사람들의 독창적인 책이 생겨나기 시작했다면, 그렇게 하여 작가로서의 자율성이 모더니즘 이후부터 가능해졌다면, 미적 자율성을 지닌 작가는 모더니즘 이후에 비로소 진정으로 탄생했다고 말할 수 있다. 그런 점에서 주체적 사유와 자유를 지닌 독자도 그 작가와 함께 탄생했다고 할 수 있다. 흔히 포스트모더니즘에서 말하듯 저자가 죽고 독자가 탄생한 것이 아니라 저자와 독자는 동시적으로 서로를 형성하면서 탄생시킨 것이라 할 수 있다. 앞에서 말했듯이 책읽기는 바로 책쓰기의 과정이기 때문이다. '읽기'와 '쓰기'는 마치 이를 물고 돌아가는 자전거 체인처럼 서로가 서로를 이끄는 욕망의 동력을 보여준다. 독서의 역학은 '읽기'와 '쓰기'가 서로를 떠받치고 있는 존재적 알리바이가 된다. 즉 작가는 '읽는 행위'를 통해 욕망이 족발되고 그 욕망은 다시 주체에게 글을 '쓰는 행위'로 나아가게 한다. 읽기는 쓰기를 욕망하는 것이다. 푸코의 말대로 우리는 눈으로 보는 것에 의해 상상하는 것이 아니라 읽는 것에 의해 상상하기 시작한다. 하여 작가는 글을 쓸 때 고뇌를 느끼는 것과 마찬가지로 글을 읽을 때 몹시 분열을 느낀다. 책읽기는 자기 안으로의 몰입이며 글쓰기와 마찬가지로 자아와 또다른 자아와의 대립이기 때문이다. 그런 점에서 가장 위대한 작가는 가장 위대한 독서가인 셈이다.

　나는 텍스트의 공간에 놓여 있는 책의 상징성, 책이라는 은유를 살펴보면서 작가의 독서공간을 탐색해보고자 한다. 이 글은 독자로서의 작가 혹은 작가로서의 독자를 들여다보고 그 안에서의 독서의 방식을 계보학적으로 살피는 작업이 될 것이다.

2. 독서의 거리(距離)와 반성적 주체—김수영

　한국 근대성이 가지는 잡종성과 이식의 기억, 무순과 복합성의 요소를 시로 육체화한 사람은 김수영이라 할 수 있다. 그만큼 김수영은 모더니스트/반모더니스트, 전통적/반전통적 등 양가적이고 이질적인 것의 중첩과 모순을 극명하게 보여준다. 그런 점에서 김수영의 실체는 "이미 찾아진 모습과 아직 발견되지 않았고 앞으로 만들어질 또다른 어떤 모습을 포함하는 그 무엇이다"(김영무)라고 말할 수 있다. 김수영의 시 텍스트는 무수히 떠도는 기표처럼 고정된 실체를 가지고 있지 않은 채 여전히 유효한 해석을 기다리는 미래의 시가 되곤 한다. 그러나 사실 김수영이 바라보는 세계 자체가 이러한 고정되지 않는 실체 그 자체였으므로 그의 시는 유보되고 유예되는 텍스트일 수밖에 없다. 김수영이 대상화하는 여러 가지 사물(거미, 이, 라디오, 헬리콥터, 팽이 등) 중에 '책'은 그의 이러한 '세계와의 긴장된 견인관계'를 극명하게 보여주는 한 모티프라 할 수 있다.

가까이 할 수 없는 書籍이 있다
이것은 먼 바다를 건너온
容易하게 찾아갈 수 없는 나라에서 온 것이다
주변없는 사람이 만져서는 아니될 冊
만지면 죽어버릴 듯 말 듯 되는 冊
가리포루니아라는 곳에서 온 것만은
確實하지만 누가 지은 것인줄도 모르는
第二次大戰 以後의
긴긴 歷史를 갖춘 것 같은
이 嚴然한 冊이
지금 바람 속에 휘날리고 있다
어린 동생들과의 雜談도 마치고
오늘도 어제와 같이 괴로운 잠을

이룰 準備를 해야 할 이 時間에

괴로움도 모르고

나는 이 책을 멀리 보고 있다

그저 멀리 보고 있는 듯한 것이 安當한 것이므로

나는 괴롭다

오오 그와 같이 이 書籍은 있다

그 冊張은 번쩍이고

연해 나는 괴로움으로 어찌할 수 없이

이를 깨물고 있네!

가까이 할 수 없는 書籍이여

가까이 할 수 없는 書籍이여.

— 김수영, 「가까이 할 수 없는 書籍」 전문

책은 근대에 계몽이 실행될 수 있는 가장 보편적 장소이다. 책을 통해 독자들은 계몽적 이성을 획득하고 사회적 주체를 형성하여나간다. 책은 독자를 가르치고 그들을 공공적 존재로 키워준다. 지식은 활자화되고 복제 인쇄됨으로써 대중화된다. 책은 비로소 근대인들이 자기를 의식하는 최초의 공간이 되는 것이다. 근대 이전의 책은 계급적 상징의 하나로 해석자에 의해 끝없이 이데올로기화되고 다시 지배체제의 논리로 수렴되곤 했다. 책과 그것의 해석은 권력의 징표였던 셈이다. 책은 완결된 진리체계 그 자체이며 형이상학적 진리와 로고스의 무유이었다

근대 모더니즘의 책은 각각의 개인이 저자가 되고 자아의 고유한 판단을 세워나가는 공간이 된다. 근대의 책은 주체가 계몽적 이성으로 독자에게 말을 건네고 글쓰기를 통해 스스로 계몽의 주체가 되어가는 장소다. 김상환은 모더니즘 시대 사람들은 이 백지 위에서 만나고 이 종이 위에서 존재한다고 말한다.

김수영 시에 나타나는 책에 대한 모티프들은 책이라는 새로운 현실 위에서 스스로 책의 저자와 독자가 되어 책을 짓고 책을 읽어나가야 할 자율적 주체의 불안증을 드러낸다. 책을 읽어나간다는 것은 자신의 텍스트를 만드는 것이고 자기 자신이 세계를 구성하는 일에 다름아니기 때문이다.

김수영은 "가까이 할 수 없는 書籍"이라고 말한다. "먼 바다"에서 건너온 책은 "가리포루니아"(캘리포니아)로 상징되는 미국에서 온 책이다. 그 책은 서구 신지식, 신제국주의, 신식민주의를 상징한다고 할 수 있다. 문화제국주의를 상기할 때 지배 이데올로기 담론은 책으로 표명된다 할 수 있다. 책을 맞이하는 후진국 지식인의 고민은 전근대와 근대의 경계에서 열등감과 망설임으로 주저한다. 번쩍이는 서책을 앞에 두고 시인은 괴로움으로 어찌할 수 없이 이를 깨문다. 서구문화의 지배적 절대적 권력 앞에서 시인은 주변적 타자성을 인식한다.

그러나 김수영의 시를 이와 같은 이분법적 탈식민주의의 관점에서만 독해할 때 시의 심층을 놓치게 된다. 그의 시는 근대와 전근대의 좀더 복합적인 괴리 속에서 갈등하고 있다. 그 갈등의 치열성이 진정성의 리듬과 속도감으로 질주해가거나 자학의 견딤으로 나아간다.

근대를 대하는 김수영의 입장에는 속도의 치열성과 이를 깨물며 대상을 응시하는 견인(堅忍)이 함께 공존한다. 아버지의 사진을 쳐다볼 수 없어서 숨어서 보고자 하는 응시(「아버지의 寫眞」), 덮어놓은 책을 끝내 열지 않는 엄격한 거리의식(「書冊」), 모든 프라이드와 재산과 연장인 책을 빌려줄 수도 안 빌려줄 수도 없다는 의식의 혼돈(「엔카운터誌」). 김수영에게 책은 근대적 상황에 대한 언어적 혼돈의 상징물이다. 그가 책에 대하여 취하는 거리감, 가까이 갈 수 없고 멀리서 보고만 있는 견딤의 거리의식은, 결국 해독될 수 없는 근대에 대한 괴리를 물리적 거리로 표현한 것이다. 김수영은 "나는 이 책을 멀리 보고 있다"라고 말함으로써 책을 물리치지도 가까이하지도 않는 불균형의 불안증을 드러낸다. 즉 책 혹은 근대, 혹은 세계라는 개념 덩어리로서의 기의는 김수영의 기표와 만나지 못한다. 책은 김수영의 세계에서 기호화되지 못한다. 책은 김수영에게 영원히 열리지 않는 것이다.

그러나 책은 과거와 미래, 현실과 가상이 서로 만나는 공간(「국립도서관」)이다. 책은 죽은 자들의 시간과 살아 있는 자가 만나는 공간이며 시인의 과거와 후세대의 현재가 함께 만나는 장소이다. 과거와 미래가 교차되는 그 시간의 틈새에서, 책을 바라보는 자의 팽팽한 거리감 속에서 김수영의 시적 충돌과 혁명이 발생한다. 이를 깨물며 바라보는 책과의 거리. 이 속에서 혼논과 질서, 명료와 불명료가 생겨나고 그 속에서 아직 오지 않은 의미와 아직 규정되지 않은 의미를 사유하는 공간이 만들어진다. 책과 시인의 거리, 책과 램프의 거리, 이 대립적 긴장이야말로 시적 역학이 발생하는 근본적 장소이다. 이것이 삶과 예술, 시와 생활 사이에서 갈등하는 김수영의 고뇌이며 반성의 공간이다. 책과 시인과의 거리가 김수영에게 반성의 능력을 제공해주고 있는 것이다.

이를 깨물고 멀리서 바라보며 열지 않는 엄격한 자기 염결성이 김수영에게 엄숙주의와 양심과 정직함을 형성하는 근간이 된다. 책은 열리지 않음으로써 김수영을 반성케 한다. 그는 책과 거리를 둠으로써 견인하고 반성하는 사색가가 된다. 이 존재론적 반성의 방식 속에서 근대적 지식과 전근대적 전통의 불일치가, 자학적 위악적 자기 모멸이, 전복적 풍자의 문법들이 가능해지는 것이다.

3. 탐닉적 독서광 — 장정일

장정일에게 책은 탐닉의 대상이나. 하나의 책은 신성화되지는 않지만 인쇄된 종이로부터 무한히 증식하는 하나의 이미지를 형성한다. 작가의 한 작품은 이미 존재했던 책들을 포함하고 있다. 그것은 책을 나타내면서 동시에 책을 사라지게 만든다. 작가의 작품은 책이 자리를 옮겨 조합해놓은 책의 꿈이며 책이 소멸되고 남은 무한한 웅얼거림이기도 하다.

열다섯 살,
하면 금세 떠오르는 삼중당 문고
150원 했던 삼중당 문고
수업시간에 선생님 몰래, 두터운 교과서 사이에 끼워 읽었던 삼중당 문고
특히 수학시간마다 꺼내 읽은 아슬한 삼중당 문고
위장병에 걸려 1년간 휴학할 때 암포젤 엠을 먹으며 읽은 삼중당 문고
개미가 사과껍질에 들러붙듯 천천히 핥아먹은 삼중당 문고
간행목록표에 붉은 연필로 읽은 것과 읽지 않은 것을 표시했던 삼중당 문고
경제개발 몇 개년 식으로 읽어 간 삼중당 문고
급우들이 신기해 하는 것을 으쓱거리며 읽었던 삼중당 문고
표지에 현대미술 작품을 많이 사용한 삼중당 문고
깨알같이 작은 활자의 삼중당 문고
검은 중학교 교복 호주머니에 꼭 들어맞던 삼중당 문고
쉬는 시간 10분마다 속독으로 읽어내려 간 삼중당 문고
방학중에 쌓아 놓고 읽었던 삼중당 문고
일주일에 세 번 여호와의 증인 집회에 다니며 읽은 삼중당 문고
국기에 대한 경례를 하지 않는다고 교장실에 불리어가, 퇴학시키겠다던 엄포를 듣고 와서 펼친 삼중당 문고

교련문제로 고등학교 진학을 포기했을 때 곁에 있던 삼중당 문고

건달이 되어 밤늦게 술에 취해 들어와 쓰다듬던 삼중당 문고

용돈을 가지고 대구에 갈 때마다 무더기로 사 온 삼중당 문고

책장에 빼곡히 꽂힌 삼중당 문고

싸움질을 하고 피에 묻은 칼을 씻고 나서 뛰는 가슴으로 읽은 삼중당
문고

처음 파출소에 갔다왔을 때, 모두 불태우겠다고 어머니가 마당에 팽개
친 삼중당 문고

흙 묻은 채로 등산배낭에 처넣어 친구집에 숨겨둔 삼중당 문고

소년원에 수감되어 다 읽지 못한 채 두고 온 때문에 안타까웠던 삼중
당 문고

어머니께 차입해 달래서 읽은 삼중당 문고

고참들의 눈치보며 읽은 삼중당 문고

빤다맞은 엉덩이를 어루만지며 읽은 삼중당 문고

소년원 문을 나서며 옆구리에 수북이 끼고 나온 삼중당 문고

머리칼이 길어질 때까지 골방에 틀어박혀 읽은 삼중당 문고

삼성전자에 일하며 읽은 삼중당 문고

문흥서림에 일하며 읽은 삼중당 문고

레코드점 차려놓고 사장이 되어 읽은 삼중당 문고

고등학교 검정고시 학원에 다니며 읽은 삼중당 문고

고시공부 때려치우고 읽은 삼중당 문고

시공부를 하면서 읽은 삼중당 문고

데뷔하고 읽은 삼중당 문고

시영물물교환센터에 일하며 읽은 삼중당 문고

박기영형과 2인 시집을 내고 읽은 삼중당 문고

제대 불문과 용숙이와 연애하며 잊지 않은 삼중당 문고

쫄랑쫄랑 그녀의 강의실로 쫓아다니며 읽은 삼중당 문고

여관 가서 읽은 삼중당 문고

아침에 여관에서 나와 짜장면집 식탁 위에 올라 앉던 삼중당 문고

앞산 공원 무궁화 휴게실에 일하며 읽은 삼중당 문고

파란만장한 삼중당 문고

너무 오래되어 곰팡내를 풍기는 삼중당 문고

어느덧 이 작은 책은 이스트를 넣은 빵같이 커다랗게 부풀어 알 수 없는 것이 되었네

집채만해진 삼중당 문고

공룡같이 기괴한 삼중당 문고

우주같이 신비로운 삼중당 문고

그러나 나 죽으면

시커먼 뱃대기 속에 든 바람 모두 빠져나가고

졸아드는 풍선같이 작아져

삼중당 문고만한 관 속에 들어가

붉은 흙 뒤집어쓰고 평안한 무덤이 되겠지

— 장정일, 「삼중당 문고」 전문

시인에게 책읽기에 대한 탐닉은 자기 몰입과 존재 증식에 해당한다. 시인은 책을 읽고 책을 꿈꾸고 사유함으로써 무한한 고독으로 은닉하고 모든 존재에서 격리되면서 창조적 성자가 되려 한다. 책은 그 다음 책읽기를 강요하고, 다시 최면처럼 중독처럼 열성에 대한 유혹으로 공격한다. 하여 책읽기는 무한한 지적 열망과 관계하면서 창조에 의한 구원으로 나아가고자 한다.

장정일의 「삼중당 문고」는 책을 통하여 자신의 기억과 상상을 만들어가고 환영과 탐닉으로 생의 책읽기를 해나가는 과정을 보여준다. 시인

에게 책읽기는 결국 실존적 투사이며 생의 모든 과정에 연루된 삶 그 자체인 셈이다. 열다섯 살 때부터 읽기 시작한 삼중당 문고, 시인은 수업시간에 선생님 몰래 읽고 위장병에 걸려서 읽고 방학중에 읽고 여호와의 증인 집회 때 읽고 싸움질하다 읽고 소년원에 수감되어 읽고 삼성전자에서 읽고 레코드점에서 읽고 시 공부하면서 읽고 연애하면서 읽고 여관에서 읽는다. 책읽기의 과정은 시인 삶의 과정에서 필연적이고 숙명적인 영혼의 매음처럼 계속된다.

이와 같은 책읽기는 마치 바르트의 책읽기에 대한 황홀감을 연상시킨다. 바르트는 텍스트야말로 우리를 놀라게 하고 우리를 성취시켜주는 어떤 것이고, 텍스트의 즐거움은 텍스트의 매끄러운 표면을 표류하는 데서 오며 그것은 빠르게 읽기도 하고 대충 건너뛰거나 훑어보기도 하고 자세히 보다가 다시 읽기도 하는 이러한 표류에서 발생한다고 말한다. 독서의 즐거움에 대한 바르트의 말은 텍스트의 신비를 촉진시키면서 텍스트 성애학에 대한 어떤 상상을 하게 한다. 즉 독자는 텍스트의 결 속으로 스며들고 텍스트의 모든 꿈들이 되고 수많은 다른 텍스트들로 번져나가는 확장과 용해의 신체가 된다. 책이라는 물질적 침묵 속으로 들어가 독자는 책을 능동적으로 변화하는 위험한 공간으로 만들고 생동하고 율동하는 성스럽고 탐닉적인 공간으로 변화시킨다. "쉬는 시간 10분마다 속독으로" 읽고 "교장실에 불리어가, 퇴학시키겠다던 엄포를 듣고 와서" 펼치고 "밤늦게 술에 취해 들어와 쓰다듬던" 삼중당 문고는 자신을 위로하며 자신의 분신이 된, 성에 대한 토힘의 화신인 것이다.

장정일의 독서욕 내지 문자중독증은 이미 『장정일의 독서일기』에서도 증명된 바 있다. 그는 독서에 광적인 강박증을 보인다. 성도착증 환자들이 끝없이 어떤 물건에 집착하듯 책은 페티시즘의 한 대상이 된다. 삼중당 문고는 이미 장정일의 육체의 한 부분, 숭배의 대상, 광적인 애착의 사물로 변화한다.

　문학적 상상과 몽상의 극치였던 삼중당 문고는, 거대하고 위대하고 신비한 삼중당 문고는 자신이 죽으면 "졸아드는 풍선같이 작아져/삼중당 문고만한 관"이 되어 자신의 평안한 무덤이 된다. 시인에게 삼중당 문고는 종교적 숭배의 대상이며 이데아의 물적 근거인 것이다. 집채만하던 삼중당 문고가 삼중당 문고만한 작은 크기의 관이 되어 시인의 육체를 덮게 될 때 독서가의 육체란 책으로 만들어진 그 어떤 것이라는 것을 연상하게 한다. 독서가의 육체는 무수한 책들의 집합이며 무한한 코드의 총합과 흔적이다. 책은 독서가의 삶을 형성하고 죽음을 채우고 육체를 구성한다.

　사실 삼중당 문고는 손바닥만한 크기의 작은 문고판 책이다(386세대면 다 안다). 버스에서도 화장실에서도 방 안에 누워서도 수업시간 책상 서랍 아래 몰래 꺼내서도 읽을 수 있는 손바닥에 딱 들어오는 책이다. 삼중당 문고는 몸과 구별되지 않는, 몸에 찰싹 달라붙는 관능적 대상, 육체와 합일되는 물적 대상이 되고 만다. 여기서 책읽기는 페티시즘의 한 과정이다.

　그러나 이 시의 시적 성취는 시인의 개인적 심취과정이나 책에 대한 자폐적 즐거움에 있는 것이 아니다. 시의 행말에 배치해놓은 "삼중당 문고"라는 단어의 반복과 도치가 시의 성애학을 완성하고 있다. 행말마다 되풀이되는 '삼중당 문고'에서 '삼' '중' '당'이라고 발음했을 때 받침 /ㅁ/ /ㅇ/음은 입술을 닫고 공명음을 내게 함으로써 입 안 가득 울림을 머금게 한다. 이러한 공명이 '삼중당 문고'라는 책을 큰 울림통이 있는 상자처럼 느끼게 만든다. 그것은 책에 대한 지적 욕구를 떠나서 책이라는 사물 자체가 풍겨내는 환상적 기억들, 오랫동안 삶이 꿈꾸어오던 욕망을 점화시키고 상상된 것들이 서로 공명하며 메아리 가득히 울리게 하는 공간을 연상시킨다.

이와 같은 '삼중당'이라는 공명상자를 시의 매 행의 끝에 위치시킴으로써 시인의 장황한 일대기적 서사는 하나의 통일된 반복과 독서의 일관성을 유지한다. 이러한 반복적 배치는 시읽기 과정에서 일종의 리듬을 느끼게 한다. 리듬감은 이 시를 관능적인 텍스트로 만들어준다. 즉 '삼중당 문고'라고 똑같이 반복되는 리듬은 시읽기 과정에서 독자의 육체에 스며들고 독자의 육체와 결합하는 매듭과 꼭지가 된다.

열다섯 살,
하면 금세 떠오르는 삼중당 문고
150원 했던 삼중당 문고
수업시간에 선생님 몰래, 두터운 교과서 사이에 끼워 읽었던 삼중당 문고
특히 수학시간마다 꺼내 읽은 아슬한 삼중당 문고
위장병에 걸려 1년간 휴학할 때 암포젤 엠을 먹으며 읽은 삼중당 문고
개미가 사과껍질에 들러붙듯 천천히 핥아먹은 삼중당 문고
간행목록표에 붉은 연필로 읽은 것과 읽지 않은 것을 표시했던 삼중당 문고(강조는 인용자)

시 행말의 단어는 행갈이로 넘어가는 과정에서 일종의 심리적 휴지를 가질 수밖에 없다. 그럴 때 '삼중당 문고'라는 명사로 시행의 끝을 맺고 다음 시행으로 넘어가는 그 틈새의 휴지(休止)과정에서 '삼중당 문고'라는 어구는 독자의 심리공간으로 스며둔다 이때 그것이 마음과 육체에 기록되는 강화가 일어나는 것이다.

그런 점에서 장정일의 이 시는 책에 심취하는 광적인 독서광인 작가가 독특한 리듬의 반복으로 그런 매료의 유혹에 독자를 끌어들이는 관능적 텍스트라 할 만하다.

4. 책의 붕괴와 사물화된 독자 — 남진우

책 읽는 자의 쾌감은 지극히 마조히즘적이라 할 수 있다. 자신의 몸을 소진시켜 저 창조자의 영감을 탐식하려는 지(知)의 욕망 때문이다. 독서가는 책이 주는 전율의 공포와 지의 쾌감 앞에서 몸을 떨며 존재의 혼절을 체험한다. 그는 일생 동안 책에 대한 편집증적 수집과 탐심을 버릴 수가 없다. 독서가는 책이 주는 불꽃 같은 소진을 기다리고 있다.

그 옛날 난 타오르는 책을 읽었네
펼치는 순간 불이 붙어 읽어나가는 동안
재가 되어버리는 책을

행간을 따라 번져가는 불이 먹어치우는 글자들
내 눈길이 닿을 때마다 말들은 불길 속에서 곤두서고
갈기를 휘날리며 사라지곤 했네 검게 그을려
지워지는 문장 뒤로 다시 문장이 이어지고
다 읽고 나면 두 손엔
한 웅큼의 재만 남을 뿐

놀라움으로 가득 찬 불놀이가 끝나고 나면
나는 불로 이글거리는 머리를 이고
세상 속으로 뛰어들곤 했네

그 옛날 내가 읽은 모든 것은 불이었네
그 불 속에서 난 꿈꾸었네 불과 함께 타오르다 불과 함께
몰락하는 장엄한 일생을

이제 그 불은 어디에도 없지
단단한 표정의 책들이 반질반질한 표지를 자랑하며
내게 차가운 말만 건넨다네

아무리 눈에 불을 켜고 읽어도 내 곁엔
태울 수 없어 타오르지 않는 책만 차곡차곡 쌓여가네

식어버린 죽은 말들로 가득 찬 감옥에 갇혀
나 잃어버린 불을 꿈꾸네

―남진우, 「타오르는 책」 전문

'타오르는 책'에 대한 상상은 책에 대한 몽상과 열성에 대한 격렬한 은유라 할 만하다. 책에 대한 성애학의 극치에서 책은 불타오를 수밖에 없다. 책은 불타오름으로써 사라지고 그 격정의 불꽃으로 모든 몸짓과 모든 말과 모든 사유를 세상에 전파한다. 책이 주는 이 관능적 확장은 극명한 자기 소진을 통하여 존재를 증명한다는 역설적 동력학을 환기시킨다.

시인은 책의 행간 행간을 따라 불이 번지고 그 번지는 불이 먹어치우는 글자들을 본다. "내 눈길이 닿을 때마다 말들은 불길 속으로 곤두서고" 불길은 갈기를 휘날리며 걷게 사라진다. 책이 주는 이 격렬한 불길은 지적인 열정이 극치다. 시인은 책이 주는 열정의 힘으로 세상에 뛰어들고 세상에서 불꽃이 되려 한다.

사실 독서를 가장 위협하는 것은 독자의 인격이다. 그는 겸손하지 않고 끝까지 자기 자신으로 남아 있으려 하기 때문에 시의 본질로 들어갈 수 없다. 책읽기는 내밀한 쟁투의 장소인 것이다. 다시 말해 책읽기는 읽는다는 것과 쓴다는 것의 양극단의 밀고 당김 속에서 일어나는 내밀한 힘의 역학이다. 독서가(독자)는 읽어나가면서 쓰고 있다. 읽고 쓰는 것이 맞서 겨루는 서로의 힘이 시읽기 과정에서 환하고 강렬한 빛으로 솟아난다. 이 경계에서 비어져나오는 환한 빛, 그 빛이 지나가면서 의사전달이 이루어진다. 읽기와 쓰기라는 두 힘의 부딪침이 독서의 빛을 만들어내는 것이다.

작품은 그리하여 끊임없이 생성중인 대화의 장이 된다. 불타는 책이란 이러한 화해할 수 없는 욕망들, 혹은 지속되는 격렬한 정서, 열렸다 닫히면서 포착되지 않는 감정의 표류가 만들어내는 화기이다. 이 화기가 몸에 화상을 입히고 급기야 육체와 영혼을 사라지게 만든다. 화기의 흥분이 자기 소진을 불러온다. 철저한 자기 소모는 바로 극단적 쾌감으로 나아간다.

그러나 이제 그 격렬한 현실성은 사라졌다. 시인은 "이제 그 불은 어디에도 없지" 하고 탄식한다. "단단한 표정의 책들이 반질반질한 표지를 자랑하며/내게 차가운 말만 건"네고 있다. 사실 이 시는 동시대 책에 대한 지독한 알레고리적 해석을 가능하게 한다. 즉 진리의 순수한 현시, 순수한 이념의 공간은 사라졌다. 책은 사유보다 먼저 태어난 기호와 정보의 차가운 교환장소일 뿐이다. 정보와 기호는 우리의 의식보다 먼저 의식하고 우리의 사유보다 먼저 사유하면서 독자를 투명하게 통과해버린다. 반성 없는 연상, 책은 독자에게 남아 있지 않고 서늘하게 독자를 배설해버린다. 독자를 투과시켜버린다. 책은 내 안에서 타올라 그 화기의 불꽃을 전해줄 때만 생명을 찾을 수 있다. 그러나 타오르지 않기에 책들은 차곡차곡 쌓여만 간다.

책을 읽는다
책을 읽어나감에 따라

책이 나를 읽는다

책을 읽을수록 나는 텅 비어가고

책은 글자들로 한없이 부풀어오른다

내가 읽는 책이 나를 읽는 동안

주위는 점점 더 책으로 가득 차고

책에 둘러싸인 채 가쁜 숨을 몰아쉬며

나는 쉴새없이 페이지를 넘긴다

(……)

책을 닫는 순간

머릿속 책 한 권이 통째로 빠져나간다

툭,

바닥으로 떨어져내리는

텅 빈 해골 하나

— 남진우, 「사라지는 책」 중에서

　책은 기존의 책을 섭취하고 자신의 것으로 소화하면서 서서히 책들을 잠식한다. 그러나 위의 시는 책의 건강한 수진과 탄생을 이야기하고 있지 않다. '내'가 책을 읽을수록 책이 '나'를 읽어나간다. 책의 글자는 한없이 부풀어올라 점점 더 큰 빵처럼 '나'의 주변에 가득 찬다. "책에 둘러싸인 채 가쁜 숨을 몰아쉬며／나는 쉴새없이 페이지를 넘긴다". 책을 읽으면 읽을수록 책은 점점 더 거대해지고 독서의 가속도를 요구한다. 급기야 새로운 책은 기존에 시인이 읽은 과거 책의 문장들을 부옇게 지운다. 새로운 책은 과거의 책을 밀어낸다. 머리에서 툭하고 텅 빈 해골이 떨어져내린다. 이제 독서가와 책의 위치가 바뀐다. 독서가가 탐욕스럽게 먹어치우던 책이 이제 탐욕스럽게 독서가를 먹어치우기 시작한다. 독서가는 책 사이에서 가쁜 숨을 몰아쉬며 책을 강박적으로 주워 읽는다. 그는 쉴새없이 페이지를 넘기면서 다음의 책으로 넘어가야 하는 독서의 거대한 사슬에 매인다. 책은 독서가를 먹어치우는 거대한 괴물이 된 것이다.

그리하여 시인은 "매일 한 바구니의 빵 대신 / 한 가마의 책이 하늘 어디선가 떨어진다 / 떨어져 / 오늘 / 내 앞에 버티고 서 있는 저 거대한 책더미 / 이를 갈며 아무리 먹어치워도 결코 줄어들지 않는 / 저 글자들의 산 / 죽은 나무의 무덤"(「도서관에서의 기도」)이라고 말한다. 시인은 읽어달라고 아우성을 치는 책과 그 종이에 몸이 베이고 찔린다. 마침내 꾸역꾸역 종이를 삼키지만 아무리 먹어치워도 책은 줄어들지 않는다.

포스트모더니즘 시대, 사이버 시대에 무수한 책이 생성되고 정보와 기호의 속도는 더 빠르게 만나고 헤어지면서 독서의 공간을 희석시킨다. 독서가는 정보와 기호가 만나고 헤어지는 잠정적인 장소일 뿐이다. 하여 이제 책은 이념의 어떤 공간도 아니며 절대적 이성의 총합도 아니다. "화려한 표지"와 "현란한 광고문구와 장엄한 저자 약력을 앞세"운 책은 하나의 물질적 질료일 뿐이다. 그것은 화려하게 회칠한 죽은 자의 차갑고 단단한 무덤일 뿐이다.

책을 통해 존재적 전환을 꿈꾸며 책과 함께 소진되기를 원하던 시인에게 책은 이제 상관없는 세계일 뿐이다. 자신의 존재와 전혀 상관없는 싸늘한 관계, 책은 오히려 권력적 주체가 됨으로써 시인을 삼키고 소비한다. 역설적으로 책에 의해 독자가 소비될 때 독자는 철저히 사물화된다.

5. 모더니스트 독자와 젠더

글을 쓴다는 것은 산다는 것에 대하여 그가 부여하는 환상이라고 블

랑쇼는 말한다. 자기 자신의 곁으로 되돌아가기 위해서, 원점으로 돌아가 자신을 사색하기 위해서, 침묵을 벗어날 수 있는 가장 편리한 방법이므로. 그러하기에 글을 씀으로써 우리는 두 번을 사는 셈이 된다. 그러나 하루에도 몇 번씩이나 일어나는 글쓰기에 대한 격정과 좌절은 언제나 그 이상의 글쓰기를 향해 있다. 글은 늘 다시 쓰고자 하는 욕망으로 이어질 뿐이다. 글쓰기는 결코 완성될 수 없다. 글쓰기는 결코 넘어설 수 없다. 글쓰기는 언제나 미완의 글쓰기이며 미래의 글쓰기가 되는 것이다.

글쓰기가 운명적으로 가지는 실패의 예감이 끝없는 독서에 대한 유혹을 불러온다. 작가에게 있어서 책과의 삶이 시작되는 지점은 바로 여기다. 그가 충실한 독서가가 될 수밖에 없는 것은 이처럼 끝나지 않는 작품의 지평선 위에서 또다른 책을 향한 욕망을 욕망하기 때문이다. 작가들이 칩거하는 동굴이 바로 책의 공간이다. 책을 읽는 독서의 공간에서 작가는 자신 속으로 몰입하거나 자아와 또다른 자아의 대결을 체험하게 된다. 바라봄과 바라보임, 이 거대한 거울 앞에서 작가는 환영을 본다. 이 환영의 틈새가 독서 현상학의 출발점이다.

이와 같은 쓰기와 읽기의 동력학, 독서의 역학을 언급한 이들은 후기 구조주의자들이었다. 그들이 '읽는' 책은 이미 그 자체가 '읽는' 책의 해체라고 말한다. '읽는' 책 속에 이미 '쓰는' 책이 들어 있음을 밝힌다. '읽는' 책 속에 '쓰는' 책이 있고 '쓰는' 책 속에 '읽는' 책이 있다는 그것은 책읽기와 책쓰기의 이분법을 해체한다 그런 점에서 독자는 행간의 매 순간 새롭게 재합성되고 텍스트는 흩어졌다 모이는 끝없는 변모의 유동성 안에 놓여 있다. 데리다의 텍스트 개념은 완결되고 닫힌 의미순환의 공간으로서 책의 개념을 해체하는 자리에서 설정된다. 일의적 의미의 고착성을 벗어난 물질적 기표들이 자율적이고 분산적인 기호작용의 세계를 형성하는 것. 여기서 책의 실체는 사라지고 그 안의 위계적 질서도 깨져버린다.

책의 공간은 이렇듯 불안정한 수많은 독서의 회로로 얽혀 있고 확정되지 않은 유동성의 불안과 풍요로움을 드러낸다. 그러므로 유동적 변모는 독서의 진정한 국면이 되는 것이다.

나는 작가와 책읽기 사이의 공간에서, 밀쳐냄과 끌어당김에 의해 형성되어가는 문학공간의 기원성을 찾아보고자 했다. 작가에게 책이란 하나의 거대한 상징이며 독서가에게 독서공간은 그들이 세계를 인식하고 받아들이는 한 국면이다. 책은 시인에게 세계를 매개하는 어떤 것이자 동시에 세계를 드러내는 상징물, 세계 그 자체라 할 수 있다. 하여 작가와 책의 관계는 세계 인식에 대한 문학적 태도를 반영한다.

60년대 김수영에게 책은 계몽 인식 속에서 등장하고 발견되는 근대의 한 방식이다. 주체는 근대에 대한 불안한 시선으로 책을 바라본다. 열리지 않는 책, 멀리서 바라보는 책은 새로운 문명적 환기와 존재 혼돈의 상징물이다. 모더니즘의 독자는 팽팽한 긴장과 두려움을 간직한 반성하는 주체이다. 이에 반해 80년대 말 장정일에게 책읽기는 쾌락주의자의 책읽기이다. 책은 텍스트의 즐거움에 빠진 개인적 나르시시즘의 대상이 된다. 많은 책 중에서 '삼중당 문고'라는 특정 문고의 이름을 명명하는 것은 개인적 기호와 취향을 드러낸다. 그것은 개별성으로 나타나는 포스트모더니즘 시대의 페티시즘을 환기시킨다. 90년대 남진우의 시에서 책은 더이상 궁극적 지식과 사유의 원천이 되지 못한다. 책의 절대적 이념과 진리는 붕괴된다. 책은 흩어져 공중에서 분해되거나 (CD나 디스켓으로 변모됨으로써) 번쩍이는 표지에 싸인 주문생산품이 된다.

이와 같이 어떤 영감의 전율도 주지 않는 책은 현대 소비사회에서 책의 현실과 운명을 상징화한다. 모더니즘의 시대에 개인은 각자의 진리를 세우며 책을 쓰고 각자의 도서관을 그들의 책 속에 지었다. 책이 지어지는 똑같은 수만큼 저자와 독자가 생겨났다. 그러나 근대 소비경제에서 인쇄된 책은 동일한 시장에 던져지는 순간 소비되는 어떤 것이 된다. 오랜 노동을 요구하는 파피루스는 하나의 기념비처럼 유일본으로 남아 있다. 그러나 대량 인쇄되는 책은 식료품처럼 공장에서 만들어져 소비된다. 책 인쇄업자들은 한 권의 책이 많이 삼켜져야 다음 책을 인쇄할 수 있다. 그들은 독자가 한번 읽은 책을 다시 읽기를 원하지 않는다. 지나간 시절의 잡지는 기한이 지난 통조림처럼 폐지되거나 묻혀버린다. 빨리 읽혀지고 빨리 비평받고 빨리 잊히는 책을 장려한다. 책은 경쟁 속에서 더욱 그들의 존엄성을 잃어버린다.

특히 책은 라디오의 책 읽어주는 음성이나 텔레비전의 스크린, 혹은 책 광고로 바뀐다. 텔레비전을 켜놓고 잠자는 사람 혹은 라디오를 틀어놓고 요리를 하는 사람 앞에서, 책은 이제 어떤 저자가 있든 어떤 독자가 있든 상관이 없다. 이 매체들 앞에 아무도 없어도 상관이 없다. 책은 낱낱이 분해되어 공중으로 날아간다(매체로 호환되어). 그것은 특정한 저자와 특정한 독자 사이 일대일의 의미순환 공간을 해체한다.

저자는 텍스트 속에서 독자들의 욕망을 생산해내지만 동시에 독자의 욕망에 지배되기도 한다. 텔레비전 드라마의 경우는 시청자에 의해 텍스트가 철저히 구속된다. 〈겨울연가〉 그리고 〈올인〉에서 주인공은 시청자의 반발에 의해 죽음의 결말에서 구출된다. 비극적 결말은 완결된 총합으로서 세계를 인식하려는 시청자의 마음을 거스른다. 고정된 기존의 텍스트는 사라지고 유동하는 수많은 독자의 욕망만이 있다. 매번 테스트는 새롭게 다시 씌어진다.

그러나 이와 같은 책의 붕괴는 역설적이게도 책에 대한 절대적 물신주의를 초래한다. 근대 지식에 대한 탐욕적 탐심으로 독서를 하던 모더니즘 시대 지식에 대한 물신과 달리, 포스트모더니즘에서는 상품에 대한 물신주의가 발생한다. 책은 상품이 되는 순간 소비대상의 적극적 기호가 된다. 대량생산에서 상실된 책의 아우라를 상품으로 다시 덧씌움으로써 작품을 재신비화한다. 큰 액수의 상금이 걸려 있는 '문학상'과 특정 작가에 대한 대대적인 광고는 문화소비현상에서 일어나는 '스타 시스템'의 재현이다. 문학작품과 작가가 상품처럼 숭배되는 마술적 물신화가 이루어진다.

이것은 마르크스가 말하는 상품물신주의를 떠올리게 한다. 즉 사회적 관계들은 "사물들 사이의 관계에 대한 환영적 형식"을 낳는다는 것. 사람은 상품과 가상을 교환하고 책은 물신의 대상이 된다. 큰 서점에서 열리는 '저자 사인회'는 축구선수가 그들의 축구공에 사인을 하는 것과 같은 식의 기호 생산이다. 책은 저자 사인을 받는 순간 유일본과 같은 구별된 기호를 갖는다. 장 보드리야르는 현대 소비사회에서 소비대상이 이미지도 아니며 제품도 아니라고 말한다. 소비의 대상은 한 기호가 다른 기호들과 구별되는 기호의 차이라고 말한다. 즉 우리는 기호를 소비하고 그 기호의 차이를 물신화한다. 저자에게 사인 받은 책은 대량생산되어 진열대에 진열된 다른 책과 구별되는 주술적인 아우라를 덧입는다. 이렇게 해서 작가는 '책 안'의 독서공간에서 '책 밖'의 상품공간으로 나오게 되는 것이다.

이와 같은 책의 변모와 독자의 변이 속에서 독서의 방식은 세 가지의 계보학적 유형으로 분류될 수 있다. 즉 근대 계몽의 김수영의 반성적 독서, 남독이라 할 만큼 지식을 탐하는 장정일의 쾌락적이며 강박적인 독서, 그리고 책의 세계가 자신의 세계와 철저히 분리되는 남진우의 분열적 독서로 나뉜다.

그럼에도 이들은 모두 근대 반성적 주체라는 점에서 동일하다. 반성적 주체는 자기 자신을 세계 전체를 통해 살피고 세계 전체를 통해 자기 자신을 객관화할 수 있다. 그런 점에서 그는 자기 자신을 지배하는 존재이다. 반성은 지배를 의미한다. 그러나 포스트모던 사회에서 분열된 주체는 자기 자신을 지배할 수 없다. 저자와 독자는 무수히 많은 기호와 코드로 나뉘어 있고 그들은 떠도는 숱한 기호 중의 하나이다. 그들은 자기 자신이 누구인지 알 수 없다. 그들은 자신을 정당화할 근거를 잃어버렸다. 그들은 자기 자신을 거머쥘 수 없는 주체가 되고 만다. 그리하여 그들은 상품물신주의에 빠진다. 이것은 문학의 물적 토대와 문학 시스템의 변이 속에서 나타난 변화된 독서공간을 상기시킨다.

그러나 어쩌면 이것은 반성적 주체로서 모더니즘 시대 독자가 필연적으로 밟게 되는 수순일 것이다. 모더니즘 시대 독자는 계몽적 이성을 지니고 스스로 명료한 개념에 도달하기 위해 책의 공간으로 이동해갔기 때문이다. 계몽의 주체는 책을 읽고 있으면서도 저자로서 글을 쓰는 자신을 의식한다. 계몽적 이성은 진리에의 의지를 지니면서 타인과 자신을 분리시키고 또 타인과 멀어지는 고독을 통해 진리에 도달하려 한다. 저자로서 독자로서 계몽적 이성은 독자를 지도하고 계도하는 존재여야 한다. 여기서 '책읽기의 고독'이 발생한다. 사실 모더니즘 시대 독자들은 진리에 대한 추구로 금욕과 인내의 무게를 참아내며 절대적인 금욕주의자가 된다. 그런 까닭에 책읽기는 더욱 책읽기를 탐하게 하고 환멸만을 확인하고 다시 책읽기에 빠져드는 것이다. 세상에 있는 모든 책을 읽으려는 지적 탐닉과 물신주의는 모더니스트들이 책읽기가 갖는 갈증과 환멸을 반증한다.

이와 같은 독서법은 계몽과 이성의 상징인 근대 남성 주체의 독서법이기도 하다. 모더니즘 시대 권위를 가진 작가들의 담론은 강한 계몽적 성격을 지니면서 제도화된 문학의 규범과 정전을 만들고 문학적 기준을 정하고 다른 층에 있는 독자의 취향을 간섭하고 교육하려 한다. 사실 고급/저급, 엘리트/대중의 이분법은 남성 저자/여성 독자, 내지 엘리트 남성/대중 여성이라는 이분법을 함축한다. 여성의 독서는 근대 '소비'의 개념으로 성별적 함의를 지니고 있다. 여성들의 독서는 대중적 통속성과 감각주의와 거리를 두려는 엘리트 예술인들과 달리 감상성과 일치되곤 한다. 흔히 언급되듯『보바리 부인』에서 엠마는 소설 속의 인물과 자신의 체험을 일치시킴으로써 소설적 허구와 현실적 진실을 구분하지 못하는 몽상적 감상주의자로 비친다. 엠마는 책 속의 현실과 책 밖의 현실을 혼동한다. 그녀는 낭만적 사랑의 의미를 허구적 소설에서 찾으려 한다는 점에서 이국 취향과 도피성을 상징하는 여인으로 언급된다. 즉 여성들은 엠마처럼 독서를 통해 초월적 이상을 구하거나 아니면 철저한 세속적인 독서를 한다는 전제. 그러나 한편 생각해보면 여성의 독서야말로 전체적인 맥락에 상관없이 자유롭고 상상적인 이미지 속에 자신을 투사해 신비롭고 풍성한 독서의 자유로운 즐거움을 만끽하는 것이기도 하다. 여성의 독서는 텍스트의 욕망과 자신의 욕망을 겹쳐놓고 함께 뒹굴면서 새로운 상상을 시도하고 현실적 '정열'을 일깨우는 쾌락적 독서인 것이다. 그것은 또다른 글쓰기를 전제하며 자신을 억압하고 절제하는 금욕적 독서가 아니다.

사실 책, 문자, 글은 근대 남성의 전유물이며 여성은 책을 수동적으로 소비하는 질 낮은 독자로 여겨져왔다. 최근 여성 욕망이 근대 대중문화와 결합하고 일상 경험의 모든 측면에 침투해가면서 여성이 근대 소비문화를 작동하는 핵심 요소로 등장하게 되었다는 점을 주목할 필요가 있다.

그러나 인터넷 시대 책의 공간에서 저자나 독자는 익명화되고 모두가 군중이 된다. 매체와 기계의 속도 속에서 저자든 독자든 휘발되고 책 속의 진리라는 것도 이제 믿지 않게 되었다. 우리는 책의 붕괴와 무수한 정보의 체증현상 속에 놓여 있다. 그러나 책이 붕괴되는 그 자리에서 이제 누구나 공저자가 될 수 있다. 책은 끝없이 부유하면서 보류하는 의식의 운동 어느 곳에, 자아와 세계의 끝없는 길항과 상실 그 어느 지점에 있는지도 모른다.

생태주의 시와 시적 감응력

1. 의아심

근대 이성이 도구화되고 억압의 논리가 되었다는 사실은 명백하다. 문명의 진보가 획책하는 끝없는 명령, 이를테면 지배와 착취, 조종과 정복의 논리는 자연을 지배하고 장악해가는 근대 기계주의적 패러다임의 결과라 할 수 있다. 생태주의로 대변되는 환경, 녹색, 생명에 대한 관심은 근대 이성이 극단적으로 간행하는 문명사에 대한 반담론이다. 생태주의는 문명의 진보와 번영을 약속했던 이성이 결국 광기였으며 문명이 야만이었음을 말한다. 생태주의 문학은 자연과 인간의 유비적 관계를 중심으로 한 일원론적 생명사상을 근간으로 한다. 이와 같은 생태주의 문학은 근대체계에 대한 여담론이라는 점에서 근대성의 타자로 부상한다.

그러나 사실 생태주의가 가지는 근대 저항의 논리는 근대 초 모더니즘의 기획과 닮아 있다. 모더니즘은 '현대성 그 자체를 반서정적인 것'으로 비난한다. 거대한 사회적인 힘의 도래와 그로 인한 주관적인 서정시의 위기를 말한다. 현대성에 대한 문학의 급진적인 공격성과 특유의 패러독스는 모더니즘 문학의 특장이라 할 수 있다. 그러나 한편 모더니즘은 이중적인 의미체계를 지닌다. 모더니즘의 기획은 미적 합리성에 의해 근대를 비판하면서 근대성을 실현한다는 이중성을 내포한다는 점이다. 이에 비해 생태주의는 근대체계에 대한 대립을 전제하지 않는다. 대립은 또다른 이데올로기적 투쟁을 담보한다. 생태주의 문학은 근대에 대한 역담론이지만 대립적 관계에 주목하기보다 우주와 인간 생명의 전일성을 통섭하고자 한다는 점에서 "근대성체계에 대한 궁극적 극복"(구모룡, 「서정시학, 유기론, 제유의 수사학」, 최승호 편, 『서정시의 비판과 근대성 비판』, 다운샘, 1999)이라 할 수 있다. 이분법적 기계주의를 넘어서는 관계역동성의 장, 자기 조화와 근원적 실체에 대한 관심 등에 주목한다.

이같은 점에서 본다면 자연 파괴, 공장 폐수, 현대 물질문명에 대한 극단적 고발과 풍자는 엄밀한 의미에서 생태주의 문학이 아니다. 흔히 생태주의 문학을 '민중적 생태지향시' '전통적 생태지향시' '모더니즘적 생태지향시'로 나누는 것은 현대시에 대한 일반적 분류와 다를 바 없다. 리얼리즘 시, 모더니즘 시, 전통 서정시로 분류하는 현대시 분류의 동어반복에 불과하다. 여기서 생태주의 시가 무엇인가라는 그 개념적 접근에 대한 좀더 꼼꼼한 관찰이 필요하다. 생태주의 문학은 대립을 넘어서 생명과 우주 본질에 대한 가치 인식의 새로운 깊이를 확보하려는 탈근대적 전망을 전제한다.

김종철은 '주체' 담론에 대한 새로운 극복 대안을 이야기한 바 있는데, 그는 생태주의 자아관이 "우리가 통상적으로 이해하는 자아 개념으로는 도저히 짐작할 수 없는 인간관과 세계관이 전제되어 있"다고 말한다. 그는 "나라는 존재에 대한 생각은 육신을 경계로 하여 나와 나 아닌 것의 분별을 기초로 한다"고 언급하면서 이러한 분별심은 자아 개념이 철저하게 지배적인 서구 근대 부르주아 문화의 개인주의적 세계관이라고 설명한다. 이와 같은 '자기'라는 실체에 대한 부정, '나와 세계의 불가분리성'에 대한 주장은 연기설, 혹은 인연설로 상호의존적 관계 속에서 생멸을 이야기하는 동양적 세계관을 드러낸다. 고대 주술가 혹은 점성술사, 철학자들을 고대의 시인이라고 보았을 때 그들은 분명 자연과 우주적 연관하에서 인간 존재의 의미를 명상하였다. 밤하늘의 별을 보며 인간사를 점쳤다. 하늘은 인간의 미래를 예감할 수 있는 은밀한 소통기관이자 거대한 거울이었다. 제주도 신화 가운데 어떤 것은 귀신의 말을 사람이 알아듣고 사람의 말을 귀신이 알아듣고 새와 나무와 사람이 대화를 나누며 우주 만물과 사람이 상호소통하던 옛날이야기를 담고 있다.

이러한 상호유기설은 현대 서정시에 대한 매우 낯익은 정의를 환기시킨다. 서정시는 내적 세계와 외적 세계의 상호연관성을 가장 중요한 특징으로 한다. 서정시의 상상력은 인간 정신과 세계와의 상호작용 가운데서 나타난다. 서정시인은 감각체험이 동시에 여러 감각기관으로 전이되며 사상과 감정이 분리되지 않는 공감각의 능력을 가진 자다. 이렇게 하여 서정시에서 자아와 세계의 만남은 주체와 객체의 상호작용으로, 공동체험으로 나타난다.

그러나 분명한 것은, 서정시에서 지향하는 주객의 일체는 '이상적 관념'에 불과하다는 사실이다. 왜냐하면 언어화되어 나타나는 자연이나 사물이란 물리적이고 실제적인 물(物) 그 자체가 아니라 '의식 속에서 재현'된 '의식의 내용'이기 때문이다. 일테면 생태주의 문학에서 '윤리적 동기와 지향'을 전제하지 않을 수 없으며, 생태주의 문학의 지향점이 '윤리성'을 통해 '인간의 총체적 진실과 근원성'을 탐구하는 것이라 할 때 생태주의 문학은 결국 인간 의식이 투사된 '관념화되고 이념화된 사건'이란 사실이다.

　이와 같은 사실은 생태주의 문학이 표방하는 '인위적 문명' '인공화된 문화'에 대(對)한 '우주적 생명의 도를 현시하는 과정'이라는 논리 자체가 일종의 모순이며 딜레마라는 점을 드러낸다. 생태주의 문학이 인간과 자연의 일원성, 유기적 통합 속에서 발화한다고 하지만 언어로 표현하는 과정에서 필연적으로 수반되는 주관의 관섭에서 자유로울 수 있는가 하는 문제, 과연 자연(대상)을 자연(대상) 편에서 바라보는 일은 가능한가 하는 문제가 남는다. 현상학에서 이야기하듯 '의식은 반드시 무엇에 대한 의식'이다. 모든 생태주의 문학은 스스로의 관념 속에서 다시 한번 자연을 인간적 의지대로 지배하려 하는 것은 아닌가 하는 우려를 산다.

　언어를 통해 경험하는 대상은 본래의 대상과 다른 추상화된 개념일 뿐이다. 자연은 언어화과정에서 살아 있는 존재로부터 상징적 추상적 존재로, 자율성을 지닌 주체에서 단순히 재현의 객체로 전락하고 만다. 크리스토퍼 메인즈는 『자연과 침묵』에서 현상세계가 물활론적 존재에서 생명력을 상실한 상징적 존재로 전락하는 과정을 설명하면서 그 주된 원인을 문자의 등장과 성서해석학에서 찾고 있다. 아담이 짐승들에게 이름을 붙여 그들의 주인이 되었다는 성서의 기록은 대상에 이름을 억지로 부과하여 그 고유성을 말살하는 언어의 속성을 단적으로 보여준다고 설명한다. 언어 속에서 사물의 고유한 속성이 지워지고 그 생명력이 상실된다면 인간이 언어를 통해 사물을 직접 경험하는 일은 불가능해진다. 이로 인해 자연으로부터 소외되는 결과가 빚어진다. 언어가 자연을 포함한 인간외적 세계를 단순히 재현의 대상으로 삼을 경우 자연은 존재적 자율성을 잃고 타자화, 객체화된다. 인간이 자연에 대하여 이야기하는 것은 결국 인간이 자연을 타자로 삼아 자신의 이념을 실현하고자 하는 과정과 무관하지 않다. 그런 맥락에서 명상과 성찰을 통해 우주와 연관되는 삶의 양식에 대한 상상력은 엄밀한 의미에서 생태학적 상상력이라기보다 인문학적 상상력에 속한다. 언어야말로 인간중심주의를 가장 잘 대표하는 것이다.

그러나 시적 언어의 본질은 언어의 한계를 넘어 존재 자체의 자율성을 찾는 모색이라 할 수 있다. 시적 언어의 본질은 메타포이며 그 메타포라는 것은 근원적으로 생태적 감수성과 뿌리를 같이한다. 문학은 메타포를 통해 언어가 가진 재현의 한계를 넘어설 수 있다. 인간이 시어를 통해 자연과 소통하고 조화를 이루어 하나가 되고자 한다는 점에서, 자연 모방을 통해 자연 속의 대상에 인간 자신을 동화시키려 한다는 점에서 시는 원래부터 생태적이다. 문제는 시적 언어를 통해 생태학적 상상력을 완성하는 시적 방식이다.

그렇다면 어떤 시적 방식이 생태학적 상상력을 완성시킬 수 있을까. 생태주의 문학은 급진적 사회성을 띠는 환경 고발의 문학도 아니며 자연물에 인간 이념을 투사하는 인간중심적 자연찬양시도 아니다. 자연을 이상적 공간, 근원적 시원이라 상정하는 것부터가 인간 관념이 투사된 결과이기 때문이다. 자연은 어떤 점에서 훨씬 폭력적이고 예측 불가한 것일 수 있다. 그런 점에서 한국 현대시에서 환경파괴 현장고발 시, 전통적 자연시, 유토피아 복원의 자연시를 생태주의 시의 범주에 넣는 것은 좀더 주의가 필요하다. 생태주의 시가 주체적 소재적 차원이 되어 버릴 때 자연은 이념적 윤리적 계몽성을 띤 자연이 되고 만다. 생태주의 시가 녹색의 이념적 주장이 될 때 자연은 '인간화' '윤리화' 된다. 생태주의 시가 언어와 싸워야 하는 것은 이러한 이유에서다 이념이 투사된 언어를 끝없이 지워버리고 그 속에 우주의 여백이 들어올 수 있게 하는 것.

그런 점에서 시를 생태적으로 만든다는 것은 곧 시어를 통해 이념이 휘발되고 우주적 호흡을 통해 생명을 '환기' 하게 하는 것을 의미한다. 우주적 생명에 대한 '환기력' 회복을 의미한다. 생태주의 시는 우주의 호흡이 작품 속에 스며들고 다시 독자에게 흡입되는 시적 감응력을 지녀야 한다. 나는 생태주의적 상상력이 '작품-독자-우주'가 서로의 내재적 호흡을 공통감각으로 일치시켜가는 과정이라고 생각한다. 나는 이 글에서 생태적 감응력을 시도하는 몇 가지 시 언어의 형식에 주목하고 싶다.

2. 몸과 우주의 동화 — 김지하

문학은 끝없이 소멸하고 변화하는 시간에 대한 인간 투쟁의 기록이다. 자아는 변화하는 시간 속에서 지속적인 동일성을 찾아내려 한다. 지속적인 자아 감각, 이것이 개인적 동일성의 원형이 된다. 서사양식이 시간의 변화에 따른 상이한 체험들을 기억 속에서 재구성해내는 과정이라 하였을 때, 서정양식은 사물의 순간적 파악, 영원한 현재성을 획득하는 것으로 연속성을 누리고자 한다. 체험과 경험을 하나의 집중되는 결정적 순간으로 존재하게 하는 것, 이것이 서정적 자아의 순간적 통일성이라 할 수 있다.

서정시학에서 자연 유비에 의한 생명시학을 드러내는 것은 세계와 자아의 동화 속에서 자아 연속성을 획득하기 위함이다.

부연이 알매 보고
어서 오십시오 하거라
천지가 건곤더러
너는 가라 말아라
아침에 해 돋고
저녁에 달 돋는다

내 몸 안에 캄캄한 허공
새파란 별 뜨듯
붉은 꽃봉오리 살풋 열리듯
아아
'花開!'

—김지하, 「花開」 전문

꽃이야말로 시적 욕망의 총합이라 할 수 있다. 꽃 하나하나는 반항이며 슬픔이며 희망이다. 꽃은 시적 욕망을 자극하는 강한 감염력을 지닌다. 식물은 우주적 생을 꿈꾸는 순환적 생명의 실체이기 때문이다. 우주의 보편적인 힘의 몽상 속에서 발아하는 번식력, 우주적 숨이 들어갔다 나갔다 하는 숨통, 꽃은 시적 자아가 세계와 융합하고 삼투하는 이미지의 경계다. 꽃은 우주생명을 둘러싼 아우라를 형성한다. 시인들이 꽃을 노래하는 것은 자신의 몸 속에 있는 생명을 노래하기 위해서다. 서구 낭만주의 시학에서 식물을 통하여 시적 현상을 설명하는 것은 일반적이다. 식물이 종자에서 생기듯 시 정신이나 영감에서 시가 생긴다. 식물이 주위의 자양분이나 환경에 동화하여 꽃을 피우듯 시인은 자신의 작품을 완성한다.

말이 씨가 된다고 믿고
씨앗의 발아를 신뢰하는 농부처럼
마음속 묵정밭 일구어
꽃씨를 뿌리는 이가 있다

—최두석, 「시인과 꽃」 중에서

시작과정을 식물 탄생으로 설명하는 유비는 낯익은 시의 관습이다. 시 정신은 생 속에 내재한 생명현상, 우주의 생명적 본질에 대한 탐색과 닮아 있다. 시 창작과정은 우주의 비밀을 드러내는 개화과정과 일치한다. 언어가 시인의 개별 생명 속에서 자라 시로 성장한다면 이 성장과정은 우주와 시인의 교호작용이라 할 수 있다.

하여 김지하 시에서 부연이 알매를 알현하고 천지가 건곤을 맞을 때 존재는 우주의 모든 양식들과 유기적으로 연결된다. "아침에 해 돋고 / 저녁에 달 돋는다". 해와 달이 뜨고 지는 것은 우주질서의 자연스러운 생명 흐름이다. 우주는 만상을 포괄하는 생명의 약동 속에서 창조와 화육을 보여준다. 드디어 "내 몸 안에 캄캄한 허공 / 새파란 별 뜨듯 / 붉은 꽃봉오리"가 "살풋" 열리는 것이 아닌가. 시인의 몸 안에서 우주적 생명현상이 하나씩 개화한다. 몸은 천지건곤이며 부연알매다. 몸 안 어두운 천지간에 별이 뜨고 붉은 생명꽃이 핀다. 자연과 인간, 생명 전체는 서로 융화하고 교섭한다. 몸의 개화는 곧 우주의 개화이며 시의 탄생인 것이다. 김지하는 형이상학적 개념을 유기체의 생명의 속성으로 이끌고 와 시적 현상과 우주의 생명현상으로 보여준다.

이를테면 "시월 난초에 / 꽃대 오를 때 // 푸른 하늘은 큰 물방울 // 눈물난다 // 물 속에 우주 살아 있음 / 생각하니 눈물 난다 // 가신 이 / 올 아이들 / 내 몸 물 속에 살아 // 틈틈이 꽃 / 내 몸 우주꽃"(「물」 중에서)이라는 시를 보자. 물방울 안에 우주가 살고 푸른 하늘은 큰 물방울이 된다. 물은 생명의 근원에 대한 원형상징이다. 이때 "내 몸" 속에 우주가 담긴 물이 살아 "가신 이 / 올 아이들"이 몸 속에서 부활한다. 그러자 내 몸 틈틈이서 꽃이 핀다. 꽃은 다시 무수한 생명의 개화로 발현된다. "내 몸 속" 물이 미래의 아이들과 과거의 죽은 이들을 불러와 "내 몸"은 "우주꽃"이 핀다. 김지하는 세계에 상호침투하는 몸을 빌려주어 생명질서의 큰 흐름 속에 한 생을 살게 한다. 몸은 세계의 아름다움을 느끼고 그

심미적 경험을 통해 우주적 생명의 자기 전개라는 거대한 운동에 동참
하게 한다.

　그런 점에서 시인의 언어는 몸이 세계와 만나는 그 경계, 틈에서 발
생한다. "이파리 사이사이/푸른 하늘//틈//세상에 아름다운 것/미소
의 그늘/아픔에도 웃는 얼굴//(……)//내 몸에/열리는 숱한 틈/틈
마다 영그는 웃음소리/그 그늘에서 보고"(「틈 1」중에서). 틈은 몸과 마
음과 풍경이 찢기는 신체적 찢김의 흔적이다. 시인은 이파리 사이사이
에 비죽하게 드러난 하늘의 틈에서 세상의 아름다움과 아픔과 웃음을
본다. 김지하는 자신의 신체와 세계가 만나는 경계에서 "웃음소리" "그
늘"을 동시적으로 대등하게 위치짓는다. 그것은 삶의 양면성이라는 이
중석 대립이 아니다. 그늘이 웃음소리로 넘어가고 다시 웃음 속에 그늘
이 깃드는, 서로가 서로를 끌고 당기는 상호귀속관계이다. 아픔과 웃
음, 웃음소리와 그늘의 마음들이 서로 의지하는 역학관계 속에서 신체
의 틈은 억압의 공간이 아닌 생성의 거리가 된다.

　"빗소리 속엔/침묵이 숨어 있다//빗소리 속엔/무수한 밤 우주의
침묵이/푸른 별들의 가슴 저리는 침묵이/나의 운명이 숨어 있다
//(……)/침묵으로 나직이 共謀하듯/숨어 있다//빗소리는 그러나/
침묵을 연다//숨어서/숨은 내게 침묵으로 연다/나의 침묵을 연다"
(「빗소리」중에서). 사실 '소리'는 존재의 부재와 현존을 암시한다. 큰
굉음은 소리의 한도를 지나쳐 소리로 느껴지지 않으며 극단적 고요도
마음의 극한 긴장을 유발한다. 적절한 소리는 소리 남과 고요를 넘나들
며 존재의 온고감을 환기한다.

　이 시에서 "빗소리"는 "소리"면서 동시에 침묵을 환기한다. 소리는
그 소리 끝에 이어질 고요를 통해서만이 '소리'로 인식된다. "빗소리"
에는 "무수한 밤 우주의 침묵"과 "푸른 별들의 가슴 저리는 침묵"과 "나
의 운명"이 숨겨져 있는 것이다. 김지하에게 몸과 마음이 분리되는 것

이 아니듯이 소리와 침묵은 하나로 이어져 자연과 운명과 인간의 비밀스러운 공모를 이룬다. "빗소리"는 소리면서 동시에 "침묵"을 열어 소리와 고요 속에 숨겨진 우주시간의 인연과 생명연관을 보여준다. 빗소리 속에 "미래의 리듬"이 들어 있고 "옛사랑의 이야기"가 숨어 있다. 소리는 다시 몸을 숨기는 꽃처럼 감춰지고 드러남으로써 우주질서 속의 거대한 시간과 "내" 몸과 마음의 열고 닫힘과 연결된다.

김지하 시에서 세계에 대한 시적 자아의 자기 기투와 동화의 역학성은 우주생명의 거대한 리듬에 동참하는 과정이다. 자연의 모든 것이 근원에 있어서 모두 하나의 마음으로 연결된다고 할 때, 김지하의 사물과 신체는 우주의 마음과 소통하고 조화를 이루어나가려는 시도라 할만하다. 시학이란 존재하는 만물의 틈에서 생성되는 꽃의 시학임을, 세계와 시적 자아가 상호잉태하는 태초의 호흡임을 김지하는 보여준다.

3. 사고와 응시—최동호

생태주의 상상력은 시인의 언어에 대한 존재적 겸손에서 시작해야 할지도 모른다. 즉 대상을 대상 그 자체의 자율적 존재로 남아 있게 하는 것이다. 최동호는 사물이 스스로 존재적 자율성을 지니도록 사물을 찬찬히 응시한다.

날마다 쓰는 마당에는 언제나
작별을 만들고 떠나가는 쓸쓸한 바람으로
손목 가늘어진 낙엽이 떨어진다

빗자루를 잡고 있던 손

한짝 신발도 닳을 땐 서로가 외로워
절뚝거리는 뒤축

떨어지지 않으려다 눈이 빨간 까치밥
마음 시린 동자승 입김 불어
산기슭 가람을 끌어안는 풍경이 운다
　　—「풍경이 하늘을 끌어안다—달마는 왜 동쪽으로 왔는가」전문

마당에 작별처럼 바람이 불고 다시 "손목 가늘어진 낙엽이 떨어진다". 추운 겨울 새벽에 동자승이 빗자루를 잡고 마당을 비질한다. 한 짝 신발이 먼저 닳아 외로운시 뒤축을 설뚝인다. 빗자루를 잡고 있던 손 시린 동자승이 입김을 불자 산과 강을 끌어안고 풍경이 운다. 시는 겨울 신새벽 마당을 비질하는 동자승과 떨어지는 낙엽과 절뚝거리는 한쪽 신발 뒤축, 입김 속에서 하얗게 부풀어오르는 겨울 산 풍경의 연한 실루엣을 보여준다.

시인은 대상을 지각하는 과정에 수반되는 의식의 간섭작용을 최대한 비워내려 한다. 사물을 순수하게 바라볼 수 있으려면 "자아의 제거나 부정"이 필요하다. 인간의 의식이 텅 빈 "스스로 무"의 존재가 될 수 있을까. 최동호는 몇 개의 이미지와 몇 개의 사물만을 나열함으로써 자아를 비워내려 한다. 시인은 겨울 풍경 속에 존재하지 않지만 이를 바라보는 과정에서 주관적 반응을 최대한 억제하려 한다. 생태학적 상상력이란 이와 같이 주체가 대상에 대한 의미부여, 그를 통한 지배의 욕망을 최대한 억제하고 대상을 겸허하게 받아들이는 지점이라 할 수 있다. 주체가 그곳에서 무(無)의 상태를 치뤄내면 세계의 근원인 풍요로운 진공상태를 볼 수 있는 것이다. 그렇게 되면 시인은 수사적 장치나 교훈의 값을 치르시 않아도 된다. 시는 의미에서 자유롭게 개방된다. 의미

의 부재 속에서 최동호 시는 가볍고 단순하면서도 진지한 삶을 알아가는 즐거움을 우리에게 알려준다. 사물의 이미지 안에서 충만해지는 법을 가르쳐준다.

사실 최동호 시는 어떤 말없는 상징들을 제시하는 '선시'의 풍모를 지닌다.

얼빠진 등신처럼 기대선 빗자루
하 많은 세상살이 빗방울 대이파리로
쓸었는지

터럭 끝 바람에도 넘어질 듯
배부른 기둥에 그림자 끌고 비뚜름하다
　　　—「빗자루의 등신 그림자 — 달마는 왜 동쪽으로 왔는가」 전문

* 윤고암 스님의 빗자루 법문, 사찰 분규에 휩싸인 신흥사에 부임한 스님은 아무 말씀 없이 법당 앞마당을 빗자루로 쓸어 모든 분란을 잠재웠다고 한다(시인의 각주).

시인은 새벽 마당에 "얼빠진 등신처럼 기대선 빗자루"를 응시한다. 많은 세상살이를 쓸어 "터럭 끝 바람에도 넘어질 듯"한 아무 말 없는 빗자루. 빗자루는 "비뚜름하"게 그림자만 끌어안고 기둥에 기대서 있다. 시인의 각주에서 보듯 사찰 분규가 일어났을 때 한 고승이 말없이 법당 앞마당을 빗자루로 쓸어 모든 분란을 잠재웠다. 침묵은 의미가 꿰뚫을 수 없는 어떤 것을 내포한다. 말은 수다스러운 수사 속에서 기표와 기의를 부조화스럽게 만들 뿐이다. 말은 과잉되고 의미는 왜곡된다. 시인은 언어가 멈추어 선 순간에 대한 이야기를 하고 있다. 언어가 멈추는

순간, 메아리도 없는 이러한 절단에 의해 선의 진리와 간결하고도 텅 빈 시 언어 형식이 완성된다는 것을 보여준다. 진리와의 교감 속에서 존재의 공허한 텅 빔 속에서 언어는 저절로 중단된다. 신비하고 심오한 선의 세계는 언어의 중단을 향하는 것이다.

최동호 시는 분명 언어를 넘어서려는 '공안문답'이라는 불교적 문답법의 측면을 가지고 있다. 「수염 없는 달마의 수염」에서 달마선사가 중국에 온 까닭을 묻는 질문에 조주가 "뜰 앞의 잣나무"를 들어 답을 하였던 것처럼 불법의 요체란 일상의 말로 묻고 들어 깨칠 수 있는 것이 아니라 분별적 언어의 차원을 뛰어넘어야 하는 어떤 것이라는 사실이다. 즉 말로는 절대로 본뜻을 그대로 설명할 수 없는(불립문자, 언어도단) 불법의 요체를 생각할 때 최동호가 자신의 시편에 스스로 '달마는 왜 동쪽으로 왔는가'라는 부제를 붙임도 그런 연유라 생각할 수 있다. 즉 시인은 자신의 시편들을 스스로 일상의 논리적 언어, 분별적 언어를 벗어나 본디 말로 온전히 나타낼 수 없는 세계를 질문의 형식으로 드러내려 한 것이다.

선에서 언어의 일상성, 피상성, 은폐성, 관념성으로는 오도의 세계를 담을 수 없다. 언어는 존재의 허상에 불과하며 미혹과 미망에 빠지게 할 뿐이다. 언어와 의미를 차단함으로써 오히려 우리는 은유의 무한성에 놓이게 된다. 시인은 "새벽녘 원고지 위의 그림자 지우고 가는 적막한 바람소리"(「한 고독한 스승에게」)를 듣거나 "뼈 바른 생선의 눈알같이 빠끔이 박힌 / 녹슨 못자국"을 보며 "흐린 못물 자국 같은 생이 멈출"(「생선 굽는 가을」)을 생각한다. 사실 생은 습습한 무맛이고 씁쓸한 건조함일 뿐이다. 시인은 예기치 못한 돌발적인 영감을 드러내기보다 진여계의 실상을 제시하고 우리의 지각 경험이 전혀 인식하지 못했던 대상 자체의 고요와 생의 적막을 보여준다.

'사고(thought)'와 응시(gaze)', 최동호는 사물을 응시하는 것으로 시적 의미를 부재하게 한다. 기호와 말의 과잉에서 벗어나 텅 빈 사물의 이미지들을 교환한다. 이를테면 "술 한잔 모처럼 먼저 마시면서/사람을 기다리는 동안 천천히 <u>올려다보니</u>/전생에서 뻗어나온 내 갈비뼈를/처음 단골집 천장에서 <u>보는 것 같다</u>"(「한옥 술집 천장을 바라보며」), "늙은 어머니를 흘낏 <u>본다.</u>/맑고 고운 얼굴 어디로 가고/날렵하던 발걸음도/이제 떼어놓기 어렵다.//**어린아이**였던 내가 어머니 꿈속의/나비였을까/아니면 한때 날아가듯 젊었던 어머니가/지금 내 꿈속의 나비였을까"(「카프카와 석가와 장자」 중에서. 굵은 글씨는 시인, 밑줄은 인용자). 시인은 대상을 '바라봄'으로써 인간 자아를 넘어 대상 그 자체로 완벽하게 화한다. 천장 위의 막대기나 늙은 어머니를 흘낏 보는 것으로 존재는 존재의 영역을 벗어나 얼마든지 이 세상 너머의 세계를 넘나들 수 있는 자유를 획득한다.

　이와 같은 존재 변환은 들뢰즈의 탈영역화, 여러 가지 존재 '되기'의 과정을 환기시킨다. 그것은 주체로 고착된 존재의 경계를 넘어 세계의 무상한 흐름 속으로 스며들어가는 생명의 움직임이라 할 수 있다. 대상과 주체의 넘나듦은 유기체의 질적 전환(김지하)과 구별되는 응시와 돌연성 속에서 일어나는 존재 탈각, 무에 의한 생성과 관련한다. 최동호 시는 대상을 의식하고 있는 의식을 찾는 것이 아니라 대상 존재의 자율성을 드러내고 드디어는 대상을 떠난 순수한 의식으로 나아가려 한다. 시적 대상을 진공의 묘유 속에 놓이게 하여 존재의 본질을 투시하려 한다. 이와 같은 선적 깨달음은 존재의 근원으로 회귀하려는 시 언어의 핵심이라 할 수 있다. 이미지의 다양한 함축과 은유의 무한성, 대상과 거리를 두고 바라보는 이 응시의 거리 속에서 최동호의 언어는 삶의 무상과 깨달음을 바라볼 수 있는 구도의 세계를 체득한다.

4. 가락과 숨결 — 박태일

시가 기계적 구조가 아닌 유기적 구조를 가진 하나의 생명체라는 생각은 식물 성장 모델을 근거로 한다. 콜리지는 위대한 문학은 시인의 상상력에서 배태되어 전체와 통합적으로 관계하는 유기체적 전체라 설명한다. 시가 가지는 유기적 생명력이 드러나는 명백한 요소가 '리듬'이다. 일테면 리듬은 시 텍스트가 유기체처럼 순환하는 육체라는 사실을 보여준다. 낭독에서 율독은 무의식적 욕망으로의 복귀, 즉 근원적 생명성으로의 회귀를 담보한다. 생태주의적 상상력을 미학화하는 시는 전통 가락을 현실 인식에 대한 시 형식적 표명으로 드러낸다. 리듬은 시적 운율이 부분에서 전체로 선제에서 부분으로 번져가면서 정서와 의미의 결합, 기표와 기의의 통합을 이룩한다. 사실 리듬은 생명적인 것이다. 박태일의 시는 운문의 전형적인 리듬 의식, 토속적 정서로 민중적 가락과 부족 방언을 보여준다. 집단요와 가락은 시 형식의 생명주의를 드러낸다.

마흔 해에 네 해를 더하고부터
바람은 이마, 숯불 타는 소리를 낸다
두덕길로 따라온 지난 여름
아주까리 물살

세월도 추운 마디가 저서
밤새 소금만 구웠구나
댓닢 댓닢 나직이
맥을 짚는 아침 연기

그악그악 까치네

웃각시만 분답다

—「황강 2」전문

　　시인은 강물의 물살을 보며 시간을 생각하고 삶의 미세한 흔들림을 엿본다. 마흔네 해의 세상살이를 해온 시인은 이마의 "숯불 타는 소리"를 들으며 그 세월의 흔적을 찾아낸다. 이마는 신체기관 중에서 인지의 능력을 상징하는 공간이다. 중년을 넘어선 자의 삶에 대한 서늘한 깨달음이 이마라는 신체기관으로 인지된다. 살아온 날들은 "두덕길로 따라온 지난 여름"처럼 "아주까리 물살"이다.

　　시인이 살아온 세월마다에 아픈 상흔처럼 마디가 져 있고 소금이 남아 있다. 소금은 눈물과 땀의 액체가 휘발되고 남은 하얀 결정체다. 견고한 항구성은 모든 고통을 정화하고 남은 최소한의 잔여물이다. 수고스러운 삶을 살아온 자는 고단한 이마의 땀을 씻으며 이마에 내려앉은 세월의 소금기를 만진다. 세월이 주고 간 깨끗한 앙금. 시간이 부식되고 남은 존재들은 자신의 손바닥 안에 하얗게 펼쳐진다. 이때 나직하게 공기의 무게를 덜며 아침 연기가 올라간다. 맥박이 조용히 뛰듯이 모글거리며 올라가는 아침 연기는 하늘로 천천히 나아가는 구도자의 길을 보여준다. 시인은 우주의 물질감의 무게를 덜어내며 날아오르는 연기의 모습을 "댓닢 댓닢"이라고 발음한다. '대나무 잎'을 줄인 말로서 '댓닢 댓닢'은 의성어로 변하면서 말의 은유로 빛난다. '댓닢' 하고 발음할 때 입술이 닫히는 음의 단절감이 맥박의 호흡에서 단절과 이완의 반복을 암시한다. 시인은 시의 마지막에 "그악그악"이란 의성어를 대구처럼 배치한다. "댓닢 댓닢" "그악그악"이란 의성어는 만물이 스스로를 표명할 수 있는 모국어를 가지고 있음을 드러낸다. 사물들은 스스로 소리를 냄으로써 개념화되기 전의 사물의 원시성을 보여준다.

박태일이 시에서 구사하는 부족어, 이를테면 "아주까리 물살" "웃각시"와 같은 민중적 방언은 방언이 가지는 은밀함과 불투명함, 친소성을 보여준다. 사투리는 불투명한 친소성으로 모든 정서와 의미를 전일화(轉一化)한다. 사투리는 모국어의 음감과 내재율을 통해 민중적 정서에 호소한다.

박태일 시는 서술적 의미를 사라지게 하고 또 사라지게 함으로써 스산한 생의 의미를 환기한다. 숨김으로써 드러나는 생의 의미, 말하지 않음으로써 환기하는 시적 분위기. 3음보와 2음보 전통적 가락의 시적 리듬은 생태주의 미학을 보여준다. 박태일 시가 가지는 부족 방언의 세련은 언어공동체 구성원의 구체적 심상에 가 닿는다. 공동체의 유기성을 환기하는 생태주의적 상상력을 내보하고 있다.

바람불어 소물부석
소갈비 저녁 연기
호박밭 고랑고랑
고추가 붉고
강너머 문촌
문촌길 벼랑길 누운 다복솔
후두둑 어머니손등
옛 빗자국

—「저녁에」 준에서

시의 행말이 "소물부석" "저녁 연기" "다복솔" "어머니손등" "빗자국"과 같이 서술어의 끝맺음 없이 명사로 끝나고 있다. 이런 행말 처리는 의식 내부의 극히 억제된 감성의 편린만을 보여준다. 시적 자아는 완깅하게 숨어 있나. 사인물의 현상으로 끝맺음되는 시적 장치는 유년과 모성에 대한 향수를 불러들인다. 원형적이고 본래적인 자연성에 가 닿으려는 욕망은 분명 자연과 만물에 대한 유기론적 인식을 환기시킨다. 잃어버린 순수의 공간 혹은 조화로운 공동체에 대한 향수. 시인은 규정하고 설명하는 서술어를 생략하고 사물 이미지 자체만으로 자연을 재문맥화한다. 그것은 또다른 무언가에 대한 지칭, 즉 은유의 단순대응적 대칭이라기보다 사물들의 관계성 속에서 형성되는 환유적 세계관이다. '소물 부석-소갈비 저녁 연기-호박밭-고추-문촌-문촌길 벼랑길-어머니손등-옛 빗자국'으로 연결된다. 사물들은 인접하여 유기적인 생존의 서사를 존속하고 있었으니 이 기억의 현상학은 명료한 체계의 질서라기보다 전통적 정서에 의한 암시적 연계성으로 가능하다. 특히 "바람불어/소물부석//소갈비 저녁 연기//호박밭 고랑고랑/고추가 붉고"의 구비적 상상력은 민족적 정한과 가락의 흥겨움을 감싸고 있다. 2음보격의 대응, 민요적 형식은 우주 보편생명 본성을 시적 리듬으로 내재화한다. 리듬은 하나의 전체를 이루며 시인과 독자의 교호적 관계를 탐색한다.

특히 박태일 시에서 젊어서 혼자 사는 할머니(「당목 할매」), 자신의 무덤 쓸 일을 미리 당부하는 가령 할아버지(「영감」), 참나무 장작 고른 연기 속에서 잠이 드는 순박한 사촌들(「사촌사발은 희다」), 영감과 아들을 전쟁 난리통에 먼저 보내고 신새벽 마음 공양 염불지내는 의령댁(「의령댁」) 이야기 등은 친근한 이야기체를 보여준다. 이야기는 형식에 구애되지 않고 사람들이 살아온 내력 혹은 자기가 경험하고 기억하고 있는 것들을 친근한 분위기 속에서 전달하는, 인간의 근원적 연민과 슬픔을 전달한다. 연민과 슬픔은 인간 내면의 빛처럼 삶의 깊이에서 우러나오는 보편화된 모성성이다. 이야기는 사람들의 생생한 직접적 경험으로 사람과 사람 사이 연속적 삶에 대한 근본적인 정감을 유발한다. 구어체의 회복은 고유한 민중적 구비 상상력이다. 박태일 시는 유기적

사회 혹은 유기적 민족과 상상적 등가를 이루면서 생명시의 비전을 제
시한다.

5. 시의 몸이 가지는 감응력

결국 시가 거친 근대 현실에 대항할 수 있는 방식은 사회학적 비판이
아닌 '미적 감응력'을 위한 형식에 의해서다. 생태주의 시는 자연을 또
다시 언어로 재구성하는 인간 관념화된 자연을 뛰어넘어 시 텍스트와
독자가 생명의 호흡을 서로 나누는 시여야 한다. 생태주의 시는 시 텍
스트를 통해 독사에게 생태석 생명의 연속감을 주는 시, 생명 공유의
감응력을 전달하는 시라 할 수 있다.

김지하 시에서 여백의 호흡 속에서 생겨나는 몸과 우주의 동화, 최동
호 시에서 시적 의미를 무(無)로 돌리려는 선시적 기상(奇想), 박태일
시가 보여주는 구비적 생명 운율을 생각해볼 수 있다. 신체 상상력의
동일화, 사유 속에서의 선적 비약, 운율감 속에서의 공통감각이라는 세
가지 미적 형식이다. 생태주의의 길은 언어 매개라는 인간중심주의를
통과하면서 끝없이 언어와 투쟁해야 하는 역설적 딜레마를 겪게 된다.
언어를 매개로 의미를 휘발시키며 생명적 호흡을 전이하는 방식.

그리하여 생태주의 상상력은 이미지를 중점으로 두는 짧은 시형에
주로 몰두하게 된다. 내용을 단순화하는 것은 작품을 더욱 암시적이고
확정적으로 만들기 위해서다. 아주 짧은 동양 전통시가 가지는 말소리
의 반향은 자연시로서 우주적 연민을 느끼게 하기에 충분하다. 인간은
자연 앞에 섰을 때, 자신이 우주 유기체의 한 고리라는 사실을 겸허하
게 용납할 때 말을 잃게 된다. 칸트는 이성이 거대한 자연 앞에서 말을
잃고 존경을 바치는 행위를 '숭고'라고 말한다.

언어와의 힘겨운 대결 속에서 시인이 마침내 시를 생산해낼 때 시인은 샤먼이 된다. 시인이 결국 언어 이전에 인간이 잃어버린 원시성의 감각을 복원하는 자라는 점에서 생명시학은 현대인에게 새로운 감각능력을 제공한다. 고대인들은 참으로 감각이 예민해서 하늘의 별도 망원경으로 보듯 볼 수 있었다. 아프리카 부시먼들은 숲속에서 십 리나 떨어진 곳에서 바스락거리는 소리도 듣는다. 현대문명은 감각기관을 극단화하여 오히려 감각을 마비시켰다. 모든 살아 있는 것들과 사물을 감각으로 느낄 수 있는 원시적이면서 순수한 감각이 필요하다. 생태주의 상상력은 퇴화된 감각을 다시 회복할 수 있게 한다. 생태주의 상상력은 삼라만상의 근원적인 친화력에 대한 직관을 보여준다.

이와 같은 생태주의 상상력은 여성성과 연결되면서 에코페미니즘에 대한 강렬한 요청을 불러일으켰다. 에코페미니즘은 자연과 여성을 단일하게 바라보는 데서 출발한다. 남성중심적 가치관이 이원적 사고체계로 백인, 남성, 인간을 중심에 두었다면 생명의 원리를 지닌 여성성은 삶과 포용을 지닌다는 점에서 자연을 닮아 있다. 자연을 여성과 등가로 두는 것은 이들이 문명과 남성에게 공격받는 수동적 육체라는 공통된 피해의식을 전제한다. 그러나 자연을 수동적 타자로 규정할 수도 없으며 초월적 여신이나 어머니로 볼 수도 없다. 자연 또한 문화적으로 구성되는 구성물이기 때문이다. 다만 생태주의 상상력은 우주와 세계가 다양하고 역동적이며 순환적 관계에 놓여 있다는 것을 인식하는 것이며 이와 같은 부분들이 여성성의 근본과 유관하다는 사실일 것이다. 생명에 대한 여성적 직관은 생태주의적 직관과 맞닿아 있으며 동시에 시적 감응력을 불러일으키는 지점과도 연결된다. 시의 호흡에서 여백과 채워짐의 순환 구조가 여성성의 순환성, 자연의 순환성과 연결되고 다시 그것은 독자와 시작품 사이에서 호흡을 맞추게 한다. 모든 것들은 비어 있고 채워지는 것, 들고 나오는 것의 순환과 왕래 속에서 생명운

동이 시작된다. 달의 몸이 차고 비어지듯 여성의 몸이 차고 다시 비어
지고 시의 여백과 진술 속에서 호와 흡이 들고 난다.

생태주의 상상력은 무엇보다 근대 엘리트 예술이 소외시킨 대중과
소통할 수 있는 가능성을 열어준다. 집단적 운율은 언어공동체 구성원
의 근원적 동질감을 회복시킨다. 자연의 질서와 조화를 보여줌으로써
순수한 생명세계에 대한 희구, 사람과 자연 사이, 사람과 사람 사이의
내면적 유대와 교감을 확인하게 한다.

그러나 한편 집단적 윤리 속에서 도덕적 진리를 추구한다는 점에서
생태주의 상상력의 독특한 복합성이 생겨난다. 생태주의 문학은 근대
에 대한 반담론으로 출발하는 듯하지만 궁극적으로는 예술의 본질적
요소, 빔속한 인간 생존을 넌셔버리고 생에 대한 진지하고 궁극적인 탐
색, 심미적 현상을 향한다는 점에서 '도덕적 진리'와 '심미적 가상' 사
이의 모순을 보여준다. 즉 생태주의 상상력은 현실과 거리를 둔 초월적
의지를 지니면서 그같은 지향이 다시금 진리 및 현실과 관계를 맺게 된
다는 사실. 다시 말하면 현실과 무관한 듯한 생명시학, 선의 세계가 현
실 개선을 위한 대안으로 의미심장한 사회학적 역할을 전제하는 것은
아닌가 하는 물음이다.

요컨대 생태주의 상상력은 계몽과 반계몽, 근대와 반근대의 기획 사
이에서 언어와 대결하고자 하는 시적 고투의 과정이다. 생태주의 상상
력은 예술 본질에 대한 좀더 치열한 고민 가운데서, 현실과 상상력의
길항 속에서 동시대의 첨예한 예술적 문제를 담부하고 있다.

제3부 **사랑과 역사, 이미지의 문법**

왕가위와 사랑의 기호, '2046'

1. 사랑이라는 현대적 세속종교

사랑 이야기는 우리 삶의 가장 극단적 순간을 재현하고 변주해내는 가장 오래된 장르다. '트리스탄과 이졸데' 이야기와 같은 낭만적 사랑에 대한 전통은 '사랑은 비극적이어야 순수하다'는 어떤 전제를 내포한다. 그러면서도 낭만적 사랑은 필연적인 현실을 도피/극복할 수 있는 초월적 자기 승화라는 함의를 유포한다. 낭만적 사랑은 어떤 정신적 커뮤니케이션, 즉 부족한 부분을 메워주는 영혼의 만남을 가정하기 때문이다. 낭만적 사랑은 불완전한 개인을 완전한 전체로 만들어준다는 것. 반면 낭만적 사랑은 투사적 동일시에 의존하기 때문에 남녀간의 권력이라는 차원을 불러일으킨다.

홍상수 영화 〈여자는 남자의 미래다〉는 순결하고 지순한 여성 이미지('순결한 어머니'의 이미지)에 대한 남성 판타지를 보여준다. 판타지는 늘 좌절된다. 남성은 사랑하는 대상(여성이든 남성이든)에게서 최초의 연인인 '순수한 어머니'의 이미지를 발견하고 대상 그 자체가 아닌 그 이미지를 사랑하기 때문이다. 그렇게 하여 여자는 남자의 미래, 즉 영원히 오지 않을 '오래된 미래'가 되는 것이다. 남성의 판타지는 여성을 초월적 기의로 순결하게 만들어 그것을 영토화하려는 권력욕과 관련한다. 〈여자는 남자의 미래다〉에서 남자 후배는 오랜만에 만난 선배에게 첫눈을 밟게 해주는 선물을 주겠다고 한다. 첫눈을 밟는 것은 처녀지에 대한 남성 침범과 지배에 대한 기쁨을 상징한다.

애니메이션 〈인어공주〉에서 인어공주가 난파된 배에서 인간이 쓰는 여러 가지 물건들을 자신의 비밀동굴에 수집하는 것은 사춘기 소녀의 판타지를 구성한다. 거울, 그릇, 부서진 침대 조각 등을 모으는 것은 혼수 장만의 예비 행위인 셈이다. 여성의 결혼 환상은 섹슈얼리티에 대한 환상과 살림살이에 대한 환상이 뒤섞여 있다. 웨딩드레스를 입은 자신의 모습을 거울에 비춰보는 것은 결혼 판타지의 정점이라 할 수 있다. 인어공주는 물 위로 올라가 잘생긴 왕자의 얼굴을 보고 사랑에 빠진다. 물 위로 올라가는 것은 인어공주에게 아직 금지된 일이다. 사춘기 소녀의 환상은 금기와 금기 파괴, 비밀과 자기 독백이라는 은밀한 자기만의 공간에서 형성된다. 하이틴 로맨스 만화는 하이틴 판타지를 구성한다. 사춘기 여성의 결혼과 성에 대한 판타지의 형성(왕자와 같은 남자를 만나 결혼하여 행복해지는 환상)이다.

사랑과 섹슈얼리티의 문제에는 판타지의 구성이 개입할 수밖에 없다. 사랑의 대상에 대한 이미지와 사랑의 대상 그 자체 사이에는 늘 간극이 있기 때문이다. 사랑하는 사람은 사랑의 대상을 사랑하는 것이 아니라 사랑한다는 욕망을 욕망할 뿐이다. 욕망은 충족되기를 원한다. 그러나 욕망이 충족되어버리면 욕망은 사라진다. 욕망은 좌절되기 때문에 욕망으로 살아남는다. 욕망은 욕망만을 낳는다. 욕망의 끝없는 재생산, 역설의 심리학이다. 사랑의 감정은 일찌감치 '과잉성'을 전제하기 때문에 결핍의 냄새를 풍길 수밖에 없다. 욕망은 결핍을 낳고 그리움을 낳고 허전함을 낳는다. 사랑하는 사람은 늘 지금, 이곳에 없는 부재이고 지금, 이곳에는 '사랑한다'는 욕망만이 현존하기 때문이다. 부재하기 때문에 사랑의 욕망이 형성된다는 사실은 새로운 각성을 던져주는 것도 아니다. 익숙하여 지겨운 사실이다. 우리는 사랑하는 사람을 밥을 먹듯 공기를 마시듯 삼켜버릴 수가 없는 것이다. 식인종이 아니고서야 어떻게 '너'라는 사람을 먹을 수 있겠는가? 먹을 수 있다면 행복할 것이다.

하여 사랑은 '운명'이라는 거대한 추상성을 덧씌워 가혹함을 견디게 한다. 운명은 항상 순종하기 어려운 것이다. 우리가 순종하지 못하기 때문에 '운명'이다. 사랑은 마치 운명처럼 우리의 삶을 거역하듯 다가오며 다시 삶의 자리로 돌아가게 하면서 운명이라는 것을 깨닫게 한다. 사랑은 자신의 운명을 깨닫게 하는 또다른 거울인 셈이다.

사랑을 통하여 인생에서 가장 혁명적인 자기 인식이 생겨나고 생의 에너지로서 욕망이 재생산된다고 하지만, 어떤 점에서 사랑은 보수적 자폐성이라는 반동적 전제를 지니기도 한다. 낭만적 사랑에서는 사랑만이 이상화되기 때문에 어떤 제도적 억압과 통제도 '사랑'이라는 지극히 큰 함수 속에 합리화해버린다. 낭만적 사랑은 남녀간의 권력이라는 차원에서 비대칭적 결과를 낳는다. 그래서 낭만적 사랑에 대한 여성의 꿈은 종종 완강한 가정적 종속으로 이어지고 만다. 자본주의적 가부장제에서 가정은 부르주아적 가치의 우월함을 전파함으로써 낭만적 사랑으로 이루어지는 결혼과 행복 이미지를 전파한다 저구대의 계급상승의 기회비용을 포기한 데 대해서 부르주아의 낭만적 사랑이라는 보상이 주어진다. 멜로드라마가 정치적 의미를 발생하는 지점은 바로 여기다. 사랑 이야기(멜로드라마)는 자본주의 사회에서 좌절된 욕구의 배설과 동시에 이데올로기의 강화(바람난 유부녀와 유부남은 결국 가정으로 들아와야 한다)로 요약된다.

멜로드라마가 가지는 보수반동적 계급성에도 불구하고 사랑에 대한 갈망은 현대의 근본주의가 되어버렸다. 드라마에서 영화에서 광고에서 뮤직비디오에서 사랑은 일종의 거대한 종교가 되었다. 강박증적인 열망, 어떤 고통이라도 기꺼이 감내하겠다는 각오, 사랑의 신비화는 근대 부르주아 소시민을 이데올로기에 종속시키는 가장 놀라운 환상이자 기쁨의 원천이다.

사랑이 근대 부르주아 사회에서 신흥종교로 부상할 수 있는 것은 사람들이 어느 하나 확고한 것 없이 요동하는 피곤한 상황에서 자신을 배신하지 않을 '진정한 사랑'을 찾아 헤매기 때문이다. 과연 우리는 어떻게 사랑해야 할까. 무엇을, 어떤 방식으로. 도대체 사랑은 우리에게 무엇인가.

2. 사랑의 이미지와 영화적 몽타주

그러나 사랑은 '부재하는 환영에 대한 집착'일 뿐, 지금 여기서, 저기 멀리의 것에 대하여 주체가 할 수 있는 것은 '수동적 기다림'이라는 마조히즘적 자기 고통뿐이다. 그것만이 사랑의 몫이라는 사실. 그런 점에서 사랑이 키워내는 것은 '이미지'다. 그리스어 어원에서 이미지는 '그림자'를 뜻한다. 사랑의 본체는 영원히 부재한 채 에우리디케의 그림자만을 붙잡고 있다는 것. 디지털 기술은 이와 같은 '사랑'의 이미지를 시각적 청각적으로 구현해내는 가장 적절한 매체다. 영상은 이미지의 환영을 제공하기에 매우 효과적이다. 부재와 현존, 시간과 공간의 넘나듦, 이를테면 영상은 쇼트와 쇼트, 이미지와 이미지의 충돌 또는 결합으로 시각적 스펙터클을 드러낸다. 영상의 몽타주 기법은 사랑이 부재하다는 것을 확인함으로써 사랑이 현존한다는 역설을 형성한다. 앞 쇼트에서 누군가를 그리워하는 이의 모습이 나타난다. 다음 쇼트에서 그리움의 대상인 인물이 쇼트화된다. 다시 쇼트는 그들이 함께 사랑을 나누었던 과거를 보여준다. 그리고 다음 쇼트에서 다시 현재로 돌아와 실연으로 괴로워하는 모습을 보여준다. 이곳과 저곳, 과거와 현재의 쇼트를 병치하면서 사랑의 상실감과 그리움은 완성된다. 영상에서 시각적 이미지는 디에게시스(diegesis)가 아니라 연상으로 몽타주를 구성함으로써 사랑을 이미지로 키워내고 되살린다. 결국 멜로드라마가 가지는 신화적 힘(〈가을동화〉〈겨울연가〉 등)은 사랑의 부재와 현존이라는 순환성, 사랑의 동력성을 쇼트와 쇼트의 결합이라는 몽타주와 그 안에서 발생하는 이미지의 충돌을 통해 드러내며 그 최대한의 벡터를 뿜어내는 것이다.

사랑의 환각을 가장 영화적인 방식으로 구현해내는 사람이 왕가위다. 왕가위는 시간과 공간을 연결하는 감정의 고리들에 관심을 집중하면서 기본적인 시나리오만 갖고 촬영현장에서 끊임없이 고쳐가면서 작업을 한다고 알려져 있다. 그 과정에서 머릿속에 떠오른 이미지들을 가능한 한 많이 필름에 기록하여 재현해내고 편집 단계에서 수많은 이미지의 결합을 검토하며 작품을 완성해간다는 것이다. 구체적 내러티브를 거부하고 플롯 없이 한 편의 영화를 만들기 위해서는 '영화적 표현수단'에 배타적으로 의존할 수밖에 없다. 왕가위가 처음 영화를 만들 때 '스타일'로서의 영화를 만들겠다고 한 것은 전적으로 영화적 이미지를 구현해내는 데에 작가적 입장을 두고 있음을 암시한다. 이를테면 〈화양연화〉에서 몸에 붙는 중국 전통복 치파오를 입은 수리첸(장만옥)이 서민아파트 계단을 국수통을 들고 오르내리는 반복적 행위, 〈아비정전〉에서 아비(장국영)가 양어머니의 애인을 흠씬 두들겨패고 자기 방에 돌아와 거울을 보며 몸을 흔들면서 머리를 빗는 장면, 아비의 자조적이면서 몽롱한 눈빛과 수리첸의 떨리는 손길. 이러한 것들은 왕가위가 표현하고자 하는 사랑의 상실감 그리고 나른하고 허무한 삶의 질료들을 이미지화한다.

왕가위는 사랑의 부재와 현존을 매우 성공적으로 '영화적 이미지'로 만드는 감독이다. 왕가위는 현대사회에서 핵심적 화두인 사랑의 문제, 판타지와 시간의 문제가 영화 스크린이 주는 환각과 망각의 과정으로 연결될 수 있다는 것을 가장 먼저 감지한 감독이다. 쇼트와 쇼트의 겹침으로 사랑의 이미지를 구성하고 시간의 의미들을 구축하고자 한 것이다. 왕가위는 현대적 삶에서 '위대한 허위'라 할 수 있는 사랑의 문제를 '시간, 글쓰기, 역사'라는 시각에서 이미지화한다.

이 글은 왕가위 영화에서의 사랑 이미지의 구성방식에 대한 글이 될 것이다. 영화 이미지에 나타난 사랑의 기호와 시간의 의미를 분석하고 그것을 통해 궁극적으로 왕가위의 역사적 인식을 살펴보는 것이 이 글의 목적이다.

3. 시간의 공격과 사랑의 혼미함

왕가위 영화는 사랑과 사랑의 기억과 사랑의 상처에 대한 영화다. 배경이 현대의 복잡한 도시든 무협 검객이 나오는 모래사막이든 미래사회의 우주기차든 사랑의 실연과 기억에 대한 내용을 내장한다. 〈동사서독〉에서 자객들은 모래바람과 배고픔 때문이 아니라 사랑의 상처로 인해 고통받는다.

왕가위 영화에서 사랑의 상처를 가진 자들은 한결같이 사랑과 시간의 문제와 결부되어 있다. 즉 사랑은 언제나 어긋나게 되어 있다는 것, 이를테면 사랑 이야기의 고전 『로미오와 줄리엣』에서 연인은 독약을 마시는 시간, 약에서 깨어나는 시간의 차이와 오해 때문에 비극을 맞는다. 이것은 '사랑의 시간차공격'과 관계한다. 사랑의 시간적 속임수다. 모든 사람들은 사랑의 현상을 시작(첫눈에 반하는)과 결말(자살, 단념, 냉담, 은둔, 여행, 결혼)을 가진 하나의 에피소드라 생각한다. 그렇지만 '내'가 매혹되었던 그 첫 장면은 단지 나중에 재구성된 것일 뿐이다. '내'가 현재 체험하고 있는 그 충격적인 이미지를 재구성하여 과거시제로 변형시킨 것이다. 첫눈에 반한다는 것은 항상 단순과거로 표현된다. 그것은 (재구성된) 과거이자 (되풀이되는) 현재이다. 이미지는 바로 이런 시간적 속임수에 잘 부합된다. 사랑은 분명하고도 기습적이며 또 에워싸인 하나의 추억(이미지)으로 존재를 드러낸다. 추억은 과거인 동시에 현재석이라는 사실. 사랑이 떠나가고 나서야 사랑이었다는 것을 깨닫게 되는 깃. 추억의 현새적 새구성, 사랑의 시간자공격이다. 결국 사랑의 상실감을 느끼면서 비로소 '나'는 시간이 '나'에게 복수하러 왔다는 것을 감지한다.

〈2046〉에서 차우(양조위)가 말했듯 사랑은 타이밍이다. 사랑을 선택해야 하거나 또 떠나야 할 시간들은 서로 어긋난다. 왕가위 영화는 사랑, 시간의 어긋남에 대한 영화다. 사랑은 결국 사랑했던 기억의 시간, 그 시간을 잃고 싶지 않은, 그 시간을 간직하고 싶은, 시간을 되찾고 싶은 욕망과 관계하기 때문이다. 영화 〈아비정전〉에서 아비는 무역 체유관 매점에서 매표원으로 일하는 수리첸(장만옥)을 찾아와 함께 시계를 보자고 말한다. 수리첸은 평생 그 시간의 기억을 잊지 못한다. 영화 〈2046〉은 〈아비정전〉에서 아비와 수리첸이 함께 나눈 그 '일 분'의 시간, 〈화양연화〉의 제목 그대로 '가장 영화롭고 아름다웠던 청춘의 한때'를 찾기 위해 '2046'으로 떠나는 영화다. '2046'은 차우가 수리첸과 사랑을 나누었던 호텔의 방 번호이면서 동시에 '2046'이라는 미래의 어떤 시간대이기도 하다. 즉 '2046'은 오지 않을 미래를 나타내는 시간이자 사랑을 나눈 공간이며, 동시에 과거를 되찾으려는 시원의 시

공간이기도 하다. '2046'은 차우의 사랑의 기억이 묻혀 있는 방이면서 SF적 우주공간 속 미지의 사랑 공간이기도 하다. '2046'은 '시간의 공간화'이면서 동시에 차우가 쓰는 일종의 환상소설의 제목이기도 하다. 소설에서 차우는 '2046'을 향해 떠나는 사람들의 환상여행을 통해 스스로 사랑에 대한 거대한 질문을 던져보고자 한다. '2046'은 '시간'이자 '공간'이며 '글쓰기'이자 궁극적으로 가 닿고자 하는 알 수 없는 '사랑의 시원'이기도 한 것이다. '2046'은 다중적이고 초시공간적이며 '비의적인 삶의 한 지대'를 드러낸다.

왕가위는 '2046'이라는 숫자 기호를 통해 사랑을 시간화, 공간화, 물질화, 이미지화한다. '2046'의 본질적 의미는 '2046'을 통한 메시지가 아니라 이미지와 이미지 사이의 관계에 있는 것이다. 이를테면 차우가 술이 취한 루루를 뉘어주고 나오는 호텔방 번호가 '2046'이며 그가 사랑했고 잊지 못하는 연인 수리첸과 사랑을 나누었던 방 번호도 '2046'이며 고급 콜걸 바이링(장쯔이)과 깊은 관계를 맺은 곳도 '2046'호다. 차우 자신이 쓰고 있는 소설 제목도 '2046'이며 소설에서 사랑을 찾게 될 미래의 도시 이름도 '2046'이다. 왕가위는 '2046'이라는 기호를 통해 그녀이자 또다른 그녀들이라는 사랑의 연쇄적 연결을 보여준다. 과거이자 미래의 사랑이라는 사랑의 혼미함을 환유적 방식으로 암시한다.

4. 사랑의 전이와 차연의 자리, '2046'

〈2046〉에서 환상의 도시이자 시간인 '2046'을 향해 떠나는 사람들은 잃어버린 기억, 사랑을 찾고자 한다. 그리고 '2046'을 향해 떠난 자들은 돌아오지 않는다. 그러나 '2046'에 도착한다고 하여 잃어버린 사랑을 찾게 되지는 않는다. 일본인 애인이 '2046'을 다시 떠나와 사랑에 좌절하듯, 차우가 소설 '2046'을 완성한다고 해도 사랑은 완성되지 않는다. 사랑은 끝없이 유예되는 욕망에 불과하다.

영화는 차우가 과거 사랑의 상처를 간직한 채 싱가포르를 떠나 홍콩으로 오는 데서 시작한다. 홍콩에서 '2046'호 호텔방에 들고 싶지만 '2046'호에는 바이링이 머물고 있다. 차우는 그녀와 잠을 자지만 바이링은 그에게 잃어버린 사랑을 대신할 대체기호에 불과하다. 이를테면 거울 앞에서 자신의 모습을 보고 있는 바이링을 차우가 바라보는 장면을 환기해보자.

'본다'는 것은 근대적 시각주의를 암시하지만, 선행적으로 맹목(blind-spot)을 가진다는 것을 의미하기도 한다. 즉 무엇을 본다는 것(나아가 인식한다는 것)은 그 근저에 결코 보여질 수 없고 빛이 다다를 수 없는 맹목을 요구한다. 우리는 빛의 세계로 인도되어 해부학적 의미에서의 눈이 볼 수 있는 것만을 볼 뿐이다. 바이링은 거울 속의 자신을 보듯 자신의 이미지 안에서 차우와 사랑을 나눈다. 차우는 거울을 보고 있는 바이링을 바라보면서 옛사랑을 보고 있다.

영화 〈2046〉의 한 장면.

밀란 쿤데라는 그의 소설 『농담』에서 세 번의 실패한 사랑을 농담처

럼 들려준다. 첫번째 사랑은 서투른 사랑, 미숙한 짝사랑이다. 주인공
은 자신의 서투름과 맞서 싸우는 데 몰두해 있어서 사랑의 대상 자체를
보지 못한다. 두번째 사랑은 착각의 사랑이다. 두 사람은 서로를 전혀
몰랐을 뿐 아니라 각기 자신을 중심으로 자신을 위해서 상대방을 좋아
했던 것이다. 세번째 사랑은 고의적인 사랑, 복수를 위한 유혹이다. 그
러나 유혹하는 자는 상대로부터 광적인 구애를 받게 되고 이 구애가 좌
절되자 사랑은 파국으로 끝난다. 쿤데라에게서 사랑은 벗어나고 싶은
서투름이나 깨어져버리는 환상이거나, 합치할 수 없는 두 사람 사이에
서 일어나는 희극이다.

〈2046〉에서 사랑의 상처를 입은 차우는 '2046' 호에서 사랑의 유희를
한 것(유혹하는 자)이지만 바이링은 자기 자신을 중심으로 사랑하고 있
었던 것이다. 차우가 영화에서 만나는 여인들은 모두 그의 옛사랑 수리
첸을 대신할 기호들에 불과하다. 이를테면 호텔 사장의 딸 왕징웬과 일
본인 애인과의 사랑이 그것이다. 차우는 그들의 순정적 사랑이 이루어
지도록 돕는데, 그것은 결국 자신의 실패한 사랑에 대한 보상기호로서
의 의미를 지닌다. 차우 자신의 과거와 체험들을 '2046' 이란 제목의 소
설로 쓰고 왕징웬과 일본인 애인과의 사랑에는 '2047' 이란 제목을 붙
인다. 결국 이들의 사랑은 '2046' 의 사랑과 인접되어 있는 또다른 기호
로서의 사랑이라는 점을 환기시킨다. 욕망은 욕망을 잉태하고 사랑은
또다른 사랑을 재생산할 뿐이다.

사랑의 기억들은 그 사랑을 대신할 수 있는 기호들로 대체되지만 잃
어버린 기억, 잃어버린 사랑은 찾을 수 없다. 차우가 남긴 것은 다만 자
신의 사랑의 상처를 끝없이 다른 누군가에게 또다시 전염시키는 일밖
에 없다. 바이링은 차우와 똑같이 사랑의 상처를 화인처럼 몸에 간직한
채 싱가포르로 떠난다. 바이링은 제2의 차우가 되어 또다른 누군가에게
사랑의 상처를 전염시킬 것이다. 차우는 싱가포르에 가서 그의 옛 애인

을 만나고 싶어했지만 옛 애인과 이름이 같은 프로 도박사 수리첸(공리)을 만나 다시 사랑하고 다시 그녀를 떠난다. 수리첸, 바이링, 호텔 사장 딸 왕징웬은 모두 차우의 옛사랑을 환기시키는 창조된 또다른 사랑의 대체기호, 차우 자신의 사랑을 투사한 하나의 기호인 것이다.

이것은 영화 처음에 루루와 차우가 만나는 장면과 연결되기도 한다. 차우를 만난 루루는 차우를 과거에 만났다는 것을 기억하지 못한다. 차우는 루루에게 '옛날에 당신이 당신 애인 닮았다고 말하지 않았느냐'고 말한다. 루루에게 차우는 옛 애인에 대한 대체기호였다는 것, 그렇기 때문에 기억해낼 수 없었다는 것. 사랑은 점점 또다른 사랑의 전염체를 만들고 번져가지만 영화에서 사랑의 열병을 만들어낸 숙주는 철저하게 부재하고 숨겨진다. 사랑의 대상은 늘 이곳에 없고 현실 속에 부재할 뿐이다. '2046'은 영원히 채워지지 않는 차우의 공백을 대신하는 기호다. '2046'은 텅 비어 있는 부재이자 끝없이 욕망을 대체해나가는 차연의 자리인 것이다.

그래서 왕가위 영화의 인물들은 한결같이 이곳이 아닌 다른 곳으로 떠날 것을 상상하고 열망한다. 〈2046〉에서 바이링은 싱가포르에 가기를 열망하고 〈중경삼림〉에서 아미는 캘리포니아에 가기를 열망하고 〈해피 투게더〉에서 아휘는 홍콩으로 돌이기길 열망한다. 다른 곳으로 떠나기를 바라는 이들. 일본인 애인이 우주열차에서 안드로이드에게 "함께 떠날래요?"라고 끝없이 손바닥을 오므려 묻는 것. 이들은 모두 잃어버린 사랑을 찾기 위해 떠나려 하는 것이다.

왕가위의 멜로는 분명 낭만적 사랑에 몰두하고 있으며 소월 수구를 보여준다. 그렇다고 왕가위의 멜로가 탈마법적인 근대적 전망을 포기하려는 것으로 보이지는 않는다. 그것은 오히려 근대 그 자체 속에서 끊임없이 나타나는 또다른 차원을 드러낸다. 근대적 경험의 핵심에 자리잡고 있는 것으로 보이는 불안정과 불만 의식 속에서 구원은 항상 이딴가

다른 곳에 자리잡는다는, 근대가 배출해내는 낭만적 향수인 것이다.

5. 봉인된 비밀, 불멸의 방식

왕가위 영화에서 중요한 것은 '사랑의 엇갈림'은 '시간의 엇갈림'이라는 사실이다. 사랑의 문제는 시간의 문제와 접맥될 수밖에 없다. 시간은 원래 폭력적이기 때문이다. 기억하고 싶지 않은 것은 기억되고 잊지 않고 싶은 것들은 망각된다. 시간의 폭력성은 그것이 기억과 연결된다는 사실이다. 기억은 과거를 현재의 나에게로 불러들이는 과정인데 시간은 기억을 끝없이 변질, 퇴색, 휘발시킨다. 결국 사랑은 기억, 시간과의 싸움을 전제하는 것이다. 그렇게 해서 일본인 애인은 스스로에게 묻는다. "그녀가 나를 사랑하기라도 한 것인가?" 사랑은 조금씩 시간이 가면서 변하고 마음을 변이시킨다. 이것이 시간의 폭력성이다. "그녀가 정말 나를 사랑하는 것일까?" 왕가위는 시간과 사랑이 벌이는 이 싸움에서 사랑이 시간의 시련을 견뎌나가는 방식들을 영화 속에서 보여주고자 한 것이다. 〈중경삼림〉에서 통조림을 사서 모은 다음 유통기한이 될 때까지만 그녀의 연락을 기다리겠다는 인위적 약속은 시간을 재배열해 시간이 주는 공포를 이겨보려는 안타까운 자기 위안이다. 〈2046〉에서 차우는 끝없이 잃어버린 사랑의 대체물을 찾아헤매면서 사랑을 대체하지만 그것은 완전히 복원되지 않는다. 왕가위는 시간과 투쟁하기를 원했고 시간과 겨루기를 원했다.

그렇게 하여 왕가위가 다다르고자 한 목적지, 정작 이르고자 한 곳은 어디인가. 그것은 사랑의 불멸성으로서의 봉인된 기억이다. 기억은 그렇게 들추어지는 것이 아니라 봉인되고 묻혀짐으로써 영원하다는 것, 시간의 시련을 피해갈 수 있다는 것, 그것이다. 이것이 그가 영화 중간과 클로징 크레디트에서 이미지로 보여주고 있는 나무구멍 모티프다.

나무구멍 모티프는 영화의 처음과 마지막에 계속해서 나온다. 사랑의 비밀을 말하고 싶을 때 산에 올라가 나무에 구멍을 내고 비밀을 말하고 흙으로 덮어버리는 것. 즉 그렇게 하여 사랑은 영원히 비밀이 되고 완전한 불멸이 된다는 것이다. 싱가포르에서 만난 프로 도박사 수리첸이 끝까지 검은 장갑을 벗지 않는 것은 결국 과거를 드러내지 않는 것을 상징한다. 과거를 드러내는 것은 결국 사랑의 비밀을 폭로하는 것이며 나무구멍의 봉인된 덮개를 열어버리는 일이기 때문이다. 사랑은 묻혀야 영원하고 비밀로 봉인되어야만 진정할 수 있다.

6. 글쓰기와 흔적들

그러나 차우의 사랑은 왕가위에 의해 관객에게 이미 들키고 만 셈이다. 왜냐하면 차우의 사랑은 왕가위의 전 영화 〈화양연화〉를 떠올리게 하기 때문이다. 영화의 마지막 화면은 스치듯 차우의 옛 기억을 보여준다. 차우는 〈화양연화〉의 시간을 거쳐온 동일인물이라는 사실, 그의 옛 사랑은 〈화양연화〉에서의 연인이었다는 사실. 〈2046〉은 여러 면에서 〈화양연화〉의 후속작이라는 생각이 들게 하는데, 즉 사랑의 기억을 봉인하는 구멍 모티프가 그렇고 〈화양연화〉에서 연인으로 함께 나온 장만옥 캐릭터가 그러하다. 〈화양연화〉에서 영화 말미에 양조위는 앙코르와트 사원에 가서 구멍을 내고 비밀을 봉인한다. 〈2046〉에서 양조위의 옛 애인은 장만옥으로 처리된다. 〈2046〉에서 택시 안 장만옥의 어깨에 양조위가 기대고 있는 장면은 〈화양연화〉의 한 장면과 비슷하다. 왕가위가 의도한 것인지 의도하지 않은 것인지 모르지만 〈화양연화〉에서 사랑의 상처를 입은 자는 〈2046〉에서 사학적일 만큼 스스로에게 상처를 내고 다시 다른 이에게 상처를 주고 또 그 상처들을 치유해가는 방식을 찾는다. 〈2046〉에서 주목되는 것은 사랑의 기억을 소설쓰기라는 허구의 방식으로 풀어냄으로써 스스로의 문제를 들여다보기를 원한다는 점이다. 허구의 방식이 실은 자신을 정당화하고 객관화하는 자기 진실의 탐색 방식이라는 점을 드러내는 것이다.

글쓰기는 자신의 진정과 대면하는 주체의 복수화과정이다(글을 쓰는 자신과 글로 씌어지는 자신이라는 이분화). 글쓰기는 과거의 나와 끝없이 조우하고 자신과의 만남, 상호소통을 허용한다. 왕가위의 전작들 〈화양연화〉〈중경삼림〉에서 나왔던 배우들이 〈2046〉에 똑같이 등장하고 실연의 모티프들이 연속적 에피소드처럼 펼쳐지는 것은 마치 글쓰기의 연속에서 벌어지는 상호텍스트성을 환기시킨다. 하나의 텍스트는 전작의 텍스트를 환기시키면서 다층적 글을 담아내고 복합적인 의미망을 생성해낸다. 〈화양연화〉에서 수리첸과 헤어진 차우는 〈2046〉에서 수리첸을 그리워하는 바람둥이로 변해 있다. 〈중경삼림〉에서 경찰관을 짝사랑하던 아미는 〈2046〉에서 호텔 주인 딸로 바뀌어 일본인 애인을 그리워한다. 왕가위의 '사랑'의 담론은 인물들의 처지를 조금씩 이동시키면서 사랑의 파문들을 번져가게 한다. 사랑의 언어는 정신착란의 언어처럼 서로 얽혀 풀 수 없는 거대한 수수께끼를 만들어낸다. 〈2046〉에 나오는 인물들은 왕가위의 전작에 나왔던 인물에 대한 관객들의 기억을 환기시키며 다시 지금 〈2046〉으로 돌아와 조우하고 새로운 스펙트럼의 파장을 예비한다. 글쓰기란 과거의 나와 현재의 나, 그리고 미래의 내가 하나의 지점을 통과하며 나누게 되는, '타자와 자기의 기록'인 것이다. 글쓰기는 시간을 오고가면서 수많은 '내'가 교차하면서 만들어지는 '지점'인 것이다.

사랑의 부재를 채우려는 자는 욕망의 글쓰기를 할 수밖에 없다. 차우가 쓰는 소설은 자신의 욕망을 유예하면서 자신을 대상화해나가는 과정이다. 차우는 소설 속에서 자기의 욕망을 대상화하고 스스로를 물러서게 한다. 글을 쓰는 순간 차우는 글을 쓰는 자신과 과거를 회상하는 자신을 분리한다. 글쓰기는 결국 자기 분열이 만드는 흔적이다.

왕가위는 〈2046〉에서 차우로 하여금 소설을 쓰게 함으로써 욕망을 유예하는 시간을 의식적으로 얻어내고자 한다. 왕가위는 시간과 사랑에 대한 해답을 기다리며 매개(글쓰기)에 도움을 청하는 것이다. 실제 〈2046〉에서 우주열차를 탄 인조인간이 창 밖을 보면서 백 시간 천 시간이 흘러간 것을 자막으로 처리하는 방식, 차우가 글을 쓰면서 시간이 흘러간 것을 한 시간 열 시간이라는 자막으로 표시하는 방식을 생각해보자. 왕가위는 시간의 흐름을 '한 시간 후' '열 시간 후' '백 시간 후'와 같은 분자기호로 드러냄으로써 문자적 방식에 빛진다. 시간은 글자화됨으로써 스크린 위에서 구체적 현현의 실체감으로 나타난다.

시간은 과거와 미래를 왕래하면서 실체화된다. 시간의 실체화는 허위와 현실 사이를 왕래하면서 이루어진다. 영화 〈2046〉은 소설세계와 현실계라는 메타픽션적 구성을 가미한다. 허구와 현실의 넘나듦을 통해 허구가 현실을 침범하고 현실이 다시 허구화되는 포스트모더니즘적 구성을 보여준다. 이를테면 호텔 주인의 딸 왕페이의 사랑은 SF영화의 미래적 구성으로 보여주면서 상상 속에서의 사랑, 허위 속에서의 사랑의 가능성들을 탐색해나가게 한다. 그것은 현실과 허구, 즉 차우가 쓰는 소설 내용과 현실 내용이 섞이면서 진행된다. 이와 같은 허구와 현실의 뒤섞임은 왕가위 영화이 영원한 회두리 할 수 있는 '사랑'의 혼미함, 감미로운 허위에 대한 느낌을 전해준다. 즉 사랑은 현실이면서 허구이며 과거이자 미래일 수 있다는 것이다.

〈2046〉에서 일본인 애인은 끝없이 호텔 주인 딸에게 질문한다. "당신은 나와 떠날 수 있는가?" 그러면서 그녀가 진정 자신을 사랑하는지, 사랑했었는지에 대하여 스스로에게 되묻는다. 질문은 언제나 대답이

없이 공중에 떠 있다. 왕가위는 고의적으로 왕징웬이 대답을 회피하게 만든다. 일본인 애인은 빗나가고 길을 잃게 된다. 왕징웬의 진실이 드러남은 곧 이야기의 끝이므로. 이야기를 지속하기 위해 진실은 은폐되어야 한다. 이야기를 진행시킨다는 의미에서 영화는 나아가지만, 진실을 은폐한다는 면에서 영화의 서사는 저지되고 동요된다. 여기서 관객은 서로 다른 두 가지 진실, 말의 진실과 침묵의 진실을 혼돈하게 된다. 드러난 말과 숨어 있는 말을 동시적으로 담고 있는 일본인 애인과 왕징웬의 사랑은 사랑에 대한 끝없는 차연의 과정, 해체의 과정을 암시한다. 차우는 '2046'과 '2047'이라는 제목의 소설을 쓰면서 사랑에 대한 변주와 사랑이 무엇인가에 대한 또다른 차연의 공간을 만든다. 즉 차우가 쓴 소설 '2047'에서 일본인 애인과 왕징웬이 서로 헤어지게 만듦으로써 욕망은 계속되고 또다른 글쓰기를 배태하게 될 것이라는 것을 암시한다. 차우는 글쓰기의 고백이 낳는 담론의 방황을 알고 있다. 글쓰기로 모든 것을 말하는 것은 불가능하다. 하여 차우의 글쓰기는 과거와 현재, 이곳과 저곳을 오가며 방황한다(영화에서 과거와 현재, 미래를 왕래하는 시간 겹침의 몽타주). 사랑이 부재하고 모호할수록 욕망은 더욱 강렬하고 사랑의 욕망은 마치 허구처럼 서사의 진행(SF적인 판타지 구성)을 만들어낸다. 사랑의 추억과 망령과 상상은 차우가 글을 쓰면서 만들어낸 흔적이다.

왕가위가 만든 영화 〈2046〉은 결국 차우가 쓴 소설 '2046'을 영화로 만든 복제일 수 있다는 것, 소설과 영화는 상호반영적 거울로서 서로를 비추며 거대한 허구로서의 사랑을 실험하고 동시에 허구로서만 드러날 수밖에 없는 '사랑의 진실'을 밝혀내고자 한다. 소설 '2046'은 차우의 두번째 사랑 이야기 '2047'과 상호텍스트적 반사의 빛을 주고받으며 허구와 현실을 넘나들고 다시 '2046'이라는 차우의 소설은 왕가위가 만든 영화 〈2046〉과 경계를 오가면서 글쓰기와 영화의 넘나듦을 만들어낸다. 허구를 감싸고 있는 허구, 혹은 허구에 대하여 말하는 허구라는 메타적 방식을 취한다. 왕가위는 글쓰기(허구)가 만들어가는 현실, 현실이 만들어가는 글쓰기(허구)를 보여주면서 '사랑의 환영'에 대한 리얼리티를 추구한다. 사랑의 모호성에 대하여, 혼미함에 대하여, 미망에 대하여. 영화와 글쓰기는 이렇게 서로가 서로를 비추어주면서 서로의 이미지를 충돌하게 하고 파장의 무늬를 만들면서 자기 반영적 공간을 만든다. 허구인지 현실인지 미래인지 현재인지 알 수 없는 '2046'의 시공간과 '2046'이라는 차우의 글쓰기, '2046'이라는 영화의 사랑 이야기는 결국 1966년 일어난 중국 본토의 문화혁명 속에서 지식인이 가진 혼미함과 연결되어 있는 것이다.

7. 홍콩 반환의 문제

왕가위는 〈2046〉이 홍콩 반환과 연관된 영화임을 밝히고 있다. 〈중경삼림〉 때도 그는 홍콩 반환의 문제와 관련해 영화를 만들었다고 밝히면서 그의 정치적 관심을 드러낸 바 있다. 영화는 1966년 12월 24일 크리스마스이브 차우가 홍콩에서 루루를 만나면서 시작된다. 1966년은 중국 본토에서 모택동에 의해 문화혁명이 일어났던 시기다. 차우는 내레이션을 통해 "그때 인심도 황황하고 도덕규범도 없어 난 출입을 삼가고 은둔하기 시작했다"라고 말한다. 차우는 호텔에 틀어박혀 '2046'이라는 소설을 쓴다. 차우는 계속해서 말한다. "이떤 이는 나보고 양심을 저버렸다고 했지만, 사실 난 이야기를 쓰고 있었다." 차우가 쓰는 소설 '2046'은 1966년 차우가 당면한 극악한 공포 앞에서의 역사에 대한 사실적 반영이 아니라 새로운 리얼리티로서 역사에 대한 질문인 셈이다. 왕가위가 만든 영화 〈2046〉은 홍콩인으로서 홍콩이 미래 역사에 대히

여 화두를 던지고 싶은 왕가위의 역사적 질문인 셈이다.

익히 알다시피 문화혁명은 문화동란이라 일컬어질 만큼 문화적 압살이 대대적이면서 전폭적으로 이루어진 시기였다. 예술, 문화, 지식 전체에 대한 대대적인 폭압이 이루어졌다. 자본주의를 추구하던 우익은 형편없이 매도당했다. 홍위병들은 붉은 완장을 차고 중국 지식인들을 늙은 공자의 후예라 매도하며 인민재판, 공개 집단살해로 몰아갔다. 첸 카이거 영화 〈패왕별희〉는 중국 경극이 어떤 방식으로 이데올로기에 종속되어갔는가를 극명하게 보여준 영화다. 전통 경극은 현대 혁명경극, 즉 양판이라 불리는 경극으로 바뀌어 혁명성만을 연기했다. 경극은 부르주아를 몰아내는 이데올로기와 결탁했고 그 밖의 문예물들도 마찬가지로 중국 공산당의 논리에 편입되어갔다. 중국에서 진보적 색채를 지닌 지식인들은 자유주의에 동조했는데 이와 같은 구분은 한국과 극명하게 반대적 입지를 드러낸다(한국에서는 진보적 지식인은 좌익이고 보수적 인사가 우익이라는 점에서). 홍콩은 영국령이었지만 중국의 정치 소용돌이가 홍콩에 압박을 행사하지 않았다고는 할 수 없다. 홍콩이 1997년 영국에서 중국 공산당에게 이양되자 홍콩의 많은 자본가들은 홍콩을 떠나 망명했다. 왕가위는 홍콩에 남은 몇 안 되는 영화감독 중의 하나다. 홍콩은 상업영화의 본산지 노릇을 충분히 담당해왔고 자본을 바탕으로 예술적 열정을 쏟을 수 있는 자유분방한 공간이었다. 왕가위는 홍콩이 중국으로 반환되는 역사적 현실 속에서 문화혁명의 악몽을 떠올렸고 문화혁명의 예술적 압살이 홍콩에 어떤 방식으로 전유될지도 모른다는 두려운 강박에 놓여 있었다. 더욱이 1989년 6월 4일 천안문사태는 문화혁명의 악몽을 다시 떠올리게 함으로써 과거를 지워지지 못하게 했다.

홍콩인들의 두려움에 대하여 중국 당국은 앞으로 오십 년 동안은 홍콩에 정치적 간섭을 행사하지 않겠다고 약속을 던져주었다. 그렇다면

2046년 그 이후에는…… 홍콩에게 남은 시간은 유통기한이 다가오는 통조림을 사서 모으는 실연당한 남자처럼(〈중경삼림〉), 오직 과거 찬란했던 사랑의 기억만을 간직한 채(〈화양연화〉) 회한의 상처를 감싸안고 살아갈 수밖에 없는 이들(〈2046〉)의 '시간'으로 치환된다. 홍콩이 가졌던 과거의 자유와 예술적 정열을 계속 간직할 수 있을 것인가에 대한 질문. 홍콩은 가장 영화로웠던 백 년 동안을, 즉 인생에서 가장 아름다웠던 한때, 화양연화의 시절을 영원히 잊지 않고 간직할 수 있을 것인가. 아니 그 시간을 다시 되찾을 수 있을 것인가.

왕가위 영화에서 문제 삼는 '시간'의 문제는 〈2046〉에서 문화혁명의 시기와 홍콩의 완벽한 반환이 이루어질 '2046'의 시간대를 왕래하면서 사랑의 수수께끼를 통해 질문을 던진다. 왕가위가 '사랑 이야기'에 매달리며 홍콩의 미래 현실이라는 역사적 정체성을 묻고 있는 것은 '사랑이야말로 앎의 유일한 방법'이기 때문이다. 누구를 사랑한다는 것은 그에게 적극적으로 침투하는 일인데 이렇게 해서 '나'는 '그'와 동시에 '나'를 알게 되는 것이다. 차우가 다섯 명의 여자와 사랑 이야기를 통해 얻고자 한 것은 바로 '자신'에 대한 앎이었다. 완전한 인지에 도달하는 유일한 길은 사랑의 행위이다.

8. 맺으며

사랑의 문제가 영화로 만들어지는 것은 지극히 당연한 일인지 모른다. 사랑은 기억과 싸우는 그 격전지이기 때문이다. 이미 거기에 '내'가 없다면, 어느 누구도 그 사랑을 증언할 수 없다면, 시간과 더불어 그 무엇이 다 사라지고 만다면 어떻게 할 것인가. 그런 점에서 왕가위는 자신의 세기에 맞서서 '역사'를 만들어내고자 했다. '역사'는 사랑 기억에 대한 '항의'인 셈이다. 사랑이 없다면 사랑의 증거만이 남아 글쓰기를 남기고 사진을 남기고 영화를 남긴다. 멜로가 카메라의 렌즈 위에 끝없이 초점화되는 것은 그것이 흘러간 시간과 역사(증거, 흔적)와 길항하기 때문이다.

왕가위 영화에서 '실연'의 모티프가 반복되는 것은 홍콩 반환(1997년, 2046년)이라는 역사적 문제가 감독을 계속해서 강박적으로 이끌고 있기 때문이다. 사랑의 페시미즘을 통해 자본주의적 삶에서 현실사회주의로 필연적으로 돌아가야 하는 미래 역사에 대한 불안과 비관을 드러내고자 한 것인지도 모른다. 왕가위의 좌절은 1920년대 조선 근대화의 과정에서 일본 유학생 지식인들이 가졌던 정체성 분열과 유사하다. 유학파 식민 청년들은 근대화된 일본 문명을 체득한 근대적 주체면서도 혈통적으로는 전근대적이며 봉건적인 조선인이었다. 유학파 청년에게 조선은 제국주의적 시선 속에서 계몽되어야 할 대상(타자)이면서 동시에 전통과 역사의 연속적 혈연관계 속에서 껴안고 보듬어야 할 공동체였다. 이광수의 열혈 '민족주의'는 이러한 신경증의 일환이다.

중국 본토로의 영입이라는 중국인 본래 민족으로의 귀환은 왕가위에게 당위적 현실이다. 그러나 왕가위는 처음부터 영국의 식민지 홍콩, 자본의 첨단도시 홍콩의 예술가이다. 자유주의자로서 왕가위는 사회주의, 국가주의로의 귀환이라는 역사적 반환의 문제를 결국 '사랑에서의 혼돈' '사랑에서의 정체성'의 문제로 풀어보고자 한다.

홍콩인이면서 중국인으로 돌아가고 싶지 않은 거부감, 정체성 형성에서의 어긋남, 그 의식의 틈을 비집고 언술(글쓰기)이 만들어진다. 심리적 공동감(空洞感)은 영화에서 사랑의 서사를 구성하고자 한다. 사랑은 그 인물들을 각자 자신의 실존의 중심에 서게 한다. '중심에서의 체험', 인간은 실존의 중심에서 비로소 생동감과 힘을 느낀다. 적극적으로 누군가에게 침투하는 일은 곧 비어 있는 자신의 실존을 향해 가는 중심에 대한 체험이다.

왕가위는 2046년이라는 미래 시간을 현재로 불러들여 사랑의 시간으로 바꾸고 역사적 시간을 검증하고자 한다. 비록 사랑이 우리를 시간으로부터 구원해주지는 않지만 시간의 사이를 비집고 틈의 섬광 속에서 환각적 진실을 드러내기도 한다. 즉 끝없이 소멸되고 다시 태어나며, 늘 현재이며 현재가 아닌 생생함을 드러낸다. 과거와 미래, 현재를 넘나들면서 가장 빛나던 사랑의 순간을 기억하고 재생해내는 것이다.

왕가위의 멜로가 근대 멜로드라마가 가지는 과장과 과잉된 주정주의에서 벗어나는 것은 이 지점이다. 왕가위는 감정의 강렬함과 양식적 과잉을 피하면서 스스로 결여의 한 지점에서 사색한다. 사랑이 비어 있는 자리, 과거를 기억함으로써 미래를 반추하는 자리, 그렇게 하여 '역사'가 탄생한다. 이런 지점은 대중 멜로가 흔히 가지는 '타락한 낭만주의'로서의 미학적 보수성, 기술적 복제에 의한 키치의 양적 생산, 환상세계로의 도피를 통한 유아적 퇴행성과 분명 거리가 있다.

왕가위가 사랑의 회한에 머물러 있다고 해서 역사적 패배감이나 허무의식을 드러낸다고 말할 수는 없다. 전투적 낙관성이 사회 지배 이데올로기에 영웅적으로 저항한다고 말할 수 없듯이 허무적 페이소스가 보수적 감정주의라 말할 수 없다. 어떤 점에서 '허무'는 오히려 더 적극적인 저항의 의미와 긴밀하게 결합한다. 왕가위는 근대의 사랑을 위반충동의 저항성으로 혹은 단일한 지배 이데올로기를 재생산하는 보수성으로 단순화하지 않는다. 왕가위의 영화는 '사랑'의 방식을 시간과 역사의 문제로 바라보면서 서로 모순되고 다양하게 갈등하는 이데올로기와 환상, 기억의 매혹과 역사적 정체성을 질문한다.

그런 측면에서 근대의 문화를 형성하는 로맨스와 멜로드라마 같은 장르적 형식의 세속적 규정에 대한 좀더 탄력 있는 접근이 필요하다. '대중적 숭고'가 근대의 또하나의 '선위의 논리'로 역사적 미래의 풍요

로운 영역을 드러내고 향수의 형식을 드러내는 하나의 실천임을 주목
할 필요가 있는 것이다.

역사 기억을 타자화하는 영화의 몇 가지 방식

1. 영화, 역사에 질문하다

새로운 세대의 도래라고나 할까. 귀여니와 이햇님의 인터넷 소설이 네티즌들의 폭발적인 인기를 누리며 『엽기적인 그녀』와 『동갑내기 과외하기』『그놈은 멋있었다』 등이 속속 영화화되었다. 수많은 비문, 대사와 지문이 서로 얽혀 있는 기호 같은 언어들, 인터넷 동호인 부족만이 알아들을 수 있는 부족어. 부족문화는 도착이라고 하기에는 이미 우리 시대에 중요한 징후로 존재하는 한 착란이다. 한국사회가 오랫동안 가위눌렸던 강박증에 대한 반란적 놀이라 할 만하다. 이를테면 한국의 근대화는 안티로서의 민족주의적 근대화였고 한국 자본주의는 도착 유교의식에 대한 자본주의의 습합과정이었다. 한국사회는 신념과 이데올로기라는 기의가 언제나 범람했다. 형태의 반란, 담론에 대한 교란은 진절머리나는 기의 과잉에 대한 거부라 할 수 있다. 그러니까 의도적인 언어장애, 인위적인 비문은 기존 제도에 대한 '위험한 원망(怨望)'을 담고 있다. 민족어, 국어는 국가통합 기능을 위한 지배권자의 통치규범이라는 사실을, '상상적 공동체'에서 '상상'은 악몽의 한국사를 위장하기 위한 '환상'이라는 사실을 드러낸다. 아니 네티즌의 서사와 영상, 혹은 이 새로운 세대의 도래는 '상상적 공동체'로서의 민족이 은유적 허위임을 다시 한번 유포한다. 이 새로운 종족이 우리(?)에게는 여전히 낯선, '새로운 욕망'인 것이다.

2000년대 한국영화에는 기존 한국 질서에 대한 '새로운 분열증'이 도착한다. 90년대 정신사의 물결에는 세계화, 초자본주의의 진전 속에서 역사에 대한 망각의 흐름이 깊이 자리한다. 90년대 멜로 영화의 우세에는 자본주의의 지친 삶의 일상성과 감성에 대한 향수(〈8월의 크리스마스〉〈약속〉〈편지〉)가 깔려 있다. 새로운 세기 한국영화는 선험적으로 추상화된 '민족' '역사'라는 문제에 새로운 질문을 던진다. 네티즌의 실어증 같은 종족어에 언어장애를 느끼듯 '상상적 공동체'는 미세한 균열을 예감하게 된다. 이제 한국은 영화를 통해 스스로의 역사를 객관화하려는 타자의 시선을 던져보는 것이다.

역사의 기억은 역사의 망각을 동반한다. 체험의 내면화는 개인적이지만 기억은 결국 집단적 기억이다. 같은 경험을 겪은 집단 성원들이 기억을 공유한다. 기억을 형성하고 보존하는 과정에서 타인의 기억이 개입한다. 그런 점에서 역사의 기억은 집합적이고 사회적인 차원을 갖는다. 기억은 어떻게 통제되는가. 지배자는 과거에 대한 새로운 기억을 만들어내고 현재를 지배한다. 시간은 통치자의 독점물인 것이다. 유대인들은 예언에 의해 시온에 대한 민족 기억을 공유하고 게르만 민족은 과거 통일왕정 때 민족 기억으로 게르만 종족의 일치단결을 촉구했다. 그런 점에서 자전적 기억을 통한 역사의 기록은 기실 집단 경험의 투사다. 모든 기억은 사회적 생산의 형식이라 할 수 있는 것이다.

제도화된 형식으로서의 기억은 결국 주체를 호명하는 사회규범에 의해 작동된다. 기억의 역사를 불러오는 과정, 그 자체에 이미 선택과 배제의 논리가 전제한다. 기억의 망 속에 들어온 것은 개인을 둘러싸고 있는 사회적 규범이나 이데올로기에 의한 해석의 틀 안에서의 기억망이다. 하여 집단 기억의 역사 저편에는 언제나 망각의 역사가 도사리고 있다.

한국영화에서 오랫동안 학습된 역사, 집단 기억을 둘러싼 과거 기억에 대한 투쟁이 시작되고 있다. 영화 〈실미도〉는 기억과 망각의 역사라는 기억 충돌에 대한 멀미를 유포한다. 연좌제의 굴레와 억압적인 장기 훈련, 누명과 인질극은 가해자인 국가에 대한 정면공격이다. 이때 우리가 기억하고 인식한 역사의 상이한 서사들이 대립하고 충돌한다. 매끄러운 기억의 심층에서 불쑥 나타난 통합을 거부하는 분열증적 기억들이 국기를 불편하게 한다. 무의식 속에 내재되어 있던 이데올로기에 대한 도전이다. 이때 무의식적 공유 기억이 충돌하면서 민족 서사를 붕괴하고 민족 역사를 대타화(對他化)하기 시작한다.

그렇다면 영화는 역사와 어떻게 조우하는가. 역사는 시간 속에 흩어져 있던 기억을 언어로 구조화하는 과정이다. 역사란 언어를 통한, 언어적 역사인 것이다. 역사가 타자의 언어에 의해 구성되는 과정이란 사실과 마찬가지로 역사영화도 타자 시선에 의해 규율된다. 히틀러 시대 영화의 번성은 영화가 이데올로기에 어떤 방식으로 복속되고 지배이념을 강화시키는가를 보여준다. 그럼에도 스크린은 역사의 새로운 기술 방식을 제공한다. 에이젠시테인의 영상에서처럼 충격의 몽타주는 관습의 일탈과 새로운 역사기술의 방식들을 모색한다

이제 한국영화는 역사에 대한 '시선의 정치성'을 다양한 방식으로 실험하고 있다. 〈꽃잎〉〈박하사탕〉〈말죽거리 잔혹사〉〈효자동 이발사〉는 80년대라는 역사적 상처를 영화적 시간으로 재구해냈다. 그러나 지금까지 영화가 민족공동체 역사에 대한 형상화를 통해 집단 고유의 정체성, 개인적 상처와 개인사 굴절의 과성을 드러냈다면 최근 한국 역사를

바라보는 시선은 역사 통합의 매끄러운 면을 날카롭게 균열시키고 있다. 균열은 '지금 이곳 현실' 속에서 여전히 진행되고 있다는 '공포와의 대면'이다. 이 글은 과거 역사를 주목하는 한국영화의 역사기술의 새로운 지점을 이야기하게 될 것이다.

2. 역사적 트라우마, 기억의 타자화 — 〈살인의 추억〉

인간을 구체적이고 가시적인 세계와 연결시키는 것은 시간이다. 지나간 것들이 다 무슨 소용이란 말인가? 그럼에도 지나간 것은 현재의 어떤 것보다 훨씬 현실적이고 훨씬 견고하고 훨씬 더 지속적이다. 지나간 것을 회상하는 것은 어떤 면에서 현재의 이 세계와 존재를 가장 구체적으로 구성해내는 질서방식이다. 기억은 구체적이고 가시적인 세계와 자신을 연결시킨다. 관객이 영화를 보러가는 것은 '잃어버린 시간'을 뒤쫓기 위해서다.

기억은 죽은 자의 침묵 속에 매장되고 살아남은 자의 망각 속에 놓여 있다. 현재의 의식은 삶의 균열을 메우기 위해 차마 떠올릴 수 없는 기억을 심층으로 가라앉힌다. 발설해서는 안 되는 것, 발설의 두려움으로서의 광기의 역사는 침묵 속에 잘 매장되어 있어야 한다. 그러나 잘 매장되었던 기억은 어느 순간 울퉁불퉁한 표면을 뚫고 솟아나 망령의 역사로 되살아난다. 영화 〈살인의 추억〉은 잘 매장된 어두운 과거가 현재로 호출되는 고통스러운 심층기억에 대한 영화다. 가공된 기억들, 가공된 정체성을 뚫고 배제된 기억이었던 역사가 시작된다. 철저하게 관리된 기억 속에서, 의도적인 망각과 학습된 기억의 메커니즘 속에서 비로소 심층기억을 확인하려는 순간이다.

〈살인의 추억〉은 80년대 후반 평화로운 농촌에서 일어났던 전대미문의 엽기적 연쇄살인사건에 대한 망각/기억을 지금 여기 현실 속으로 호출한다. 그것은 일종의 설명될 수 없는 '공포'에 대한 재환기다. 소도둑질이나 몇 가지의 성추행사건이 고작인 평화로운 시골 마을에 잔혹하고 대담한 연쇄살인사건이 일어난다. 엽기적 살인 행각은 시골 형사들에게는 도저히 해석해낼 수 없는 '트라우마'다. 평생에 걸쳐 한 번 겪을까 말까 한 엄청난 경험을 하게 된 것이다. 트라우마적 기억이란 '기존의 해석 도구에 통합되지 못하고 서사적 언어로 전화되지 못한 기억'을 말한다. 직감과 본능적 육감으로 수사하는 시골 형사 박두만에게 연쇄살인사건은 의미의 세계에 닻을 내릴 수 없는 트라우마다. 박두만은 범인을 찾기 위해 무당을 찾아 점을 보기도 하고 '무모증 환자'를 찾기 위해 목욕당을 뒤시기노 한다. 박누만의 무식한 우직함은 사건에서 어떤 의미 코드도 찾아내지 못한다.

설명될 수 없고 개념화될 수 없는 비어 있는 '실재'와의 만남, 구멍이 뻥 뚫린 '실재'의 세계가 80년대 우리 한국이 직면한 현실이었다. 이를테면 광주학살(1980), 아시안게임(1986), 박종철 사망 은폐(1987), 권인숙 성고문사건과 서울올림픽(1988). 80년대는 소화하지 못하고 파편화된 덩어리로 남아 있다. 영화는 살인사건의 전모를 추적해가면서 끝없이 틈입해들어오는 시대의 개입을 의식한다. 이를테면 권인숙 성고문 보도장면을 보면서 형사들과 대학생들의 패싸움이 벌어지고, 연쇄살인사건이 터지는 가운데서도 여학생들은 국가행사를 위해 거리에서 환호하는 군중으로 동원된다. 거리에는 국가주의적 통합을 긴요하는 플래카드가 걸려 있고 형사들은 군사독재시대 상징인 고문과 폭력으로 범인을 조작한다. 기억은 가혹한 고문으로 관리되고 조정된다.

국가 요구에 의해 은폐되던 끔찍한 현실은 '광인'의 발설을 통해 현실로 튀어나온다. 푸코의 말대로 광인은 정상의 규범과 이데올로기 유지를 위해 절서하게 삼남되고 관리된다. 광인은 사실 역사에서 '비이성'이라는 죄목으로 배제되어왔다. 박두만은 지능이 떨어지는 백광호를 범인으로 지목하고 그를 추궁한다. 이는 '비정상'을 가두어둠으로써 '정상'의 세계를 유지 보호하려는 지배관리체계 방식을 암시한다. 국가는 개인 기억을 말소하고 말소된 기억을 정당화하려 한다. 정신지체자인 백광호의 기억은 동질적이고 균질적인 국가 통합의 서사로 주조되어야 할 기억이다. 형사들은 백광호의 증언을 통해 범행의 논리적 계기성을 조정하고 수사기록이라는 국가 문서를 완성해야 한다.

그러나 백광호의 기억은 가공된 서사를 끝없이 해체하는 증언일 뿐이다. 가공의 허구를 뚫고 계기성을 찾을 듯하다 다시 흐려진다. 결정적 기억구성의 매끄러운 서사구성을 이룩하려다 실패하는 통합 불가능한 서사이다. 백광호의 증언에는 현재와 과거, 회상과 환상, 독백과 대화가 뒤섞여 있다. 형사들이 만들어내는 가공된 서사를 끝없이 분열시키는 모순과 충돌의 어긋남 속에서 관객은 역으로 우리는 국가주의적 기억 주입으로부터 얼마나 자유로울 수 있는가를 의심해 물어볼 수 있다. 기억의 조작 속에서 개인의 의식이 송두리째 차압당하는 국가주의적 호명을 생각해볼 수 있다. 개인에게 국가인민으로서의 호명은 사적 체험이 철저하게 국가적으로 재편되는 과정이다. 이 호명과정에서 개인은 생명을 건 모험을 하지 않는 이상 국가 관리하의 정체성 속에서 살아가야 한다. 백광호의 기억은 산포된 기억이며 어긋난 차이의 기억이다. 불분명하고 모호하여 웅얼거리는 소리로 표현할 수밖에 없는 기억. 모호하고 파편적인 기억은 국가주의적 담론이 형성했던 매끄러운 기획담론과 기억구성방식에 균열을 낸다. 분열증적 기억은 분명 저 80년대의 국가 폭력성을 환기시킨다. 일상과 국가에 의해 잘 관리되던 망각이 악몽의 기억으로 부활한 것이다.

살인사건의 나머지 두 용의자는 80년대의 또다른 음울함을 드러낸다. 사건기사 스크랩을 모아놓고 자위행위를 하는 조병순은 80년대 냉

랭하고 피로한 채석장 노동자의 남루함을 보여준다. 비 오는 날 라디오에 유재하의 〈우울한 편지〉를 신청하는 공장노동자 박현규는 '희고 가는 손'을 가진 감성청년의 우울을 표명한다. 범인을 수사해가는 과정에서 형사들은 불완전한 상상만을 한다. 용의자들은 국가권력에 의해 봉합되지 않고 틈을 만들어낸다. 하여 영화 서사는 끝없이 분산되고 파편화된다. 용의자들은 모두 통일된 국가 서사를 완성하지 못한다. 증언들은 어긋나고 빗나간다. 서사의 완성을 향해가는 내레이션은 해체된다.

근대의 서사는 하나의 관념과 현실 사이에 작가의 의식이 매개되면서 삶의 객관적 리얼리티를 이룩해가는 것이다. 세계 안에서 주체를 찾아가는 질서가 근대 서사의 형식을 구성한다.

이와 같은 관섬에서 〈살인의 주억〉은 근대 이성이 구축한 역사철학적 규범형식에 균열을 내는 탈근대적 '달아나기'이다. 영화는 서사의 탈주선을 그린다. 끝없이 현실의 경계에서 도망하는 '도주' 이야기. 범인/진실은 얼굴을 가린 채 숨어 있고 부스러기들만 가득한 수수께끼다. 진실은 머뭇거리다 침묵하고 다시 웅얼거리다 무력함 속에서 진술된다. 그것은 복화술과 같다. 관객은 살인의 두려운 분위기를 느낄 뿐 공포의 얼굴을 감히 본 적이 없다. 그것은 구멍이 뻥 뚫려 있는 부재의 공간이다. 박현규가 수갑으로 묶인 채 비틀거리며 도망가는 캄캄한 디널 속인 것이다.

국가 권력의 폭력은 이와 같이 무성하고 음울한 소문만을 양성한다. 기의를 만나지 못한 무수한 시니피앙들은 떠도는 어울한 혼령같이 우리 곁을 맴돈다. 혼령은 공기를 음울하게 떠돌며 억울한 죽음을 호소한다. 80년대의 망령들, 망령의 귀환은 그러니까 합당하게 매장되지 못한 역사의 복수라 할 수 있다. 대학생과 형사들의 패싸움에 발작을 일으키며 뛰쳐나간 백광호는 전봇대 위에 올라가 말한다. "우리 아버지가 어렸을 석 날 아궁이에 던졌어." 아버지는 나를 잡아먹는 무시무시한 권력이다. 아버지는 내가 도망가지 않으면 나를 잡아먹는 절대권력, 국가에 대한 공포와 연결된다. "우리 아버지가 어렸을 적 날 아궁이에 던졌어!" 역설적이게도 진실은 광인만이 알고 있다. 광인의 알아들을 수 없는 발언, 통합될 수 없는 차이의 기억이야말로 혼돈의 현실 그 자체다.

사실 80년대의 편집증적 학살(광주학살)이야말로 설명할 수 없는 살해와 야만의 현장인 것이다. 혼돈과 광기의 역사는 현실 전염력을 지닌 채 서서히 번져가 박두만과 서태윤을 감염시킨다. 광적인 엽기살인행각은 80년대의 무의식적 편집증을 암시하면서 형사들을 서서히 미치게 한다.

결국 박두만과 서태윤은 근대와 전근대라는 상이한 수사방식을 통해 분열된 주관성을 드러낸다. 폭력의 가해자를 속출해내는 과정에서 스스로 가해자가 된다. 박두만과 서태윤이 심각하고 진지하면 할수록 80년대는 희비극적 비감으로 자기 풍자의 웃음을 유발할 뿐이다. 관객은 역사가 자신들에게 복수하러 왔다는 것을 알고 있다.

그러하기에 영화 첫 장면에서 벼이삭이 출렁대는 논두렁 밑 습지에서 시체를 발견한 아이는 영화의 '환상'이다. 영화 마지막 장면에서 박두만이 만나는 아이도 박두만의 '환상'이다. 범인의 흔적을 슬쩍 알려주고 불현듯 나타났다 사라져버리는 환상, 아이는 관객의 무의식적 공포의 기억을 열어주고 소멸하는 영화의 간극, 영화의 '이미지'인 것이다.

〈살인의 추억〉이 가지는 진정한 영화적 공포는 이와 같은 부재와 현존의 섬뜩한 교차에 있다. 악의 나타남과 사라짐, 출현과 소멸이라는 영화적 '이미지'에 있다. 카메라는 범인의 존재 자체를 스크린에서 철저하게 숨기다 영화 말미 여고생의 살해과정에서 비로소 여고생을 따라가는 범인의 음험한 '시선'으로 범인의 존재를 보여준다. 그러나 대개 죽음은 철저하게 은폐된 범인의 부재 이미지로 채워진다. 범인은 시체 앞에서 사라짐으로써 자신의 존재를 표명한다. 〈살인의 추억〉의 두려운 상상력은 존재와 부재가 연결되는 이 경계의 변방에 놓여 있다. 범인이 사라지고 난 뒤의 흔적, 그 부재의 흔적만이 끔찍한 공명의 두려움을 전가시킨다. 공포는 현존과 부재, 현실과 상상을 영화 프레임 안에서 더욱 확실하게 공존시킴으로써 서서히 자라난다.

하여 영화는 범인이라는 모습이 없는 자, 그 비현실적 이미지만을 쫓고 있었으니 〈살인의 추억〉은 영화적 욕망의 대상, 즉 부재하는 현실의 모든 대상을 상상하게 하려는 목적을 완성한 셈이다. 이것이야말로 부재를 욕망하는 영화의 무의식적 신경증이다. 〈살인의 추억〉은 이 영화적 신경증을 꽤 능숙하게 스크린에 투사한 영화라 할 수 있다.

3. 희비극의 냉소적 묵시록 — 〈지구를 지켜라〉

믿을 수 있는 이야기인지 모르겠지만 과학자들에 의하면 지구는 굉장히 빠른 속도로 자전을 하고 있다("지구가 돈다는 건 새빨간 거짓말이야./누가 그런 걸 믿겠어. 누가 그걸 봤어?"(김혜순, 「희망」)). 지구의 현기증 나는 광적인 속도는 문명의 필사적인 속도를 연상시킨다. 마르크스는 자본주의가 현대생활의 모든 면에 필사적인 속도와 광적인 리듬을 부여한다고 설명한다. 우리 자신도 행동의 일부가 되었고 그 흐름에 동참하게 되었다고 지적한다. 현대인들은 문명의 지속적인 돌진에 압도당하는 동시에 위협받아서 저제력을 잃고 진전하고 있다. 사본주의의 어려운은 자본주의가 그것을 창조한 인간적인 가능성을 파괴하고 있다는 사실이다.

문명의 현기증, 영화 〈지구를 지켜라〉는 초속으로 질주하는 지구의 시간, 문명의 운명에 대한 영화다. 지구는 문명의 가속도 속에서 점점 파괴되어가고 인간은 지구 종말의 위기 상황에 놓인다. 영화에서 주인

공 병구는 사회 적응에 실패한 과대망상증 환자처럼 등장한다. 그는 외계인 때문에 지구가 큰 혼란에 빠질 것이라고 생각한다. 하여 그는 외계인으로 추정되는 유제화학 강만식 사장을 납치한다. 외계인 안드로메다 왕자를 만나게 해달라는 것.

이와 같은 설정은 만화적이며 우화적이다. 그러나 만화에 흔하게 나오는 외계인으로부터 '지구를 지킨다'는 선과 악의 대립구도는 영화적 리얼리티 안에서 교묘하게 뒤틀리며 교체된다. 이를테면 지구를 지켜야 할 우리의 영웅은 신경안정제를 복용하지 않으면 스스로를 절제할 수 없는 사회부적응자이며 자신만의 환상과 외계인에 관한 책에 중독적으로 빠져 있는 자폐적 인간이기 때문이다. 병구가 '자아 기능의 실패자'로 규정되는 순간 외계인의 존재나 지구를 지켜야 한다는 생각 따위는 황당하고 우스꽝스러운 난센스에 불과한 것이 된다. 영화는 부정부패를 일삼는 강사장을 외계인으로 추정하는 일종의 풍자와 우화적 계몽성으로 시작한다. 반영웅 병구의 행동은 정신병리학적 질서와 권력이 생산하고 소비하는 노이로제와 과대망상과 분열증을 연상시킨다.

악마적인 자본주의 시대에는 어떤 전통적인 의미에서의 영웅이나 천재도 존재하지 않는다는 사실. 다만 영화는 분열증에 걸린 몸, 분열되고 비유기적인 몸으로서의 인간, 그것만이 '영웅'이 되는 역설을 만끽한다. 어린 시절 탄광촌에서 불의의 사고로 아버지를 잃고 원인 모를 바이러스에 의해 어머니가 오랫동안 병상에 누워 있는 병구의 분열증은 오이디푸스적 징후, 가족사적 개인 유년의 상처로 인식될 수 있다. 그러나 병구의 주장은 그들의 불행이 철저히 외계인의 실험에 의해 이루어졌다는 것이다. 이때 지구인과 다른 종족 외계인은 지배권력자의 폭압을 상징할 수 있다.

그렇다면 사회가 제도적으로 정신병과 광기를 생산해낼 때, 모두가 자기 몫의 분열증과 노이로제와 히스테리에 빠져 있을 때, 그 안에서 개인은 어떻게 살 수 있으며 어떻게 반항할 수 있는가.

영화에서 병구는 자신을 불행에 빠뜨린 외계인 강사장을 고문하고 가둠으로써 자신의 강박증과 싸우는 역설적 희비극을 만들어낸다. 왜냐하면 감금과 추방, 수용과 억압은 근대 이성이 '병구'와 같은 노이로제 환자를 치료하기 위해 만들어놓은 제도이기 때문이다. 그러나 병구는 근대기술문명의 상징인 유제화학 사장을 감금함으로써 문명의 가파른 욕망과 자본의 탐욕을 탄핵한다. 사실 근대 이성이 도구화됨에 따라 이성에 대한 자기 성찰적 반성이 가능해졌다. 이때 '이성주의자들은 스스로 미치지 않았다고 생각함으로써 미친 것'이라는 역설을 찾아낼 수 있다. 이성은 비이성과 광기를 배제하고 감금함으로써 자신을 규정하고 구성한다. 즉 이성적인 방식 자체를 통해서가 아니라 오히려 비이성을 우선 배제하는 '비이성적'이고 폭력적인 방식을 통해 자신을 규정한다. 이성의 발생학적 생성 배경은 순수하게 이성적이지 않고 비이성적 성격을 가진다. 배제와 배타의 논리, 근대 이성과 물질문명에서 감금과 격리는 일종의 관리 시스템이다. 그렇다면 병구는 근대 이성의 이 배제의 방식을 전유하여 그것의 억압장치에 대한 저항을 표명하는 것이다.

병구와 순이가 근대 이성에 저항하는 방식은 일종의 '환상장치'다. 외계인들이 머리카락으로 자기들끼리 수신을 한다고 생각하기나 물파스 고문을 가장 무서워한다고 생각하거나 하는 유아적 상상은 순수한 상상적 산물이다. 공상과 상상은 비극적 모더니티의 시대를 유쾌하게 전복한다 그러면서 동시에 환상은 현실을 재환기시킨다.

허구적 환상과 현실을 중개하는 주인공은 희비극의 주인공 같다. 병구는 웃기지만 슬프고 익살스럽게 실수하지만 반전이 일어난다. 기쁨이 슬픔이 되고 웃음이 위협과 공포로 갑자기 어두워진다. 병구는 자신의 행동이 자신을 미치광이로 취급받게 만들 수 있다는 사실을 알면서도 자신의 신념을 위해 세계의 숙명 속으로 진입한다. 생존이 비극적 느낌을 유산으로 계승한 현대의 주인공은 반영웅적이고 정신적으로 황폐하지만 싸울 준비가 되어 있는 참혹한 생존자인 것이다. 병구가 신경안정제를 찾으며 손가락을 바들바들 떨 때, 이 반영웅의 무력한 이미지 안에서 역설적으로 문명의 부조리함을 느낀다. 그것은 세속적 세계 속에서 자기 우화에 갇혀 기꺼이 자신을 파괴하려는 주인공의 절망적인 모습이다.

정서의 희비극 구조는 우화적 상상력을 뒤집는 반전의 환상 구조를 제시함으로써 또다른 영화적 리얼리티를 창조한다. 영화의 끝 부분, 병구가 추리한 외계인에 대한 수학적 계산과 연구가 편집증적 과대망상이 아닌 사실로 판명된다. 강사장이 외계인 왕자라는 사실이 드러나자, 갑자기 영화는 현실과 환상의 경계가 흐려진다. 리얼리티의 영화적 현실은 불현듯 허위로 바뀐다. 관객이 믿던 영화적 현실이 허구로, 병구가 믿던 허구가 실제 현실로 뒤바뀌는 과정. 그렇다면 영화 전체는 일종의 몽유의 경험이란 말인가. 강사장은 처음부터 외계인이었으며 UFO 이야기는 영화적 사실, 진실이라는 것이다. 그렇다면 병구가 신경안정제를 먹지 않으면 정상적인 생활을 할 수 없는 그 혼돈의 현실이 오히려 우리가 직면한 분명한 현실이다. 우리 모두가 손가락을 바들바들 떨며 신경안정제를 목 안으로 털어넣으면서 악몽의 현실을 견디고 있다는 사실. 하여 탄광에서 일하던 아버지의 죽음, 어머니의 원인 모를 바이러스 감염, 학교에서의 폭력과 감옥에서의 린치, 노동자 탄압을 위한 곤봉 세례와 죽음, 병구가 체험한 과거 악몽은 근대문명이 이룩되면서 저질러온 폭력의 현실을 암시한다. 억압의 기억은 피해자를 가해자로 거듭나게 하는 정신적 외상으로, 현상의 차원에서는 이미 끝났지만 의식 차원에서 계속적으로 진행되는 심층의 기억이다. 비합리적 폭력과 광기의 지구 역사는 종국에는 외계인에 의해 지구가 폭발됨으로써 종결된다. 지구가 지켜지지 않는 영화 마지막은 지구 운명에 대한 가장 공포스러운 묵시록이라 할 수 있다.

이와 같은 영화 서사 안에서의 허구와 현실의 뒤바뀜은 근대세계의 충만에 대한 인간의 불안증을 내포한다. 즉 근대세계의 시간이 누적될수록 인간 주체의 정체성에 대한 물음은 더욱 절실해진다. 강만식 사장이 지구인이라 믿었는데 외계인이었다는 사실, 병구의 과대망상이 모두 진실이라는 사실, 지구가 외계인에 의해 실험되고 결국 폭파되어버린다는 사실. 인간의 정체성은 우연적 산물이며 알 수 없는 어떤 것이란 사실이다. 근대인을 흥분시켰던 역사적 진보주의는 하나의 근거 없는 낙관일 수 있다. 역사가 일정한 목적을 향해 직선적으로 진보한다는 역사적 결정론은 추상적 사실로 사장된다. 주체 해석과 역사는 단지 단편적인 사선이며 특정한 서술하에서 해석된 것일 뿐이라는 사실이다.

열역학 제2법칙에 따르면 우주는 엔트로피(내부 운동의 복잡성을 나타내는 양)의 제물이 되는 방향으로 나아가고 있다. 우주의 전체 역사는 에너지 손실이라는 하나의 과정으로 묘사할 수 있다고 주장한다. 지구는 끝없는 소진을 향해 나아가지만 기술문명은 오만한 낙관으로 인간 생존의 가능성을 넓힐 수 있다고 말한다. 인간게놈 프로젝트에 의해 인간은 '맞춤인간' 같은 신인류로 창조될 수 있다. 유전자 혁명은 인간의 선택에 의한 비자연적 진화를 가능하게 만든다.

그럼에도 생명복제는 유성생식과 생물의 특이한 모든 운명과 모든 분화를 청산하게 될 것이다. 왜냐하면 생물의 지배에서 가장 중요한 혁명, 즉 미분화된 세균의 확대와 단세포의 불멸에서 유성생식과 모든 개체의 절대적인 죽음으로의 이행을, 현대인은 역설적으로 과학과 발전을 통해 무조건적으로 폐기하고 있기 때문이다. 가상의 이 우생학은 모든 종(種)에 불멸과 완벽함이라는 동일한 운명을 부여하지만 한편으로 무한 복제는 생물의 가치를 부재하게 만든다.

병구의 어머니는 유전자 실험을 위해 실험용으로 병원에 누워 있는 것이다. 인간이 죽지 않고 완벽하다면 인간은 병구가 만드는 마네킹과 다를 바 없는 존재다. 병구가 만들어내는 마네킹은 인조인간의 탄생과 생명 없는 것의 무수한 복제를 암시한다. 결국 인간 개조를 위한 외계인 실험이 자연인간을 지배하는 권력 재편성의 과정임을 암시한다. 결국 병구가 어머니를 살리려는 것은 '지구를 지키기' 위해서다. 약품실험과 유전자조작, 이식이라는 가공한 공포의 인간개조 시나리오에서 모체야말로 인간 생존의 탯줄이며 최후의 생산지이기 때문이다.

〈지구를 지켜라〉에서 판타지와 망상이 현실이 되고 리얼리티가 되는 반전, 사람들이 믿는 현실이 속임수로 위장되었다는 사실은 과학 공상물의 환상을 막강한 현실성으로 구축해낸다. 허위적 공상이 영화 말미에서 현실화되는 과정은 지구 종말, 불길한 예감과 위기가 우리의 분명한 미래라는 점을 유포한다. 역사가 일정한 목적을 향해 직선적으로 진보한다는 선험적 전제가 사라지고 나면 역사는 우연성 속에서 허무주의에 이르게 될 수도 있다. 아니, 〈지구를 지켜라〉는 판타지가 현실이 되고 현실이 속임수가 되는 새로운 방식의 역사 투쟁을 보여준다. '환상'을 무기로 진지한 역사와 싸우는 불안한 유희, 〈지구를 지켜라〉는 역사 투쟁에 대한 희비극적 묵시록이다.

4. 문명과 폭력의 공범의식, 그 매끄러운 봉합을 찢으며

역사와 영화의 조우는 필연적이다. 역사와 영화는 둘 다 '기억'이라는 집단 공유를 매개로 한다. 역사가 '사실'을 근거로 하는 데 비하여 영화가 '허구'를 전제한다는 주장은 크게 설득력이 없다. 역사와 영화는 어떤 관점(시점)과 '시선의 정치성'을 가진다는 점에서 동궤에 있다. 역사는 지배자의 선택과 배제의 논리에 의해 영화는 감독의 편집에 의해 문서와 스크린 위에서 삭제, 조합된다. 이때 영화는 망각과 기억이라는 역사의 은폐와 가공에 대한 질문을 던진다. 가공된 서사와 이데올로기에 대해 물음을 제기한다. 숨겨진 광기의 역사와 종말 의식은 분열된 기억을 통해 '상상적 공동체'로 재편되어 있는 '민족' 혹은 '정체성'에 정면 도전한다. 성고문사건과 고문치사사건이 실은 엽기적 연쇄살인행각이었다는 사실을, 유전자 혁명과 정보혁명에 의한 유전자 변이와 복제가 지구와 인간 종말의 극현실이라는 사실을 영화는 보여준다. 영화는 역사, 기억의 문제를 반추함으로써 이데올로기와 우리 자신의 정체성에 대해 절실한 물음을 던지고 있다.

한국영화는 최근 7, 80년대라는 역사적 트라우마에 매달리고 있다. 〈품행세로〉〈해적, 니스코왕 되다〉 능의 복고적 코믹 회고물도 있지만 〈박하사탕〉〈꽃잎〉을 넘어서 〈살인의 추억〉〈말죽거리 잔혹사〉〈실미도〉와 같은 표면 역사에 숨겨진 이면 역사에 주목하는 영화도 있다. 그 영화들은 추상적 역사가 은폐하고 있는 새로운 역사를 드러낸다. 악몽의 기억을 들쑤셔놓음으로써 역사에 대한 청산, 오염된 지구에 대한 혐의를 고해성사한다.

이때 지나간 역사의 기억과 현재의 의식이 하나의 계기 속에 얽혀 그 자체가 영화의 형식을 탄생시킨다. 이를테면 〈살인의 추억〉 마지막 장면에서 박두만은 나이가 들어 과거 살인 현장이던 논두렁을 찾아갔다가 아이에게 이런 말을 듣는다. "조금 전에 어떤 아저씨도 그런 말을 했어요." "아주 평범하게 생긴 얼굴이에요." 보이지 않는 '악'은 우리 곁을 조금 전에 공기처럼 스쳐갔다는 사실, 아니 지금 이곳에 악은 여전히 미만하여 살욕의 냄새를 공기 속에 뿜어대고 있다는 사실, 음험하고 섬뜩한 살기의 공포가 우리의 현실 그 자체라는 끔찍한 실재계와의 대면이다.

열린 결말 구소. 악은 여전히 진행되고 있다. 이것은 역사적 동일성이나 통일성 혹은 목적과 진보를 이야기하는 근대 역사관을 넘어서 탈역사적 책략을 드러낸다. 탈근대는, 불변하는 실재는 없으며 모든 사건은 항상 과정중의 한 사건에 불과하다는 우연성과 다양성을 보여준다. 〈지구를 지켜라〉에서도 탈시간적 이미지를 환기시키는 알레고리적 공간(이를테면 외계인이 탄 우주선, 우주에서 바라보는 지구의 종말)을 통해 역사 종말의 시나리오를 허구와 현실이 뒤섞인 판타지 구성으로 보여준다. 그렇다면 탈근대는 극단적 악을 척결하겠다는 근대적 계몽을 비웃으며 새로운 형태의 극단적 허무주의로 우리 시대에 테러를 가하는 것인가?

분명한 것은 우리 시대 체계 자체의 급격한 쇠퇴가 일어나고 있고 역사 종말에 대한 불길한 위기와 예감, 악이 절대로 사라지지 않을 것이라는 시대적 체념이 미만해 있다는 점이다. 그럼에도 영화가 역사에 대해 던지는 질문은 구성원들의 무의식 속에 내재하는 서사구조를 대타화하기 시작했다는 것이다. 기억을 타자화하기 시작했다는 것이다. 역사를 둘러싼 해석의 싸움을 시작했다는 점, 상이한 서사들 간의 대립을 발생시키고 있다는 점, 집단 고유의 정체성에 대해 새로운 회의의 시선을 보내기 시작했다는 사실이다. 그것은 결국 죄책감에 의해 형성된 문명이 서서히 균열되고 있다는 하나의 증좌다. 80년대 고문형사를 보면서 킥킥댈 수 있는 자기 풍자, 자기 비난, 자기 모멸의 정신이야말로 새로운 세기, 2000년대 한국 관객이 새롭게 얻은 주체적 아이덴티티라 할 만하다.

우리가 만약 이 시대의 규범이나 정당성을 찾는다면 그것은 스스로를 부정하는 정신에서 찾아야 하지 않을까. 자기 분열의 모습을 더 깊숙이 들여다보아야 하지 않을까. 자기 몫의 분열증과 노이로제를 들여다보며 한국영화는 국가주의적 담론이 지배적인 오늘날, 날카로운 적대의 선을 새롭게 구성해야만 한다.

전 지구적 자본주의의 담론이 지배적이고 국가경쟁력을 위해 국가주
의적 사회통합이 왕성한 이때, 한국영화는 과거에서 단순한 회상이 아
닌 역사 해석의 새로운 방식을 찾고 있다. 허구와 진실을 뒤집어 역사
적 진실을 묻는 작업은 새로운 역사 투쟁의 방식이라 할 수 있다. 폭력
과 악, 타락의 유죄를 다시 한번 폭로하는 것. 폭력 혐의에 대한 공범의
식을 확인하는 방식이다. 한국영화는 역사 기억의 변경에서 새로운 차
원의 영화적 진실을 찾아내고 있다.

복수, 이 시대의 참회록

1. 킬러, 찾아오다

어디서부터 시작된 것인지 모르겠지만 인간의 폭력은 굴종과 상처입은 것에 대한 '복수심'에서 비롯된 듯하다. 어떤 방식으로든 폭력이 자행되고 그것에 대한 복수가 감행되고 다시 그 복수에 대한 재복수가 이루어진다. 폭력은 다시 폭력을 낳고 폭력을 재생산한다. 개인이든 집단이든 갈등의 상황에서 폭력에 의존하게 된다면 그러한 폭력의 방법은 결코 한 번으로 그칠 수 없다. 폭력은 습관적이고 반복된다.

인간은 태어나고 죽으면서 폭력의 현장을 체험한다. 한 여인의 몸을 찢으면서 울부짖음 속에서 생명이 태어난다면 다시 인간은 자연이 주는 폭력, '죽음'을 필연적으로 받아들일 수밖에 없다. 그러나 이 자연적인 폭력이 아닌 인위적인 폭력이 나를 덮쳐온다면, 알 수 없는 어떤 '킬러'가 나를 죽이러 온다면…… 인간은 비로소 자신도 모르게 남에게 저지른 자신의 죄가 무엇인지 죽도록 고민하게 될 것이다. 문명의 현장에서, 아니 이미 이 땅에서 한 생명으로 살아간다는 것만으로 우리는 어떤 업보를 쌓아가는 것이기에, 어느 날 당신이 자고 있는 밤 침실 창문이 열리면서 날렵하게 자객이 날아들어와 날카로운 칼끝을 당신의 목에 들이대면 당신은 비로소 삶이 당신에게 복수하러 왔다는 것을 알게 될 것이다(《킬빌》). 자신도 모르게 지은 죄, 자신도 모르게 심어준 원한이 자라나 어느새 거대한 악몽을 펼치기 시작한다.

영화 〈올드 보이〉에서 악몽은 이와 같이 자신도 알 수 없는 자신의 죄를 찾아가는, 즉 스스로 자신의 존재의 비밀을 찾아가는 탐색의 서사에서 시작한다. 이를테면 〈복수는 나의 것〉에서 공장 사장 동진의 딸이 유괴당하자 형사가 찾아와서 첫번째로 묻는 질문, "어디 원한 살 만한 데는 없습니까?" 그렇게 하여,

복수는, 비로소, 서서히 날카로운 이빨을 드러내기 시작하는 것이다.

2. 처형의 스펙터클

고대에는 폭력에 대한 대응폭력으로서의 동해보복의 원칙 즉 탈리오의 법칙(lex talionis)이 있었다. 고대법에서는 '눈에는 눈, 귀에는 귀'로 벌주는 것을 원칙으로 했다. 이를테면 원시민족 중에서 피살자 가족의 복수살인을 묵인하거나 인정하는 예가 그것이다. 상대방이 나의 한쪽 눈에 상해를 입혔다면 나는 상대방의 한쪽 눈에 대해서만 복수를 할 수 있다. 상대방이 우리 집단의 한 명을 살해했다면 상대 집단의 한 명만을 살해하고 거기서 복수를 그쳐야 한다. 이러한 원칙이 복수의 무한연쇄를 그치게 하는 방법이다.

현대사회에서는 원시사회에서만큼 복수가 성행하지 않는다. 근대국가가 탄생한 이후 처벌은 국가 차원에서 대행해주게 되었다. 이것은 곧 폭력을 국가가 녹점함으로써 개인을 철저하고 효율적으로 통제할 수

있다고 생각했기 때문이다. 푸코의 유명한 책 『감시와 처벌』에서 언급된 것처럼 과거의 권력은 화려하고 거창한 위용을 앞세우면서 잔혹한 방법으로 신체에 고문을 가했지만 현대의 권력은 자신의 모습을 감추면서 보이지 않는 폭력의 방법으로 개인을 체제에 순응시킨다. 국가권력은 미시적 체계 속에 분산되면서 재생산, 재모방된다. 이를테면 근대와 함께 탄생한 학교, 공장, 감옥과 같은 제도기관에서 마치 국가권력의 일환인 양 합법화되고 정당화된 폭력이 이루어진다. 학교 건물 안에서만 나타나는 귀신 이야기, 영화 〈여고괴담〉은 학교가 '교육'이라는 이름으로 끔찍한 폭력이 정당화되는 곳이라는 것을 알레고리적 방식으로 보여준다. 〈두사부일체〉〈신라의 달밤〉 등은 학교가 폭력의 원천지임을 암시한다. 조폭이 학교에 들어갔더니 학교 당국은 조폭보다 더 폭력적 방식으로 학생들을 관리, 훈육한다. 학교의 폭력 교사는 학생들에게 폭력에 대한 복수심을 심어주고 학생들은 교사의 폭력을 모방하여 폭력 학생으로 키워진다. 조폭은 역설적으로 학교에서 탄생한다.

　과거의 처벌은 집단적이고 공개적으로 거행되었다. 푸코의 말대로 처형은 일종의 스펙터클이었던 셈이다. "공포의 장면에서 군중의 구실은 양의적이다. 민중은 관객으로 호출된다." 처형은 해가 떠서 질 때까지 하루 종일 계속되며 끔찍한 고문이 끝날 때 비로소 끝이 난다. 루이 15세를 살해하려다 잡힌 어느 사내에 대한 판결문은 이러하다. "처형대 위에서 뜨겁게 달군 쇠집게로 가슴, 팔, 넓적다리, 장딴지에 고문을 가하고, 오른손은 국왕을 살해하려 했을 때의 단도를 잡게 한 채 유황불로 태워야 한다. 계속해서 쇠집게로 지진 곳에 불로 녹인 납, 펄펄 끓는 기름, 지글지글 끓는 송진, 밀랍과 유황을 녹인 물을 붓고, 몸은 네 마리의 말이 잡아끌어 사지를 절단하게 한 뒤, 손발과 몸은 불태워 없애고 그 재는 바람에 날려버린다." 민중을 관객으로 호명하는 것은 국왕을 거역하는 것에 대한 본보기를 보여주기 위해서이기도 하지만 그와 동시에 잔혹극을 즐기는 즐거움을 주는 것에도 의미가 있었다. 즉 과거에 형벌은 사회를 교란시킨 적의 몸에 직접 처벌을 가하는 공동체의 '복수'였다(보복론).

18세기 자본주의의 발전과 근대화의 출발로 과거의 처벌은 야만적인 것으로 규정되고 처벌 대신 규율과 훈육이 등장한다. 처벌과 다르게 규율과 훈육은 문화적이고 인간화된 형벌처럼 보인다. 그러나 규율과 훈육은 권력의 지배력을 신체의 내부에 깊숙하게 기재하는 데 기여한다. 학교와 공장에서의 규율에 대한 복종은 사회 전체를 일종의 감시와 처벌의 감옥논리로 만든다.

결국 현대 자본주의 사회는 일종의 감시체제 속에서 권력의 경제학을 실천하면서 개인을 통제한다. 권력을 가진 자와 갖지 않은 자의 불평등한 관계가 폭력의 불평등으로 해석될 수 있다. 폭력과 복수는 이제 사적인 것이 아니라 철저하게 공적 제도 속에서 국가권력만이 행사하는 어떤 것이라는 것, 국가의 합법적인 폭력으로 모든 개개인의 욕망의 잠재적인 폭력을 잠재우고 금지하고 제한한다는 것이다.

여기서 개인 욕망의 복수가 시작된다. 근대화 초엽 일제 강점부터 한국사회에서 폭력은 외부에서 주어지는 억압적인 것으로 여겨졌다. 식민체험과 한국전쟁, 이데올로기 대립, 광주학살 등. 그러나 90년대 군부독재와 같은 공동의 적이 사라지자 폭력과 복수는 개개인의 몫이 되어버렸다. 또한 후기자본주의 사회에서 사회변화의 속도와 폭주는 가공할 만한 공포를 불러일으켰다. 국가가 대신 복수해주기를 기다리기엔 이 사회에 악이 너무나 만연할 뿐만 아니라 개인적 욕망은 더 잔혹한 처벌을 원하고 있다. 그러니까 원시사회와 중세에서 이루어진 거대한 잔혹극으로서의 처벌 장면에 동참하고 싶은 욕망, 문명과 자본의 폭력에 대하여 철저하게 복수해주는 집단적 복수극에 참여하고 싶다는 욕망이 시작된 것이다. 복수는 삶이 우리에게 주는 원초적 폭력성에 대하여 대응폭력으로 굴욕을 갚아주는 해결논리다. 아니 복수심을 불태우며 이를 박박 갈아대면서 칼을 갈아대는 것만이 이 지리멸렬하고 굴종적인 자본주의의 일상을 견디는 유일한 방식이 아니고 무엇인가. 복수는 나의 힘, 복수는 나의 삶, 복수는 궁극적 목표가 되는 것이다.

3. 한·중·일 복수의 메커니즘

최근 한국영화는 끔찍한 복수의 잔혹미를 즐기는 듯하다. 박찬욱의 복수극 시리즈 세 편, 2002년 영화 〈복수는 나의 것〉, 2004년 〈올드 보이〉, 그리고 2005년 〈친절한 금자씨〉가 대표적이다. 영화는 관객을 잔혹한 복수극에 호명하는 것으로 이 사회에 대한 증오와 환멸을 씻어내리려 하는 것인가. 원시사회와 중세에서 공개적으로 이루어진 처형의 현장은 지금 이곳 문명의 현장에서 어두운 영화관, 그 제의의 현장에서 재체험되고 있는 것이다.

〈올드 보이〉에서 아내와 어린 딸아이를 둔 지극히 평범한 회사원 오대수는 사설 감금방에 납치된다. 하루 세끼를 중국집 군만두를 먹으면서 여덟 평 남짓한 공간에서 그가 할 수 있는 일이라고는 텔레비전 보는 것이 전부다. 그렇게 일 년이 지났을 즈음, 텔레비전을 통해서 아내가 살해되었음을 알게 되고 자신이 살인범으로 지목되었음을 알게 된다. 오대수는 복수를 위해 체력을 단련하고 자신을 가둘 만한 사람들, 사건들을 기억하며 '악행의 자서전'을 써내려간다.

그러나 오대수는 십오 년 뒤 감금방에서 풀려나서 복수를 실행해가는 과정에서 도리어 그가 복수하려는 대상 이우진의 복수의 희생자가 되고 만다. 오대수는 이우진의 복수를 완성시키기 위해 십오 년 뒤 감금방에서 풀려난 셈인 것이다.

일본만화를 원작으로 하는 이 영화는 한국에서뿐만 아니라 세계 영화제에서도 큰 호응을 얻었고, 2004년 최고의 영화라는 호평을 누리기도 했다. 그러나 이 영화는 지극히 일본적 강박에 놓여 있다는 생각이 든다. 어릴 때부터 일본만화에 빠져 일본의 폭력적 상상력에 길들여진 신세대적 감수성과 결코 섞일 수 없는 한국 기성 꼰대의 관습 때문일까.

우선적으로 한국적 정서에서 한 인간이 아무리 미워도 십 년간을 기다리며(원작에서는 십오 년이 아니라 십 년으로 되어 있다) 복수의 칼을 갈 수는 없다. 한국인들은 너무나 감정적이며 단발적인지라 십 년을 줄기차게 기다릴 인내심이 없다. 증오의 감정도 금방 식어버려 십 년을 기다리다 과거를 다 잊어버릴 지경이 되고 만다(한국인들에게 '십 년이면 강산도 변한다' 는 속담은 이런 점에서 의미심장하다). 이와 같은 정서의 저변에서는 '인내천사상' 이나 '죄가 밉지 인간이 밉냐' 와 같은 속담을 기억해낼 수도 있을 것이다. 이우진이 오대수에게 자신이 당한 것과 똑같은 방식의 복수를 감행하는 과정은 주도면밀하면서 철저하게 계획된 이성적 복수의 잔인함을 극대화한다. 이우진은 어릴 적 자신의 근친상간의 추문을 만들어낸 오대수에게 똑같은 형벌을 지어줌으로써 스스로 발설의 죄에 대한 처형을 감행한다.

오대수가 이우진에게 자신과 통정한 딸에게 자신이 아버지임을 절대로 말하지 말아달라고 울면서 애걸하며 스스로 자신의 죄의 원천인 '혀' 를 칼로 잘라내는 장면은 영화에서 가장 불편한 장면이다. 끔찍한 자해를 통해 더 큰 폭력을 잠재우는 방식, 자해를 통해 더 큰 폭력을 보여주는 장면이다. 미시마 유키오의 단편 「애국」에서 육군 중위였던 남편이 2·26 쿠데타에 실패하고 자결하자, 부인은 군인의 아내답게 "칼날을 목 깊숙이 찔러넣고" 자신의 목을 딴다. 이는 단순한 허구가 아니라 어떤 끔찍한 현실의 문학적 반영이다. 전쟁 당시 일본에서 남편이 밤 편히 입대하라고 신혼의 아내들이 소복을 입고 줄줄이 자결했다. 조선시대에도 양반이 죽으면 가문의 명예를 위해 양반집 마님도 함께 따라 죽으라고 사주했다 한다. 그러나 남편이 보는 가운데 남편을 위해 스스로 자결하는 일본사회를 당해낼 수는 없는 것 같다.

일본문화가 지닌 죽음의 미학, 사무라이 정신, 복수의 응징은 집단의 논리로 개인을 철저하게 억압하는 일본 사회구조와 매우 밀접한 상관성을 가진다. 여기에 한 가지 더, 복수를 낳기 쉬운 또다른 중요한 요인으로 일본은 이동의 곤란함을 가진 나라라는 사실이 있다. 예컨대 상대방이 나에게 해악을 가해올 때 상대방을 보지 않고도 살 수 있는 먼 다른 곳으로 이사할 수 있다면 피비린내나는 복수로 나아가지 않아도 된다. 그러나 마을 주위에 험준한 산이 둘러쳐져 있다거나 넓은 강이 둘러싸고 있다면 옮겨살기가 마땅치 않다. 이를테면 자신들이 살고 있는 섬이 세계의 전부라면, 바다 저편에 거대한 낭떠러지가 있어 더이상 항해가 불가능하다면 복수는 일어날 수밖에 없다.

과거 중국의 무협영화들도 실은 모두 복수극이었다. 복수는 복수를 낳고 다시 복수는 복수를 낳는다. 스승 내지는 부모를 죽인 원수를 갚기 위해 산에 숨어 몇십 년을 무예를 갈고닦아 비로소 복수를 하러 가는 이야기가 거의 전부라 해도 과언이 아니다. 고사성서 와신상담(臥薪嘗膽)은 원수를 갚기 위해 스스로 과거의 치욕을 기억해내며 괴로움을 참고 견디는 모습을 보여준다. 오왕의 아들 부차는 월왕 구천에게 아비가 죽임을 당하자 원수를 갚고자 본국으로 돌아와 장작 위에 자리를 펴고 자며 방 앞에 사람을 세워두고는 출입할 때마다 "부차야, 아비의 원수를 잊었느냐!"라고 외치게 했다. 한편 부차의 이와 같은 소식을 들은 월왕 구천이 오나라를 먼저 쳐들어갔으나 패하고 말았다. 구천은 모진 고역과 모욕 끝에 영원히 오나라의 속국이 될 것을 맹세하고 귀국한다. 그는 돌아오자 자리 옆에 항상 쓸개를 매달아놓고 앉거나 눕거나 늘 이 쓸개를 핥아 쓴맛을 되씹으며 "너는 회계의 치욕(會稽之恥)을 잊었느냐!" 하며 자신을 채찍질하였다. 섶나무 장작에 누워 자리를 스스로 불편하게 하고 쓸개즙을 맛보며 치욕의 기억을 잊지 않는 질긴 힘은 사실 중국인들에게나 가능하다. 치욕은 분명히 갚아주어야만 하는 것. 하여 중국 말 '설욕(雪辱)'에서 눈 설(雪)은 치욕을 씻어내는 의미를 지닌다. 설욕은 일종의 '복수'의 의미를 지니고 있다.

한국민의 정서에도 "여자가 한이 맺히면 오뉴월에도 서리가 내린다"는 복수의 공포가 숨겨져 있다. 그러나 한국민은, '한'은 풀어야 한다는 풀이의 문화에 좀더 익숙하다. 살풀이, 한풀이, 액풀이, 뒤풀이에 이르기까지 맺히면 풀고 다시 맺히면 푸는 것. 결국 이 '풀이'가 한국민 식의 복수의 과정인지 모르겠지만, '눈에는 눈 귀에는 귀'와 같은 응징이 복수의 메커니즘은 아니다.

新婦는 초록 저고리 다홍 치마로 겨우 귀밑머리만 풀리운 채 新郎하고 첫날밤을 아직 앉아 있었는데, 新郎이 그만 오줌이 급해져서 냉큼 일어나 달려가는 바람에 옷자락이 문 돌쩌귀에 걸렸습니다. 그것을 新郎은 생각이 또 급해서 제 新婦가 음탕해서 그새를 못 참아 뒤에서 손으로 잡아다리는 거라고, 그렇게만 알고 뒤도 안 돌아보고 나가버렸습니다. 문 돌쩌귀에 걸려 옷자락이 찢어진 채로 오줌 누곤 못 쓰겠다며 달아나버렸습니다.

그러고 나서 四十年인가 五十年이 지나간 뒤에 뜻밖에 딴 볼일이 생겨 이 新婦네 집 옆을 지나가다가 그래도 잠시 궁금해서 新婦방 문을 열고 들여다보니 新婦는 귀밑머리만 풀린 첫날밤 모양 그대로 초록 저고리 다홍 치마로 아직도 고스란히 앉아 있었습니다. 안쓰러운 생각이 들어 그 어깨를 가서 어루만지니 그때서야 매운 재가 되어 폭삭 내려앉아버렸습니다. 초록 재와 다홍 재로 내려 앉아버렸습니다.

—서정주, 「新婦」 전문

서정주 시 「신부」에서 첫날밤 신랑의 오해로 소박을 맞은 신부는 사
오십 년이 지나도록 신부의 모습으로 남아 신랑을 기다린다. 이와 같은
기다림을 여인의 일부종사라는 유교적 현실관으로 해석해서는 안 된
다. 신부는 오히려 초록 재와 다홍 재로 자신의 삶과 의지를 완성한 것
이다. 한국적 맺힘과 풀이의 형이상학은 신화적이고 초월적 이미지를
함축하고 있다. 한국인에게서 복수는 자기 내재적인 방식 혹은 우주 속
에서 스스로를 풀어내는 방식으로 승화된다. 탈춤에서의 어깨춤으로,
판소리에서의 가락으로 신명이 된다. 새끼를 꼬면서, 모를 심으면서,
길쌈을 하면서 스스로를 풀어내린다.

4. 복수, 삶에 대한 애도의 형식

그러나 어쩌면 자본문명 현실은 이미 우리 신체 깊숙이 폭력을 심어
두었는지 모른다. 이미 폭력은 전 지구적으로 전염되고 이식되면서 서
식하고 있다. 텔레비전으로 공포에 질린 김선일씨의 모습이 공개되고
자살테러단이 건물을 폭파하는 모습이 어떤 쇼처럼 진행된다. 전자매
체 속에서 폭력의 이미지는 유혹처럼 노출되어 있다. 폭력은 사회적 관
계가 혼란에 빠졌다는 느낌을 주지만 다시 폭력은 조지 부시와 같은 복
수를 감행하게 하여 깨달음의 혼란을 주기도 한다. 어느 쪽이 옳고 어
느 쪽이 그르단 말인가? 복수의 사회학은 다만 폭력의 상승을 재촉하며
이 문명의 도시 속에서 순환하고 있을 뿐이다.

어떤 점에서 영화가 복수극을 선택하는 것이 우리의 필연적 운명을
모사한다는 느낌이 든다. 모바일 속에서의 자아와 네트워크 속에 있는
주체는 속도에 자신의 현실과 운명을 맡긴다. 폭주족의 광증이나 연쇄
살인범의 엽기적 살인행각이 아니라도 끊임없이 돌아가는 자본문명이

우리의 혈관 속에 광증의 속도를 심어주고 있는 것이다. 근대 영화는 더욱 기이하게 상승하는 현대문명의 속도를 카메라로 잡아내길 원한다. 이때 그 지독한 가속도의 진전을 복수는 완성시킨다. 폭력은 그 이전의 폭력을 숙주로 해서 자라나고 폭력은 또다시 더 가학적인 폭력을 향해 나아가는 것으로 영화적 속도를 만들어낸다. 복수는 어떤 한 목표를 향해서만 나아가는 그 저돌적 목표의식과 가속도를 자기 정체성으로 삼기 때문이다.

박찬욱의 복수극 시리즈의 첫번째 영화 〈복수는 나의 것〉은 폭력적 현실 속에서는 가해자와 피해자의 캐릭터가 서로 섞이면서 뒤엉킨다는 사실, 그 누구도 이 폭력의 진정한 가해자나 피해자가 될 수 없다는 것, 왜냐하면 우리 모두는 이미 삶이라는 근원적인 폭력적 전제 속에 갇혀 있는 짐승과 같은 존재이기 때문이라는 것을 보여준다. 두번째 영화 〈올드 보이〉의 복수극은 복수의 과정 그 자체가 자신의 존재가 무엇이었는가, 자신의 삶을 지금까지 구성해온 것이 무엇이었는가를 탐색하는 과정이라는 점(오대수가 감옥에서 쓰고 있는 악행록은 자신 삶에 대한 반추이므로), 하여 지금까지 자기 삶에 대한 근원적 반성의 지점을 찾는 것으로 회귀한다는 점에서 영화 결말의 영화적 반전은 당연한 것이다. 그것은 마치 우리가 맹렬한 증오로 삶에게 복수하듯 살아가지만 그 모든 원인이 자신에게서 이미 출발하고 있었다는 것을 확인하는 순간, 마치 오이디푸스가 자신의 정체를 알아차리고 절망하는 인간 운명의 비극성과 연결된다.

〈친절한 금자씨〉는 인간 정체의 이중성 지체를 극단적으로 가시화하고자 하는 위악적 영화라 할 수 있다. 감옥에서 선량하기 이를 데 없는 금자씨가 출소하자마자 붉은 아이섀도를 칠한 마녀적인 모습으로 바뀐다는 점, 유치원에서 아이들을 다정하게 가르치는 영어선생 백선생이 음흉하고 잔혹한 유괴범이라는 점, 금자를 종교적 구원으로 이끌고 싶은 전도사가 금자를 뒷조사한 사진을 백선생에게 돈을 주고 파는 장면, 유괴된 아이들의 부모가 백선생을 다함께 죽인 뒤 그들의 돈을 계좌로 입금해줄 것을 요구하는 장면. 우리는, 어린아이를 사랑하면서 가르치는 자가 어린아이를 죽이는 자이고 천진하게 웃는 자가 악의적 증오를 품고 있는 자라는 것을 받아들여야 한다. 친절하게 먹여주는 음식 속에 독약이 숨겨져 있고 복수극이 끝나고 돈 계산을 잊지 않는 참혹한 자기 합리화의 속물적 유치함을 보이는 블랙코미디가 우리 삶이라는 것을 인정해야 한다. 복수는 이 사회의 부조리를 넘어서 인간 존재 자체가 가지고 있는 위선과 위악, 이면과 표면의 어긋남이 빚어낸 필연적 수순이었는지도 모른다. 그러니까 '친절한 금자씨'라는 지칭은 맞기도 하고 틀리기도 하고 어긋나기도 하고 일치하기도 하는 삶의 모순을 지칭한다. 왜냐하면 금자씨의 친절은 복수를 위한 철저한 준비였다는 점에서 위선적인 친절이었고, 그러면서도 궁극적으로 유괴된 아이의 부모들의 복수를 도왔다는 점에서 그녀는 친절한 금자씨가 되기도 한다.

이 끝없는 이중성의 넘나듦은 영화 진행 내내 계속된다. 그녀는 자신의 복수를 위해서 필연적으로 악행을 통과할 수밖에 없었고(감옥에서의 살인과 자신을 납치하려는 자들을 살인한 것) 자신도 백선생이 아이(원모)를 납치하는 데 철없이 도왔다는 죄의식이 그녀에게 남은 궁극적인 질문이라는 사실.

그런 점에서 '속죄와 복수'는 이 영화에서 동시적으로 진행되고 있다. 금자는 유괴 범행에 대한 속죄의 길로서, 동시에 복수의 길로서 백선생을 추적해가고 있었던 것이다. 그것은 유괴 아동 부모에 대한 속죄이면서 동시에 그들을 위한 복수이기도 하다. 그것은 금자 자신에게 속죄하는 것이면서 동시에 자신에게 복수하는 것이기도 하다. 속죄와 복수가 이중적으로 겹쳐지면서 궁극적으로 영화는 우리 삶의 필연성이 갖는 궁극적인 형식을 완성한다. 삶이란 결국 '애도(mourn)'의 과정이라는 사실을. 삶에 대하여 복수하고 다시 삶에 대해 속죄하면서 삶을 애도하는 것이란 사실을.

〈친절한 금자씨〉의 마지막 장면에서 금자는 흰 눈이 오는 좁은 골목길에서 자신이 만든 하얀 두부케이크 위에 얼굴을 처박고 슬피 운다. 금자의 딸이 '천사' 같이 하얀 잠옷을 입고 맨발로 눈 위에 서서 금자를 등뒤에서 안고 있다(흰색은 영혼의 정화와 구원을 의미한다). 삶의 폭력성은 다시 폭력의 회로 속으로 우리를 몰아가고, 증오로 인한 처절한 복수의 잔혹극이 끝났을 때 영화의 내레이터는 남은 자의 영혼 또한 구원될 수 있을까 하고 나지막하게 질문한다. 현실의 폭력성 속에서 인간존재는 스스로 구원될 수 있을 것인가. 영화는 성가곡을 사운드트랙으로 구원과 성화에 대한 따뜻한 물음을 윤리적으로 묻고자 한다.

그러나 영화의 마지막 금자의 울음은 어쩔 수 없는 모순, 뜻하지 않은 실수의 개입, 합법적인 질서 속에 숨겨진 속물적 근성, 이와 같은 삶의 지리멸렬한 속물스러움과 비루한 모순에 대하여 애도하는 자의 울음이라 할 수 있다. 영화는 우리 존재 모두가 갖고 있는 이 이중성과 폭력성에 대하여 우리 모두를 영화관에 모아놓고 함께 애도하고 슬피 울게 만드는 장치를 준비한다. 이를테면 영화에서 가장 블랙코미디 같은 장면은 영화의 후반부에 유괴 아동 부모를 모이놓고 집단 복수로서 처형식을 하자고 제의하는 데서 시작된다. 그들은 신체적 복수를 남에게 대신 미루면서 현행법상의 범법적 행위를 피하려는 태도를 취한다. 자신 안에는 폭력의 혈흔을 남기지 않으려는 이기적 윤리주의자의 모습을 보여준다. 그들은 결정적인 순간에 갈등한다. 그러나 결국 그 유괴 아동 부모들은 복수의 처형식에 집단적으로 호명된다. 그들은 한 명씩 한 명씩 백선생에게 폭력을 행사함으로써 집단적 처형을 완성한다. 〈친절한 금자씨〉에서 국가법에 맡기지 않고 집단에 의해 집행되는 복수 처형의 과정은 결국 국가법이 통제하는 폭력 관리의 방식, 즉 국가만이 합법적으로 폭력을 행사할 수 있다는 근대 국민국가의 국가주의적 관리체계를 넘어선다. 그것은 국가주의의 통제를 넘어서 전근대 부족의 복수와 개인 복수의 의미를 재고하게 한다.

그러나 어떤 점에서 박찬욱은 복수극 시리즈 마지막 3편에서 관객들 모두를 그 처형의 구경꾼으로 참여하게 하고 싶었는지도 모른다. 관객들은 신체적 복수를 실제로 할 것인지 말 것인지를 망설이면서 결국에는 복수극의 공모자, 공범이 된다. 유괴 아동 부모는 관객의 유령이었던 셈이다.

사실 현대인들은 이 문명이 심어준 증오와 분노 때문에 공개적으로 십자가에 처형할 희생양을 찾아다니는 자들이다. 연쇄살인범이 유괴한 아이를 죽이는 자신의 모습을 스스로 카메라에 담아두듯 그들은 폭력의 이미지를 탐식한다. 즉 희생양은 처절하게 찢기고 희생당함으로써 거대한 현대 폭력의 스펙터클을 완성하고 동시에 관객은 폭력의 스펙터클한 이미지를 즐기면서 스스로 자기 정화, 자기 구원의 의미를 찾고자 하는 것이다. 관객은 다 함께 이 시대의 복수극에 참여하고 기꺼이 공범이 됨으로써 스스로의 증오를 삭히고 스스로를 속죄하며 스스로를 정화하고 신생으로 탄생하기를 원한다. 유괴 아동 부모가 처형식이 끝나고 자신의 손끝에 남아 있는 피의 흔적들로 마음을 진정시킬 수 없을 때, 유리창 밖에는 그들을 정화하려는 듯 눈이 온다. 유괴 아동 부모들은 금자가 만들어준 케이크(예수의 성체)를 나누어 먹으면서 그들 가까이에 천사가 함께 있는 듯한 성스러움을 느낀다.

하여 영화는 관객을 복수극의 관찰자가 되게 함으로써 이 참혹한 문명을 애도하게 한다. 관객들은 애도하고 애도함으로써 이 시대의 참회록을 완성시킨다. 〈친절한 금자씨〉는 우리 시대 애도를 위한 하나의 의식(儀式)이었던 셈이다.

5. 복수, 문명의 참회록

그러나 복수의 사회학이 갖는 흥미로운 변수가 있다. 한 남자(《올드보이》)가 십오 년을, 한 여자(《친절한 금자씨》)가 십삼 년을 감옥에서 보내다 자신을 억울하게 감금한 자에게 복수하러 갔는데 복수해야 할 대상이 이미 자신의 죄를 뉘우치고 착한 천사처럼 살아가고 있다면, 그렇다면 자신이 복수를 위해 그렇게 기다리고 준비한 모든 세월은 무엇인가. 그러니까 복수의 메커니즘에서 복수하는 자의 존재의 의미는 스스로에 의해 결정되는 것이 아니라 대상에 의해 결정된다는 사실이다. 그래서 복수를 하러 가는 자에게는 상대의 인지능력이 무척 중요하다.

(낮게 깔리면서 힘있는 목소리로) 나를 알아보겠느냐?
(겁에 질려 벌벌 떨면서) 누, 누, 누구냐?
나는 니가 십오 년 전에 잔인하게 죽인 김아무개의 아들 누구누구다.
(더듬거리며) 아니, 아니, 니가 살아 있다니……
(비장한 목소리로) 그렇다! 내 아버지의 원수를 갚기 위해 얼마나 이 날을 기다려왔는지 모른다.

이 얼마나 중요한 순간인가. 복수하는 자에게 삶의 클라이맥스는 복수를 하려는 그 순간에 있다. 그가 원하는 것은 원수에게 과거의 잘못을 환기시키고 자신의 잘못을 뉘우치게 하는 데 있다. 그런데 원수가 가엾게도 기억상실증에 걸려서 칼로 찌르자마자 죽어가면서 신음 소리로,

(경상도 사투리로) 누, 누, 누 누궁교?

—〈조폭마누라 2〉에서

라고 말한다면, 혹은 그 원수가 개과천선해서 오히려 사회공익에 앞장 서면서 천사같이 살고 있다면, 그렇다면 나는 어떻게 할 것인가.

그러니까 복수를 하기 위해, 아니 복수를 해야만 내 삶의 규율이 지켜지고 내 가문의 족보가 안정될 수 있기에 그 복수의 대상은 절대로 변해서는 안 된다. 원수는 내 복수가 완성될 때까지 계속해서 악행을 저질러야 하고 또 자신의 잘못도 뉘우치지 말아야 한다. 그 잘못은 복수하러 가는 날 내가 뉘우치게 해야 하는 내 복수의 몫이므로. 이것이 복수의 중요한 메커니즘이다.

그러니 한국영화는 얼마나 마음껏 관객들의 복수를 해주고 있는가. 개인적 폭력이 정당화되는 복수의 이름으로, 영원히 악인으로 살아가는 그들을 향해. 이 문명의 현실은 희생양을 준비한 적도 없고 집단적 복수의 제물을 바친 적도 없다. 그러니 영화는 복수심으로 불타는 대중들의 집단적 보복을 대신 행하고 있는지도 모른다.

그러나 어떤 점에서 그 누구도 의도적으로 범행을 저지른 적이 없고 누구도 복수를 위해 처음부터 잔혹한 테러리스트가 되는 것이 아니다. 이미 우리는 이 집단적 광증 속에서 서로가 서로를 해치면서, 서로가 서로에게 복수를 이어가면서 살아가는 문명의 히스테리와 연쇄적 폐쇄회로 속에 갇혀 있는지도 모른다. 그런 점에서 박찬욱의 복수극 세 편 〈복수는 나의 것〉〈올드 보이〉〈친절한 금자씨〉는 우리 시대 복수극에 대한 극현실적인 참회록이 되는 것이다.

제4부 **오늘의 한국시**

시, 그 혼몽의 현실

1. 시의 은밀한 틈새

시는 늘 열려 있으면서 닫히려 한다. 닫혀 있으면서 열리려 한다. 보들레르는 꽃이 핀 화단을 지나갈 때 고개를 들 수가 없다고 말한다. 피어 있는 꽃이 마치 여성의 성기와 같아서 그것을 감히 쳐다볼 수가 없기 때문이라고. 시는 막 피어나려는 위험한 짐승이다. 열리고 닫히려는, 닫히면서 열리려는 그 외설스러움, 이 외설스러운 간극에서 시가 탄생한다. 모든 외설스러운 것은 틈새의 징후로 존재한다. 손과 장갑 사이로 드러난 하얀 손목, 스타킹에 난 구멍 사이로 보이는 속살. 숨겨지고 은밀한 것의 드러남과 숨음, 사물의 부재와 현존, 언어의 침묵과 발설, 시는 이 기묘하고도 신이(神異)한 간극에 존재하는 것이다. 말하지 않음으로써 말하려 하는 것, 전혀 쓸모없는 것으로 가장 쓸모 있는 것을 만드는 것, 광휘의 발설들을 추문으로 만들어버리는 것. 하여 시는 이쪽의 시간에서 저쪽 시간으로 넘어가는 그 문지방이며 지도리(경첩의 순 우리말)다. 시야말로 하나의 혁명인 셈이다. 혁명의 본분은 시간이 경계를 만드는 것이다. 혁명은 전혀 다른 시간을 탄생시킨다. 시는 다른 시간으로의 전이이다. 하여 우리는 시가 무엇을 말한다고 말할 수 없다. 시는 다만 그 무엇인가를 향해 가는 과정이며 움직임이며 운동이다.

시의 육감성이 매장되어 있는 부분은 사물과 인식이 만나는 그 접점이다. 체험과 감각의 맞닿음, 관념과 구체의 갈라진 틈, 텍스트의 성욕을 자극하는 것은 이러한 지점이다. "기억나지 않는/몇 번의 생을 지나, 지나서//아무도 없는데, 자꾸/뒤돌아보는/저녁"(전동균, 「귀가」), 어스름의 저녁 귀가 무렵, 어둠과 빛이 섞이는 그 접촉의 지점이 바로 시의 순간이다. 두 개의 다른 맛이 입 안에서 함께 감지되는 순간처럼, 이중적 모순이 느껴지는 순간이다. 시인은 아무것도 없지만 뒤를 돌아본다. 그는 부재와 현존의 문지방을 넘는 자이며 박명의 시간 속에서 한 몸과 동시에 다른 몸을 지니는 자이다. 한 마음과 다른 마음이 만나려는 이 기묘한 순간, 기억나지 않는 몇 번의 생을 지나온 듯 집으로 돌아오는 골목길, 그 귀가의 지점에서 그는 설렌다. 그것은 알 수 없는 향기 같기도 한 뚜렷하지 않은 설렘이다. 그 냄새는 바로 죽음의 냄새이고 삶의 냄새이기도 하다. "손가락을 빨다가 잠든 아이"의 냄새이기도 하고 "아이를 들쳐업고 빨래를 개키는"(같은 시) 자의 냄새이기도 하다. 담 밑에 쌓인 연탄재, 빗물 고인 웅덩이, 힘겹게 흘러가는 구름들, 조용히 흔들리는 나뭇가지, 세상은 고요하고 움직임이 없다. 존재하는 것들은 그전에 존재했던 것 혹은 부재하는 것들의 흔적이다. 집으로 가는 골목길에서 아무것도 없지만 자꾸만 뒤를 돌아보는, 이 순간은 부재하면서도 현존하는 것이 임재하는 시간이며 인식이 사물을 맞이하는 그 지점이다.

이 지점에서 관능적인 틈이 마련된다. 그것은 자주 찾아오는 순간이 아니다. 시인은 아주 간헐적으로 이 순간을 감지한다. 시간과 공간이 뒤바뀌는 순간이다. 그 순간은 간헐적이기 때문에 관능적이다. 하여 시인의 의식은 마치 표면의 기울기나 질감에 따라 이리저리 빠르게 이동하는 수은과 같다. 그는 빛에 따라, 그전의 생이 마치 자기를 찾아오는 듯한 이 새로운 순간에 공명하기 위해 너무나 빨리 반응할 준비를 한다. 그는 순간적으로 어떤 사물과도 함께 모든 것을 나눌 관능을 준비한다. 그의 의식은 반사되는 빛에 진동하는 무한한 점처럼 움직인다.

시읽기는 이러한 관능에 참여하는 것이다. 그것은 지극히 소모적인 것이다. 무엇인가에 열중하는 것은 소모하는 과정이다. 소모하지 않으면 우리는 서로 무관한 개체에 불과하다. 우리는 사물에 불과할 것이다. 자신을 소진하는 것, 소모하는 것, 그렇게 함으로써 우리는 주체가 된다. 이는 사랑하는 사람과의 관계를 보아도 알 수 있다. 사랑하는 사람은 사랑이라는 판세에 대하여 어떤 비판적 준거를 들이대지 않는다. 사랑하는 사람은 소모적이기에 주체이다. 쉽게 비판하고 함부로 규정하는 것은 소모적인 관계를 맺지 않았기 때문이다. 시에 열중하는 것이야말로 우리 자신이 소모적이라는 것을 느끼게 되는 극점이다. 존재가 다 사라져버리면서 이룩되는 고요, 그것은 역동적 고요이다.

시인은 그런 점에서 사실 우정을 알지 못한다. 왜냐하면 사랑을 통해서만 세계를 이해하기 때문이다. 감정의 격렬한 충동만이 사랑의 유일한 증거이다. "모를 일이다 내 눈앞에 환하게 피어나는 / 저 꽃덩어리 / 바로 보지 못하고 고개 돌리는 거 / 불붙듯 피어나 / 속속잎까지 벌어지는 저것 앞에서 헐떡이다 / 몸뚱이가 시체처럼 굳어지는 거"(박영근, 「저 꽃이 불편하다」), 무엇이 그를 불편하게 하는가. 혼자 있으면서도 결코 그녀 곁을 떠나지 않는 자의 숨죽인 정념이 시인을 불편하게 한다. 그 시의 정념이 나를 소모시키기 때문이다(시여 나를 소모시켜다오!).

시인은 결코 동일성이 보장되지 않는 자다. 그는 자기 동일성을 지니지 못한다. 그는 이 위험스러운 쾌감에 전율하는 자다. 속속잎이 벌어진 붉은 꽃덩이 앞에서 헐떡이다 시체처럼 굳어지다 시인의 자아는 붙

안정한 진동의 방식으로 존재한다. 그에게 시는 열리려다 닫히는, 닫히려다 열리는 속잎 벌어진 그 은밀한 틈새다.

"잠시 환하게 열렸다가 닫히는/창문들, 그 안쪽에/빗방울처럼 얼핏/알 수 없는 모습들"(전동균, 「그리움의 힘으로」). 시인은 금세 나타났다 사라지는 그 부재의 흔적을 응시한다. 시인은 세계와 세계 사이의 그 간극에 집중한다.

두 사물이 만나는 접점, 그 간헐적인 반짝거림, 그러니까 시는 이 접점의 지대를 노출시키는 것이며 텍스트 읽기는 그 지점을 찢는 행위이다. 시읽기는 결국 텍스트를 찢는 일종의 페티시즘이다.

2. 삶의 청승맞음과 적막함—전동균, 『함허동천에서 서성이다』

전동균의 시를 읽으면 아라비아 사막에서 누군가가 부는 피리 소리가 떠오른다. 그것에는 원초적인 허무와 적막감이 깃들어 있다. 세상에 가득 찬 것 같으면서 동시에 텅 비어 있는 것의 공명, 텅 빈 몸 속으로 들어가서 다시 빈집을 휘감아돌아 소리로 환생하는 소리의 반향들, 그렇게 소리는 몸을 일으키며 다시 스러진다. 사라짐으로써 그 존재를 환기시킨다. 그것은 존재 너머의 흔적과 같은 것이며 환몽적인 느낌 같은 것이다. 저녁 무렵 모래알이 입 안에서 가득 서걱이는 듯한 막막함, 막연한 서글픔과 불가사의한 삶의 느낌들, 이런 느낌을 시인은 간취해낸다. "살구꽃 피면, 물방울이 터지듯/작고 붉은 꽃잎 속에서/겨울밤 하늘을 건너던 별들의 발자국 소리,/저녁을 굶고 하늘을 바라보던 아이의/숨죽인 울음소리도 들려와"(「봄볕 아래 앉아」) "아내와 나는 집으로 돌아갈 생각도 잊고/한참 동안 대밭 옆에 앉아/배고픈 새끼들처럼 칭얼대며 함께 서걱거렸는데요"(「저물 무렵」). 여리고 가녀린 것들은 작은 울음소리를 내는데 그것은 거의 들리지 않을 정도의 속삭임 같은 소리이다. 이것들은 거의 존재하지 않는 것에 가깝다. 그것들은 말하자면 존재하는 것과 무의 접점에서 숨쉬고 있는 것들이다. 있는 것과 없는 것, 없음과 있음 사이에서 흘러나오는 갈라짐이다. 그것은 존재의 통일성이나 의미 창출을 목적으로 하지 않는다. 차라리 의미의 일탈, 의미화의 숙명에 저항한다. 의미의 기화, 규정의 소실. 그 소실점 위에 전동균의 시는 위치한다.

"누가, 도대체 누가/이토록 숨찬 급류의 사랑을 보내오고 있는가……/비가 오면 빗방울 속에, 달이 뜨면 달 속에/아무도 못 찾을 방 한 칸 들여"(「봉평계곡」). "아무것도,/아무것도 보이지 않는 저녁답"(「함허동천에서 오래 서성이다」), "잎 다 떨군 나무에 누가 숨어/저토록 환한 불꽃을 피워올리는지"(「홍시 한 알」).

무엇인지 모를 그 미지의 것에 대한 질문, 전동균의 시는 이 알 수 없는 것에 대한 모호함과 인지 사이에서 가늘게 떤다. 그것은 사물의 현존도 아니며 사물 인지의 중지(中止)를 보여주는 것도 아니다. 그것은 규정적 명제를 배제함으로써 비로소 얻어지는 존재 현상의 과정을 환기시킨다. 마치 흔적과 알 수 없는 불가지적 상황으로만 인식이 가능하다는 인식의 변증법적 과정들처럼. 즉 꽃이 개화는 곧 꽃의 낙화를 통해서만 의미를 회복하듯, 삶의 아우라는 아우라의 붕괴를 통해서만 그 역설적 힘을 얻는다. 전동균의 시에서 보여주는 그 '누구' '누군가'의 숨소리, "아무것도 보이지 않는" "누가 숨어" 있는 그 비가시의 순간은 일종의 비현실적 아우라를 전염시키는 순간이다. 그러니 그것은 다시 "환한 불꽃"으로 피어올라오고 "숨찬 급류"를 보내옴으로써만 인지된다. 즉 숨겨져 있는 그윽한 것이지만 그것들은 곧 붕괴되는 순간을 맞는 것이다.

나는 그곳에서 대추 몇 알을 주웠다
마른 우물 바닥에서 능구렁이가 스르륵
스르륵 몸을 감았다 푸는 소리 들으며
대추알을 줍는 동안
숨막힐 듯 이상한 향기들이 내 안에서
끊임없이 번져나오고
이 세상 너머 낯선 풍경들이
먼지처럼 뿌옇게 타올랐다가 스러져갔다

—「공터가 있다」 중에서

시인의 내부에 숨막힐 듯이 번지는 이상한 향기는 무엇인가. 존재는
역사 속으로 사라져감으로써만 인지된다. 이것이 변증법이다. 마른 우
물 바닥에 능구렁이가 몸 감았다 푸는 소리, 숨막힐 듯한 이상한 향기,
이 세상의 낯선 풍경들이 먼지처럼 뿌옇게 타오르다 스러져가는 장면
들. 소리와 침묵 사이, 존재와 비존재 사이에서 전동균의 시는 비의적
으로 환기된다.

완전히 해독되지 않는 암호처럼, 이 비밀스러운 수수께끼의 존재방
식은 마치 시가 독자에게 몸을 보이는 그 비밀스러운 현존방식과 유사
하다. 시의 언어야말로 깨달음을 주는 동시에 그 흥건한 혼몽을 드러내
는 미망이기 때문이다. 언어의 의미를 추적해나가다보면 어느새 모든
언어가 사라지는 그 침묵에 가 닿게 된다. 텅 빈 공터이면서 뿌옇게 타
오르는 공터 위의 낯선 풍경처럼, 나타났다 스러지는, 사라짐으로써만
인지되는 이중적이고 모순적인 모습이다.

떠돌고 떠돌다가 여기까지 왔는데요
저문 등명 바다 어찌 이리 순한지

솔밭 앞에 들어온 물결들은

솔방울 떨어지는 소리까지,

솔방울 속에 앉아 있는

민박집 밥 끓는 소리까지 다 들려주는데요

그 소리 끊어진 자리에서

새파란, 귀가 새파란 적막을 안고

초승달이 돋았는데요

막버스가 왔습니다 헐렁한 스웨터를 입은 여자가 내려,

강릉場에서 산 플라스틱 그릇을 딸그락딸그락거리며 내 앞을 지나갑
니다

어디 갈 데 없으면, 차라리

살림이나 차리자는 듯

—「초승달 아래」 전문

저녁 바다, 초승달이 돋는 순간은 모든 사물들이 그 틈새를 비집고
솟아나는 이중적 환몽의 순간이다. 저물 무렵의 바닷가, 솔방울이 떨어
지는 소리, 민박집 밥 끓는 소리. 그리고 새파란 적막처럼 돋는 초승달.
존재하는 만물들은 틈을 내고 그 틈을 통해 발화한다. 바닷가 솔방울
속에 앉아 있는 이 무수한 소리들. 초승달은 이 사물들이 끊어진 자리
에서 소리의 화생처럼 숨쉬며 솟아난다. 저녁 무렵이 저마한이 이름 붙
일 수 없는 고즈넉함으로 이동할 때 불현듯 생은 그 청승맞은 모습으로
드러난다. 초승달이 돋는 고요한 바닷가에 막버스가 오고 헐렁한 스웨
터를 입은 여자가 강릉장에서 산 플라스틱 그릇을 딸그락거리며 시인
앞을 지나간다. 아, 이 황망함이란. 어디 갈 데 없으면 차라리 살림이나
차리자는 듯. 삶은 이 놀라운 갈라짐 안에 놓여 있다. 삶이 무름 향하는

허무의 지점에서 다시 시는 선회하듯 그 부정을 준거점으로 해서 삶의 청승맞음으로 복귀한다. 청승맞음이야말로 끝없이 삶을 거부하면서도 감싸안는 따뜻한 요사채가 아니고 무엇인가.

전동균의 시는 대개 보일 듯 들릴 듯 사라질 듯한 그 존재의 끝점에서 균열을 일으킨다. 그렇게 삶의 비의를 향하던 갈라짐이 다시 생의 자리로 돌아오는 그 극점임을 보여주는 시가 「초승달 아래」이다. 아니 시인은 어떤 방향이나 영역으로 넘어가지 못하고 그 '사이의 공간'에서 서성거리면서 석유곤로에 냄비밥을 안친다(「함허동천에서 오래 서성이다」). (그의 시의 마지막 시구가 미결 감정으로 남아 있는 것은 이러한 이유에서이다.) 시인은 아무것도 보이지 않는 저녁 무렵, 집에 안 가려 떼를 쓰는 새끼 염소를 달래고 처마 끝에 떨어지는 물방울 속에서 노인이 되었다 아이가 되었다 한다. 이승과 저승 사이를, 사물과 주체 사이를, 그 간극이라는 위대한 숨통으로 숨쉬고 있다. 삶의 적막함을 다시 청승맞음으로 감싸안으면서, 다시 적막함이 저 무의 한순간으로 사라지는 것을 간절하게 붙잡으면서 그는 생 앞에서 서성이고 있는 것이다.

3. 뭉클하게 익어가는 시간 항아리―오탁번, 『벙어리장갑』

오탁번의 시는 우리가 잃어버린 것을 문득 환기시킨다. 대개 잃어버린 것은 과거의 그 무엇이다. 과거는 향수로 가득 찬 어떤 근원적인 것이다. 과거에는 언제나 할머니와 어머니, 그리고 고모, 누나가 있다. 사실 근대의 소외는 이러한 근원적인 것, 오래된 것에 매료되게 한다. 이는 곧 잃어버린 진실의 저장고, 혹은 영원한 여성에 대한 신화이다. 그것은 마치 근원적이고 리비도적인 힘의 신비스러움으로 등장한다. 특히 여성의 잉태와 출산은 문화와 문명 이전의 모순 없는 논리를 드러내는 관습적 상징이다.

> 할머니의 들숨으로
> 어머니의 날숨으로
> 알맞게 익어가는
> 우리집 간장과 된장
>
> 배불러 친정에 온 고모 같은
> 막 달거리 시작한 누나 같은
> 장독대의 크고 작은 독들이
> 햇살미역 감고 있다

—「장독대」 전문

모든 둥근 것들은 원초적 동일성에 대한 향수를 불러일으킨다. 그것은 이미 일반화된 사실처럼 근대 존재론의 맥락과 관계한다. 근대의 질병인 존재의 소외는 상실로 인한 부재감을 여성성으로의 회귀를 통해 치유하려 한다. 그것은 어머니의 뱃속이라는 초시간적 안정과 평온의 상태이다. 장 항아리의 둥근 배는 할머니와 어머니의 배이고 고모와 누나의 배다. 모든 둥근 것들은 근원적 따뜻함과 휴식, 유기성, 관계에 대한 믿음을 불러일으킨다. 불안의 사회에서 본질적으로 훼손되지 않은 존재, 여성은 생명을 잉태하고 출산하는 친밀한 성소이다. 비로소 완벽하게 돌아가는 굳건한 귀소, 그 둥지의 끝점에 아이를 잉태하고 낳고 키우는 여성이 있는 것이다.

장독대의 항아리가 햇빛에 익어가듯, 가끔씩 열어주어 항아리가 숨을 쉬듯 시인이 견지(堅持)하는 사물들은 한결같이 우주의 시간에 조응하며 호흡을 해나가는 유기체이다. 이를테면 "쥐불놀이 하다가 눈썹 태우고" 잠든 밤에 쥐가 이불 속까지 기어들어와 "내 어린 발가락을 깨"물고 아침에 "내 고무신에 / 봉숭아씨처럼 예쁜 / 쥐똥만 남겨놓고"(「쥐」) 숨어버린 사건. 어린아이의 시선으로 바라보는 모든 세계는 갈등이 없는 세계이다. 이 시에서 쥐는 쥐오줌자국을 천장에 남기며 돌아다닌다. 불놀이를 하면 오줌을 싼다는 말에 비추어보면 쥐나 시적 화자는 함께 오줌을 지리고 서로 함께 노는 친구이다. 오탁번의 시에서 쥐도 시적 화자와 친구가 되고 "모래무지" "여울목의 가재"(「고향」), "개미귀신"(「하동」)도 동료가 된다. 어린아이는 모든 것을 인간화(의인화)한다. 분만과 잉태의 상상력은 세계의 모든 것을 물활론으로 보게 하기 때문이다. 그것은 여성적 생명의 유기성과 관계한다. 세계를 구성하는 사물들은 나와 탯줄로 이어져 있는 혈연적인 것이다.

이를테면 나는 오탁번의 이번 시집에서 배설의 강력한 욕구를 감지하는데, 이 지독한 방뇨의 욕구도 분만 상상력의 또다른 반영인 셈이다. "나도 내 몸을 태워서 / 그대의 뜰에 / 배롱나무로 서고 싶다 / 요강에 넘치는 그대의 오줌으로 / 내 뿌리를 적셔다오"(「선운사 배롱나무」). '요강에 넘치는 오줌'은 넘치는 생명력을 상징한다. 신라시대 김유신의 여동생이 누었던 오줌처럼 그것은 세계를 뒤엎을 만큼 강력한 태초의 물이며 존재의 시원이기도 하다. 시적 화자는 '그대의 오줌'으로 세례받기를 원한다.

"갑자기 오줌이 마려워서 아무도 없는 강물에 오줌을 누었네 내 오줌방울 물 속으로 들어가서 몸을 숨긴 고래의 수염을 따듯하게 해주겠네 멱 감다가 물 속에서 오줌을 누면 종아리가 따듯해지던 추억의 바위 위에"(「초등학교 동창회」). 물 속에서의 방뇨는 과거의 어느 순간을 떠올리게 하는 따듯함이 있다. 물 속에서 오줌을 누어본 사람은 알겠지만 그 서늘한 물과 뜨뜻미지근한 것이 함께 섞이는 느낌이란. 그것은 의식과 무의식이 미분화된 상태의 원시 경험을 떠올리게 한다. 그것은 어머니의 태내, 양수 속에서 음식을 먹고 배설하는, 먹는 것과 배설에 어떤 금지도 없던 자족과 평안이 존재하던 시간을 환기시킨다. 분열되지 않는 상태, 이 뿌리 깊은 통일성의 육체를 시인은 분만과 배설, 그 편안한 생명회로에서 찾고 있다. 이것은 이번 시집에서 보이는 외설적인 해학성(「연애」「카마수트라의 힌두 사내」)과도 관계가 있다. 그것은 실은 억압되지 않는 배설욕구, 침범받지 않은 본능적 생명 유로(流路)의 흐름이다.

시인은 이러한 생명의 자연스러운 흐름이 시의 몸 속에 쟁여져 있다는 사실을 다음에서 보여준다.

여름내 어깨순 집어준 목화에서
마디마디 목화꽃이 피어나면
달콤한 목화다래 몰래 따서 먹다가
어머니한테 나는 늘 혼났다
그럴 때면 누나가 눈을 흘겼다
―겨울에 손 꽁꽁 얼어도 좋으니?
서리 내리는 가을이 성큼 오면
(……)
뱅그르르 도는 물렛살을 만지려다가
어머니한테 나는 늘 혼났다
그럴 때면 누나가 눈을 흘겼다
―손 다쳐서 아야 해도 좋으니?
(……)
까치 설빔 다 적시며 눈싸움한다
동무들은 시린 손을 호호 불지만
내 손은 눈곱만큼도 안 시리다
누나가 뜨개질 한 벙어리장갑에서

어머니의 꾸중과 누나의 눈흘김이

하얀 목화송이로 여태 피어나고

실 잣는 물레도 이냥 돌아가니까

—「벙어리장갑」 중에서

어머니와 누나가 여름에서 가을을 거쳐 목화에서 딴 솜으로 실을 자아 장갑을 짜준다. 어린 시적 화자가 그것을 방해하려 할 때마다 어머니는 혼을 내고 누나는 눈을 흘긴다. 비로소 완성되는 겨울의 따뜻함, 여성의 그윽한 부드러움. 벙어리장갑은 할머니 때부터 어머니, 누나로 거쳐오며 누대로 숨쉬는 장독대의 항아리인 셈이다. 시간이 누적되고 축적된 시간 항아리. 여름에서 가을, 그리고 겨울로 이어지는, 시간이 공간으로 들어앉아 있는 사물인 것이다.

벙어리장갑은 다섯 손가락이 갈라진 장갑과 달리 네 개의 손가락을 묶어둔다. 그것은 갈라지지 않는 합일과 둥근 원환을 상징한다. 벙어리장갑으로는 꼼꼼하고 복잡한 일을 할 수가 없다. 그것은 말을 하지 못하는 '벙어리'이기 때문이다. 벙어리장갑은 언어를 상납한 인어공주처럼 저 수많은 벙어리 여인처럼 언어를 거세함으로써 복잡성과 갈등의 흔적을 없애버린다. 언어를 지움으로써 환기되는 자족적인 충만의 세계이다.

무엇보다 이 시는 구성이 극적이다. 어머니는 철없이 목화다래를 따먹으려는 어린 '나'를 늘 혼내고 누나는 그런 나에게 눈을 흘기며 "~해도 좋으니?"라며 똑같이 구박을 한다. 이러한 대응구조의 반복과 삼단구성의 마지막에서 극적 해방을 맞는 완결구도가 흥미롭다.

그러나 이 시를 살려내는 것은 시적 호흡이 시의 운율을 형성하는 데 있다. "여름내 / 어깨순 / 집어준 / 목화에서 // 마디마디 / 목화꽃이 / 피어나면 // 달콤한 / 목화다래 / 몰래 따서 / 먹다가 // 어머니한테 / 나는 / 늘

/혼났다"에서 보여주듯 4음보 율격이 반복되고 있다. 오탁번의 시집은, 대개의 시가 이러한 리듬으로 충일하다. 이것은 여성성의 유기성을 찾아가려는 시인의 생명 충동적 의지와 무관하지 않다. 리듬은 여성적 감정과 관계한다. 리듬은 원시로 복귀하려는 무의식적 욕망이라 할 수 있다. 천체운행과 그 주기적 순환, 인체의 호흡과 고동은 신비의 리듬 가운데 있으며 생명을 반복한다. 아니 시가 리듬을 지닌다는 점에서 시는 여성적인 것의 총화인 것이다. "—겨울에/손/꽁꽁/얼어도 좋으니?" "—손/다쳐서/아야/해도 좋으니?"에서의 운율과 대구의 반복은 시적 언어가 물리적 실체로 구체화되는 순간이다. 운율 섞인 구어체는 두멍한 언어의 흐름을 뒤집어 시적 신비와 소리의 문양을 느끼게 한다. 리듬은 의식 이전의 어떤 것으로 우리의 내면을 움직이게 한다. 의미의 가능성 그 이전에 생명감을 리듬화하는 데서 오는 흥겨움과 즐거움이다.

오탁번의 시를 단순히 생태주의적 여성성 지향의 시라고 규정할 수 없는 것은 시의 리듬과 그 극적 해소 때문이다. 4음보의 구성으로 진행되어가던 시는 종국에, 시간이 흘러 겨울이 돌아오고 비로소 발현되는 사랑의 결실로 나아간다. 프로이트의 어린아이의 실패 놀이 비유에서 아이가 실패를 던지고 다시 끌어당기는 놀이를 하는 것은 부재하는 어머니를 욕망하기 때문이라고 한다. 그렇다면 결국 말의 반복(아이가 지르는 '아' 와 '어' 의 반복)처럼 리듬의 반복은 부재하는 어떤 것을 극복해내려는 언어의 상징화 행위가 아닐까 부재의 정복, 시인은 안정되고 정돈된 4음보를 통해 언어의 일반화에 저항하며 정서적 고양을 극대화한다. 이것이 시인이 이룩한 여성 방언이며 공동체적 유대와 공감의 확대라 할 수 있다.

4. 내 안에서 울고 있는 기이한 울음소리 — 박영근, 『저 꽃이 불편하다』

박영근의 시집은 어둠 속 길모퉁이에서 숨죽여 울고 있는 한 아이를 떠올리게 한다. 그 어둠은 너무나 깊고 무겁게 침전되어 있어 어둠이 아이인지 아이가 어둠인지 알 수가 없다. 시인은 갈 바를 알지 못하는 길 위에서 마음 붙잡을 전신주 하나 없는 행려자(行旅者)이다. 그에게는 돌아갈 집도, 밥상머리에 둘러앉을 식구도 없다(「겨울비」). 돌아갈 자리가 없는 그는 컨테이너 박스 안에 뒹구는 재고처럼, 먹다 남긴 소주병처럼 새우잠을 잔다(「행려」). 차라리 짐승이길 원하는, 그리하여 상처라도 먹고 살 수 있기를 바라는, 이제는 "지나간 날들은 이미 없다"(「봄빛」)는 위악적 신음 소리는 불온함으로 들끓어댄다. 시인은, 대낮인데 "어디선가 나도 모르는 곳에서/흐느끼는 내 울음소리를 듣는다"(「北斗」).

"나에게는 현실이 없었다"(「나는 지금 어디를 바라보고 있는 것일까」)라고 외치는 시인은 누구인가. 80년대라는 절체절명의 위기상황을 지나오면서 그가 바쳤던 순결한 정열은 어디로 간 것인가. 고통과 수난이 커다란 실천적 의미를 담보하던 시기가 끝나고 시인이 이른 곳은 어둠이 내려앉은 침잠의 깊이이다. "한 점 노을"도 "없"고 "객막에 벌써 불빛이 없"고 "바다로 가는 길은 끊겼다"(「달」). 어떤 부르는 소리도 움직임도 다 끊긴 허무의 상황에서 시인은 마음의 슬픔을 깨닫는다. 그것은 이념의 시대가 끝나고 근대의 끝 지점에서 느끼는 절망일까.

> 장지문 앞 댓돌 위에서 먹고무신 한 켤레가 누군가를 기다리고 있다//동지도 지났는데 시커먼 그을음뿐/흙부뚜막엔 불 땐 흔적 한 점 없고,/이제 가마솥에서는 물이 끓지 않는다//(……)/나는 그 장지문을 열기가 두렵다//거기 먼저 와/나를 보고 울음을 터뜨릴 것 같은,/저 눈

벌판도 덮지 못한/내가 끌고 온 길들

―「길」 중에서

댓돌 위 "먹고무신 한 켤레"가 고요히 누군가를 기다리고 있다. 부뚜막에는 불씨 한 점 없고 가마솥에는 물도 끓지 않는 적막함이다. 장지문을 사이에 두고 시인은 그 안에 먼저 와 있는 울음을 발견한다. 그것은 자신이 끌고 온 길들에 대한 회한, 그 과거와의 대면이 터뜨려놓은 것 같은 울음보이다. 과거의 쟁투를 돌아보며 시인은 극단적인 자기 부정으로 선회한다. 아무것도 남은 것이 없다. 강의 물결은 시인을 끌어당기며 한꺼번에 얼어붙고 스스로 꽝꽝 얼어터진다(「물결」). 등에 얼음이 박히고 이디에도 나는 없나는 서 노저한 부정의 서슬을 드러낸다. 그는 이제 자기와의 쟁투에 들어간다. 시인은 돌아오려 하는 것이다. 자신에게로.

그는 이타카로 되돌아가는 망명자 율리시스이다. 중심으로 가는 길의 모색. 그는 자기 방황 안에 감춰진 뜻을 끝없이 찾고 질문하며 그 시련의 과정을 깨달으려 한다. 시인은 자신의 악과 절망과 고통의 다리로 집으로 가고 있다.

시인은 과거를 되묻고 자신 안에 화인 찍힌 고통의 의미들을 통해 자신 안에서 길을 찾으려 한다. 시인은 구인 신문을 말아쥐고 "지금 나는 어디를 바라보고 있는 것일까"(「나는 지금 어디를 바라보고 있는 것일까」), 자신에게 질문한다. 그렇게 하여 시인은 스스로에게 대답한다.

그러나 집이 어디 있느냐고 성급하게 묻지 마라/길이 제가 가닿을 길을 모르듯이/(……)/아무도 그 집 있는 곳을 가르쳐줄 수 없을 테니까/믿어야 할 것은 바람과/우리가 끝까지 지켜보아야 할 침묵//(……)/그래, 이제 詩는 그만두기로 하자/그 숱한 비유들이 그치고/흰빛, 흰빛

만 남을 때까지

—「흰빛」 중에서

이제 그는 질문했던 방식으로 그 해답을 찾는다. 길은 제가 가 닿을 길을 모른다는 것. 시인은 다만 세상에 대해 침묵하고 스스로를 버텨내는 견딤으로 그 고독한 하나의 밀도를 형성한다. 모든 수사를 걷어내고 숱한 비유를 그만두고 시인은 침묵하는 흰빛이라는 더 진한 어둠을 받아들인다. 이 그늘진 흰빛은 스스로의 모순을 극대화함으로써 그 고통을 극복한다는 점에서 역설적이다. 그의 자기 부정은 고통을 통해서만 고통이 해소된다는 자각이다. 고통의 해소는 필연적으로 고통으로 되돌아와 깊은 심연을 인식함으로써 가능하다.

그렇다면 불편한 저 꽃의 비밀은 밝혀지는 셈이다. 꽃은 스스로 자신을 찢음으로써 환하게 피어나고 다시 한꺼번에 땅에 떨어져 뒹굶으로써 그 강렬한 생의 고통을 전염시킨다. 박영근의 시가 무거우면서도 아름다운 것은 바로 이런 점 때문이다. 즉 우리가 아름답다고 생각하는 것 혹은 진실하다고 생각하는 것은 모두 운명과 싸우는 모습을 띤다. 꽃이 자신의 몸을 찢고 피어나 다시 몸을 쓰러뜨리는 장면이 아름다운 것은 꽃이 운명과 싸우기 때문이다. 막 울음을 터뜨릴 것 같은 자기 고통과의 대면, 자기 해체를 통해 몸을 찢고 피어나는 꽃의 개화. 우리가 박영근의 시에서 어떤 우수를 느끼고 있다면 그것은 이러한 그늘의 숙명, 통렬한 자기 고투의 순결함을 목격하기 때문이다.

5. 그러나 나는 두렵다

시는 삶에 대한 향수적 접근을 가능하게 하는 언어적 보완이다. 시인은 세계의 본질에 가 닿기 위해 사물의 소리에 귀 기울인다. 그는 자연의 흐름과 질서에 자리한 자신 내부의 감각과 외적 세계가 교섭하길 원한다. 그런 점에서 모든 시는 본래적으로 생태적이다. 자연의 대상에 무한히 자신을 열어놓는 동화행위, 내적 감각과 외적 감각이 만나는 지점이야말로 생명의 유기적 연쇄가 일어나는 지점이기 때문이다.

도구적 이성과 기술에 대한 강박은 우리 시대에 어떤 서정성을 강력하게 요구하는지도 모르겠다. 80년대 날카로운 이념의 시대를 넘어서자 우리 시는 90년대 초 신서정의 한 시절을 거친 적이 있었다. 분열을 넘어서게 하는 동일성과 회귀에 대한 희구는 어느 순간도 멈춘 적이 없다. 그것은 타락하기 이전의, 직접적인 경험과 매개된 경험이 하나로 통합되는 초월성의 원섬이다. 서성은 근대를 구성하는 주체가 상실한 역사에 대한 연대감을 찾아가는 한 과정인 것이다.

나는 시와 예술이 우리에게 제공하는 보이지 않는 아우라, 유대와 교감으로 혹은 생명의 한통속으로 몽상에 젖어들게 하는 공동체의식이 두렵다. 혹은 그 어떤 전체성이 두렵기도 하다. 이를테면 시낭송회에서 자주 낭송되는 정지용의 「향수」에서 "참하— 꿈엔들 잊힐 리야"를 함께 음미하면서 우리는 신화적 강박에 사로잡힌다. 그것은 교환가치로만 체계화된 자본의 세계를 넘어서게 하는 마법성을 갖는다. 그러나 이러한 아우라야말로 민족주의와 파시즘의 뿌리가 된 것들이다. 시의 신화적 요소가 주는 이 주술성, 숭고화된 유토피아적 환상은 인간을 행위의 주체이지 못하게 한다. 모더니즘의 역사는 구원적 친화감이라는 숭고성에 대한 탈주술화에서부터 시작된다. 그것은 예술을 둘러싸고 있는 신화적인 숭배를 제거하는 인간화의 과정이었다.

전동균의 현실 너머의 비의성, 오탁번의 영원한 모성과 고향의식, 박영근의 태곳적 나르시시즘은 의식 너머의 저 과거적인 어떤 것에 대한 강력한 은유로서 우리를 사로잡는다. 서정은 극좌에서 극우까지 광범 위한 정치적 입장과 조우할 수 있는 문화적 불안을 내포한다. 과거에 대한 동경, 현실 너머의 것에 대한 관심은 유토피아로서의 어떤 지대를 불러들임으로써 정치적 도구가 될 수도 있다. 그렇다면 이 디지털의 시대에, 후기자본주의의 끝에서 신화는 왜 귀환하는가. 이 모더니즘의 극단이 신화를 불러들인 것인가.

우리 시대 서정으로서의 시가 주는 연속적이고 안정된 느낌을 감상적이라고, 근원적 회귀라고 하여 단순히 경멸할 수는 없다. 단순히 반동적인 것으로 치부해버릴 수 없다. 이상화된 과거에 대한 욕망, 근본주의로의 회귀는 과거의 억압적인 기억을 무화시켜버리기도 하지만 생의 적극적 대안을 제시하기도 한다. 시의 주술성과 모더니즘의 이성은 언제나 서로에게 칼끝을 겨누어왔다. 다만 끝없이 원초적 통일성으로 회귀하려는 반복적인 강박, 죄와 속죄에 대한 근원적 구원의 문제 등, 신화와 예술적 주술성은 모더니즘 이성과의 길항관계 속에서 그 변증법적 해결, 혹은 그 생산적 극복을 찾아가지 않을까, 나는 그런 생각을 한다.

융기/스밈/고양

1. 형식의 극치

문제는 언제나 여기에 있다. 말해야 할 어떤 것을 어떤 방식으로 말할 것인가 하는, 즉 '말할 것으로서의 본질'과 '말하는 방식으로서의 형식' 사이에 언어의 강렬한 긴장이 놓여 있다. 사실 인간이 어떤 사실을 인지하기 위해서는 형식화의 통로를 거치게 되는 것이다. 지각의 그 순간도 실은 형식화의 과정이다. 문자가 생기기 전, 신화와 마술적 주문, 의식(儀式)은 하나의 언어형식 속에 담겼다. 형식은 정보를 보존하고 전승하는 데 유효하다. "옛날 옛날에……"라고 말하는 방식에서 청자는 이미 그것이 특정한 유형의 언술방식(전설이나 민담)과 관계하는 것임을 안다. 옛날이야기는 어떤 방식과 어떤 구조 안에 형식화되어 있다. 사물과 세상을 해석하고 인지하는 과정은 어떠한 '언어형식 안'에서 그것을 수용하고 있다는 것을 의미한다. 클리언스 브룩스는, "인간은 세계를 파악하기 위해서 형식을 창조한다"라고 말한다.

어떤 언어형식으로 세상을 받아들일 것인가. 각각의 말하기는 각각의 언어방식을 만들어내는 것이고 각각의 언어방식은 각각의 세계를 창조해내는 것과 다를 바가 없다. 문학행위야말로 이러한 말하기 방식의 가장 첨예한 형태이다. 그것은 말하기의 어떤 방식, 즉 어떤 언어의 방식으로 새로운 현실을 만들어내는 것이다(물론 문학언어는 관습과 형식에 의해 제도화되어 있으면서 동시에 그것에 끝없이 길항한다는 모순적 알리바이를 가진다).

어떻게 말할 것인가. 이것이야말로 문학언어가 가지는 숙명적 고뇌이다. 시야말로 말하기 방식의 그 극단에서, 말하기 형식의 극치에서 전율하는 언어다. 시는 언어형식, 표현의 방식으로만 가장 미적인 것을 드러내려 한다. 이 표현형식이 미적 감각적 만족을 일으킨다. 독자는 산문과 다른 독특한 말하기의 방식에 관심을 집중한다. 시는 분명 일상어와 다른 말하기의 방식을 그 존재 근거로 삼는다. 표현형식으로 자기를 근거화한다. 시에서 운율, 리듬, 연과 행의 구분은 문학 텍스트를 수용하기 위해 주어지는 관습적 부가구조이다. 이것은 문학적 전통에서 형성된 것이며 역사적 의미를 지닌다. 사회관습의 지배하에서 시적 자질은 특수한 텍스트로서 미적 텍스트를 구성하게 하는 지각양식을 가진다.

즉 시를 구성하는 문학적 자질인 리듬은 텍스트 수용과정에서 어떤 선험성을 전제한다. 우리가 익히 아는 바대로, 리듬은 세계를 구성하는 음과 양, 강과 약의 반복, 시간의 등가적 분할을 전제한다. 그것은 우주 생명의 기본적인 맥락을 연상시키는 통일성을 제공한다. 시에서 리듬이 주는 생명적 본원성은, 노래의 가사는 사라지고 노래의 선율만 남아 있는 경우에서도 알 수 있다. 허밍처럼 내용은 알 수 없지만 노래의 느낌만이 남아 우리의 내면을 들쑤셔놓고 가는, 그 알 수 없는 느낌은 개념화 이전의 세계이기에 더욱 강렬하게 우리 내면에 각인된다. 즉 명료한 정보와 각주가 인식되는 것이 아니라 불투명한 주관적 느낌이 무의식에 흩뿌려져 존재의 본질을 건드리는 것이다. 독자는 시읽기를 통해 관습적 문학언어 방식을 숙지하는 동시에 말하기 방식의 끝없는 변주를, 그러면서 무의식적인 생래적 운율에 생명현상과의 일체감을 느끼는 복합적인 문학전달 방식에 직면한다. 시는 주관과 주관이 접지하는 가장 마술적인 교감이라 할 수 있다.

그런 점에서 시에 대해서는 다른 문학 장르와 다르게 미적 언어소통의 과정에 대해 더욱 예민하게 언급해야 한다. 시는 형식 그 자체만으로 본질을 드러내려 한다. 시는 말하기 방식을 민감하게 실험하는 장르이며 그것으로 말미암아 다른 언어들과의 주관적 경계를 만들기 때문이다.

나는 위에서, 시를 가장 시적으로 만들어주는 요소가 무엇인가 하는 물음, 즉 말하기의 방식을 문제삼았다. 그중에서 일단 이 글에서는 세 가지의 항목을 살펴보고자 한다. 시를 가장 시적인 것으로 느끼게 해주는 말하기의 방식에서의 은유와 운율, 언술방식에서의 이미지의 중첩에 대해 언급하고 싶다.

2. 우연과 충격—이향지, 『내 눈앞의 전선』

연꽃 한 송이 돌 속에 꽃 핀 몸을 새겨넣을 동안

새 한 마리 돌 속에 나는 몸을 새겨넣을 동안

소나무 한 그루 돌 속에서 달빛 두르고 걸어나올 동안

대나무 한 그루 돌을 뚫고 구름에서 일어설 동안

내가 뻘 속에 주저앉아 진흙 꽃봉오리나 밀어내고 있을 동안

—「낙관」 전문

이향지 시인의 시집 첫번째 시 「낙관」은 이 시집 전체에 대한 하나의 화두를 던져주고 있다. 연꽃과 새와 대나무가 돌에 새겨지는 과정들, 이것은 야콥슨 식으로 일종의 계열축에서의 은유들이 병치되어 나타나는 과정이라 할 수 있다. 각각의 사물들이 통사론적 병렬현상을 보여준다. 연꽃 한 송이가 돌 속에 새겨지고 새 한 마리가 돌 속에 새겨지고 소나무와 대나무가 한 그루씩 밖으로 몸을 드러내는 과정들이 텍스트 위에 도열한다. 그리고 그 각각의 사물들의 움직임과 대칭적인 위치에 '내'가 중첩된다. 이 각각의 시적 대상들은 모두 '낙관'을 형상화해내는 은유이다. 낙관은 작품에 작가가 자신의 이름이나 아호를 쓰고 도장을 찍는 일이다. 그러니까 작품을 마침내 세상 밖으로 밀어내는 마지막 행위이다. 연꽃과 새와 소나무와 대나무가 암흑의 덩어리인 돌을 뚫고 생명의 몸으로 탄생되어가는 과정은 창조의 지난한 인고를 암시한다. 이러한 과정은 시인이 뻘밭과 같은 자신의 일상에서 진흙 꽃봉오리와 같은 시 언어를 밀어내는 과정과 병치된다. 뻘 속이라는 무정형의 삶 안에서, 어둡고 질척한 미분화의 세계에서 시적 형상물인 꽃 한 송이를 건져올리는 행위, 이것이 일상어에서의 창조적 발견, 시적 충격이라고 할 수 있는 은유인 것이다. 시인은 「낙관」이란 시를 시집의 첫머리에 두어 자신의 내면에 웅크린 사물을 세상 밖으로 밀어내고 있다는 것을 메타시처럼 보여준다. 그렇게 하여 자신의 시집에 낙관을 찍는다.

이향지의 시에서는 이질적인 것들이 통합되고 대립적인 것들이 결합되는 독특한 양식의 은유들이 자주 등장한다. 마치 연꽃과 새와 소나무와 대나무가 딱딱한 대지의 배꼽인 돌을 통과하자 새로운 몸으로 탄생

하는 것처럼, 낙관이 찍히자 작품이 독자에게 환신의 몸으로 드러나는 것처럼. 이를테면 「대해 속의 고깔모자」에서 섬은 "대해 속의 고깔모자"로 비유되고 다시 그것은 "시계"로 변이된다. 섬 위에 비치는 햇살은 "모자 위의 번철"로, 다시 그것은 "에그 프라이"로 변이된다. 차를 타고 둘러보는 섬의 풍경은 "풍경과 속도의 궁전"으로, 다시 "궁전 밖에 해당화" "해당화 발등에 뜨거운 몽돌밭" "몽돌밭 위에는 태엽 풀린 시계 하나"로 사물들은 비유의 연쇄를 만들어간다. 사실 은유를 만들고자 하는 충동은 인간의 근본적인 충동이다. 그것은 이질적인 사물들의 갑작스러운 병치를 통해 새로운 의미로의 전이, 의미의 확산을 꾀한다. 그것은 사물을 새로운 것으로 창조해나가는 문학적 직관의 힘과 관계한다. 그런 점에서 이향지 시에서의 은유들은 독자에게 더욱 곤혹스러운 창조적 영감, 상상적 관여를 부추긴다. 문학적 직관은 개념화 이전, 의미화 이전에 의미 파괴를 전제하기 때문이다. 이를테면 다음과 같은 시를 보자.

마침 그곳을 지나갔다
마침 배가 고팠고
마침 그를 먹었다

그와 내가 수저를 놓고
걷고 있는 사이
지붕 없는 곳이 한없이 넓어져갔다

별 없는 밤이 옆구리를 들추며 밀려들었다

그와 내가 손잡고

캄캄하게 누워 있는 사이

서른다섯 송이의 장미가 피어났다 졌다

—「우연」 전문

시인은 표면적으로 뒤틀리고 낯선 말들을 구사한다. 마침 그곳을 지나갔고 마침 배가 고파 그를 먹었고 그와 내가 수저를 놓고 함께 걸었고 그와 내가 손잡고 있는 사이 서른다섯 송이의 장미가 피어났다 졌다니…… 언어는 표층적 말과 심층적 말 사이에 긴장되고 비밀스러운 세계를 구축한다. 시인의 언어는 문맥 속에서 대립되는 두 개의 쌍을 형성한다. 외면과 내면, 텍스트 표면과 이면이라는 대립쌍의 토대 위에서 은유는 출발한다.

가령 이 시는 이렇다. 시인은 우연히 그곳을 지나가다 그 남자를 만났고 배가 고픈 듯 외로웠고 그를 먹듯 결혼을 했다. 그와 수저를 놓고 함께 생활을 했고 지붕 없는 듯한 달동네에서 신혼을 보내고 그렇게 그와 손을 잡고 밤을 보내는 사이 서른다섯 송이의 장미가 피어나고 지듯 서른다섯 해가 지나갔다. 그러니까 그는 그녀의 남편이고 그녀의 결혼과 생활은 우연에서부터 발생한 것들의 일체이다. 이향지의 시는 이러한 서로 충돌하고 점유하는 과정에서 상호긴장과 놀라움을 드러낸다. 남편과의 만남과 결혼과 생활의 과정은 수수께끼 같은 양식으로 드러난다. 그것은 유사한 것을 의도적으로 거부하는 극단적인 비유사성을 띤다. 20세기 미학적 강령에서 '가능한 멀리 떨어져 있는 두 개의 사물들을 전혀 다른 방법으로 대립시키는 방식'은 관습적 언어규범을 파괴하는 미적 해방을 함축한다.

그러나 무엇보다 이향지 시에서의 은유는 이질적인 것들의 특이한 결합을 시도함으로써 언어의 절대적 심미성을 찾고자 하는 것이 아닌가 한다. 마당 넓은 집 우물가에 잎과 열매가 말라가면서 얼마 안 되는 진을 짜서 벌레에게 나누어주는 "단감나무"를 "청렴"으로 비유한다거나(「청렴」), 감을 깎으며 비어져나오는 "감껍질"을 달디단 과육이 익도록 혼신을 다해 보듬은 "꽃"으로, "무거워진 열매"를 "목 못 가누는 갓난이"로 비유한다(「감을 깎으며」). 이향지 시에서 은유들은 사물들이 또다른 사물로 전이되는 기표의 항구적 운동성을 전제한다. 그것은 권력적 관습언어를 의식적으로 파괴하는 해체의 힘을 획득한다. 이것이야말로 언어의 위계적 고착인 기의와 기표의 결합을 깨뜨리는 공격적인 운동성이며 새로운 변형의 꿈틀거림이라 할 수 있다. 「우연」이란 시에서 나타난 환상과 그 환상의 파괴, 언어의 재현과 재현에 대한 붕괴, 이것이 이향지가 새롭게 구축한 현실이다. 이향지의 시는 그렇게 하여 형성된 전복의 텍스트다.

3. 세상의 모든 아침—임영조, 『시인의 모자』

눈/그친/대숲/속
부리/작은/참새떼가/떠들썩
어둠 쪼는/소리로/먼동이/튼다
선잠 깬/대숲이/햇귀 받아/부신지
용쓰듯/눈짐 털고/푸르게/선다
가문을/함부로/넘보지/말라!
울울창창/일제히/궐기한/형국이다
숲 온채를/빗자루로/하늘을/쓸어
지체를/세우려는/환한/몸부림
서늘하고/올곧은/안간힘이/보인다
하늘로/머리 두고/사는/자는

거저 / 받는 서설도 / 짐이 / 된다고
서걱서걱 / 어깨 / 터는 / 청죽비 소리
            —「눈 그친 대숲」 중에서(빗금은 인용자)

  우리의 몸 안에 이미 우주의 리듬이 감돌고 있다는 사실은 맥박의 움직임에서 드러난다. 기울고 차는 달과 여성 몸의 변화, 심장의 고동과 파도의 들어오고 나감, 시계 소리를 "쨈쨈쨈" "깍깍깍"으로 의식하지 않고 "째깍째깍"으로 인지하는 것은 모든 사물의 움직임과 형상을 긴장과 이완, 맺힘과 풀림으로 이해하려는 인간 잠재의식의 발로라 할 수 있다. 우주는 '오고 감' '들고 남'이라는 이 거대한 생과 사의 테두리를 순환하고 있다. 시의 운율이 리듬감을 가지는 것은 그러므로 처음부터 시가 자연을 모방하려는 동일성의 미학이라는 것을 암시한다.

  임영조 시에서 자연은 관념화되고 추상화된 숭고의 대상이 아니다. 그것은 자연 속의 한 생명체인 인간과 같이 유기체적 전체로 전화하는 과정 속에 있는 자연이다. "고작 사나흘" 연등을 켜든 "목련" "희희낙락 나불대는 진달래와 복숭아꽃" "겁 없이 멋대로 발랑 까진 십대" 같은 "냉이 꽃다지 제비꽃"(「대책 없는 봄」), "하늘로 빗어올린 푸른 머리칼 무스를 바른 듯 나붓나붓 윤나는" "느티나무"(「느티나무 타불」). 임영조의 시에서 자연은 근원적인 친화력을 드러낸다. 사람과 자연 사이의 내면적 유대와 교감은 그에게 와서 거대한 교섭의 장터를 발견한 듯하다.

  그러므로 임영조의 시에 일종의 운율이 녹아 있다는 점은 자연의 호흡을 그대로 이식받은 결과라 할 수 있다. 「눈 그친 대숲」에서 자연스런 음독은 시간 전개의 적절한 균제성, 그것으로 인한 정서의 통일성을 가져온다. 눈 그친 대숲 속의 참새떼와 선잠 깬 대숲이 짐짓 눈 털고 푸르게 서는 장면들, 지체를 세우고 환하게 올곧은 몸부림으로 안간힘을 쓰는 모습, 서걱서걱 어깨를 터는 청죽비 소리. 대나무의 세상에 대한 지조와 결연한 정조의식은 4음보격에 의해 하나의 시적 분위기를 형성한다. 3음보와 다르게 4음보는 안정된 선비의 율격으로서, 눈 온 뒤 대숲의 시간적 공간적 지평 안에 언어의 결이 스며들어가는 듯한 삼투작용을 일으킨다. 이 시에서 리듬은 소리의 등가적 반복을 통해 어떤 소리의 문양화를 만들어낸다. "숲 온채를/빗자루로/하늘을/쓸어//지체를/세우려는/환한/몸부림//서늘하고/올곧은/안간힘이/보인다".

소리의 양식화, 문양화는 시의 사물과 세계를 내면화시켜 우리 신체의 느낌, 신체 내부의 총체감을 얻게 한다. 그것은 투명하게 흘러가버리는 소리를 되짚어 질료화하는 방식이다. 소리가 운율을 지님으로써 소리는 내면의 물질로 질료화된다. 독자는 자연 호흡의 뉘앙스에 동참함으로써 세계와 교섭하는 중요한 통로를 차지하게 되는 것이다.

'시인' 이란 대저,
한평생 제 영혼을 헹구는 사람
그 노래 멀리서 누군가 읽고
너무 반가워 가슴 벅찬 올실로
손수 짜서 씌워주는 모자 같은 것

「시인의 모자」 중에서

시인은 노래 부르는 자이며 그 노래 멀리서 누군가 듣고 너무 반가워 손수 모자를 짜서 씌워주는 것이 시인의 모자라고 말한다. 시인의 노래가 질료가 되어 그 노래의 올실로 모자를 짜주었으면 하는 바람은 시가 소리이며 감각화의 극치임을 보여준다. 위의 시에서도 임영조 시인은 평온하고 잔잔한 4음보의 반복을 드러낸다 4음보의 율격은 어떤 점에서 언어를 인위적으로 절약하고 통제하는 엄격함처럼 보일 수도 있지만 임영조의 시에서 통일된 운율은 침묵과 말, 말과 침묵 사이에서 정

서의 침투와 전이를 용이하게 한다. 시적 감수성의 전염은 이러한 말의
뉘앙스와 소리의 일정한 되풀이에 의해서 획득된다. 가끔 임영조 시 음
보격이 서술적 의미 전개를 인위적으로 행배열한 듯하여 작위적으로
느껴지는 부분도 있지만 시인의 운율은 대체로 움직임의 맥동을 이루
면서 독자의 정서와 세계의 호흡을 일치시킨다. 이로써 임영조의 시는
자연의 대상과 융합되고 세계와 동일화해나가는 유기체적 진화를 보여
준다. 운율과 융화로 이루어진 세상의 모든 아침 같다.

4. 이미지의 지느러미 — 장옥관, 『하늘 우물』

　　전라도 위도의 시도리라는 곳에 아름드리 늙은 살구나무가 하나 있는
데 그 고목에 자욱하게 꽃이 필 때면 해마다 참조기떼의 노래가 들려온
다는 거라 알주머니마다 탱탱하게 노랑 꽃술이 들어찬 은빛 물고기떼들
이 우우우, 서로 짝을 찾는 소리로 바다가 온통 몸살을 앓는다는 것인데
그 소리 마침 참빗을 빠져나가는 솔바람 같다는 거라 아무럼 짝 없는 것
들은 더욱 미칠 듯 한참 휘몰아치는 꽃보라 속이어서 그렇게 많은 배들
이 숱하게 난파를 당했다는 거라 그 때 어부의 아내들은 기다란 대(竹)통
을 바닷물에 꽂고선 연가를 탐지코자 밤샘을 한다는 거지
—「살구꽃 필 때」 중에서

　　장옥관의 시는 시인의 창조적 열정이 사물과 부닥치면서 사물의 숨
겨진 비밀을 캐내는, 다분히 응시적인 이미지의 시다. 시인의 창조적
영감이 사물의 다양한 이면을 보여주고 그 이미지들의 연쇄적인 연결
에 의하여 끝없이 상상력을 발진시켜나가는 이미지의 욕망을 보여준
다. 이미지가 다시 다른 이미지를 불러오고 그것이 또다른 이미지와 연

결되는 과정은 마치 주술적인 혼의 부름처럼 환몽적이다. 전라도 어느 바닷가에 늙은 살구나무가 하나 있고 그 고목에 꽃이 필 때마다 참조기 떼의 노래가 들려온다는 사실, 서로 짝을 찾는 그 소리로 인해 바다는 온통 몸살을 앓고, 그 휘몰아치는 꽃보라 속에서 많은 배들이 난파를 당하고 어부의 아내들은 기다란 대통을 바닷물에 꽂아 그들의 사랑노 래, 연가를 밤샘하며 듣는다는 것. 이것은 마치 오디세우스 이야기에서 세이렌의 그 환상적 노랫소리, 뱃사람을 미치게 하고 결국 그 마력적인 노래로 뱃사람들을 수장시킨 이야기를 연상시킨다. 참조기떼의 노래로 달빛은 그토록 반짝이고 꽃잎 같은 별들이 바다 속으로 자진하고 숫처 녀의 바다는 몸이 저절로 부풀어오른다. 상상력의 자유로운 유영은 바 닷가를 하나의 신화석인 공간으로 만들고 우주적 탄생을 기다리는 환 상으로 몰아간다. 이것은 참조기떼의 노래에서 배와 어부와 그 아내와 별과 달과 꽃잎으로 점진적으로 나아가는 이미지의 운동성에 의해서 가능하다.

　이를테면 「하늘 우물」에서 하늘에 "물앵두 피는 오래된 돌우물"을 상 상하고 그 속으로 깃들이는 새의 죽음을 연상하고 새의 피울음 소리를 상상하고 다시 그 초록별 드는 어스름 우물에 누군가 던지는 두레박을 연결시킨다. 「나무에 올라가 물고기를 구하다」에서 시인은 산에 들어 가 점점 물고기로 변하고 있는 자신의 변신의 과정을 환상적으로 보여 준다. 억수처럼 쏟아진 물에 산이 잠기고 시인의 몸에서 아가미가 퍼덕 이고 자신의 등줄기를 불가사리와 해파리가 간질인다. 산의 둥근 봉분 은 "오래 입 다문 비단조개"처럼 제 몸을 열고 시인의 몸 속 어딘가에 숨어 있을 물고기의 알이 어느덧 치어들이 되어 빗줄기를 거스른다. 산 의 공간은 생명들이 일제히 일어나며 솟아나는 재생의 공간으로 변이 된다. 알을 낳거나 치어들이 움직이거나 무덤의 공간이 비단조개의 입 으로 변화되는 것은 상옥관의 시가 상상력의 역동성이 만들어낸 창조의 공간임을 드러낸다. 특히 그의 시에서 바다와 물의 이미지가 등장하는 것은 물의 상상력이 생명의 탄생과 정화를 상징하는 양수의 이미지를 가지고 있기 때문이다.

시인이 시적 공간을 원초적 생명의 공간으로 전이시키는 과정은 마치 상상력의 바다 속에서 이미지가 탄생하는, 이미지의 치어들이 지느러미를 흔들며 시의 물살을 헤엄치는 듯한 과정처럼 그려진다. 이와 같은 초현실적인 이미지의 중첩, 그 중첩의 결은 시적 탐미주의의 극치를 보여준다. 하늘과 우물, 손끝에서 돋아나는 새순 하나, 살구나무 꽃과 참조기떼, 굴참나무와 은갈치들, 시인은 두 개의 공간을 겹쳐놓고 그 속에서 몽타주적 장면을 비춰준다. 이것은 시의 상상력이 구현해내는 사물성의 세계, 시가 탐하는 이미지만으로 빚어내는 환몽의 현실이다.

5. 1960년 4월 16일 오후 세시

시를 가장 시적으로 느끼게 하는 것이 형식이라는 말은 일면 형식주의자의 견해를 그대로 따른다는 혐의를 불러올 수도 있다. 그럼에도 시를 시적으로 만들어주는 시적 언술체계가 있으며 시는 어떤 것도 지시하지 않음으로써만 시적 언어가 될 수 있다는 말은 시가 직관의 장르라는 점에서 분명 의미 있는 말이다. 시는 형식을 통해 내적 소통을 이룩해내는 언어질서를 가지기 때문이다. 나는 그런 국면에서 은유와 리듬, 이미지의 중첩이 가지는 몽타주 형식들을 탐색해보았다. 이향지 시가 보여주는 은유의 충돌, 임영조 시에서 자연물과의 호흡적 운율감, 장옥관 시의 이미지 중첩이 보여주는 몽타주적 환상.

시적 말하기의 방식들, 운율과 구문의 되풀이, 이미지의 겹침에 의해 생겨나는 새로운 전이들, 분명한 지시체와 기의를 유보한 채 말들의 상호조응과 상승작용을 향해 가는 언어형식의 운행들은 과연 무엇을 지향하고 있는가. 그것은 바로 정서적 고양을 통한 정신적 영역, 초월의 한 지대라 할 수 있다. 그것은 현실의 개념화가 거세된, 개념화 이전의 직접성의 세계라 할 수 있다(초월은 현실적 조건을 모두 잊어버리는 것과 관계하는 것이기에). '고양'이라는 말은 잠잠한 일상에서 무엇인가가 불쑥 솟아오르는 한 지점, 정서가 융기하는 한 상태를 의미한다.

인간은 끝없이 변화하고 변이되는 세상의 시간 속에 던져져 있다. 이 시간의 폭력성 속에서 영원성을 느끼기 위해 우리는 모든 것을 정지시키려 한다. 즉 변이하는 것을 영원한 것으로 만들고 싶어하는 것이다. 변화하는 것을 순간으로 멈추게 하고 정신적인 것으로 바꾸려 한다. 이 순간적 징지가 시적 은유의 섬광이며 리듬이 주는 현실에 대한 망각력이다.

왕가위 영화 〈아비정전〉에서 아비(장국영)는 세시쯤에 무역체육관 매점에서 일하는 수리첸(장만옥)에게 접근한다.

"뭘 원하는 거죠?"

"친구가 되고 싶어. 내 시계를 일 분만 봐줄 수 없겠어?"

(그녀는 일 분 동안 시계를 바라본다)

"1960년 4월 16일 오후 세시. 우린 일 분 동안 함께했어. 난 잊지 않을 거야. 우리 둘만의 소중했던 일 분을. 이 일 분은 지울 수 없어. 이미 과거가 됐으니."

(수리첸의 독백) '그는 이 일 분을 잊겠지만 난 그를 잊을 수 없었다.'

수리첸은 멈춰놓은 시간, 모든 현실적 시간의 물리성을 거세해놓았던 1960년 4월 16일 오후 세시의 일 분으로 말미암아 영원히 아비를 잊지 못하게 된다. 사랑은 놀출하는 어떤 정지의 시간, 고양의 한순간이다. 그 한순간으로 사랑은 영원히 지워지지 않는 것이 되고 만다. 시적 초월의 지점도 모든 시간을 정지시키는 데서 찾아온다.

전근대는 사물과 세계를 실제적으로 경험하는 시대이다. 농부는 흙을 파고 씨앗을 뿌리고 곡물을 거둬들이면서 세계를 직접적으로 경험한다. 세계와 자아 사이에 매개된 것이 없는 상태이다. 수학적 지식이나 과학적 지식을 가지고 사물을 대하지 않아도 대상이 그대로 느껴지는 상태이다. 사물과 세계는 의식의 대상이 아닌 것이다. 경험과 직접성의 세계에서 자아는 세계와 직접적으로 관계를 맺는다. 이것이야말로 세계가 몸에 내면화되는 상태이다. 즉, 생의 내면화가 이루어지는 것이다. 그러나 근대에서 우리는 교환체계에 의해 세계와 매개되고 매체에 의해서 매개된다. 세계와 자아는 간접화될 수밖에 없다.

거칠고 단절된 세계와의 체험에서 리듬은 세계를 직접적으로 내면화하는 한 방식을 제공한다. 그것은 공간적 시간적으로 미적 감각의 결을 우리 안에 스며들게 하는 행위라 할 수 있다. 은유의 방식들이 어떤 고양의 지대를 만드는 것은 두 사물의 속성이 중첩되면서 새로운 사물의 속성을 일깨워내기 때문이다. 이미지의 중첩이 보여주는 초월은 그것이 현실에 아름다움을 남기기 때문이 아니라 새로운 방식으로 나아간다는 데 있다. 몽타주는 양적인 변화가 일어나 진행되다가 질적인 변화가 일어나는 방식이다. 양적인 변화가 일어나다 어느 순간 솟아나는 질적인 변화의 상태, 이것이 시적 언어형식이 만들어내는 고양과 충만이다.

시는 직관의 세계이다. 그것은 현실 안에 감추어진 감각적 세계를 들추어내면서 생에 대한 강렬한 직접성과 부닥치게 한다. 이것이 시가 주는 근원적 기쁨이다.

무수히 생성중인 혼, 시적 시간

1. 주관적 역사와 문학적 시간

　문학작품에서 시간은 특별한 하나의 존재방식을 설명한다. 그것은 텍스트를 형성하는 하나의 형식이면서 텍스트 고유의 성격을 결정짓는 실체이기도 하다. 시간은 이미 변화되어 고정된 하나의 시간이 있는 듯도 하고 또 이 순간에서 또다른 순간으로 이행해가는 중의 시간으로 인식되기도 한다. 시간을 '여기 이곳'에서 '저기 저곳'으로 이동하고 있는, 진행의 방식으로 인식하는 것은 서구 헤브라이즘 전통에서의 직선적 시간의식에서 비롯되었다. 이를테면 강물이 저곳에서 이곳으로 흐르는 것을 보면서 시간이 과거에서 현재로 그리고 미래로 가고 있다고 말할 수 있을 것이다. 그러나 한편으로 강물은 저 미래에서 여기 현재로 흘러와, 다시 과거로 사라져버리는 것인지도 모른다. 시간은 끝없이 소멸하고 사라짐으로써 과거로 함몰되는지도 모른다. 즉 시간은 완전히 다른 순서로 구성될 수도 있다. 그렇다면 문제는 시간이 세계를 어떻게 인식하느냐 하는 것이다. 시간은 세계를 구성하는 시각의 구성방식인 것이다. 속성들을 배열하고 결합하고 다시 통일된 전체를 결정하는 존재의 방식. 그런 점에서 시간은 단순한 관념의 문제가 아니라 존재론적 실체와 관계하는 문제다.

농경사회에서 시간을 해가 지고 해가 뜨고 생명이 죽고 다시 재생하는 순환의 시간으로 의식했다면 근대는 시간을 관리체계하에 둠으로써 기능적으로 구획하고 분절하여 생산과 소비, 소유와 교환의 개념으로 만들었다. 그리하여 시간은 근대를 안전하게 구축하는 중요한 시스템이 된다. 찰리 채플린의 〈모던 타임스〉는 그것의 실례다.

자본주의의 시간이 철저하게 계량적이고 미분되어 인간을 기능화하고 있다는 사실은 이미 상식이 되었다. 다만 지금 우리에게 중요한 것은, 문학에서 발생되는 시간이 어떤 방식으로 우리 의식을 형성하고 다시 심층의 시간을 만들어내어 세계를 재구성하는가 하는 문제이다. 시간의 구성은 세계를 구성하려는 작가의 세계관과 인식을 반영한다. 문학에서는 우선 텍스트 안에서 선조적 흐름을 따라 이루어져가는 시간들, 역전되고 왕래하는 시간을 독서과정에서 다시 쫙 펼쳐 읽어보는 작업들(프루스트의 『잃어버린 시간을 찾아서』), 생략과 파편으로 이루어진 공백을 다시 메워넣는 시간, 텍스트를 읽어가는 시간과 독자의 경험, 체험의 시간이 서로 뒤얽히면서 빚어지는 시간 등을 생각해볼 수 있다.

서사물에서 시간은 사실 기억의 시간이다. 과거의 시간을 불러내어 다시 현재의 시간 속에서 살게 하는 것. 이 두 개의 시간의 겹침이다. 기억의 서사는 그러니까 두 시간의 경계와 틈새에서 일어나는 해석과 성찰의 기록이므로, 결국 내레이터가 싸우고 있는 대상은 시간이 아니라 그 자신이 만든 시간의 이미지다. 왜냐하면 기억이란 실재하는 것이 아니라 비연속적으로 의식의 틈새에 들어온 무수한 파편들에 불과하기 때문이다. 과거의 기억이란 선조적 흐름 속에서 각인된 한순간들의 조합이며 그 한순간의 시간, 쪼개지고 각인된 시간이 현재의 기억 속에서 재구성된 것에 불과하기 때문이다. 그러니까 모든 과거는 '현재 안에서의 과거'이며 '기억'은 '현재 안에서의 기억'인 것이다. 예를 들어 소설에서 무수한 생략과 요약, 시간적인 면에서의 돌연한 비약, 의식을 잃어버린 장면의 도입, 가속과 감속을 되풀이하면서도 수없이 일정하게 흐르고 있는 시간을 쪼개어 무수한 인상으로 드러내는 방식은 결국 미세하게 쪼개어진 기억과 미래에 대한 기시감을 드러내는 방식이다. 시간을 뒤섞어놓고 다시 조합하는 소설의 방식이 역설적으로 우리가 사는 이 시간의 현실을 극명하게 보여주는 리얼리티가 되는 것이다. 현실은 수없이 잘못 인식된 기억의 조합이며 그렇게 오해된 실재이기 때문이다.

　그렇다면 서사의 시간과 대비되는 의미에서 시적 시간이란 무엇인가. 에밀 슈타이거가 말하듯 서정시의 양식은 '회감(回感)의 양식'이다. 그것은 '교감'이라는 한순간을 지향한다는 점에서 지속과 흐름의 시간을 단절시킨다. 경험적이고 일상적인 시간을 넘어서는, 특별하고 잊지 못할 존재적 섬광을 느끼는 시간, 바슐라르는 이와 같은 시간을 "시적 순간"이라고 말하며 "형이상학적 순간"이라 명명한다. 시는 결코 사회적인 것으로 환원될 수 없고 경험적 총체를 넘어서는 형이상학적 고양감의 절정에서 탄생하기 때문이다. 그런 점에서 심미적 조회는 개인적 주관의 충일과 보편적 공동체의 이상이라는 객관이 맞서는 그곳 자체를 넘어서는 지점이다. 바슐라르는 일상생활의 수평적 시간과 구별하여 높이와 깊이가 있는 수직성의 시간을 말한다. 수직적 시간이란 그야말로 순간이라는 시간의 본질이 드러나는 시간이며 창조적 생성이 용솟음치는 시간이다.

　예민한 감수성과 풍부한 교양을 갖춘 영혼은 고유한 자신의 운명에 따라 모든 규칙과 운명의 단조로움을 노골적으로 회피하면서 삶의 빛나는 한때를 시적 한순간으로 드러낸다. 혼과 정신을 독창적인 직관으로 전환한다. 그 사유에 자기 자신을 맡김으로써 그 순간의 철학자가 된다. 시적 인식이라는 생에 대한 직관, 삶에 있어서 참으로 종합적인 한순간을 맞이하는 것이다. 유일하고 친밀한 자기 자신마저 망각해버리는 주관적 역사의 순간이다.

그러니까 시에서의 시간이란 이쪽과 저쪽의 시간을 없애고 그 틈에 끼어 있는 직관의 현실인 것이다. 우리 삶이 허무하게 지속될 때, 유기적 자동성으로 채워질 때, 습관과 진보 속에서 되풀이될 때 시적 시간은 일체로부터 고립된 하나의 순간으로 우리에게 다가온다. 일체의 세계로부터 고립되는 시간, 그리하여 우리는 시적 순간을 '고독의 시간'이라 부를 수 있을 것이다.

나는 여기서 새롭게 시적 시간이 변주되는 몇 가지 방식들을 살펴보려 한다. 그것은 수직적 시간, 사물의 시간, 경계의 시간이다.

2. 존재의 떨림, 수직적 시간—이영광, 『직선 위에서 떨다』

고운사 가는 길
산철쭉 만발한 벼랑 끝을
외나무다리 하나 건너간다
수정할 수 없는
직선이다

너무 단호하여 나를 꿰뚫었던 길
이 먼 곳까지
꼿꼿이 물러나와
물 불어 계곡 험한 날

더 먼 곳으로 사람을 건네주고 있다
잡목 숲에 긁힌 한 인생을
엎드려 받아주고 있다

문득, 발 밑의 격랑을 보면
두려움 없는 삶도
스스로 떨지 않는 직선도 없었던 것 같다

오늘 아침에도 누군가 이 길을
부들부들 떨면서 지나갔던 거다.

―「직선 위에서 떨다」 전문

때로 생에서 가장 가열찬 한 지대를 향해 자신을 끝없이 채찍질해나가는 침묵도 있었다. 차가운 인내와 침묵 속에서 독특한 정신적 구도를 견지해나가던 시 정신, 이를테면 '정신주의'라고 명명되기도 하던 염결성의 시가 그러했다. 산꼭대기에 집 한 채를 짓는다, 그리고 산으로 올라왔던 길을 지워버린다던 시인. 조정권의 「산정묘지」 시편들은 천상(天上)의 누각, 영혼이 거주하는 가장 높은 곳을 향하는 극한의 노래다. 가장 추운 곳을 향하면서 절체절명의 정신으로 자신을 단련시킨다. 그것은 새로운 인식과 의식의 전화, 안일한 일상의 한계를 불식시켜나가려는 구도의 결의다. 시인은 가장 추운 쪽의 고통을 애써 선택하여 고뇌 속에서 자기 통어를 해나가는 방법적 초극을 보여준다.

여기서 정신이란 무엇인가. 초월적이고 만질 수는 없지만 내재하는 어떤 힘의 실체로서의 정신을 상정할 수 있다. 세속성과 이념화의 매진이라는 현실 속에서 정신주의 시는 범상한 현상계를 넘어서는 정제된 서정의 한 모습이다.

이영광의 시는 정신주의 시의 색다른 면모를 우리에게 보여주고 있다. '직선 위에서 떨다' 니. 정신주의 시인들이 보여주던 끝없는 내적 투쟁, 구도를 향한 가열찬 정신력은 어디로 간 것인가. "고운사 가는 길" 화려하게 산철쭉이 만발한 그 끝에 "수정할 수 없는 직선"이 있다. "외나무다리 하나." 너무나 단호하게 시인을 꿰뚫었고 다시 이 먼 곳까지 다가와 물 불어 험한 계곡의 입구에서 인생을 엎드려 받아주고 있는 그것. 생은 언제나 화려한 벼랑 끝이고 험한 계곡물 위의 외나무다리였다.

단호한 의지력으로 시인을 이끌었던 '직선' 은 다시 벼랑을 앞에 두고 계곡 위에 누워 있다. '직선' 은 자신을 가열차게 몰아가면서 극기하는 중에 이르게 된 정신의 힘, 강하고 단호한 고절의 자세다. 그러나 직선은 "발 밑의 격랑" 을 보며 떨고 있다. 시인은 "스스로 떨지 않는 직선도 없었던 것 같다" 라고 말한다. 이런 언급은 철학적이고 형이상학적 탐구 끝에 문득 우리를 삶과 직접 대면할 수 있도록 도와준다. 즉, 정신의 본질적 추상성에서 벗어나 '존재의 사실성' 으로 우리를 안내한다. 존재의 내적 사실성, 존재는 늘 생 앞에서 떨고 있는 것이다. 떨림을 안간힘으로 감추고 은폐하면서 직선의 정상과 극점을 향하는 것이다. 시인은 말한다. 두려움 없는 삶은 없다고, 스스로 떨지 않는 직선도 없다고. 그렇다면 우리에게 남는 것은 무엇인가. 그것은 '집중' 이다. 발밑의 격랑을 보고도 외나무다리, 그 수정할 수 없는 직선의 삶을 떨지 않고 집중력 있게 걸어가는 것, 삐끗하지 않는 것. 그러므로 이영광의 이 시는 두려운 떨림 속에 놓여 있지만 단호하게 꿰뚫고 가야 할 '생의 구체적 집중' 에 대한 시다.

자신을 단련해가야 할 이 정신이라는 것이 지독한 떨림과 그 떨림의 간극 위에 놓여 있다는 긴장의 극한은 「빙폭 2」에서 "물 속에 갇힌 광기" "어떤 극한은 화염" 이라는 은유를 얻어내기도 한다. 눈 덮인 침엽들 속에서 얼어붙은 돌덩이, 빙폭은 '끓으면서 얼어버린' 열정과 정념의 화신이다. 울퉁불퉁한 얼음기둥은 "얼룩불꽃 무늬를 이글이글 적신 타오르는" 돌덩어리다. 이 격렬한 이질적인 질료들의 결합, 끓어오르는 불과 끓는 것을 단단하게 얼려버린 물의 충돌에서 나는 새로운 정신주의의 격렬함을 본다. 빙폭은 지독한 소란스러움과 지독한 고요를 동시에 끌어안고 있다. 들끓는 생명을 침묵으로 안고 있는 존재의 집중. 내적 핍진이 내적 충만임을, 절대적 응축이 절대적 생의 깊이임을 시인은 보여준다.

주렁주렁 처마에 매달린 고드름들
티라노의, 단검 같은 이빨 같은
고드름들은 누군가 나에게 겨눈
창끝 같기도 하고
간밤 내가 그에게 드러낸 적의 같기도 하다

그러나, 자세히 보면 고드름들은
뾰족한 끝에서부터 한방울씩 녹아내리고 있다
이런 생각이 든다, 나는
이제 누군가를 용서하고 있다
이제야 누군가에게 용서받고 있다

—「고드름」 중에서

정신의 고양을 추구하는 엄격한 결벽증이 차가움을 추구하는 것은 당연하다. 데뷔작 「빙폭 1」에서 나타나듯 이영광은 얼음과 결빙의 정신을 노래한다. 생명체가 본능적으로 따뜻한 것을 지향한다고 볼 때 얼어버린다는 것은 생명에 대한 저항, 세계에 대한 금욕을 상징한다. 얼음은 모든 열등한 세계에 대한 저항을 암시한다. 얼음은 물이 내포하는 유화적 잠재력을 파기함으로써 세상에 대한 적의를 드러내기도 한다. 이영광은 처마 끝에 매달린 날카로운 고드름에서 숨겨진 적의를 본다. 그러나 시인은 그 적의란 자신을 녹이면서 용서를 배워가는 한 과정이라는 것을, 고드름은 자신의 소멸을 통해 적의를 잠재우고 있다는 것을 알려준다. 고드름은 자기 자신을 허공으로 순수하게 되돌려보낸다. 물방울로 떨어져 스스로 소멸을 향해 간다. 그것이 누군가를 용서하는 일이라는 것을, 이제야 누군가에게 용서받고 있다는 것을, 시인은 비로소 안다.

이영광 시에서 존재에 대한 집중과 응집의 끝은 이와 같이 자기 허여(許與)를 통한 속성의 변이로 드러난다. 자신의 존재를 하나의 살아 있는 구체성 안에서, 떨리는 존재의 극점 안에서 들여다보고 생에 직면하려는 태도다. 얼어붙은 빙폭에서 끓고 있는 화염, 험한 벼랑 끝에 직선으로 누워 있는 외나무다리, 한 방울씩 녹아내리는 고드름의 적의, 이영광 시가 보여주는 것은 직관에 의한 사물의 초상이 아니라 오히려 정신의 이미지다. 일상의 수평적 시간을 일으켜세워 독자에게 일깨워주는 시적 수직의 시간이다. 그의 시는 덧없고 진부한 생의 시간을 불현듯 일깨워 정지된 생성의 한순간을 드러낸다. 모든 시간이 얼어붙었다가 다시 불타오르는 시간, 생의 지속이 한순간 정지하면서 존재의 깊고 직접적인 한 단면으로 내려가는 순간의 시학이다.

3. 견자의 시선, 사물의 시간—최승호, 『아무것도 아니면서 모든 것인 나』

최승호의 시집은 자신의 모습을 감춘 신을 찾기 위해 물체들을 하나씩 바라보는 한 명상가의 기록이다. 한밤중 변기 뒤에서 울고 있다가 시인이 나타나자 울음을 뚝 그치는 귀뚜라미(「붉은벽돌집의 가을에」),

초겨울 햇살 속에서 투명해지면서 아무런 자취도 없이 잠드는 가을 잠
자리(「가을 잠자리」), 적멸이 두렵지 않은 식탁 위의 멸치(「멸치와 고행
자」). 이들은 모두 자신의 생애를 자진해서 바라보고자 하는 시인의 심
리 안으로 들어온 사물이다. 사물들은 시인에게 시선에 대한 시선을 되
돌려준다. 무관심한 듯한 사물들, 그러나 그 맑은 눈은 모두 거울이다.
진지하고 엄숙한 시선에는 모든 것이 깊이다. 이 분석적인 시선에 응축
되어 있는 기나긴 명상 때문에 우리는 최승호에게 '견자'라는 이름을
새겨줄 수 있다. 사물들은 각각의 표정들로 세계를 드러내는 그림자
("물 아래 너펄거리는 희미한 그림자"(「그림자」))이며 시간의 문턱에서
넘어지는 구름들(「구름들」)인 것이다. 시인은 사물들을 바라보고 사물
의 깊이로 내려가고 마침내 그 안에서 과거와 미래 사이를 흐르는 열기
를 느끼며 존재가 계속해서 순환하는 시간의 과정 속으로 들어간다. 나
는 이것을 '사물의 시간'이라고 부르고 싶다. 시인이 풍경의 중심부, 사
물의 깊이에 집중하는 것은 은밀한 것으로서의 집중점에서 세계의 총
화와 연결되기를 원하기 때문이다.

　　물렁물렁한 것이 떨어져나가고
　　딱딱한 것만 남아 있다
　　텅 비어 열린 곳에는 모래들이 흘러들었다

　　이 조개껍질 속에 한때
　　고독한 삶이
　　있었다

　　웅크리면서 펼치는
　　우수적인 우연성의 무늬들이 있었다

(……)
감각을 벗어나 흘러가는
어떤 흐름을
전혀 느끼지 못하면서 살아간다

오래된 먼지의 울음소리
고요의 냄새
은하수의 질감 같은 것

(……)

그러나 무늬들도 차츰 지워진다
마치 흐름소리 ㄹ, r, l 이
침묵하는 어떤 긴 흐름을 조용히 뒤따르는 것처럼

—「조개껍질」 중에서

　생명 있는 것들은 물렁물렁하다. 물렁물렁한 것이 떨어져나가고 난 조개껍질에는 딱딱한 것만 남아 있다. 그러나 그 부재의 자리에 고독한 한 생의 기억이 담겨 있다. 그 기억들은 웅크리면서 펼쳐지고, 펼쳐지면서 우주적인 우연성의 무늬들을 만들어낸다. 한때 조개껍질의 무늬를 빚었던 질료들, 삼엽충, 은하수놀래기의 뼈, 말미잘 똥. 질료는 한때의 생을 살다 가고 조개껍질은 그 생을 교환하고 소유하면서 무수한 생의 흔적을 새긴다. 조개껍질은 무수한 속성과 질료의 이동과 변질 속에서 형성된 생의 운동, 그 변용의 결정체라 할 수 있다. 즉 조개껍질의 신체는 자연의 속성을 흡수하여 성장하는 것이다. 이 우주의 몸이 빚어지는 데에는 "분청사기를 빚을 때"처럼 "손과 마음 같은 것이" 필요했을 것이다.

그리하여 존재들은 "오래된 먼지의 울음소리" "고요의 냄새" "은하수의 질감 같은 것"으로 남아 조개껍질의 적막함을 이루고 있다. 현존의 흔적으로서의 부재, 부재의 냄새로서의 현존, 움직이는 것은 이제 아무 것도 없다. "감각을 벗어나 흘러가는 어떤 흐름을 전혀 느끼"지도 못한다. 정지된 시간과 공간에 한순간 잔물결처럼 "먼지의 울음소리"나 "고요의 냄새"가 일기도 한다. 덧없이 사라지는 것의 슬픔 혹은 생의 오고 감의 모든 모순을 치워버린 정지한 화면이다.

그러나 조개껍질의 무늬도 차츰 지워지고 오직 흐름소리 ㄹ, r, l이 이 긴 침묵의 흐름을 뒤따른다. 시간은 조개껍질 속에서 영원히 흐르고 있나는 섯. 무늬가 사라지고 죽음과 삶의 경계마저 넘어설 때 우리는 몹시 낯익고 해묵은 적막감에 휩싸인다. 외부세계의 공허와 의식의 내적인 비어 있음, 이것이 최승호적 의미의 정신성의 지대를 이룬다. 비어 있는 심연의 밑바닥, 무미건조한 고독, 숨 막히는 밀도의 고뇌와 폐칩, 웅크린 시간의 견고함과 부동성의 세계가 유포하는 탈각의 지대다.

　　이슬을 건너가는
　　여치 뒷다리에
　　이슬이 걸리더라

　　이슬을 건너가는 여치
　　뒷다리에
　　이슬이 걸리오

　　은하수를 건너가는 여치 뒷다리에도 이슬이 걸립니까?

이슬을 건너가는 여치
뒷다리에 이슬이
걸리는군요

이슬을 건너가는
여치
뒷다리

—「백만년이 넘도록 맺힌 이슬」 전문

이 시는 특이하다. '이슬을 건너가는 여치 뒷다리에 이슬이 걸린다'
는 명제를 배치가 조금씩 다른 행을 되풀이해서 연 배열하고 있고, 연
배열 과정에서 동사의 어미에만 조금씩 변용을 시도했다. '이슬이 걸리
더라 → 이슬이 걸리오 → 이슬이 걸립니까 → 이슬이 걸리는군요'로의
변이. 이슬은 우리가 익히 아는 대로 곧 사라질 순간의 생, 영겁의 시간
속에서 일점에 불과한 생의 은유다. 이슬을 건너가는 여치, 그것도 여치
의 보잘것없는 뒷다리에 걸리는 이슬은 인생에서 스치는 마음과 연(緣),
하나의 업보라는 것인가.

사실 곤충은 문학 전통에서 매우 의미 있는 상징이다. 곤충은 끊임없
이 새로운 존재로 이행해간다. 나비와 풍뎅이는 껍데기를 벗고 진화한
다. 곤충은 번데기의 몸을 벗고 새로운 몸을 획득한다는 점에서 단명하
지만 동시에 영원한 어떤 것의 상징이 된다. 곤충은 유한한 시간과 더
불어 영원을 누리는 역설적 존재다. 곤충의 분화와 변신. 곤충은 몇 겹
의 생을 사는 것이다.

이 시에서 여치의 뒷다리에 "백만년이 넘도록 맺힌 이슬"이 걸려 있
다. 여치 뒷다리에서도 자연은 일체를 낳고 세계는 다생다겁하며 변화
하고 흘러간다. 그러나 우주를 있게 하고 자연의 흐름을 있게 하는 것

은 외계에 있는 것이 아니다. 외계란 사라져버리는 허공의 꽃 같은 것이다. 자연이라는 것도 이 마음에서 거두어들이면 없고 이 마음이 펼치면 있는 것이다. 불교에서 말하기를, 세계는 원래 없는 것이니 마음 인연들이 얽혀서 나타난 그림자에 지나지 않는다. 그렇다면 위의 시 마지막 연에서 이슬이 '걸린다'는 동사 자체를 삭제한 것은 이제 뒷다리의 이슬마저 사라진, 이생의 그림자마저 사라진 그 마음자리의 끝을 의미하는 것은 아닐까. 처음 내가 가지고 있는 청정한 마음, 그것을 깨닫는 것. "이슬을 건너가는 여치 뒷다리"는 뒷다리의 이슬마저 증발시켜버리고 존재의 순종, 거대한 이치로 남아 있는 곤충의 고독한 탈각은 아닐까.

이와 같은 최승호의 시는 어떤 점에서 시언어를 통해 인간과 우주의 근본 실체를 깨달아가는 선시적 의미를 지닌다. 역설적이게도 이 절대적인 돈오의 경지는 언어의 도를 넘어서는 곳에 근간을 두기 때문에 언어로 언어를 배반하는 그 자리, 언어를 부정하는 그 자리에서 초극의 도를 전하려 한다. 하여 때로 이미지의 돌연성, 침묵 가운데 솟아오르는 유머, 번뜩이는 갑작스런 질문들은 독자를 당혹스러움으로 몰아간다. 그러나 한편 선시의 비약과 초월의 발상법은 현대 시적 발상과 비견되는 주목거리라 할 수 있다. 최승호는 사물성 속에 담겨 있는 우주적 시간, 생명의 주기를 살피려 한다. 개체이면서 동시에 우주적 지평으로 열린 전체로서의 삼라만상, 작은 생명체 안에 깃들어 있는 생명의 영겁, 그것은 시적 순간을 인지할 때 비로소 드러나는 영원성이라 할 수 있다. 삶을 느끼는 유일하고 고립된 한순간, 시적 순간의 각성은 바로 이러한 깨달음의 과정이다.

4. 두 개의 텍스트, 두 겹의 시간—김정환, 『하노이-서울 시편』

김정환 시집 『하노이-서울 시편』은 두 개의 장소, 두 개의 시간대에 걸쳐 있는 이중의 체험공간을 드러낸다. 하노이의 풍경에 서울의 한 장면이 오버랩된다. 하노이에서 여행하며 보내는 시간은 미래로 흘러가는 것이 아니라 오히려 과거로 역전하는 것이었으니, 시인의 하노이 방문은 새로운 역사와의 만남이라 할 수 있다. 이를테면 시인은 아흔이 가까운 소설가 쒼쿼렝을 만나면서 "꼭 삼십몇 년 전에 돌아가신 외할아버지를 다시 만난 듯"한 느낌에, 일흔이 넘은 여성 수필가 콴랑예를 만나면서 "이십 년 전 그 나이로 돌아가신 외할머니를 다시 만난 듯"한 느낌에 사로잡힌다(「세대와 가족 — 하노이-서울 시편 11」). 제국주의의 압제에 펜 대신 총을 잡았던 베트남문학 1세대는 고스란히 시인의 기억 속으로 들어와 너그럽고 따뜻한 혈연적 세대를 구성한다. 민족해방운동의 동지로서 베트남은 이제 혁명의 열기가 회한으로 남아 있는 한국 시인의 과거를 들쑤시며 세대와 가족으로 연결된다. 내적 연속, 가족사적 연결은 과거 역사의 혈연적 연계이다. 역사의 한순간을 공유했던 체험의 공존이다.

그런 점에서 시인을 스쳐가는 하노이의 풍경은 그의 의식 속에 서울의 과거의 한 지점을 동시적으로 불러일으킨다. 시인으로 하여금 현재와 과거를 동시적으로 살게 한다.

하노이 가까울수록 간절하다
하노이에 도착해도 후줄근한 70년대 신촌
변두리까지밖에는 가지 못할 것이다.
그것을 귀향이라 할 수는 없을 것이다
그런데, 왜, 간절한가?

그것은 내가 30년 전에 못 가보았던 길이다
공포가 없는 길이다
　　　　　　—「다시, 하노이로— 하노이-서울 시편 9」 중에서

『하노이-서울 시편』은 동시에 존재하는 서로 다른 여러 시간 흐름들의 복합체라 할 수 있다. 이를테면 하노이는 서울의 과거체이고 서울은 하노이의 미래체이다. 과거의 현재와 미래의 현재라는 사실. 시인은 하노이의 공간에서 그야말로 새로운 또다른 현재의 시간을 '창조'하고 있다. 왜냐하면 현재란 과거의 기억들이 차곡차곡 쌓여서 접혀 있다가 어떤 우연한 순간에 불연속적, 파편적으로 솟아나 한꺼번에 쫙 펼쳐지는 또다른 기억이기 때문이다. 그러니까 시인은 활력과 생기를 찾아 미래를 향하려는 하노이에서 오히려 한국의 과거 역사를 불러내고, 그 과거와 기억의 무분별적인 운동을 통해 실존의 변용과 변질을 체험한다. 하노이로의 여행은 곧 시인 실존으로의 여행인 셈이다.

고고학 발굴 자료와 민족해방운동이 어울린
프랑스 루이 나폴레옹 제국풍 민족사박물관 앞에서
(……)
늙고 검게 찌든 얼굴의 시인 듀앗은
두 손을 모두어 치켜들고, 환호하며
동지들을 맞듯 남한의 작가 일행을 맞았다
열렬히, 만면에 웃음을 띠며 그는
혁명의 열기를 증거했으나
혁명의 열기가 주책으로 되어버린
남한의 시대도 증거했다.
　　　　　　—「3중주— 하노이-서울 시편 6」 중에서

베트남 역사의 "고고학 발굴 자료" "나폴레옹 제국풍 민족사박물관" "혁명의 열기"를 증거하는 베트남 시인 듀앗의 얼굴과 "혁명의 열기가 주책이 되어버린 남한의 시대"가 한꺼번에 만나는 공간이다. 베트남 작가동맹위원과 한국 문인이 만나는 이곳에서 시인은 수많은 시간이 사방팔방으로 흐르고 있다는 것을 감지한다. 혁명의 열기를 살고 있는 민족해방운동의 승자 베트남과 제국주의의 과거 역사와 혁명의 열기가 잦아든 남한의 시간. 시간의 화살들은 다른 방향으로 날아가면서 서로 엇갈리고 부딪친다. 각 역사들은 나름의 고유한 시간을 형성한다. 시간들은 만나면서 이탈하고 이탈하면서 교차점을 만든다. "밝지도 어둡지도 화려하지도 누추하지도 않은" 공연장과 차이니스 레스토랑과 남한 노래방 유행가와 베트남 미녀 가수, 각기 고유한 시간을 흘러가는 사물들은 '현재'의 상이한 측면을 드러내며 만난다. 이 시간의 교차점, 공간의 네트워크, 이것은 제국주의, 베트남, 남한의 3중주 혹은 과거, 현재, 미래로 연결되거나 혹은 단절되는 3중주다. 3중주로 구성된 시공간의 미망인 것이다.

즉 시인은 몇 겹의 텍스트 안에 끼어 있다. 하노이라는 텍스트와 서울이라는 텍스트, 제국주의라는 텍스트 사이에. 김정환의 시편은 이 상호텍스트의 공간에서 오고 가는 존재 심연의 운동과 물질적 변이라 할 수 있다. 과거는 고착하거나 퇴행하지 않고 스스로 현재로 귀환하여 존재를 흐르게 했으니, 이 지속의 시간 혹은 교차하고 충돌하는 상호텍스트의 시간은 새로운 '시적 생성'의 시간을 만들어낸다.

그러나 '해체와 건설'이 동시에 진행되는 하노이, 혁명의 살기가 아니라 혁명의 활기가 흐르는 하노이의 거리에서 시인은 문득 '모종과 이중'의 혼돈을 느낀다. 그것은 이념과 혁명이라는 관념이 구체적으로 육화한, 여러 가지 투쟁과 삶의 방식으로 재현된 실재계와의 만남이다. 상징계의 언어로 설명할 수 없는, 기호로 포섭되지 않는 어떤 역사의 현장, 즉 하노이는 "공습 받은 기억이 없"는 것이다. "그보다는 공습과 부모가 더 가깝고 그보다는/부모와 자식이 더 가깝고 그보다는/삶과 가난이 더 가까운 까닭이다"(「공습과 기억 ― 하노이-서울 시편 5」). 기억이란 추억한다는 것이며 추억한다는 것은 이미지화한다는 것이다. 하노이는 기억으로서의 역사가 아니라 맞닥뜨린 실제로서의 역사를 산다. 삶을 움직이는 추상적인 어떤 힘이 아니라 삶 그 자체와 생생하게 대면하는, 생활과 일상 속에서 접촉하는 역사를 산다.

어떤 언어로도 설명할 수 없는 뻥 뚫린 공백의 실재계. 하여 하노이에서 시인은 실어증에 걸린다. "팅, 꿍, 랑, 쉥, 종…… 아직은 베트남어 발음을 옮기지 못하겠다"(「메디슨 호텔 ― 하노이-서울 시편 4」), "전쟁의 세대가 평화의 후대에게 물려줄 것이/살기가 아니고 활기라는 점을 알았다/내게는 그걸 표현할 한국어가 없다/식민지 언어만 있다"(「다운타운 ― 하노이-서울 시편 3」).

물질은 존재를 소홀히 하고, 생은 사는 것을 소홀히 하며 심정은 사랑하는 것을 소홀히 한다. 이 시간의 반추 속에서 시인은 어떤 길을 찾고 있는가. 시간과 역사의 전망에서, 시인의 언어계로 포섭되지 않는 하노이의 무수한 시간과 텍스트의 교차점에서 시인은 "기분좋게 길을 잃"을지도 모른다(「편안하게 길을 잃다 ― 하노이 서울 시편 17」). 그러나 시인은 "왔던 길도 가야 할 길도 아닌 그 중첩 속"에서 비로소 길이 난다는 사실을 안다. 시인은 하노이에서 언어를 잃어버렸는지도 모른다, 그러나 그곳에서 비로소 구체적 생이 컨텍스트를 얻는다. 억제되지 않은 역동적 현장, 그곳이야말로 끝없이 역사를 견유하며 새로운 전망을 일으켜세우는 새로운 시적 투쟁의 자리일지도 모른다.

5. 무수히 생성중인 혼

바슐라르가 말하는 시적 순간이란 형이상학적 순간을 의미한다. 즉, 정지되거나 바람처럼 지나가고 사라져버리는 시간과 구분되는 어떤 고양의 순간이다. 그러나 나는 서정시가 여러 가지 국면의 시간을 누리고 있다는 점을 눈여겨보고 싶었다. 수직적 순간으로의 변증법적 초월(이영광), 사물의 깊이로 침잠하여 가지는 관념적이고 추상적인 우주의 시공간(최승호), 상호텍스트로서의 두 겹, 세 겹의 시간, 중첩된 현실로서의 시간(김정환)이 그것이다. 이제 서정시에서 시간은 서정적 주체가 세계에서 자기 동일성을 구현해가는 시간이 아니라 끝없이 임시방편적으로 흐르고 끊임없이 유동하며 옮겨다니는 실체로서의 시간이다. 시간을 의식하는 문제가 곧 주체를 공간에 부여하고 세계를 내면화하는 인식의 문제라는 점, 곧 존재 성립의 문제라는 사실은 익히 아는 바다. 말하자면 서정시에서 시간뿐만 아니라 존재의 삶도 무한한 변용 속에서 변이되고 있다는 것이다. 기억과 지속되는 삶 속에서 존재를 이루는 이미지를 끄집어내고 다시 이미지들의 결합을 통해 결정체를 만들어낼 때 시는 '고유한 생성의 시간'을 구축한다. 그것은 예술가가 세계 안에서 자기만의 미적 형식을 구축하는 작업일 것이다.

살아 있는 모든 순간을 다시 감지하고 사랑하고 사고하는 시간, 의식의 상대성이 지워지는 시간, 범속한 경험으로 이루어진 생의 시간 속에서 갑작스럽게 나타나는 불연속 불균형의 시간, 시인들은 그 시간들을 체험하고 실험하고 있다. 결국 예술이란 것이 자기 개성의 완성이며 예술적 미적 형식을 찾아가는 그 과정의 실천일진대 이같은 시적 시간은 산문적 시간을 넘어서는, 유토피아적이면서도 부정적인 힘을 구현한다. 현실계의 원리가 미학적 세계 안으로 도입되는 과정에서 시인은 시간을 통해 미적 형식을 부여한다.

나는 지금 우리 시단에서 좀더 가열찬 실험(아방가르드의 실험이 아닌 자기 내적 형식을 찾는 고투)이 이루어져야 한다고 생각한다. 내적 충돌의 극점이야말로 시가 사회적이고 정치적인 현실과 관계맺는 지점이며 시의 '혼'이 비로소 깃드는 순간이기도 하다. 나는 특히 김정환의 시편들에서 이 내적 고투를 읽는다. 낯선 풍경을 관찰하는 시간, 지속되고 교차하는 역사의 시간 속에서 비로소 시인은 타자성을 획득한다. 우리가 서 있는 지점에서 존재의 끝없는 운동을 바라보는 것, 이 순간이 바로 시의 시간이라는 것을, 변용되고 교차하는 컨텍스트의 이질성 속에서 새로운 시적 세계가 탄생한다는 것을 주목할 필요가 있다. 시적 시간은 끝없이 생성되는 중이다.

나는 우리 시의 현재적 존재방식은 어떤 것이어야 하는가에 대한 질문을 그치지 않았다. 비평가의 고민의 지점은 맞닥뜨린 세계 안에서 고유한 언어 형식을 찾으려는 시인의 첨예한 의식의 지점을 찾아내려는 데 있다. 질문은 새로운 미디어의 개발과 문화지형의 변화 속에서 우리 시가 당면한 비평적 자의식이었겠지만, 시가 인간과 삶에 대한 전면적 진실이어야 한다는 것은 여전히 우리에게 유효한 명제다. 최근 우리 시는 새 서정의 추구, 생태학적 존재론적 상상력, 언어 실험과 미적 체험 추구 등을 보여주었다. 특히 나는 전동균, 이향지, 장옥관, 이장욱, 김정환의 시집에 큰 의미를 부여하고 싶다.

그러나 여전히 최근 우리 시는 범속한 현실을 넘어 고유한 시적 현실을 구축하는 데 뚜렷한 자기 성과를 드러내지 못하고 있는 듯하다. 80년대와 90년대의 답보, 익숙하고 낮익은 자의식. 의식의 가열찬 추구와 방법론적 고민이 더 필요하다. 끝없이 세계 안에서 자신을 타자화하고 문명사와 근대 안팎에서 다시 언어와 치열하게 전면 대응하는 것, 이것이 시의 정치적 힘이다. 이것이 시의 사회적 역사적 실천이라고 나는 생각한다.

우울과 몽상

1. 우울과 몽상

하나의 주체이고자 하는 한, 인간은 고통스러울 수밖에 없다. 그의 소망엔 결국 자신의 잃어버린 근원으로 되돌아가고자 하는, 그리하여 결국 잃어버린 온전함에 대한 갈망만이 남게 되기 때문이다. 우리를 둘러싸고 있는 세계는 언제나 공포스럽거나 황홀하다. 새롭고 낯설기 때문에 무섭고 신비롭다. 인간은 자신을 둘러싸고 있는 이 세계에 대해 언제나 양면적일 수밖에 없다. 주체가 되기 위해 세계를 전유하는 동시에 자율성을 위협하는 세계에 저항해야 하기 때문이다. 세계의 기초가 되면서 세계를 끝없이 재구성해나가야 하기 때문이다. 온전한 평화를 얻을 수 없다는 것, 끝없는 결핍만이 인간에게 남은 근대의 유일한 유산이라는 사실.

인간은 근본적으로 미래를 지닌 존재이기에 불완전한 것이다. 인간은 시간에서 벗어날 수 없다. 인간은 시간에 공격받기 쉬운 존재이다. 시간에 굴복할 수밖에 없다. 이 필연성의 세계에서 벗어날 수 있는 힘이 사실의 세계를 넘어서 인식 너머의 공간으로 확장해가려는 의지다. 영혼의 심연 속에서 무한한 것을 재발견하려는 의지다. 오성의 법칙을 파기하면서 사물의 일상적 의미가 와해되면서 마술적으로 만들어지는 세계. 어쩌면 그 세계는 무한한 무의 세계라는 것, 그렇게 하여 도달한 세계가 허공이었다는 것을 알게 될지도 모른다. 온전한 전체성의 세계에 도달하게 될 때 우리는 오로지 하나의 대답만을 얻게 될지도 모른다. 그것은 침묵이다.

시는 온전한 세계인 이 침묵을 잠시 깨뜨려보는 '하나의 쨍그랑거림'일지도 모른다. 주관적 인식 너머의 지대에 가 닿아 떨어뜨려보는 '혈흔'인지도 모른다. 하나의 쨍그랑거림으로 침묵의 세계가 드러난다. 한 방울의 혈흔으로 사물 너머의 이면세계가 드러난다. 시인은, 그러니까, 견뎌내야 한다. 고독을, 세상과 절연한 채 사물의 세계로 들어가는 긴 통로를. 이것이 시인이 가지는 우울과 몽상이다.

어둠 속에서 시인이 발견하는 것은 결국 사물들의 꿈이다. 시인은 그 꿈을 일으켜세워 언어의 몽상가가 된다. 상상적인 것의 현상학은 사물과 세계의 심연을 들추어낸다. 상상력은 어머어마한 정신의 놀라운 생산성을 보여준다. 상징들이 거느리는 천진성의 세계, 시인의 학교는 말의 유령들이 사는 곳이다. 상상력이 펜 밑에서 저미다 다른 소리를 내는 곳이다. 그것은 고통인가 기쁨인가. 근원적인 것은 이 이미지의 세계에 기식한다. 시인들은 새 말, 생각, 감각을 시적 이미지를 통해 구현한다. 정신분석학자들에 의하면 시적 이미지는 무의식의 행적을, 섬세하게 숨겨져 있는 비현실적 세계를 드러낸다. 그러니까 시적 이미지는 순간적으로 시인의 넋 안에서 발견되는 사물과 말의 거대한 운명이다. 시인 의식의 근저다.

2. 고요, 침묵, 생의 기미 — 이성렬, 『여행지에서 얻은 몇 개의 단서』

뿌연 눈발 속에

차가운 들판에서

한 가족이 헤어지고 있다

아침부터 눈보라는

창문을 두드리며 재촉했다

숲 속에서 기다리는 썰매에게

키 큰 나무들은

말을 건네지 않았다

두꺼운 털모자를 눌러 쓴

아이는 발을 구르며

가지에 앉은 검은 새에게

손을 흔들었지만

바람에 실려온

새의 맑은 노래는

아이의 눈 밑에 새겨진 짙은 어둠을

지울 수 없음을

오랜 친구

괘종시계는 알고 있었다

—「러시아 삽화 1」 중에서

이성렬 시인의 첫 시집 『여행지에서 얻은 몇 개의 단서』에서 우리는 몇 개의 계시를 얻는다. 풍경이 전해주는 신이한 서정의 울림이다. 「러시아 삽화 1」이 보여주는 이 이국적인 장면은 무엇인가. 눈발이 날리는 차가운 들판에서 헤어지고 있는 한 가족의 모습이다. 시간을 재촉하는 숲속의 나무와 썰매, 키 큰 나무들, 가지에 앉은 검은 새, 아이는 발을 구른다. 오랜 괘종시계와 숲속 길 가장자리를 걷고 있는 거미의 발소리, 털북숭이 개, 뿌연 눈발 속에서 헤어지고 있는 한 가족의 모습은 어떤 스산함으로 가득하다. 어쩔 수 없는 삶의 쓸쓸한 이별과 원인을 알 길이 없는 슬픔이다. 무슨 이유에서인지 가족은 헤어지고 있고 마치 이별의 배경이라도 되어주는 듯 눈발이 날리고 있다.

시인은 이국적 풍경 한 장면을 우리에게 제시해줌으로써 우리가 살아야 하는 세계를 보여준다. 막연하고 불가해한 삶의 이미지들. 북원의 들판에 날리는 눈과 이별하는 가족들. 인간은 인간을 둘러싸고 있는 알 수 없는 생의 풍경 앞에서 스스로 무력하고 고독한 존재일 수밖에 없나. 이해될 수 없는 불길한 힘이랄까, 비의와 같은 운명이랄까. 피해갈 수 없는 '생의 기미'와 같은 것이다.

모든 것은 고요하고 침묵한다. 거미는 조용히 자리를 옮기고 밤새도 뿔뿔이 둥지를 찾아 떠났다. 이 고요한 우울을 시인은 관조하고 있는 것인가. 삶이란 어찌해볼 수 없는 이런 고독을 조용히 견디어내야 하는 것임을 시인은 이야기하고 싶은 것이었을까.

이성렬 시인은 독특한 개성을 거느리고 어떤 우주적 몽상을 우리에게 보여준다. "모든 겨울은 갈대밭을 헤맨 끝에 / 시베리아의 작은 마을, 바리키노로 돌아왔다 / 거기 야윈 뺨을 가진 언덕은 / 묘지 주위에 서 있는 죽은 나무들에게 / 새로운 고난이 도착했음을 알렸다"(「러시아 삽화 2」) 겨울의 갈대밭과 묘지의 죽은 나무들, 여행이야말로 생의 진정한 장면들을 각인시키는 한 계기인 것이다. 풍경들은 인식의 관절을 풀어놓는다. 시인은 새롭고 낯선 이국 땅에서 의식이 증대되고 빛이 증가하고 심리적 조리가 강화되는 것을 느낀다.

저 머나먼 곳으로의 '떠남'이라는 모티프는 실제적 행위 이상의, 실존적 인식의 승위를 내포한다. 그것은 계속되고 계속되어야 했고 계속되어야만 했던 행동들. 존재의 본질적 갈망으로 잃어버린 어떤 것을 되찾기 위해 계속할 수밖에 없는 순수하고 소박한 행동들이다. 그러면서도 그것은 떠날 수 없는 근원적 한계와 결핍을 유포한다. 열망과 절망이라는 존재의 중력감. 그러하기에 떠남의 몽상은 더욱 깊어진다. 떠남이 지극히 낭만주의적인 몽상과 감상성의 풍경으로 드러나는 것은 이 때문이다.

그러나 한편 이러한 낭만적 허무주의가 시인을 내면적 폐칩으로 몰아넣는 것은 아닌가 생각되기도 한다. 시인의 예술적 상상이 존재론적 필연성과 닿아 있지 않은 듯한 느낌을 받을 때가 있다. 이를테면 시인이 그려내는 장면에서 시인의 현전은 철저히 거세된 듯하다(「러시아 삽화 1」). 행장의 풍경에서 언제나 이국적 환상성이나 신비한 낭만성을 의도한다는 것이다. "은주전자에 땀방울이 맺혀 있는 식탁" "길가 마차 바퀴살에 머물던 차가운/겨울빛"(「안개벽」) "이 거리를 떠나버린 樂土" "보드카를 마시는 러시아 주정뱅이" "내 처연함을 유혹하는 전자 올갠소리"(「밤과 꿈」). 식탁 위의 은주전자와 마차, 보드카와 악사, 이것들은 이국적 멜랑콜리를 자아내는 물상들이다.

시인의 '우울과 몽상'은 어떤 시적 포즈를 취하고 있다. 그것은 30년대 윤동주가 낯설면서 경이로운 근대 문물 앞에서 시적 포즈를 잡아보는 이국 취미와 닮아 있다. 시 「흐르는 거리」에서 윤동주는 당시로서는 신기한 물건이었던 빨간 우체통 앞에서 편지를 부치기 위해 서성였다. 우울한 지식인의 정신적 고뇌를 드러냈다. 이것은 이성렬의 시와 겹친다. "가을 고즈넉한 정원에서/수년간의 편지를 뒤적인다/나무들은 마른 잎새를 부리며/손풍금 소리를 내고 있다/나는 한 잔의 포도주를 마시며/주머니 속 기차표를 만진다"(「가을나기」).

이성렬 시에서 나타나는 물상들은 낡은 손풍금, 오르간, 낡은 축음기 같은 것들이다. 시인은 낡고 오래된 추억의 물건들에 싸여 있고 자주 생각에 빠지고 술을 마시고 추녀 끝의 바람 소리를 들으며 떠남을 생각한다. 낭만적이면서 지적인 시적 포즈와 연관된다.

서구적인 어떤 풍경에 대한 떠올림, 데카당적인 위기와 추억들. 이것은 2, 30년대 정신적 허무의식을 떠올리게 한다. 부르주아 속물에 대한 저항으로서의 정신적 자유의 추구, 보헤미안의 고독한 유랑의식은 고고한 정신의 추종자로서의 댄디즘을 연상시키기도 한다(침묵, 편지, 밤, 결별, 가을 같은 시적 대상들).

이성렬의 대부분의 시에서 시인의 행동은 끝없이 유예되는 반면 의식적 활동은 충일한 적극성으로 가득하다("슬픈 작별을 고할 때마다/나를 잠시 살고 싶게 만들었던 눈부신 아침 햇살을 떠올린다/(……)//장갑을 벗고 지금 나는/겨울 베란다 귀퉁이에 서 있는/고무나무 잎을 만지고 있다"(「觀葉樹에 대하여」)).

이와 같은 시적 몽상이 삶의 명백한 힘을 얻기 위해서는 심미적 자기 취미를 극복하려는 적극적 삶의 충동이 더 필요하다는 생각이다. 개인적 체험의 파장이 삶의 실존적 지대에 침투해가는 적극적 교접이 필요하다.

3. 할머니, 순결한 나의 아기 — 이찬, 『발아래 비의 눈들이 모여 나를 씻을 수 있다면』

한 사람이 문구멍을 통해 여인이 목욕하는 풍경을 몰래 엿보고 있다. 그는 자유롭다. 그때 지니기는 한 사람이 여인을 엿보고 있는 자신을 보고 있다는 것을 느꼈다. 순간 그는 심한 부끄러움을 느낀다. 사르트르는 이 대목에서 "타자는 지옥이다"라는 말을 한다. 결국 수치신을 불러일으키는 것은 타자라는 사실 수치심은 내면에서 일어나는 본래적인 것이 아니다.

한편 여기서 '본다'는 행위에 주목해볼 필요가 있다. 본다는 행위는 보여지는 것을 하나의 대상으로 변형시킴으로써 그것을 타락시킨다. 하나의 대상을 인식하거나 보고자 하는 것은 그것을 소유하고자 하는 것이다(사르트르, 『존재와 무』).

근대 주체에게 있어 '본다'는 행위는 스스로 자기 존재의 창조자가 되려는 과정이다. 근대에 들어 특히 '시각'이 놀랍게 발전한 것(영상과 스크린의 재현력)은 이런 맥락과 관계가 깊다. '본다'는 행위를 통해 스스로가 자기 자신을 근거로 삼고자 하는 것, 그렇게 하여 대상을 지배하고 소유하고자 하는 것, 나아가서 참된 인식의 주체로서 절대적 자리(신)에 놓이기를 원하는 것.

근대 이미지즘의 시에서 보여지는 묘사 중심의 시는 사물의 물(物) 그 자체를 통해 시적 정조를 표출한다. 이때 시적 주체와 대상의 관계에서 철저한 계급적 층위가 생겨난다. 주체는 시적 대상을 봄으로써 그것의 비밀을 강탈한다. 시적 대상의 순결을 더럽힌다. 인식하는 자와 인식되는 대상 사이의 관계는 철저히 계급적이다. 근대에 들어 시에서 시각적 이미지가 두드러지게 된 점은 근대 주체의, 대상에 대한 장악력과 우위를 드러내는 대목이다.

여기서 '보는 것'과 '듣는 것'을 대비해서 생각해볼 수 있다. 듣는 사람은 타자로 하여금 말하게 한다. 듣는 것은 타자의 능동적 참여를 유도한다. 야콥슨의 2인칭을 지향하는 청각적 텍스트를 연상해볼 수 있다. 청자를 지향하는 시적 발언은 민주적 소통을 원한다. 여기서 시의 리듬과 스타일과 소통의 흥이 발생한다. 근본적으로 시는 '흥'이 아닌가. 대상과 세계와 우주와 내통하는 울림이다.

이찬의 첫 시집 『발아래 비의 눈들이 모여 나를 씻을 수 있다면』에서 시인은 할머니에 대한 몇 편의 글쓰기를 하고 있다. 시인은 말에 변화하는 뉘앙스를 심어준다. 말에게 유년의 몽상이 중얼거리도록 해준다.

주의 깊은 말들은 펜 밑에 잠들어 있다 할머니와 함께 '흥겹게' 되살아
난다. 이찬의 시는 시적 대상(할머니)과 소통하고 시적 청자(독자)를 호
명하는 시다.

　　할머니를 따라 옛날 텃밭에 갔습니다 삐죽이 솟은 옥수수들이 덜 익은
가슴을 달고 묵묵히 더위를 견디고 있습니다 (……) 햇살을 마주하며 윗
저고리를 확 벗어버렸습니다 할머니의 쪼그라진 가슴이 탱탱 말라붙어
있습니다 할머니의 몸에서 아웅다웅거리던 살들이 모두 빠져나간 지 오
래입니다 할아버지가 주던 그리움들이 길을 잃은 지 오십 년을 지났기
때문입니다 그래도 할머니는 텃밭에 가면 할머니의 옛집에 가면 할아버
지를 담아 옵니다 (……) 할머니도 텃밭에서 집으로 돌아오면 땀방울이
송골송글 맺힌 사무침이 이젠 뼈로 앙상한 가난한 몸을 씻습니다 오늘밤
오랜만에 할아버지를 맞기 위해서입니다. 그리움으로 마른 젖무덤과 사
무침으로 굽은 허리를 살짝 보여주기 위해 찬물을 들이붓습니다 뼈에 부
딪히는 물들이 쩽그랑쩽그랑거립니다 오늘밤 할머니는 완벽한 누드입니
다 오늘밤 할머니의 누드는 밤새도록 할아버지에게 소근거릴 것입니다
정말입니다

—「할미니의 누드」 중에서

　　순수한 주체에 대한 몽상은 시인을 여성적 모음의 섬세함으로 몰아
간다 "~습니다"의 경어체는 격렬한 남성적 세계의 난투정을 심층의
아니마 속으로 인도한다. 우리 존재의 전적인 휴식, 존재를 쉬게 해주
는 그곳에서 시인이 발견하는 것은 '할머니' 다. 말들의 몽상을 찾아가
는 길에서, 심연에서 만나게 되는 것은 바로 여성적 깊이라 할 수 있다.
조용한 내면의 공간, 아주 오래된 기억의 공간, 추억의 다락방으로 되
놀아오는 과정은 여성적 친화력과 원형의 공간인 것이다.

할머니는 옛날 텃밭에 가서 윗저고리를 확 벗어버린다. 할머니의 육
신은 청춘의 시절이라고는 다 빠져나가버린 몸이다. 한때 그녀를 들뜨
게 했던 봉긋한 육체의 흔적은 이미 사라진 지 오래다. 할머니는 텃밭
에서 묵묵히 더위를 견디며 밭일을 하고 해가 뉘엿뉘엿 질 때쯤 집으로
돌아와 찬물로 등물을 한다. 뼛속까지 시원한 할머니의 등물은 뼛속까
지 스며 있는 할아버지에 대한 그리움처럼 할머니의 몸에서 소리를 낸
다. "쨍그랑쨍그랑" 이미 오십 년 전에 할아버지를 잃어버린 할머니의
몸은 처녀의 몸과 다를 바 없다.

아무리 그러기로서니 할머니의 누드라니. 시인은 풍선같이 바람이
다 빠져나간 할머니의 '살' 안에서 그리움으로 오그라든 순수한 육신,
순백(innocence)의 정수를 이야기하려는 것인가. 완벽한 누드인 할머
니는 심리적 폐허 속에서 순수를 건져올리는 어린아이의 육신 같다. 갓
태어난 어린아이의 살이 양수에 절어 쪼글쪼글해져 있듯이 할머니의
몸도 쪼글쪼글한 벌거숭이다. 온몸에 주름이 가득한 채로 할머니가 벌
거숭이가 되어 할아버지에게 소근거린다. 시인은 순수함의 이상화, 할
머니의 육신에서 전적으로 무죄한 벌거숭이를 발견하는 전복적 사유를
통해 독자에게 "정말입니다"라고 소근거린다.

시인이 소근대는 말은 친근함과 명랑함으로 가득 차 있다. 장난기와
진지함 속에서 친밀함은 더욱 강화된다. 시인은 독자에게 이야기를 전
달하는 흥미로운 이야기꾼이다. 하여 시인은 그 이야기의 힘으로 시원
의 공간 할머니의 누드에 당도한다. 할머니의 누드에서 벌거숭이 어린
아이, 순결하고도 고독한 그리움을 발견하는 것은 어린아이의 순수한
몽상으로 가능하다. 우주와 연결되어 있는 유년의 몽상은 우리를 자유
롭게 한다. 우리가 어린애였을 때는 자유를 꿈꾸고 자유를 불러올 수
있었다. 할머니를 바라보는 어린 화자의 시적 몽상은 우리가 자유로운
존재라는 것을 유포한다. 어린아이와 같은, 천진한 목소리로 주저 없이

거침없이 중얼거린다.

이찬의 시에서 할머니는 미장원에 가서 난데없이 비녀를 뽑고 머리를 싹둑 잘라 소년이 되어버리거나(「할머니의 비녀」) 저녁이면 낡아빠진 엉덩이로 요강에 턱 걸터앉아 하루를 뻥 쏟아버리거나(「할머니와 포르노」) 염소와 함께 다정하게 울타리 안에 묶여서 지나온 길들을 되새김질한다(「할머니와 염소」)(이외에도 「할머니와 냉장고」 「할머니와 텔레비전」 「할머니와 기둥시계」 「할머니 제 살을 다림질한다」 「할머니 기계는 여전히 작동중이다」 등 할머니 연작시들이 많다).

이찬의 시에서 할머니의 '살'은 삶의 회한과 비감, 잔망스러울 만큼의 어린애적 동화, 생의 순결함을 간직한 마지막 육신으로 우리에게 다가온다. 특히 할머니의 살/언어는 유년의 몽상으로 독자를 이끌어 여성적 모음이 지니는 거대한 접착력을 호명한다.

이를테면 "할망구들 오랜만에 본답니다 할머니 택시 잡아타고 당동에 나들이 갑니다 (……) 니가 처녀 적 남편 잃고 외동아들 함께 살던 씨아버지 구박에 논두렁 콩마냥 쭈그러들었던 남순이 아니가 할머니의 처녀 적 이름을 할망구들이 불러줍니다"(「당동 용왕제, 할머니 나들이 갑니다」)에서 보여주는 할머니들의 수다는 영화 〈처녀들의 저녁식사〉에서 처녀들의 수다와 다르다. 할머니들은 주름진 할머니 살의 너울처럼 말들을 풀어놓는다. 이찬은 이 할머니의 살 속에서 언어의 수다와 생의 흔적과 말의 고독을 훔쳐낸다. 이 친근함이야말로 이찬 시가 건져올린 시 언어의 '흙'이다

4. 핏방울의 열매—김충규, 『그녀가 내 멍을 핥을 때』

한강의 소설 『내 여자의 열매』에서 여자는 어느 날 자고 일어나보니

자신의 몸 어느 부분에 멍이 들어 있는 것을 발견한다. 멍은 점점 더 번지고 확장되어가 마침내 몸 전체가 푸르딩딩하게 변한다. 여자는 드디어 하나의 열매로 변신한다. 여자의 멍은 상처 그 자체에 대한 육체적 징후를 의미한다. 멍은 왕성한 번식력을 가지고 분노와 피로감으로 온몸을 얼룩지워갔으니 우리의 몸은 푸르딩딩한 멍투성이, 설익은 상처가 무럭무럭 익어가는 초록 멍나무인 것이다.

멍은 피부 안쪽에서 터져나온 내출혈이다. 삶이 내포하는 절망과 파토스의 신체적 징후라 할 수 있다. 김충규 시에 자주 등장하는 멍은 육체 안에 기식하는 몹쓸 열망과 좌절이 남긴 혈흔이다.

형이상학적 위계(정신/육체)가 무너지고 난 후 몸은 근대의 모든 징후들이 새겨지고 기록되는 양피지가 되었다. 몸은 세계를 인식하는 현상학적 첫 매개이자 근거이다. 몸은 세계가 투영되고 비치는 반영체이자 세계를 통과하고 인식하는 근본적 자아의 영토다. 몸은 근대에 와서 비로소 역사적 현장으로 귀환한다. 그러나 몸은 갖가지 상처와 운명을 만들어갈 생명체의 근간이면서 동시에 끝없이 욕망을 들쑤셔놓는 부지깽이라는 사실. 몸이 없으면 상처도 없지만 몸이 없으면 삶도 없다. 몸이 없으면 죽음도 없다. 몸은 존재가 통합과 일체를 이루는 물질적 현존이면서 끝없는 분열의식으로 존재가 해체되는 욕망의 화덕이기도 하다.

김충규의 시에서 나타나는 피의 흔적들은 죽음이 웅크리고 있는 어떤 곳이기도 하지만 동시에 생의 욕망이 번뜩이는 경유지이기도 하다. "내 아랫도리에도 피가 몰려 욱신거린다/내 불알 속에 평생 하혈 못 하는/두 개의 달이 웅크려 있다"(「하혈 못하는 두 개의 달」)에서는 출혈하지 못하는 응고된 피의 죽음이 드러난다. "나무의 피가 거울에 지저분하게 흘러내리고 있었다"(「나무 밑동에 박힌 거울」)에서 나무는 스스로 자신의 몸에서 흘러나오는 상처의 피를 본다.

그러면서 피는 제 피의 뜨거운 살점을 뜯어먹으며 산다. 피는 제 스스로의 질료를 숙주로 삼는다. "붉은 강은 제 붉은 살점 뜯어먹으며 산다"(「붉은 강」) "나비는 (돼지의) 피를 토해/꽃들의 입에 넣어준다"(「수혈」) "쑥 들어오는 칼을/돼지의 먹은 더운 피로 어루만졌다"(「냇가로 끌려간 돼지」).

몸은 상처가 진득진득한 핏방울처럼 무겁게 맺혀 있는 과거의 흔적이지만 동시에 새로운 생명의 계기이기도 하다. 이를테면 돌에 옆구리가 짓이겨진 뱀은 가쁜 숨결을 몰아쉬며 안전한 곳에 알을 낳으려고 달아나다 알도 내장도 다 쏟아내버린다(「헉―, 혀를 떨면서」). 생은 죽음을 십어삼키고 죽음을 숙주 삼아 그 피냄새로 어두운 목숨 하나 토해낸다.

말하자면 피는 흐르고 있는 것이다. 피는 인간에서 짐승으로, 달에서 태아에게로, 나무에서 거울에게로, 죽은 사람에게서 살아 있는 사람에게로 상이한 시공간을 흘러가서 상처를 나누고 죽음과 생명을 나누어 갖는다. 피는 끝없이 흐르는 변전체이다.

그렇게 하여 김충규의 시에서 피는 마침내 순환하고 해체하며 확산되고 상승하여 저 하늘의 집 위에서 기화한다.

발에 흙 묻히며 살고 싶지 않아 허공으로 올라왔지요
허공으로 올라온 나를 땅기운이 끌어당겨
피가 머리 쪽으로 몰려 거꾸로 매달리곤 하지요
아침마다 허공의 뜰에 고인 이슬로 가랑이를 씻고
무언(無言)의 노래를 세상 밖으로 퍼뜨리지요
내 뼈를 추려내어 지어놓은 집
환하고 눈부셔
지나가는 뼈 없는 곤충들이 스스로 집에 갇히지요

(……)
부드럽고 낭창낭창 휘어지는 뼈!
나를 허공에 밀어올린 힘이지요

—「거미」 중에서

김충규 시에서 삶의 현실이 몸의 내부에 찍어놓은 화인의 상처나 핏자국은 서서히 증발되어간다. 살갗을 뚫고 나오는 출혈은 서서히 희석된다. 아니 시인은 피를 기화시키는 그 붉은 것의 힘으로 생의 날갯짓을 하려 한다. 「울음의 힘」에서 시인은 입천장에 혀를 바짝 올려붙여 "울음의 울림을 제 몸에 심으며/그 울음의 힘으로 십리를 더 날아"가는 새의 울음을 찾아낸다. 그것은 붉은 울음, 붉은 피가 토해내는 기화의 힘이다.

「거미」에서 거미의 육신은 온몸을 뜨겁게 달구어 토해내는 단 한 방울의 붉은 점액질 같다. 거미는 "피가 머리 쪽으로 몰려 거꾸로 매달리곤 하지요"라고 말한다. 피는 땅에 속한 것인지라(상처와 육신의 흔적인지라) 거미는 땅의 중력을 견디어내야 한다. 그러나 허공에서 이슬로 가랑이를 씻으며 세상에 불가사의한 '무언의 노래를' 퍼뜨리기도 한다. 핏방울에서 이슬로, 거미는 육신의 피를 휘발시키며 정화한다. 언어가 없는 무언의 노래를 부른다. 육체의 분리, 피의 정화과정에서 거미의 피는 아침 이슬로 화하고 몸은 환하고 눈부신 뼈로 변해간다. 그렇게 하여 '거미'라는 응축된 단 한 톨의 핏방울은 '거미집'이라는 '뼈로 만들어진 공중의 소실점' 하나를 구축한다.

거미는 자신의 몸에서 생의 자양분을 뽑아내 집을 짓고 먹이를 구한다. 실을 뽑아내면서 야위어가는 내적 희생을 담보로 먹이를 구하는 역설, 그러니까 거미의 몸은 점점 야위어가면서 생성되는, 텅 비어 있으면서도 가득 차 있는 허공 그 자체이다. 덧없는 허공을 만들어내고 다시 허공으로 집을 짓고 허공 같은 몸집으로 살아가는 거미. 언제나 휘어질 듯 낭창낭창한 뼈로 집을 짓는, 몸 자체가 집이자 허공이 되는 공허한 뜨개질 속에 거미는 놓여 있다.

그렇게 하여 김충규의 시는 진득한 핏방울들을 분해하고 순환하는 과정에서 이승과 저승의 경계쯤에 놓인다. 거미의 존재론적 토포스가 허공이듯 시인은 이승과 저승의 중간쯤에 놓여 있다(「〔믿거나 말거나〕목련이야기」「귀신과 서로 희롱하며 놀았다」 등 김충규의 시에서는 생과 죽음이 섞이는 경우가 꽤 등장한다).

김충규 시는 이승의 피가 전화하고 기화하면서 저승을 향해 지어놓은 집이다. 이승과 저승을 연결지으며 지어놓은 무덤이자 자궁이다. 거미는 체중도 무게도 없이 생의 소실섬의 극치에 이른 매혹의 역설이라 할 만하다.

5. 나는 어떤 몽상을 꿈꾸었던가

나는 어떤 몽상들을 꿈꾸었던가. 사물과 풍경에 대한 몽상(이성렬), 유년과 할머니에 대한 몽상(이차), 이승과 저승 사이에 내재한 몽상(김충규). 시적 상상력은 인간의 근원적 예술충동과 맞부닥치며 새로운 세계를 우리 앞에 열어준다. 몽상은 바슐라르의 말대로 존재의 지하실로 내려가면서 더욱 깊어지고 지배적이 되다

그러나 한편 이런 생각도 한다. 시인이 바라보고 꿈꾸는 이 세계는 인공화되었고 자연은 후퇴한 지 오래라는 사실. 자연적 사물은 인공물이 대신하고 있고 스크린에 의해 재현되고 있다는 사실. 우리의 욕망과 사유는 이미 도구화·매개화되어버렸다는 사실. 더욱이 모더니즘 시대의 예술원리인 자율성은 결국 우리를 심미주의로 향하게 한다. 심미주

의는 실천적 가치를 소외시키며 문학공동체의 향수를 배제한다. 그 속에서 예술은 점점 삶과 멀어지게 된다. 예술의 공간은 인공화되고 이질적인 것이 되고 만다. 삶과 예술의 거리는 점점 더 멀어진다.

새로운 세기 서정시의 양상은 낭만주의적 허무, 해체적 실험성, 탈문명의 예술적 심미주의 등으로 향하는 듯하다. 근대문명에서 자연과의 합일은 절대적으로 이루어질 수 없다. 근대정신이란 김상환의 말대로 본성상 매개적인 정신인지라 직접성의 세계로 돌아갈 수 없다. 역사적 회귀(자연으로 돌아가자)는 근본적으로 불가능하다.

그렇다면 세계와 직접적으로 만날 수 없는 시적 체험, 자연적 사물에서 분리된 상태에서 꿈꾸게 되는 몽상은 어떤 초월성을 우리에게 제시할 것인가. 직접적 경험의 세계에서 추방된(매개된 욕망/관계 속에 놓인) 시인들은 현실 안에 있는 이질화된 소외에 끝없이 저항해야 하지 않을까. 매개된 관계를 반성하고 현실에 숨겨져 있는 초월적 계기를 발견해야 한다. 직접적 직관의 세계를 섬광처럼 비추어주는 것, 존재론적 깊이를 넘어서서 역사적 조건을 수용하고 삶과의 유기적 통합성을 보여주는 것, 이것이 우리 시대 서정시가 일구어내야 할 몫이다.

불안한 기호들, 은유와 환유

1. 파문, 시적 현실

권혁웅의 시 「파문」은 새로운 시적 현실을 제공한다. 권혁웅은 오래 전 사람의 소식이 궁금하면 비 오는 처마 밑에서 비를 그어보라고 이야기한다. 그러면 처마 아래서 "동그라미와 동그라미 사이에 촘촘히 꽂히는" "부재의 주파수"를 통해 그 사람의 목소리를 들을 수 있다는 것. 부재의 판타지. 시인은 빗방울이 떨어지는 순간 점점 번져가는 여울의 무늬 속에서 라디오의 주파수를 생각한다. 보이지 않는 것들은 움직여 가서 마침내 그 사람의 목소리를 채취해낸다.

이것은 마치 시가 독자에게 주는 공명의 과정을 연상시킨다. 시는 여울이 번져가듯 언어의 결로 번져가 부재를 완성한다. 시 언어의 이면에 어떤 실제가 내재해 있는 것이 아니다. 언어는 일종의 무로 작용할 뿐이다. 기표 자체로 끊임없이 부유하는 시적 표현은 서술화된 의미를 끊임없이 거부한다. 시는 그 공허함으로, 탈경계화된 언어의 창살로, 넘나드는 기호의 섬선방 위에 놓인 '존재의 불안'인 것이다.

부재의 주파수, 그러니까 시는 부재의 주파수를 맞추어가면서(영원히 그 사람은 이곳에 없으므로) 잡음으로 가득한 어떤 목소리를 끝없이 찾아내고자 하는 욕망의 언어다. 권혁웅의 시는 부재하는 것에 대한 존재의 환영을 찾아가는 탐색이다. 징후의 시학이다. 권혁웅은 자신이 몇 가지 모르는 것이 있다고 말한다. "바위에 뱀 지나간 자리와 물 위에/배 지나간 자리와 하늘에 독수리가 지나간 자리/그리고 여자 위에 남자가 지나간 자리" 그리고 도무지 알 수 없는 한 가지 "사람을 사랑하게 되는 일"(「지문」). 손가락마다에는 삶의 소용돌이가 숨어 있고 버스는 떠나고 먼지는 손에 묻고 비행기는 하늘에 실금을 그으며 날아간다. 무엇이 남아 있는가. 시인은 개를 먹고 개처럼 짖고 개털은 날리고 비행기는 활주로에 긴 타이어 자국만을 남긴다. 누웠다 일어난 자리, 흩어진 머리카락과 같이.

언어가 현실을 하나의 지시대상으로 재현해낼 수 없을 때, 미메시스의 세계가 사라지고 없을 때 우리에게 남는 것은 무엇인가. 사물이 뱉어낸 몇 개의 분비물, 그 부재의 내음을 킁킁거리는 일, 그러기에 시란 이미 지나가버린 어떤 것(부재)에 대한 직물을 짜는 것, 욕망을 빗물처럼 처마 밑에 던져보는 것이다. 시는 동그라미 속에 흔적과 차이를 그려나가다 지워지는 파문과 빗살이다.

어떤 시인은 동물도감 속에 있는 곰을 보고 시를 쓴다(이진명, 「곰」). 어떤 시인은 텔레비전 속의 카멜레온이 텔레비전 바깥으로 걸어나온다(함민복, 「아남 내셔널 텔레비전」)고 말한다. 시인이 재현할 실재는 파생실재의 시뮬라크르일 뿐이다. 전통적 양식의 자연생태시에 등장하는 자연마저도 관념 속의 자연이거나 스크린 카메라 속의 자연이다. 국토의 대부분의 산림은 인공화되었다(국립공원). 자연은 카메라 프레임 안에서 영위되는 자연이다. 영사기 빛에 의해 재생된 자연이다. 후기자본주의 시대에서 시쓰기는 이와 같은 키치라는 현실 안에 놓여 있다. 그렇다면 달라진 사물들과 시적 주체는 어떤 관계맺기를 해야 하는가. 미메시스의 붕괴 속에서 사물과 주체의 자기 동일화 서정은 어떤 방식으로 변주될 것인가. 기호로서 생산되는 세계, 기호가 생성해내는 현실 속에서.

그러나 기실 시는 어떤 지시적인 성격을 띠는 것을 거부해왔다. 시적 언어는 아무것도 전달하지 않는다. 오직 자기 자신과만, 시적 언어는 자기 자신과만 소통하기를 원할 뿐이다. 이것이 시의 자기 반사성이다. 시는 스스로의 형식층위를 통해 내용층위를 구성한다. 특수한 텍스트 형성방식으로 자기 근거성을 구한다. 문학 텍스트의 자기 반사성이며 자율성이다.

재현해야 할 현실이 사라져버린 키치의 삶 속에서 문학 텍스트가 구하게 되는 것은 소재주의적 현실(내용의 현실)이 아니다. 방법적 현실이다. 사물과 시적 언술의 관계를 맺어가는 방법적 명제를 찾는 일. 새로운 세기에 시인들이 주목하는 것이 바로 이것이다. 문학 텍스트 수용자가 읽고자 하는 것은 문자로 다시 재현된 현실이 아니다. 문학작품 이외에도 무수히 복제된 현실은 어디서든 손쉽게 볼 수 있다. 독자는 메시지가 전하는 내용층위가 아니라 예술 텍스트가 전해주는 미적 형식, 일상어와 구분되는 새로운 질서 범례를 만나기를 원한다. 새로운 세기 우리 시에서 내가 주목하고자 하는 것은 바로 이것, 형식을 자기 근거로 삼는 텍스트, 표현층위로서 내용 구조 일부분이 되어버리는 형식적 관계들이다. 이것이 새로운 세기, 새로운 감수성이 우리에게 던지는 미학적 질문이다.

2. 변신/전복/여우, 은유적 인간—권혁웅, 『황금나무 아래서』

골목길에서 그녀를 만났을 때 여우가 그녀 주변을 돌아다니고 있었다
나를 처음 알아본 것은 그녀가 아니라 여우였다 긴치마에 가방을 모아
쥔 손이 가지런했다 흰 발목과 꼬리가 어둠에 묻혀 보이지 않았다 내가
다가가자 여우의 눈빛이 반짝, 빛났다 여우가 나를 알아보았을 때 겨우
열다섯이었으므로 나는 그녀의 곁을 지나쳐 갔다 목덜미가 간지러웠다
—권혁웅, 「여우 이야기」 중에서

권혁웅의 시는 수용자가 해독하는 것을 자동적으로 방해하는 어떤
미학적 암호체계를 가진다. 그것은 하나의 특수한 의미론적 구성원칙
이라 할 수 있다. 그것은 시적 텍스트 형성방식에서 제기되는 '은유'다.
시인이 "그녀"를 만났을 때 그가 본 것은 "그녀 주변을 돌아다니고" 있
는 여우였다. 시인이 본 것이 "그녀"가 아니라 "여우"라니. 이 신이한
여우는 삼 년 후에 다시 나타났고 대학 때 나타났으며 그후로도 자주 출
몰했다. "어떤 여우는 몇 년 동안" 시인의 그림자를 밟다가 사라지기도
했고 "어떤 여우는 내가 맛이 없다"고 했다. 여우는 몇 년 후에 아이를
낳아 시인의 간을 아프게도 했지만 며칠 후면 시인에게 새살이 돋아났
다. 여우는 당연한 관습적 은유로 '여우 같은 여자'를 의미한다.

권혁웅에게 은유의 방식은 단순한 치장이나 형상적 표현으로 놓여
있지 않다. 그의 시에서 그와 여우(그녀)의 관계는 시절이 지나고 나이
를 먹으면서 끝없이 변주된다. 마치 여우가 몇 번의 재주넘기를 해서
다른 존재로 변신하듯이. 은유가 몇 번이나 은유적 대상을 타넘어 전이
되어가듯이.

시인이 열다섯 살 때 만난 여우는 몇 번의 변신을 통해 고등학교 때,
다시 대학 때 등장한다. 여우의 변신은 은유의 점진적 존재이동과 변형

을 구현한다. 여우의 변신과 출몰은 권혁웅 시 전체를 아우르는 은유의
연쇄고리를 은유적으로(?) 환기한다. '여우'는 권혁웅의 시에서 '은
유'를 드러내는 하나의 복선인 것이다. 여우는 "그녀 주변"을 돌아다니
는, 설명될 수 없는 아우라 같기도 하고 "그녀들"을 둘러싸고 있는 환상
적 이마주 같기도 하다. 여우는 "그녀" 자신이기도 하고 "그녀" 자신이
아니기도 하다. 동일하면서도 동일하지 않다. 한 단어의 의미론적 표시
가 원래 단어 내용에서 다른 단어 내용으로 전환되는 과정에서 유사함
과 이질성이 충돌하고 다시 엉킨다.

　권혁웅 시의 은유는 명사 중심의 은유, 즉 로고스 중심주의의 이분체
계를 벗어난다. 즉 권혁웅 시의 표현층위는 하나의 이중적인 통사론적
병렬현상을 보이면서 시 전체의 문맥적 흐름을 지배하고 있다. '여우를
보다' → '여우를 만나다' → '여우가 출몰하다' → '여우가 아이를 낳다'.
권혁웅의 은유는 개별적 현상으로 나타나는 것이 아니라 은유의 반복
구조 속에서 독특한 은유의 연쇄를 만든다. 모순되는 것들은 진동을 일
으키며 통사적으로 조금씩 변이되고 조금씩 동일화되면서 텍스트 전체
의 유기적 연결과 대립항들을 구축해간다. 그리하여 시 텍스트는 기호
와 기호 사이의 간극에서 긴장한다. 긴장은 상호적이면서 길항한다.

　　이층에서 본 거리, 블라인드가 잘게 토막낸

　　길 위에 무수한 흰 뱀이 지나간다

　　하릴짝 웃으며 지나기는 젊은 여자애들,

　　가슴을 열거니 엉덩이에 스미는

　　봄날 뱀들의 행렬

　　신김치를 한 점 베어문 듯

　　나는 입맛을 다시다 어떤 定義로도

　　내 저작하는 힘으로도

대지에서 스며나와 딸들에게로 들어가는

저 틈입을 막을 수는 없다

살아갈수록 불어나는 허물이 내게 있으나

지금은 지나온 길에

희고 긴 흔적을 늘어놓는 뱀들의 시절이다

—「흰 뱀을 찾아서」 중에서

화들짝. 길 위에 무수하게 지나가는 흰 뱀은 무엇인가. "희고 긴 흔적을 늘어놓는 뱀들의 시절"이라니. 일종의 수수께끼. 수수께끼에 직면하여 독자는 '이중 전이'라는 용어를 생각할 수 있다. 즉 생산미학적 차원에서 시인에 의해 전이된 은유는 수용미학적 차원에서 독자에 의해 다시금 전이된다. 그러나 여기에서 생산미학적 차원에서의 전이와 수용미학적 차원에서의 전이는 서로 일치하지 않을 수 있다. 균열과 불연속이 작용한다.

균열 속에서 나는 흰 뱀의 흔적, 백색의 신이함은 흙에서 피어올라오는 새로운 기운, 봄날의 기시감 같은 흰 연기, 혹은 아지랑이가 아닐까 생각해본다. 봄날의 생명력은 땅에서 피어올라 지나가는 여자애들을 통과한다. 통과할 때마다 아이들은 화들짝 웃는다(봄은 발정기다). 웃음 때문에 먼 데 산이 방그랗게 부풀어오른다. '흰 뱀'과 '봄날의 기운'을 연결시키는 전이는 놀라움과 낯섦을 야기한다. 대립적인 것들의 통합, 상이한 것들의 합치를 강요한다.

사실 역설, 불일치, 낯설음 등의 인상은 은유의 중심적인 작용 메커니즘이다. 그러나 권혁웅 시에서 은유적 발화는 시 전체 텍스트에 실제를 숨긴 채 지속적으로 언어의 미적 기능을 수행하고 있다. 이것이 권혁웅 시가 가지는 모순적인 것들 사이의 진동이다. 흰 뱀의 실제가 철저하게 은폐되고 암시적으로 처리되면서 부재하는 존재의 환영을 그려

보게 하는 것, 이것이 권혁웅 시가 가지는 파문이다. 독자에게 맞추어 보라고 요구하는 부재의 주파수다. 「악어」라는 시에서도 '악어'는 산에 피크닉 온 여자를 쫓아와서 여자가 가져온 물건을 삼키고 그녀의 허리께에 얌전히 웅크려 있다. '악어'는 거대한 계곡에 놓여 있는 '봄날의 入口' 정도가 될까. '악어'는 부재하며 진동하는 은유다.

1
덥고 습한 여름이었다 벽지 위로 곰팡이가 슬금슬금 기어가는 중이었다 달력에서 오려낸 해변이 침식되어 가는 것이 보였다 반지하 방안에서 그는 밤에만 떠올라 왔다
벌린 그의 입은 무척 컸다 가끔 알아듣지 못할 소리가 그의 입에서 흘러나왔다

하마는 밤에 나와
나무 뿌리나 풀을 뜯어먹는다

2
나는 그의 집을 아침저녁으로 지나쳤다 반지하 방은 누설되기 위한 공간이었다 정방형으로 관찰되는 生, 그는 짧고 굵은 다리와 둥그런 배를 가졌다 무엇이 그의 슬픔을 우스꽝스럽게 만들었는지 나는 모른다
어쩌면 그가 재단했던 프레스機가 그를 재단했을 것이다

河馬를 말이라 부르는 것은 물론,
날렵해서가 아니다

—「하마 — 지하생활자」 중에서

반지하생활자와 하마의 배치는 1연-2연, 3연-4연, 5연-6연으로 병치 대응된다. 반지하 셋방의 덥고 습한 여름, 벽지에 곰팡이가 슬어간다. 하마는 음습한 늪지대에서 밤마다 나와 풀을 뜯는다. 반지하생활자는 우스꽝스러운 굵은 다리와 둥그런 배를 가지고 있다. 그의 몸뚱아리는 프레스機에 재단되어 뭉뚝해졌는지도 모른다. 하마는 날렵하지 않다. 어느 날 그는 세간과 함께 사라졌다. 방구석에 놓여 있던 하마가 물을 잔뜩 먹어 뚱뚱해졌다. 하마를 갈아주어야 한다.

시의 구성은 이렇듯 지하생활자-하마-물먹는 하마라는 습기제거제로 연결되는 은유적 중첩을 보여준다. 두 개의 이미지가 동시적으로 실현되면서 일치와 동일성을 이룩한다. 지하생활자의 소외되고 음습한 삶은 자본과 삶의 육중한 무게에 짓눌려 하마와 겹쳐진다. 생의 곳곳이 부패되는 곰팡이와 습기는 더러운 습지의 하마를 연상시킨다. 불법체류 제3세계 노동자의 어두운 피부는 하마의 딱딱하고 짙은 껍질을 연상시킨다. 지하생활자는 하마라는 다른 시니피앙으로 대체되고 동시에 그것을 파기하면서 의미의 연쇄를 만든다. 연쇄고리 사이에서 생겨나는 간격, 이 사이의 공간에서 은유의 창조적 섬광이 발휘된다.

마지막 부분 지하생활자와 하마는 '물먹는 하마'라는 정방형의 제습제에 와서 완벽하게 일치되고 융합된다. 물을 다 먹어버린 하마는 버리고 다시 갈아끼워야 한다. 그가 떠난 지하방에 다른 하마가 들어올 차례다. 지하생활자-하마의 은유는 텍스트와 컨텍스트의 차원으로 넘어가면서 발휘된다. 은유는 동일화되면서 동시에 동일화에 저항한다. 지하생활자의 삶과 하마는 겹쳐지면서 동시에 그 겹침의 표상과정을 파괴한다. 지하생활자는 하마이면서 물먹는 하마가 되고 다시 하마에서 벗어나기도 한다. 지하생활자는 인간인 것이다. 몸에서 꾸역꾸역 밀려나오는 주체할 수 없는 절망과 상처를 품고 있는 것이다.

권혁웅의 은유는 일치와 동일성의 표상과정에서 서서히 그것을 파괴하고 분열과 차이를 드러낸다. 그것이 은유가 동일화에 저항하고 있는 한 부분이다. 동일화와 동일화에 대한 저항의 시도 속에서 작품의 본질이 드러난다. 그런 점에서 권혁웅의 은유는 단순한 형상적 표현이 아니다. 권혁웅의 은유는 실존적 삶의 의미화 차원으로 승화된다.

3. 우울/연쇄/봉합, 환유의 로맨티스트 — 이장욱, 『내 잠 속의 모래산』

이장욱의 시는 도시의 우울을 앓고 있는 현기증의 기록이다. 이장욱은 비 오는 거리를 비척거리며 내달음질치거나 도주하듯 구토를 해대기도 한나. 설규하며 낯선 거리 속에서 고음역의 레퀴엠을 듣기도 한다. 그의 등뒤에는 언제나 몇 개의 어두운 그림자가 어른거린다. 도시의 편의점 불빛, 실존의 그림자가 중력처럼 매달려 있다.

이장욱 시는 지저분한 도시의 욕망을 끊임없이 사색하다 사색의 끝점에서 분출되는 자의식의 영도 상태를 드러낸다. 순도 높은 의식의 극점에서 솟아나는 끝없는 중얼거림이다. 이장욱 시 텍스트는 심층의식이 의식의 표면 위에서 부표하는 시니피앙의 연쇄로 이루어져 있다.

어두운 골목을 지난 적 있다. 어떤 생각이 나를 사로잡아, 나는 더이상 걸을 수 없었다. 어쩌면 여행중이었던 거야. 아니 맥주를 사러 가게로.

무참히 늙어가던 사내 하나가 무너져 있는 담 아래. 결국 동어반복일 뿐. 나는 약간 어긋나 있는 골목 끝을 바라본다. 나는 여행중이었던 거야. 아니 맥주를 사러 가게로.
(……)
나는 물론 분늑 놀아설 수 있으리. 망명하는 바람을 좇아. 어쩌면 여행중이었던 거야. 아니 맥주를 사러 가게로. 그런데 어두운 골목을 나는 떠날 수 없네, 나는 돌을 든 채, 어떤 생각이 나를 사로잡아,

—「생각하는 사람」 중에서

어두운 골목, 어떤 생각, 여행중, 아니 맥주를 사러, 늙어가던 사내, 여행중, 아니 맥주를 사러, 의식들은 망상조직처럼 뻗어가고 다시 돌아와 연결되다 생략된다. 어두운 골목을 지나다 생각이 떠올라 걸어갈 수 없다. 그것은 과거에 대한 어떤 생각, 아니 지금 맥주를 사러 간다는 생각, 아니 무참히 늙어가던 사내 하나가 골목담 아래 누워 있다는 생각. 그러다 다시 생각은 여행으로, 맥주를 사러 가게로 달려간다.

생각은 시적 기호의 연계를 만들어내는 인접성 속에서 형성된다. 야콥슨이 말하는 인접성은 시니피앙의 연계 속에서 의미가 형성된다. '말 옆의 말' 그 사이의 틈새에서 의미가 생겨난다. 어두운 골목을 지나다 생각하던 과거, 시인은 거대한 돌을 들고 누운 사내를 겨냥했던가. 어두운 골목에서 돌을 든 채 시인은 생각에 사로잡혀 있을 뿐이다. 의식은 거미줄처럼 번져간다. 시인은 여행중이었던가. 맥주를 사러 가게로 가던 중이었던가. 그러나 통일된 의미들은 약화된다. 문맥의 연결은 철저하게 이질적인 것끼리 통합된다.

이장욱의 시적 언술은 이러한 환유의 방식에 의존한다. 통합체를 단절하고 시니피앙을 고립시키는 것. 시니피앙을 분산시키며 통합체들은 한데 모여 연결되다가 다시 균열된다. 도치와 역전, 이동하는 시적 운행은 즉각적인 의미작용을 방해한다. 이장욱 시 텍스트는 시니피앙의 결합, 연관관계에 의해 형성되며 그 연관관계의 철저한 분해를 통해 형성된다. 다시 말해 이장욱 시는 의미를 형성하거나 의미체계를 구축하는 방식으로 드러나는 것이 아니다. 의미를 약화하고 고찰하는 방식으로 표현된다. 연속적인 요소들의 연쇄와 인접성의 관계 속에서 읽혀야

하는 것이다. 그렇게 하여,

 시인은 어떤 생각에 사로잡혀 있단 말인가. 망상의 거미줄은 의식의 회로 속에서 가 닿고자 하는 부동의 일점을 향하지 않는다. 시인의 의식은 분산된다. 생각의 망상구조는 주체의 실존적인 양상을 드러낸다. 불연속적으로 솟아나는 생각들의 부표, 질서와 체계를 분해해가는 것. 그것은 의식의 가장 순수한 결정으로만 남기를 원하는 시인의 순도 높은 실존이다. 마치 초현실주의자의 의식 흐름처럼, 이장욱의 시는 어떤 무한한 의식의 변형과 자기 의식의 실행을 맘껏 발휘한다.

 문득 스스로를 느낄 수 없는 하루가 온다. 세면. 식사. 여자의 전보. 이곳은 아름답군요. 언제 서울로 돌아갈는지는 모르겠어요. 나는 그대의 소식을 두고 외출한다. 등뒤에서 나의 몫으로 주어진 시간을 폐쇄하는 문. 여기가 문 밖인가? 아무것도 지시하지 않는 사물들. 아무렇게나 아름다운 것들, 가령 담배꽁초, 보도블럭. 초로의 여자가 나누어주는 〈일수 돈 씁니다〉.

 어쩌면 몇 편의 죽음만으로 한 시대를 설명할 수 있을는지도 모른다. 종로 2가의 가로수. 종로 1가의 바람. 크로프트킨 공직이 무의미한 세계를 견디지 못해 아나키스트가 되었다는 소문은 사실이 아니다. 광화문의 바람. 가로수. 다시 바람. 정신분석은 지겹다. 십수 년 전 바움테스트에서, 나는 고의로, 부러진 나무를 그렸다. 의사는 치유할 빈도를 강구하사고 말했다. 그가 내게 준 것은 僞藥이었다.

—「투명인간」 중에서

 의식과 사유의 극점에서 시인은 "문득 스스로를 느낄 수 없는 하루가 온다"라고 말한다. 자의식의 영도, 순도의 극점에서 시인은 존재론적으로 휘발한다(투명인간). "등 뒤에서 나의 몫으로 주어진 시간을 폐쇄하는 문". 이 시대는 시인에게 시간을 폐쇄한다. 공급을 중단한다. 시인은 근대적 체계에 의해 구획된 현실적 시간이 아니라 자기 안에서 재창조하는 주관적인 시간을 형성하고자 한다. 육체가 사라지고 의식만 남은 투명인간에게 시간은 전진의 프로세스를 거절하는 내면화된 시간이다. 무위의 응고된 시간이다. 하나의 점으로 수렴되는 시간이다. 존재가 느껴지지 않는 의식의 극점에서 시간은 자신의 내부공간을 순환하며 중첩된다.

보도블록, 초로의 여자, 몇 편의 죽음, 광화문의 바람, 나무, 다시 바람, 사물들은 아무것도 지시하지 않는다. 시간은 연속적이지도 강제적이지도 않다. 논리적 지시성은 사라진다. 보도블록, 초로의 여자, 몇 편의 죽음, 광화문의 바람, 나무, 다시 바람, 시인의 의식은 사물들을 질서화하지 않는다. 비동시적인 것들이 동시적으로 투시되는 것, 정신분열적 나열이다.

시인은 여자에게 전보를 치지 않는다. 거리에 도열한 간판을 바라본다. 의사가 정신분열로 처방해준 약을 위약이라고 중얼거려본다. 아주 조금씩 사물들이 스스로 지워져간다. 시인은 투명하게 휘발된 채 산보한다. 이와 같은 탈중심적 사유방식으로 시인은 데리다의 어떤 말을 실천하고 있는 것 같다. "어떤 고정된 장소가 아니라 그 안에서 무한한 대체의 유희가 일어나는 일종의 비장소." 시인은 자신의 시의 공간을 이와 같은 비장소의 공간으로 만든다. 의식의 순수한 극점과 의식의 언어적 분열, 이장욱 시는 사유가 발생하는 촉발지이자 사유가 사라지는 소실점이다.

나는 밤과 어둠을 넘어 아침으로.
12월의 바람이 거리를 지나가는 어느 시간에.

저물어가는 어머니 오늘도 내 깊은 밤에 쌀 씻으시네.

오늘 구름은 무효야. 저 견고한 바람을 보아. 견고한

바람 속을 지나 연하장은 날아오지.

나는 어느덧 겨울-나무에서 봄-나무에로.

겨울꽃과 봄꽃의 머나먼 거리에. 나는

어제 본 늙은 사내를 다시 만나는 술집.

술집 창 밖으로는 다시 흘러가지 않는 여자.

나는 셔터가 단단히 내려진 상가를 바라보네.

단 한번도 제 온몸으로 나무인 적이 없는 나무.

나무 사이에 걸려 펄럭이는 바람. 플랭카드. 바람.

쑥, 신장 개업. 동해 횟집. 광어 이만오천 원.

—「로맨티스트」 중에서

12월의 바람이 거리를 지나가고 어머니가 쌀을 씻으신다. 거리에 바람이 지나간다. 시인은 술집에서 본 늙은 사내를 만난다. 창 밖에는 여자가 흘러가지 않는다고 노래한다. 셔터가 단단히 내려진 상가를 바라본다. 기표의 연쇄로 이루어진 언어 망상체계이다. 사유의 섬세한 신경들로만 이루어진 예민한 감각의 촉감이다. 12월의 바람과 어머니, 구름, 견고한 바람, 술집, 거리, 플래카드, 동해 횟집. 서로 관련 없는 내용들이 병치된다. 이러한 병치가 분열과 어떤 심리적 분위기를 만들어낸다. 진술방식이 진술내용을 드러낸다. 복합적인 지괴의 고독한 우수, 권태와 멜랑콜리를 드러낸다. 이장욱 시는 이질적인 것을 불협화음 속에서 통합하는 대위법을 드러낸다. 현대의 권태로운 낭만주의를 드러내는 언술방식이다.

바람과 어머니와 거리의 간판과 나무들, 각 대상들은 인식론적 대상이 아니라 손재본적 대상들이다. 이들은 치환은유처럼 다른 대상으로 대체되거나 유사성으로 결합되지 않는다. 각각의 이미지들은 서로 영향을 주고받는다. 여기서 새로운 자질과 의미가 발생된다.

이 시는 동적인 것/부동적인 것, 단단함/흘러감이라는 이중적 중첩에 놓여 있다. 늙은 사내의 고독, 흘러가지 않는 술집 창 밖의 여자, 단단하게 셔터가 내려진 상가는 응고된 현실이다. 그러나 하류로 근해로 흘러가기를 원하는 시인은 움직이려는 기표처럼 떠돈다. 시인은 거리의 이곳에서 저곳으로 흘러간다. 겨울-나무에서 봄-나무에게로 가려 한다. 흐름과 움직임은 하나의 통일된 운동성을 지닌 언술방식으로 전개된다. 이를테면 이렇다. "밤과 어둠을 넘어 아침으로" "바람을 타고 가는 낭만적인 고양이" "하나의 벽을 넘어 또다른 벽으로" "하나의 어둠을 지나 또다른 어둠으로" "어느 풍경의 겨울에서 다른 풍경의 겨울로" "어머니 12월의 바람을 건너가시네".

이 거리에서 시간이 지나가고 바람이 지나가고 어느 풍경에서 다른 풍경으로 흘러간다. 시인은 이질적인 것들이 동일성을 지닌 채 흘러가고 있다고 반복한다. 반복은 이물감 속에서 시적 대상들을 통합하는 힘이다. 반복되는 것들은 친화력을 가진다. 시인은 느리게 지나가는 흐름과 시간을 천천히 음미한다. 반복과 대응, 병치는 현대인의 정신과 육체를 건드리는 언술방식 그대로 쓰여 있다. 현대인의 정신적 고독과 파편성을 드러내는 방식이다. 분열적 시간을 통해 이미지들은 운동을 하고 또 사물들을 불연속적으로 통합하며 거주하게 한다.

결국 이런 방식들은 내가 보기에 콜라주(collage)의 방식이다. 콜라주는 풀칠을 뜻한다. 잡다한 오브제들을 붙여 이물감의 미학을 최대한 발산시켜보는 것. 이장욱의 시적 연쇄는 권태로운 현실공간을 불현듯 낯선 공간으로 던져넣고 파편적인 시적 맥락들을 서로 봉합한다. 시인은 따분하기 짝이 없다는 어조로 지루하고 견고한 일상을 이야기한다. 언어들 사이의 낙차가 크면 클수록 별 의미 없는 듯한 파편들은 일상의 지루함을 반복한다. 일상은 의미 없는 것들이 접붙여진 이물들의 봉합인 것이다.

이장욱의 시를 읽을 때 우리는 사물과 언어 사이, 맥락과 맥락 사이의 간극 속으로 들어갈 각오를 해야 한다. 이장욱의 시는 이 위치에너지를 통해 꿈틀거린다. 시적 대상들 사이 간극에서 이미지의 잔영들이 회귀하기 때문이다.

4. 불안한 기호들

참 놀랍다. 우리는 여전히 반복적이다. 20년대 김기림은 경성 거리를 이방인처럼 걸어다니면서 근대 자본을 우울해했다. 백화점을 보며 늙어버린 자본주의가 젊음을 꾸미고 각 개인마다에게 말초신경을 뻗치고 있다고 생각했다. 그러나 당시 진보적 지식인들은 이미 근대 자본주의가 늙어가고 있으며 말기에 다다르고 있다고 생각했다. 자본주의가 이미 급속히 노회했다고 생각한 것은 그들이 그만큼 근대적 환경에 깊숙이 기울어 있다는 것을 의미한다. 그들은 근대 자본주의의 거리 위에서 근대 지식의 우울과 매혹을 동시적으로 느끼고 있었다. 거리는 강력하게 유혹적이면서 기괴하고 무의미한 것이었다. 이것은 자본주의 문화 일반의 데카당스를 생각하게 한다. 근대 지식인들의 미적 감수성을 자극하는 것은 자연초목이 아니라 거리에서 만나는 모든 것들이다. 스치는 사람들의 시선과 쇼윈도 안에 진열된 상품들, 플래카드와 가로수, 바람과 신호등, 자동차와 소음들.

근대 이후 시인은 도시에서 탄생하고 도시의 감수성으로 길러진다. 보들레르의 고독한 산책과 군중 속에서의 방황은 이러한 맥락과 연관된다. 현대시는 근대적 공간인 이 거리에서 배회하고 매혹되고 좌절히며 문학적 자아를 구축한다. 자아는 군중 속에서 고독해지고 김기림의 말대로 곧 '작은 자아'가 된다.

교차로엔 있어야 할 건 다 있고
없을 건 없다네
커피 하우스 2층엔
담배 피우는 여고생들이 득실거리고
중고차들은 3면에서 떼지어 몰려오지
키득거리는 연기에 관해서는
여자애들도 고물차들도 할 말이 많다네
길이 인생이며 교차로는 사랑이라네,
여기선 다른 길을 만날 수 있지 보증금 없이
월세 20에 사랑을 나눌 수도 있지

—권혁웅, 「교차로」 중에서

나는 언젠가 이곳에 와본 적이 있다 이름을 알 수 없는 교차로 먼저 흘러가는 오토바이 몇 대 너무 많은 헤드라이트들이 정거한다 신호등 우회도로 그리고 젖은 보도블록에 눈을 두고 지나가는 긴 머리 여자 하나 내가 내내 꿈꾼 것은 어이없는 객사였다 그것만이 나를 완성할 것이다 상점들 가로등 정류장 끝내 돌아가지 못할 곳은 없다 아니 돌아갈 수 있는 곳은 없다

—이장욱, 「아주 오랜 여행」 중에서

20년대 김기림과 임화가 방황하던 거리 위에 21세기 시인들이 똑같이 서 있다. 시인들은 웅성거리는 교차로를 바라보며 거리의 한복판에 머문다. 이장욱의 "나는 언젠가 이곳에 와본 적이 있다"라는 전언은 20년

대 데카당의 거리를 환기시킨다. 근대 초의 거리와 후근대의 거리는 놀랍게 겹친다. 여전히 시인들은 세계적인 자본주의 문화 속에, 근대 도시의 충격 속에 놓여 있다. 근대적 환경을 들여다보며 군중 속에서 자신을 들여다보고 있다.

이름을 알 수 없는 교차로 위에서 몇 대의 오토바이가 흘러가고 젖은 보도블록에 긴 머리의 여자가 지나간다. 권혁웅이 교차로를 내려다보며 "길이 인생이며 교차로는 사랑이라네"라고 노래하는 것, 이장욱이 "내가 내내 꿈꾼 것은 어이없는 객사였다"고 노래하는 것. 거리야말로 근대 주체가 형성되는 공간, 바로 그것이다. 근대 주체는 세상을 단순히 바라보고 내면화하는 독선적 주체가 아니다. 오히려 세계가 나를 본 나는 타자의식을 통해 진정한 탄생이 이루어진다. 근대 주체는 거리에서 태어나 시선을 주고받고 사랑을 나누다 거리에서 죽음을 맞는다. 거리는 자본주의의 물적 복제가 드러나는 축소판이면서 시선과 움직임에 의해 감각과 욕망을 극대화하는 공간이다. 광고판과 네온사인, 시뮬레이션의 최면술이 이루어지는 공간이다.

근대과학의 합리성은 시각 발달과 맞물려 있다. 학문적 사유논리의 준거 증명은 시각의 범주 위에서 이루어졌다. 여기서 탄생하는 근대의 시각이란 자기 주변의 이려저러한 대상들을 바라보며 궁극적으로 자기 자신의 존재, 또는 운명에 적응하려는 자신의 미래를 보고자 한다. 거리는 온통 거울로 이루어져 있지 않은가. 거리의 쇼윈도는 상품을 보여주면서 동시에 자기 자신을 되비추어준다. 이미 쇼인도는 기울치럼 세계를 빤히 쳐다본다. 자신이 시선을 지신 안의 다자에게로 되쏘인다. 서리의 유리창은 밖으로 외출한 시선을 언제나 안으로 귀환하게 만든다.

시선과 응시의 치열한 전장, 고독하고 명상적인 산책은 골목과 거리에서 생겨난다. "우리 집은 골목과 골목, 다시 골목과/골목을 지나쳐아해 머리와 녹을 늘어뜨리고/천천히 걸어야 해/구분거분 늘어선 담장

들을 걷다보면／거대한 짐승의 내장을 지나치는 느낌이야／내가 소화
되고 있다는 거"(권혁웅, 「집으로 가는 길」) "나의 이름은 무한히 긴 미
로이다. 다시 그 복도에 울리는 구두 소리, 그러므로 내 초조한 발은 텅
빈 거리에 버려졌던 것일까. 그리고 그곳에서 침묵하는 늙은 개의 눈을
만났던 것일까"(이장욱, 「킬러의 사랑」).

우리는 이미 분열의 시대에 탄생하였다. 근대자본주의 붕괴에 따른
비합리적 혼돈상태, 이성적 법칙에 대한 회의는 보들레르의 신비한 착
란적 감수성에서 이미 언급된 것이다.

현대시는 거리에서 이방인 의식을 섬세하게 내면화하는 시적 형식을
찾는다. 은유와 환유는 이러한 욕망을 구조화하는 기호다. 은유와 환유
는 거리에서 떠도는 자의 불안한 기호다.

라캉의 욕망이론에 따르면 문학은 잃어버린 어머니에 대한 욕망의
은유적 표현이다. 라캉은 환유를 이동이라고 정의하면서 욕망과 존재
의 결여라고 말한다. 환유는 분절된 담론에서 공란으로 삭제된 것을 끝
없이 가리키고 있다는 것, 말 옆의 말에 하나의 금지된 진실이 기재되
어 있다는 것이다.

새로운 세기 시적 현실에서 나타나는 은유는 이분법적 쌍에 의해 위
계질서를 구축하기보다는 위계질서의 전복과 해체를 꾀하는 것 같다.
권혁웅의 시에서 은유는 차이를 생성하면서 교차되거나 어긋난다. 의
미의 조각들이 하나의 단일한 움직임으로 귀결되기보다는 서로 이어지
다 어긋나고 부정된다(「지문」 「올가미」). 이장욱의 시는 환유를 통해 그
차이의 연결을 가능케 한다. 말로 할 수 없는 생략이 기호연쇄를 만들
어낸다. "헛것이 취할 수 있는 가장 경건한 자세로 소나기, 내린다. 문
득 허공에 그어지는 사선 사이, 황혼의 시청 앞을 있는 힘을 다해 달려
가는 사람들…… 누구나 제 삶을 의심하지 않기 위해 최선을 다하는 것
이다. 가던 길을 가기 위해 문득 유턴하는 관광 버스. 지금 당신이 나를

의심하듯, 나도 나를 의심한다. 한 여자가 머나먼 골목을 나와 의아한 표정으로 길 끝을 바라본다"(「편집증 환자가 앉아 있는 광장」). 환유의 욕망은 잃어버린 것을 찾아가는 주체의 원초적인 결여와 관계한다. 유기적인 세계관을 포기하고 파편화된 세계를 자신의 현실로 파악하는 작업이다.

그러나 한편 환유적 욕망으로 무한히 결말을 유보시키며 가두어두는 보이지 않는 진실은 무엇인가. 사물의 본질과 결합되다 다중인화처럼 끝없이 포개어지고 해체되는 은유가 생성해내는 의미는 무엇인가.

제라르 주네트의 말대로 현대시학에서 은유와 환유가 "고통스런 분리와 불가능한 통합"이라면 그것은 분명 새로운 감수성의 비전을 전달한다. 동시석으로 지각되는 대상들의 포개어짐, 그리고 지워지는 해체 작업들. 분명한 것은 새로운 세기 시적 작업은 이러한 은유의 수많은 의미생성 속에서, 환유의 의미 파편의 불가능한 지평 속에서 전개된다는 사실이다. 이것이 헛것(문학)이 취할 수 있는 가장 경건한 자세다. 나는 그것을 권혁웅 시와 이장욱 시에서 읽어보고 싶었다.

거대담론의 소멸? 거대담론이라는 문학의 소멸?
— 한국문학이 당면한 착종과 나의 환청현상에 관한 소략한 보고서

'문학에 있어서의 거대담론의 소멸'이라는 명제는 마음속에서 복잡하고도 우울한 함의를 부추긴다. 먼저 지금 이곳의 삶의 현장에서 '문학'이 중심적인 '담론생산자'의 기능을 하고 있는 것인가, 문학이 현실적 삶의 '중심담론'이 될 수 있는 것인가 하는 의문에 생각이 미치는 순간, 문학은 어느 순간부터 당대 삶의 담론생산자로서의 사회적 기능을 상실한 지 오래라는 생각에 도달하게 된다. 그런 점에서 '문학에 있어서' 거대담론의 소멸은 마치 '문학이라는' 거대담론의 소멸이라는 명제로 바뀌어 들린다.

이와 같은 환청현상은 한국문학이 근대문학의 태동부터 가지고 있던 현실정치적 역할, 즉 식민사관의 극복이라는 역사적 당위성 아래 형성된 민족문학의 정립, 발전과정과 유관하다. 한국에서 문학은 제국주의적 압제에 대한 저항의 형식으로서, 민족 정체성의 확인과 민족주의에 대한 시대적 요청 속에서, 현실의 총체적 구체적 인식이라는 명목 속에서 그 출발을 시도해왔다. 한국문학은 언제나 현실의 첨예한 극점에서 시대가 당면한 역사적 성찰을 담당해왔다. 이와 같은 맥락에서 90년대

이후 문학판의 대부분 화두를 장식한 '문학 위기설'은 어떤 점에서 '민족문학 위기설'을 다른 방식으로 불러본 것이라 할 수 있다.

한국문학은 지금껏 사회, 역사라는 거대 현실을 담당해왔고 또 그것에 대한 책무의식 속에 놓여 있었다. 그런데 90년대 이후 급변한 한국 현실 속에서 민족문학 담론은 현실을 총체적으로 재현해낼 수 없었다. 이미 80년대 이념적 진보의 명분이 사라져버린 뒤였다. 그렇다면 90년대 군부독재가 물러가고 문민정부의 출범 이후 진행된 민주화과정에 따른 사회 일각의 변화를 문학은 슬퍼해야 할 것인가. 문학은 스스로 저항해야 할 대항객체를 잃어버린 낙망자처럼 "흐린 날 주점에 앉아"(황지우) 과거 열혈남아처럼 시대에 항거하던 열정의 시기를 떠올려보아야 할 것인가. 시대가 남긴 남루한 유산인 몇 줌의 열정과 잔치가 끝난 뒤 입 안에 가득 고인 정념의 순간(최영미)을 다시금 떠올리는 회한만이 문학의 몫인가. 90년대 초반 후일담 소설들은 한결같이 과거 이념의 시대, 운동으로서의 문학, 문학으로서의 운동을 떠올리고 있다.

이제 일방적 정치적 일원화가 이루어지던 시대를 넘어 인터넷 문화에 의해 다기한 소통이 이루어지고 시민단체의 목소리가 민주적 발언을 도출해나가는 즈음, 문학은 오히려 '민족문학'으로서의 입지가 축소된 것을 반가워해야 할 소지가 있다. 민족문학이 담당해왔던 부분들이 정치적으로 한결 자유로워진 사회 소통기관에 의해 이루어지고 있는 셈이다. 민족 현실과 삶에 대한 역사적 책무를 사회기관과 제도와 나누어가지게 되었다는 점에서 민족문학은 한결 운신이 폭을 넓힐 수 있는 계기를 맞은 셈이다. 그렇다면 '문학' 혹은 '민족문학'의 위기론은 70년대, 80년대 사회적 문화적 영향력을 행사해온 문학(권력)의 위상에 대한 위기론이며 회의론이라 할 수 있는 셈이다. 그렇다면 내가 앞에서 언급한 바 '문학에 있어서 거대담론의 소멸'은 결국 '문학이라는 거대담론의 소멸'에 대한 운명적 몰락감에 다름아니다. 한국문학은 언제나 스스로 '거대담론', 즉 한국 현실 이데올로기 문제에 스스로를 당위적으로 결박시켜왔고 또 스스로 '거대담론' 그 자체가 되려 하였으니, 한국문학은 아주 오랫동안 '민족문학'이라는 과부하에 걸려 있었던 셈이다. 담론의 주체가 되어야 한다는, 혹은 거대담론 자체가 되어야 한다는 문학의 지배적 의도는 점점 스스로의 도그마에 빠져 민중적 현실과 세계를 구성해나가는 현실감을 잃어버리고 지적인 권력욕 속에서 엘리티즘이나 냉소적 현실비판자가 되어갔던 것이다. 실제 80년대 노동해방문학론이나 당파적 현실주의문학론은 오히려 담론의 도그마로 인해 현실과 대중들에 대한 생생한 묘사보다 이념적 정초에 더 중심점을 두었고 그로 인해 당대 진보적 문학론이 작가의 창조력에 역기능을 한 것은 아닌가 하는 생각도 없지 않다. 90년대 민족문학은 담론의 구성자조차도 되지 못한 채 위기설로 분분할 뿐이었다. 결국 민족문학에 대한 회의와 동요는 급격하게 수입되는 외래사조(포스트모더니즘 등), 변화하는 민족 현실과 매체 변화에 긴밀하게 대응해 스스로를 갱신하지 못한 채로 지난 시대 이념에 대한 회한, 문학의 사회현실에 대한 과거 영향력, 장악력에 대한 기억 등이 얽히면서 생겨난 것이다.

90년대 변화된 문화지형도는 문학이 지금까지의 역할을 성찰하고 스스로의 미망을 확인하는 자리였다는 생각이다. 민족문학의 역사적 연속성과 발전적 전망 속에서 문학은 오히려 심기일전, 발본색원적 기회를 맞게 된 셈이다.

이와 같은 과정에서 최원식은 "1990년대 문학은 과잉결정된 혁명론으로 질주하여 문학의 죽음을 초래한 1980년대 문학의 한 급진적 경향에 대한 환멸 속에서, 현실로부터의 퇴각, 일상 또는 내면으로 국척하고"(『문학의 귀환』, 창작과비평사, 1998) 있다고 말한다. 그러면서 그는 한국문학의 소통을 방해해온 인식론적 장애를 직시하고 해소하자는 의지 속에서 리얼리즘과 모더니즘, 한국문학과 외국문학, 창작의 열정과 비평의 냉정함을 서로 소통시키자고 말한다. 리얼리즘의 한계를 극복하고 모더니즘을 방법적으로 수용하는 일종의 '회통'에 대한 열망을 말하고 있다. 이에 대하여 황종연은 90년대 문학을 80년대에 대한 반작용으로 혹은 대립으로 볼 것이 아니라고 말하면서 90년대가 80년대와 다른 컨텍스트 즉 강화된 '모더니티'의 경험 속에서 진행되고 있음에 주목한다(『비루한 것의 카니발』, 문학동네, 2001).

90년대를 80년대 문학에 대한 반작용이냐 아니냐, 80년대와 90년대를 리얼리즘과 모더니즘의 대립관계로 볼 것이냐 아니냐 하는 문제를 차치하고, 90년대 문학이 새로운 의미를 창출하는 역동적 과정에서 생성되고 있다는 의견은 분명 인정할 만하다. 한국사에서 민족주의 휴머니즘의 노성을 생각해본다면 한국문학에서의 리얼리즘은 결국 선택적일 수밖에 없었겠지만, 세계와 인생을 둘러싸고 있는 진정한 삶의 체험과 현실로서의 새로운 리얼리티를 생각해보아야 한다. 90년대 나타난 다기한 문학현상의 전장(戰場)들은 민족문학의 지배적 현상 속에서 비로소 한국문학의 해체적 분화가 시작되었다는 점을 환기시킨다. 민족사적 이념의 당위 속에서 보고 싶은 것만 보고 이해하고 싶은 것만 이해하는 것은 참된 포착이 아니다. 더 중요한 것은 '보지 않으면 안 되고' '이해하지 않으면 안 되는' 실제로 놓인 '현실적 구체'가 문학적 현실이 되어야 한다는 것이다.

90년대 한국사회에서 여러 사회단체, 시민운동, 인터넷문화의 활성화로 인해 민주적 참여가 가능하게 되었다는 점, 기층의 목소리와 다양한 개성(동호회 모임)의 출현과 발현이 가능하게 되었다는 점 등을 생각한다면 민족문학 담론이 오히려 변화하는 사회 속에서 변화하는 민족의 감수성을 제대로 읽어내지 못한 책임이 있다. 민족문학 담론이 '민족'이라는 관습적이며 초월적인 기의에 매달려 있기보다 이곳 이녘의 현실 대중, 집단화 이전 개인 주체와 세계, 삶의 진정성에 대한 모

색과 그 구현에 주목했어야 한다. 90년대 그 다원화된 삶과 가치의 현
장에서 문학적 실천과 정치적 모색을 하여야 할 것이다.

　말하자면 나는 지금까지 제국주의에 대항하는 민족적 현실에 대하여
발언하던 한국문학이 오히려 90년대 문학판에서 비로소 스스로의 본모
습에 대한 성찰을 시작하였다고 생각한다. 우선 90년대 새롭게 탄생한
매체의 변화 속에서 종이활자로서의 문학이란 무엇인가에 대한 새롭고
낯선 질문을 자문하게 되었다는 점이다. 이와 같은 맥락 속에서 90년대
한국문학연구에서는 근대 조선에서 ‘문학’이 제도로 성립되는 과정에
대한 일련의 논문들이 쏟아졌다. 황종연와 권보드래 등의 논문이 이에
값한다.

　둘째, 낭만적 문학관이 아니라 제도로서의 문학에 대한 본격적인 현
실유통적 자각을 하게 되었다는 점이다. 80년대까지 문학인들은 하나의
문학이 현실을 넘어서는 어떤 예외적이고 특권적인 것이라고 생각하는
낭만적 문학관을 가지고 있었다. 문학인들은 하나의 문학작품이 현실
속에 통용되기 위해서는 철저하게 손익의 논리에 따라 출판 기획과 인
쇄가 이루어지고 저작권과 표절 시비에 이르기까지 복잡한 자본주의적
사회제도를 거쳐야 한다는 사실을, 지금껏 망각하고 있었다. 90년대는
출판사와 잡지가 이전보다 훨씬 자본유통과 소비현상에 기민할 수밖에
없게 됨으로써 ‘문학행위’가 낭만적 아우라를 거둬내고 구체적인 ‘자
본’의 물적 형태로 확고해지는 시기(책 표지 디자인에 대한 관심, 출판,
유통을 위한 갖가지 문화 이벤트와 문학상 제도 등)라 할 수 있다.

　셋째, 자본주의의 세계화 속에서 민족문학과 세계문학에 대한 보다
근본적인 고민을 다시금 하게 되었다는 점이다. 90년대 ‘민족문학’에
가장 치명적인 범주로 등장한 것이 포스트구조주의, 포스트모더니즘
같은 이른바 후기자본주의 기반 속에서 들어온 외래사조였는데, 최근
에 탈식민주의로 번역되는 포스트콜로니얼리즘이 이 계보에 합류하면

서 민족문학연구자들 사이에 어떤 활기를 불어넣고 있다. 식민주의와 관련된 일련의 기제와 동원논리를 찾는 작업들은 '민족문학' 연구자들에게 한국의 특수한 역사상황과 저항에 대한 연구의 한 방향성을 제시하고 있다. 그러나 포스트콜로니얼리즘도 단순히 개념의 틀을 빌려와 민족 주체를 '일반화' 시키지 말고 한민족 식민지 역사의 특수한 의미망을 찾아가야 하지 않을까 하는 생각이다.

다음으로 90년대 한국사회가 당면하게 된 다원화의 국면이 합리주의 근대성이나 이데올로기에 대한 과도한 강조에서 물러나 '차이에 대한 감수성'을 키우게 되었다는 점을 들 수 있다. 차이에 대한 강조는 포스트모더니즘의 중심적 원리이기도 하다. 즉 동일성의 정치문화에 대하여 차이와 관계성에 주목함으로써 존재와 존재, 텍스트와 텍스트 사이의 연계성, 다양성, 이질성, 주변성 등을 살피게 되었다. 이것은 단순한 횡적 운동만을 의미하는 것이 아니라 흔히 '리좀식' 뻗어가기라는 말로 설명되듯 땅 속에서 옆으로 아래로 뻗어가며 시작도 끝도 없이 성장하는 뿌리줄기의 횡적 운동을 의미한다. 더불어 근대적 역사관, 헤겔 식의 이성의 행진으로서의 역사에 대한 회의, 역사적 진보와 목적으로서의 세계사에 대한 혼돈이 일어나게 된 점을 지적할 수 있다. 프레드릭 제임슨이나 이글턴은 포스트모더니즘이 가지는 다원성과 자본 전략에 대한 날카로운 지적을 하고 있다. 그럼에도 분명한 것은 포스트모더니즘은 서구 형이상학 전통이 가진 독선과 동일성 관념에 대한 의심을 품게 하였다는 사실이다. 무엇보다 문학에서 포스트모더니즘은 하나의 중요한 텍스트로서 타자를 읽어내려 한다는 점이 강조되어야 한다.

한국문학은 한국문학 내에 오랫동안 기숙하고 고착된 관행과 관습에 대하여 다양한 발언을 시도하게 된다. 지금까지 한국문학을 스스로 억눌러왔던 강박증, 즉 민족문학에 대한 것, 현실정치적인 발언자이거나 고발자여야 한다는 시대적 당위에서 놓여나 스스로 문학 정립에 대한 반성과 성찰의 기회를 맞게 된다. 강박증에서 풀려나자 작가들은 비로소 지금껏 발언하지 못했던 내면 고백적 이야기, 환상담, 여성성의 문제를 이야기하게 된다. 배수아의 소설이 가지는 존재적 불안, 송경아 소설에서의 언어와 현실, 허구와 실재의 문제, 김영하 소설이 가지는 경쾌한 유희적 허구 등은 분명 한국소설에서 새로운 소설적 개성을 열어보인 가능성이라 평할 수 있다.

이들의 문학은 80년대 일원적 혁명적 민족문학에서 담보하는 목표지향적 문학보다 훨씬 다양한 대타성을 지닌다. 당대 삶의 정신적 흐름과 전개방식을 시대정신에서 형식을 빌려 보여주기 때문이다. 이것이 90년대 달라진 리얼리즘(리얼한 현실이라는 국면에 대한 새로운 반성, 우리가 믿고 있는 이 현실이라는 것이 일종의 미망일 수 있다는 리얼리티에 대한 새로운 인식, 인식 가능한 지시대상이 일정하게 고정되어 있지 않다는 현실인식 기반의 혼돈 등)이며 달라진 삶의 조건과 형식으로서의 문학적 현실(손정수는 소설이 자신의 담론이 가진 이데올로기적 성격을 반성하면서 새로운 층위의 현실을 작품에 도입하려 시도했다는 점을 말한다. 그곳에는 텍스트화된 현실에 의해 이데올로기화된 주체성에 대한 반성, 의미체계에 의해 지배된 일상에 대한 소설적 해체, 기호체계로서의 사물세계 속에 내재한 욕망, 이미지로서의 역사에 대한 인식 등을 소설의 새로운 현실적 층위라고 말한다(손정수, 「여리고성을 맴도는 여섯 개의 음침한 주문(呪文)들」, 『문학동네』 2001년 봄호))이다.

문학에서 '거대담론'은 소멸한 적도 없고 또한 소멸하지도 않았다. 90년대 문학에서 거대담론은 훨씬 첨예하게 달라진 삶의 조건들을 보완, 대체하면서 여전히 인생의 깊이와 세계와 대면하는 주체 개인의 문제에 대하여 이야기했다. 무엇이 거대담론이며 무엇이 미시담론인가. 한국문학사에서 이와 같은 끝없는 이분법은 순수와 참여, 민족문학과 비민족문학을 편가르면서, 다른 한쪽이 다른 한쪽을 배제하면서 스스로를 규정지어왔다. 60년대 참여/순수논쟁에서 검열과 탄압이 발동하는 정치권력의 억압에 대하여 말하는 김수영의 주장에 반하여 이어령이 말하고자 한 것은 실제 현실적 정치적 억압이 없다는 것이 아니라 한국문학의 차원을 정치적 차원으로 끌어내려 작품의 본래적 의미를 오독하지 말자는 주장이었다. 이어령이 지적하고자 한 것은 현실적 정치권력을 혐오하면서 오히려 문학행위의 장(場) 안에서 문학이라는 이름으로 행사되는 거대 권력의 부당함에 대한 부분이었다(한국문학사에서 이분법적 대치는 문학의 권력화에 기여했다고 생각한다).

최근 민족문학자들은 민족문학에 대하여 불투명한 전망을 내비치며 회의와 불안감을 드러낸다. 그러나 나는 실제 현금의 ‘민족문학’을 진단하면서 거대담론이 소멸하였다고 말할 수는 없다고 생각한다. 한국이 여전히 세계 유일의 분단국가로서 제국주의적 억압에 저항하면서 통일국가에 대한 끝없는 준비와 민족적 자각을 놓치지 않아야 한다는 점에서 ‘민족문학’은 어느 때보다 유효하며 중요한 문학적 기제라 할 수 있다. 아니 오히려 문학의 다원적인 가치와 개성을 보여주는 문학적 현실 속에서 오히려 ‘민족문학’ 논의는 새로운 전환과 계기를 맞고 있다는 생각이다. 막 외국에서 박래한 모든 이즘과 가치와 문화들이 뒤섞이는 이 혼종의 세계사 속에서, ‘서구적 나르시시즘’이 해체되는 ‘포스티즘’의 시대 속에서 한국은 다른 국가와의 ‘관계성’과 ‘차이’, ‘사이’와 ‘너머’의 ‘대화적 변증법’을 이끌어낼 수 있는 단계를 맞고 있다고 생각한다(방현석의 소설은 그 예가 될 수 있다). 다만 지금까지 ‘거대담론이어야만 하는 문학’이라는 고착된 에고엘리티즘, ‘이데올로기에 대한 과도한 경도’를 넘어 스스로를 갱신, 진화시켜가는 길이 남아 있을 뿐이다.

문학동네 평론집
순결과 숨결
ⓒ 김용희 2006

| 초판인쇄 | 2006년 3월 24일 |
| 초판발행 | 2006년 3월 31일 |

지 은 이	김용희
펴 낸 이	강병선
책임편집	조연주 이상술 김자영
펴 낸 곳	(주)문학동네
출판등록	1993년 10월 22일 제406-2003-000045호

주 소	413-756 경기도 파주시 교하읍 문발리 파주출판도시 513-8
전자우편	editor@munhak.com
전화번호	031) 955-8888
팩 스	031) 955-8855

ISBN 89-546-0115-4 03810

www.munhak.com